अगनहिंडोला

अगनहिंडोला

कथा शेरशाह की

उषाकिरण खान

वाणी प्रकाशन

वाणी प्रकाशन

4695, 21-ए, दरियागंज, नयी दिल्ली 110 002

फ़ोन : +91 11 23273167 फ़ैक्स : +91 11 23275710

शाखाएँ

अशोक राजपथ, पटना 800 004, बिहार

कॉफ़ी हाउस कैम्पस, महात्मा गांधी मार्ग, इलाहाबाद 211 001, उत्तर प्रदेश

महात्मा गांधी अन्तरराष्ट्रीय हिन्दी विश्वविद्यालय, वर्धा 442 001, महाराष्ट्र

www.vaniprakashan.in
marketing@vaniprakashan.in
sales@vaniprakashan.in

AGANHINDOLA
by Ushakiran Khan

ISBN : 978-93-5072-939-7
Historical Novel

प्रथम संस्करण 2015
आवृत्ति 2019

मूल्य : ₹ 495

सिटी प्रेस, दिल्ली-110 095 में मुद्रित

वाणी प्रकाशन का लोगो मक़बूल फ़िदा हुसेन की कूची से

कान्धार के रोह प्रदेश का आकाश महीनों से अपना रंग बदल रहा है। वह रंग नीला नहीं है, धूसर और भूरा है। तेज सर्द हवाओं का झोंका रह रह कर दरख्तों के वजूद को हिला रहा है। ऐसा जान पड़ता है अब बादल घिर आयेंगे और बड़ी-बड़ी बूँदें गिरेंगी; सुलेमान पहाड़ की तलहटी में बसा रोह का इलाका नम होगा फिर इतना पानी पी लेगा कि मरी हुई दूब घास की जड़ें हरी हो जायेंगी। अरबी और मुल्तानी घोड़े घास चर कर ज्यादा से ज्यादा मजबूत हो जायेंगे। अंगूर और दाखों में रस भर जायेगा, खजूर बड़े-बड़े निकलेंगे। फसलें भी बोयी जा सकेंगी। पर हाय, यह सब ख्वाब ही रहा। मौसम बदलते रहे; जाड़ा बीता, बसन्त आया, बसन्त के बाद तीखी गर्मी पड़ी, गर्मी के बाद मनचीता बारिश का मौसम कहाँ आया? औरतें रोते हुए बच्चों को चुप कराने की नाकाम कोशिशें करके हार गयीं। अनाज के दानों के लिए तरसते लोग धीरे-धीरे पूरब की ओर बढ़ने लगे। करने को रोह में घोड़े पालने और व्यापार के अलावे कुछ न था। लोगों के देश से निकल भागने के कारण आबादी कम रह गयी थी। सूखी नंगी पथरीली पहाड़ियों पर सूखे बेजान दरख्त हवा के झोंके से टूट कर बिखर गये थे। अब सुलेमान पहाड़ी जो कभी जड़ी-बूटियों से भरी होती थी, जो कभी हिन्दूकुश पर्वत श्रृंखला का सरताज हुआ करता था वह आज वीरान है। इसी हिन्दूकुश पर्वत श्रृंखला के दर्रे और उसके जंगल भाँति-भाँति के वनस्पति न्यौछावर करते, यहाँ की साफ-स्वस्थ हवा ऋषिमुनियों को वेद लिखने में सहायक हुई। इसी सुलेमान पर्वत पर यती ध्यान धरते। यही वह दर्रा है जहाँ जाँबाज रुस्तम अपने हवा से भी तेज दौड़ने वाले घोड़े पर आता हुआ दीखता।

आसमान की ओर आँखें उठाकर इब्राहिम सूर ने देखा। कहीं साफ शफ्फाक आसमान नहीं दीखता; दर्रे से दनदनाता रुस्तम और उसका हिनहिनाता घोड़ा आता नहीं दीखता। उसके अस्तबल के घोड़ों की टाप से कभी रोह प्रदेश गूँजता आज गिने-चुने रह गये हैं, वे भी निहायत कमजोर। कोई सूरत नजर नहीं आती कि कैसे अपने कुनबे को पाले और कैसे घोड़ों को। सुलेमान पहाड़ की नमक सुलेमानी चाट कर न तो अस्तबल टिक सकते हैं न सूर कबीला। इब्राहिम सूर

ने देखा उसका कुनबा पशेमन है। बेटा हसन जो घोड़ों से ज्यादा किताब के साथ रहना पसन्द करता है, वह अपने कमजोर बाजुओं से तलवारबाजी की तालीम लेना शुरू कर चुका है। अभी-अभी तो हिन्दोस्तान के एक शहंशाह की तरफ से बड़ी जंग जीत कर आया है सूर कुनबा। शहंशाह ने जागीरी, अमीरी देने की पेशकश की थी पर सूर अपने घोड़ों और शमशीर के साथ बेहद खुश थे। इन्हें अन्दाजा भी कहाँ था कि रस टपकाने वाली खूबसूरत वादियाँ इस कदर वीरान परेशान हो जायेंगी, आसमान से आब के बदले आग बरसने लगेगी। इब्राहिम सूर ने देखा हसन का चेहरा सूखकर छुहारा हो गया है। बीवी बच्चे सींक हो चले हैं। एकबारगी इब्राहिम सूर अपने बचेखुचे घोड़ों पर असबाब लाद पूरब की ओर चल पड़े। रास्ता वही पुराना था। उसी रास्ते से चलकर ये हिन्दोस्तान अपने मजबूत पुट्ठों और चमकदार रोयों वाले घोड़ों को लेकर जाते, बदले में मुहरें पाते जिससे इनकी घुड़साल चलती, इनके बच्चे पलते। रूखड़े चमड़ों के और कते ऊन के वस्त्र पहन ये जीवन बसर करते। सुलेमन पर्वत के नीचे बहती गमाल नदी के पानी में घोड़ों के बच्चों के साथ किलकारियाँ भरते रोह पठान बच्चे साथ-साथ ही बढ़ते। घोड़ों की खालों को खरहरे से चमकाते अपने हथियारों को जंग न लगने देते। यह गमाल भी कमाल दरिया है। इसी के किनारे बड़े-बड़े जहीन आलिम हुए। दिमागी तौर पर जुबान के इस्तेमाल में अपनी शमशीर के मुकाबले जरा भी कम नहीं हुए। सब कुछ होते हुए भी जब आसमान ही रूठ जाये तो क्या किया जाय। ऐसा ही समय आता है जब आबादियाँ पूरब की ओर भागने को मजबूर हो जाती हैं।

बहलोल लोदी दिल्ली की गद्दी पर बैठा था बड़े सुकून से कि जौनपुर का सुलतान महमूद अपनी बड़ी सेना लेकर चढ़ आया। लोदी को ऐसे ही समय अपना रोह मुल्क याद आया। उन्होंने वहाँ के जाँबाज पठानों को याद किया। पठान भाई आये और महमूद को जौनपुर की ओर धकेल कर बहलोल लोदी के राजपाट को निश्चिन्त कर दिया। इब्राहिम सूर को अब भी याद है कि शहंशाह बहलोल लोदी ने बड़े भरे दिल और गले से उनके सरदार का शुक्रिया अदा किया था। फजिर की नमाज के बाद उनसे इल्तिजा की कि वे यहीं रुक जायें उन्हें उचित मान सम्मान मिलेगा। जागीरें दी जायेंगी। सरदार ने कहा था कि "मैं अपने साथियों की ओर से यह कहना चाहता हूँ कि किसी लालच से यहाँ नहीं आया था, आया था तो अपने मुल्क के बाशिन्दे, अपने कबीले के भाई जो हिन्दोस्तान का शहंशाह था उसके बुलावे पर। फिर भी यह कहना हमारा फर्ज है कि जिन रोह पठानों का दिल यहाँ रहने का है वे रहें बाकी लौट चलें।"-शहंशाह ने इक्के दुक्के रुके हुए पठानों को जागीरें दीं और जाने वालों से कहा-"हम भारी दिल से आपको रुखसत करते हैं पर यह न समझना कि फिर कभी इधर आना

न होगा। जब जी चाहे आना जरूर।"

"माईबाप, आते रहेंगे। जब कभी मजबूत पुट्ठों वाला, खूबसूरत घोड़ा तैयार होगा हम आपके हुज़ूर में पेश होने आयेंगे।"

"याद रखना, शहंशाह को पके हुए दाख की खाल के रंग का मुल्तानी घोड़ा बेहद पसन्द है जिसके कान सीधे खड़े हों।"

"हम याद रखेंगे शहंशाह।"–सरदार ने इज्जत से पास आकर उनके हाथों के बोसे लिए और चल पड़े।

इब्राहिम सूर जो सबसे खूबसूरत घोड़े तैयार करता था, बुरे दिन में भी एक शानदार अरबी घोड़े पर खरहरा करने लगा। कुछ ही दिनों के बाद घोड़े की खाल चमक कर तांबई हो गयी, उसके खड़े कान का ऊपरी सिरा आबनूस सा काला था। ज्यों-ज्यों उसकी चमड़ी तांबई होती जाती त्यों-त्यों कान का आबनूसी रंग चटख होता जाता। तीखी रौशनी में कभी-कभी उसके रायें गहरे नीले दिखाई पड़ते। उसकी चाल मस्तानी होती जा रही थी। इब्राहिम सूर ने बड़े चाव से घोड़ों के झुंड को साथ किया और सारे माल असबाब लादकर पूरब की ओर बढ़ गया। गमाल दरिया पीछे छूट गयी। रावी और सतलज का किनारा आन पहुँचा। इब्राहिम सूर का अपना कुनबा और तकरीबन दस सगेवालों के कुनबे ने रावी के किनारे तम्बू गाड़कर चन्द दिन गुजारे। रावी के साफ शफ्फाक पानी में घोड़ों को नहलाया-धुलाया, खरहरे किये, नौजवानों ने घोड़े फेरे, वादियों में चरने छोड़ दिया। थोड़ी ही देर में हसन सूर उस अरबी घोड़े की रास पकड़े इब्राहिम सूर के पास आ गया। वह हाँफ रहा था। उसकी पेशानी पसीने से भीगी थी। इब्राहिम सूर ने बेटे की ओर टेढ़ी नजरों से देखा।–"क्या बात है मेरे आलिम बेटे, इस बहार ने आपको खूब दौड़ाया। यह बहार भी खासी मुसीबत है, बड़ा तेज दौड़ाता है, मियाँ यह आपका काफिया नहीं है जिसे आप आराम से बैठकर झूला झूलते पढ़ते रहते हैं।"

"अब्बा हुजूर, गुस्ताखी माफ हो, मैं बहार के दौड़ाने से थका नहीं हूँ। एक बड़ी सी लाव लश्कर वाले तिजारती ने मुझसे इसकी कीमत पूछी। मैंने कहा यह बिकाऊ नहीं है। उसने कहा दुनिया में हर चीज बिकाऊ होती है यह तो घोड़ा है। हम तिजारती हैं, खरीद-फरोख्त की बात करते हैं वरना कहीं डाकू मिल जायें तो छीन कर ले जायेंगे। कहकर वह हँसने लगा।"

"ओह।"–इब्राहिम सूर की पेशानी पर बल पड़ गये' दूसरे दिन सुबह होने से पहले ही चल पड़े। दिल्ली अभी भी दो रात-दिन की दूरी पर थी। भीतर से सभी रोह पठान डरे हुए थे पर बाहर से सीना मजबूत किए चल रहे थे। अल्लाह मेहरबान होगा तो हम बहलोल लोदी शहंशाह के दरबार तक जरूर पहुँच जायेंगे, इसी आशा-आकांक्षा के बल पर रास्ता तय करते जा रहे थे। दरियाये जमन का

किनारा देखते ही इनके दिल को बेइन्तिहा सुकून मिला। इन्होंने सबसे पहले तम्बू गाड़ दिये। औरतों और बच्चों को तम्बुओं में छोड़ा और घोड़ों को दरिया में उतार दिया। जमुना के सलेटी पानी में तांबई रंगों वाले घोड़े लाल दीखने लगे, सफेद और काले घोड़े गहरे रंगों वाले जान पड़े। उतावले तो बहुत थे इब्राहिम सूर कि सीधे घोड़ा ले दरबार में जाया जाय पर पढ़े-लिखे बेटे हसन सूर ने कुछ और सलाह दी।

"अब्बा हुजूर, पहले शहंशाह से मिलने का, दरबार में हाजिर होने का बुलावा तो मिल जाये फिर बहार को लेकर जायें। वरना रास्ते में ही सेना का कोई ओहदेदार उचक के शहंशाह के हुजूर में पेश कर हसबखाह बन जाये तो आप क्या करेंगे?"

"तो क्या करना चाहिए?"

"हमें कहना चाहिए कि हम रोह से आये हुए उनके सिपाही हैं उनसे मिलकर कुछ पेश करना चाहते हैं। वे जरूर बुलायेंगे। आपने कहा है कि उन्होंने 4-5 साल कबल आपलोगों को हिन्दोस्तान में रह जाने की पेशकश की थी।"

"बिल्कुल ठीक कहा आपने बेटे। हमें किसी रोह पठान ओहदेदार से मिलकर शहंशाह से रू-ब-रू होने की इल्तिजा करनी चाहिए। उनके दिल में अपने रोहरी के लिए बड़ा दर्द है।"—पढ़े-लिखें बेटे हसन की सलाहियत से इब्राहिम सूर ने शहंशाह बहलोल लोदी से मुलाकात मुकर्रर की। रोह के अपने खैरख्वाह कबीले वालों को देखकर शहंशाह उठ खड़े हुए। दोनों हाथ आगे फैलाकर उनका इस्तकबाल किया। इब्राहिम सूर ने बेहतरीन शलवार और हल्का जरीदार चोंगा पहन रखा था। बड़ा-सा पग्गड़ बाँधे था। उसकी कमर में कटार खुँसी थी जिसे निकाल शहंशाह के कदमों में रखा और उनका बोसा लिया।

"तुम्हारी जगह हमारे दिल में है, सीने से लग जाओ।"—बहलोल शाह लोदी ने कहा। उन्हें सीने से लगा लिया। यह सारा कार्य-व्यापार दरबार में बैठे हुए दरबारियों ने खड़े होकर देखा। "हुजूरे आली, हमारे आका! हम आपके लिए मनपसन्द तोहफा लेकर आये हैं।" गर्व से कहा इब्राहिम सूर ने। शाहों के शाह बहलोल लोदी तांबई रंग के अरबी घोड़े पर फिदा हो गये।

"वाह!"—उसके मुँह से बेसाख्ता निकल गया।

"जनाब की मंशा के लायक मुल्तानी घोड़ा मैं तजवीज नहीं कर सका। यह अरबी नस्ल का घोड़ा ही सँवर सका मेरे आका!"—इब्राहिम सूर ने सर झुका कर कहा।

"अरे क्या बात है। यह घोड़ा तो इतना खूबसूरत है कि मैं नस्लें भूल गया। मुल्तानी नस्ल से अपनी बिरादरी की लाग-डाट है बस! वरना यह किसी से कम नहीं।" शाह बहलोल लोदी ने घोड़े के घने बालों पर हाथ फेरा। रेशम से चमकते

बाल गरदन से झूलते से। मुलायम कान आबनूसी रंग के।

"शहंशाह, इस तरह का घोड़ा आपके दादा हुजूर के पास था। लाल घोड़ा काले आबनूसी कानवाला। कान के ऊपरी हिस्से को छेदकर हीरा पिन्हाया हुआ। दूर से चमकता हीरा रात को शफ्फाक और दिन में सतरंगा।"–मुँह लगे अमीर जुम्मानी ने कहा, "जुम्मानी साहब, बजा फरमाया आपने। मैं कान न छेदूँगा। कान छेदने से उसी पर अटका रहेगा। इनसान और जानवर में इस मुआमले में कोई फरक नहीं है।"

"हुजूर की बातों में वजन है।"–अमीर जुम्मानी ने आँखें नचाईं।

"खान साहेब, आप हमारे मुल्क में रह जाइये। अपने कुनबे को भी ले आइये।"–इब्राहिम सूर से शाह लोदी मुखातिब थे। "हमारे घोड़ों का कुनबा तिजारत के लिए नहीं है। आपकी नजर के लिए है।"–इब्राहिम सूर ने दुहरे होते हुए कहा।

बहलोल लोदी को याद आया कि कैसे एक ही बुलावे पर रोह से सारे पठान भागते हुए आये थे और इनकी दिल्ली की गद्दी बचा दी थी। इन्होंने उनसे बड़ी फराखदिली से कहा था–"हमारा यह मुल्क है, नदियाँ हैं, अच्छी पैदावार होती है, क्यों न आप लोग यहीं रह जायें।"। अपने अमीरातों से कहा, "मेरा हुक्म है कि रोह पठानों को जागीर देकर बसाया जायें, सुख से रखे जायें। यदि मैं यह जानूँगा कि किसी अमीर का रोह जागीरदार भूखा नंगा होकर रह रहा है या रोह की ओर लौट रहा है तो मुझसे बुरा कोई न होगा। याद रखें ये अफगान पठान हमारा खून हैं।"–कुछ अफगान रुक गये थे बाकी लौट गये। आज शायद रोह में ये तकलीफ में हैं, यही कारण है कि आकर रहना चाहते हैं। शाह बहलोल लोदी ने तत्काल जलाल खाँ सारंगखानी जो हिसार फिरोजा के अमीर थे के हवाले इब्राहिम शाह को कर दिया। अपनी ओर से मुहरों से भरी थैलियाँ दीं।

जमाल खाँ ने नारनौल परगने के कुछ गाँव की जागीरदारी और चालीस घोड़े के सवार इब्राहिम सूर को दी। इब्राहिम सूर अपने बेटे हसन सूर और बहू के साथ नारनौल में रहने लगा।

शहंशाह के सलाहकार आजम खाँ की सेवा में हसन सूर लग गया। पढ़ा-लिखा हसन सूर कभी-कभी अपनी उक्तियों से आजम खाँ को हैरत में डाल देता। हसन सूर के अल्फाज जब आजम खाँ अपनी जुबान से शाह बहलोल लोदी को सुनाता तो तारीफ ही तारीफ होती। हसन सूर के दिन पुरसुकून थे और रातें रौशन कि तभी बेहद मिहनती, ईमानदार और संजीदा उनके अब्बा हुजूर इब्राहिम सूर गुजर गये। एक बड़ा कुनबा उनपर, उनकी कमाई पर चलता था। हसन सूर ने जब यह सुना तो अपने मालिक आजम खाँ से फुरसत चाही।

"हुजूर, अब्बा हुजूर के गुजर जाने के बाद हमारे घर की हालत अच्छी नहीं

है। हम वहाँ जाकर हाल-चाल लेना चाहते हैं।"–हसन सूर ने गौर से सुनकर कहा–"आपकी तकलीफ से हम भी पशेमन हैं हसन सूर, लेकिन आप सारा कुनबा यहाँ न ले आइयेगा। हमारे पास कोई अमीरी नहीं है। जितना कुछ था उसी में से मिलजुल कर खाते थे।"–हसन सूर से आजम खाँ की हालत छिपी नहीं थी। लेकिन यह भी सच था कि रोह के अफगान मदद करने को हरवक्त तैयार रहा करते।

आजम खाँ ने शहंशाह बहलोल लोदी के सेना के मसनदे आली से हसन सूर की तारीफ करते हुए कहा कि–"यह हसन सूर बेहद जहीन, पढ़ा-लिखा अफगान है। साथ ही यह अच्छा शमशीरबाज भी है। इसकी सहायता करोगे तो मेरे ऊपर उपकार करोगे।" मसनदे आली उमर खाँ ने हसन सूर को सरोपा और घोड़े देकर इज्जत बख्शी साथ ही जमाल खाँ से उसके वालिद का इलाका और सकर भी दिलवाये। हसन खाँ सूर की आजम खाँ ने इतनी तारीफ की थी कि वह सबकी आँखों का तारा बन गया था।

* * *

हिसार में एक रात हसन सूर की बेगम सबा जोर से चीखकर उठ बैठी। हसन पास ही सो रहा था "क्या हुआ? क्यों चिल्ला रही हो?"–नींद में खलल पड़ने के कारण नाराज होकर पूछा।

"मैंने एक अजीब सा सपना देखा है।"

"सो जाओ कल सुनेंगे तुम्हारा सपना। मैं थका हूँ।"

"मेरा ख्वाब बेहद खुशनुमा है, सुन लीजिये। नहीं तो मैं सो न सकूँगी मेरे सरताज।"–सबा ने इल्तिजा की।

"चल सुना।"

"मैंने देखा मैं हरी-हरी वादियों के बीच किसी ऊँची पहाड़ी पर बैठी हूँ। ठंडी हवा चल रही है। मेरे घने बाल मेरे दुपट्टे के बीच से निकलकर पेशानी पर फैल गये हैं, मेरी आँखें झिप रही हैं।"

"ओफ्फोह, मैं सो रहा हूँ अब कुछ और कहना है क्या?"

"कहना है मेरे आका, मेरी झिपती हुई आँखों में एक रौशनी भर गयी। मैंने भक्क से खोलकर देखा–क्या देखा जानते हैं?"

"देखा तुमने मैं कैसे जानूँगा? पहेलियाँ बुझाने का वक्त है यह?"

"मैंने देखा आसमान से सूरज उतर आया है मेरी गोद में, मेरी आँखें चौंधिया गयीं–तभी अपना बहार घोड़ा दौड़ता हुआ मेरे करीब आया। वह जोर

से हिनहिनाया। मैंने देखा वह सूरज एक बच्चे में तब्दील हो गया।"–हसन सूर उठकर बैठ गया। अपनी बेगम को थोड़ी देर देखता रहा फिर उठा, दीवार पर टँगे अपने कोड़े को उतार लाया और गिनकर तीन कोड़े मारे उसके बदन पर। सबा चीख उठी–"मेरा क्या कुसूर मेरे आका।"–वह हिलक कर रो उठी। हसन सूर पास आकर बैठ गये। सबा के गोरे गोल मुखड़े पर सचमुच दर्द की चिलक थी। बड़ी-बड़ी नीली आँखों से आँसुओं का सैलाब उमड़ रहा था। जुल्फें पेशानी से चिपकी हुई थीं। हसन सूर ने अपनी तलहथी में सारे मोती मानो चुन लिए जो बेकार जाया हो रहे थे। वे प्यार से बेगम को पुचकार रहे थे। बेगम सबा हैरत से देख रही थी। "तुम्हें मालूम है कि हमने ऐसी हरकत क्यों की?"–सबा ने ना में सर हिलाया।

"वो इसलिए मेरी शरीकेहयात कि तुमने जो सपना देखा है वह बड़ा मानी रखता है। नजूमियों ने कहा है कि जब कोई हामिला औरत ऐसा सपना देखती है तो मतलब यह होता है कि कोई तख्तो ताजदार आने वाला है। कहते हैं कि इतना हसीन ख्वाब देखकर सोना नहीं चाहिए। आप कहीं सो न जायें सो मैंने कोड़े मार कर आपको तकलीफ दी। मुआफ कीजियेगा।"–हसन सूर ने सबा को अपने सीने से लगा लिया। बाँहों में भरकर उन्हें चूमते हुए पूछा–"बेगम आप हामिला तो हैं न? कि वह नेक काम भी आज की रात के लिए मैंने छोड़ रखा था?" हसन सूर का मुस्कुराता हुआ चेहरा चमकती हुई नजरें और ललस भरे ओठ को बरजने की ताव न थी सबा में। उसने अपने आपको बिल्कुल शौहर के हवाले कर दिया। हसन सूर ने एक-एक कर कपड़े उतारे और कोड़े से उधड़ी चमड़ी पर ओठ रख दिये।

"मुझे मुआफ करना बेगम"–हसन बेगम के इश्किया पेचोखम में गर्क हुए जाते थे। आह, कोड़े ने चाँद पर अपना कहर न बरपाया। सच गदबदे बदन पर मानो दो चाँद उग आये हो; कभी हसन सूर ने गौर कहाँ फरमाया। आज की पूरी रात मानो शहद भीगी थी जिसे बूँद-बूँद पी रहे थे, साकी बनी सबा जाने कब अपना-दर्द भूल प्यार की पींगे भरने लगी। रात गुजर गयी, आँखों-आँखों में, ओठों-ओठों में जिस्मानी और रूहानी पुरसुकून रात बीत गयी।

बेगम सबा की खूबसूरती दिन-दूनी रात चौगुनी बढ़ती गयी, उसकी सेवा के लिए मुन्नी बाई नाम की दासी रखी गयी। मुन्नी बाई सबा बेगम की दिल से देखभाल करती, उसे अपने गँवार लतीफों से खूब हँसाती। समय पर उन्होंने एक खूबसूरत गदबदे बेटे को जन्म दिया। उसकी नीली-नीली आँखें अपनी अम्मा सबा बेगम जैसी थीं, काले-काले घुँघराले बाल भी अम्मा जैसे थे पर लम्बे-लम्बे हाथ पैर अब्बा सरीखे। जन्म के समय भारी आवाज में जो रोया तो पूरी हवेली गूँज गयी। हसन सूर उसे देखने को उतवाले हो उठे। मुन्नी बाई ने जब उनकी गोद

में फरीद को दिया तब उनके शरीर में झुरझुरी सी उठी। उन्हें ऐसा लगा मानो वे सुलेमान पहाड़ के नीचे खड़े हैं। गमाल नदी के शफ्फाक पानी को छूकर आती हवा उनके पोर-पोर सहला रही है। हिन्दोस्तान की धरती पर यह पहली पीढ़ी का जन्म हुआ है। यह हिन्दी है, हिन्दी अफगान या अफगानी हिन्दी। इसके हाथ-पैर मजबूत होंगे। यह बढ़िया लड़ाका होगा। इसकी हथेलियों की रेखायें गहरी हैं यह जहीन होगा। इसकी जुल्फें और आँखें कशिश से भरी हैं यह दिलदार होगा। मेरा यह बेटा जिसने मुझे आज बाप बनने की इज्जत बख्शी है जरूर कुछ खास होगा। इसकी अम्माँ ने सपना जो देखा था कि गोद में आफताब उतर आया है। शायद इसी की आमद होने वाली थी कि हम गमाल दरिया के किनारे से उठकर दरियाये गंगजमन के मुल्क में आ गये। हमारे हमवतन हमदम तो सालों से यहाँ थे। हसन सूर ने बच्चे को मुन्नी बाई की गोद में डाला और अल्लाह का शुक्रिया अदा करने लगे। जाने क्यों इस बच्चे को गोद में लेते ही उन्हें ऐसा लगा मानो वे सातवें आसमान पर हैं। अपने खानदान पर हमेशा अल्लाहताला की इनायत याद आयी। हजरत मुहम्मद साहब ने इनके पुरखे को चुना था मक्का छड़ी ले जाने को। यह सब यूँ ही तो नहीं हुआ होगा? शायद उसी पाक परवरदिगार ने हमारे इस बेटे को फिर से किसी बड़े काम के लिए चुना हो। पर कैसे? हसन सूर ने सोचा—हम तो कुछ भी नहीं हैं। चन्द गाँव की जागीर और चन्द घुड़सवार। फिर उन्हें अपनी ही सोच पर हँसी आ गयी, क्या यह कोई छुपी हुई बात है कि अल्लाह की मर्जी, वो चाहे तो जर्रा आफताब हो जाता है, अन्धा आँखों वाला हो जाता है और लँगड़ा सुलेमान पहाड़ी तो क्या हिन्दूकुश दर्रा पार कर जाता है। हमारे खानदान के पास मुहम्मद साहब की दी गयी पदवी 'कैस' तो है, वही जिसने छड़ी मक्का पहुँचाई।

हिसार की वादियाँ हरियाली से भरी हुई थीं। बरसात शुरू होने वाली थी, छिटपुट फुहारें पड़ने लगी थीं तभी हसन सूर की मसरूफियतें बढ़ने लगी थीं। जमाल खाँ इन्हें कई छोटी बड़ी जिम्मेदारियाँ देने लगे थे। जिम्मेदारियाँ लगान का हिसाब किताब और बही खाता सही करने की अधिक थीं। समय पर लगाकर उड़ने लगा था। नये जन्मे बच्चे का नाम छोटे-मोटे जलसे में रख दिया गया। जिस पाकफकीर ने बच्चे का नाम फरीद रखा उसने उसकी पेशानी छू कर कहा कि यह जिन्दगी भर पहाड़ों, तराइयों और जंगलों की खाक छानता रहेगा, घोड़ों और लाव-लश्करों के बीच इसकी सुबह और शाम होगी। कुछ ज्यादा पोशीदा वाकयात भी जिन्दगी के रू-ब-रू होंगे जिसे आहिस्ता-आहिस्ता मुकद्दर अंजाम तक पहुँचायेगी।

मियाँ हसन सूर जमाल खाँ के बुलावे पर जौनपुर जाने पर आमादा थे, उन्होंने उन उलझन भरी बातों पर तवज्जो नहीं दी। हिसार छोड़ अपने कुनबे समेत

जौनपुर को चल पड़े। बेगम सबा ने रास्ते में ही दूसरे बेटे निजाम को जन्म दिया। रास्ते में तम्बुओं में जितना कुछ हो सकता था उतना किया जा सका। बेगम की तबीयत नासाज रहने लगी। फरीद अपने नन्हे-मुन्ने छोटे भाई को मुहब्बत तो खूब करते पर दूसरे बच्चे की आमद, खराब तबीयत और धीमे-धीमे ही सही सफर पर रहने की वजह से सबा बेगम बच्चे पर नजर नहीं रख पाती। अब्बा हुजूर भी गोद में लेकर नहीं घुमाते। रास्ते में रेवड़ियाँ बिक रही थीं जिसे खरीदने के लिए फरीद पैसे माँग रहे थे और आँसू बहाकर रो रहे थे। खेलने के चक्कर में उनके हाथ पैर धूल से अटे पड़े थे। धुँघराले बाल पेशानी के पसीने से चिपके थे, गोल-गोल गाल पर आँसू की लकीरें थीं कि उधर से एक नजूमी गुजरा। रोते हुए फरीद को देखकर ठिठका। उसे पुचकार कर गोद में उठाया और आँसू पोंछकर कहा–"नहीं रोते बरखुरदार! हिन्दोस्तान का बादशाह कहीं रोता है?"–फरीद रोंना भूलकर नजूमी की दाढ़ी सहलाने लगा। नजूमी की बात से आसपास खड़े साईस बाँदियाँ अचरज में पड़ गये। उन्होंने एक-दूसरे की ओर देखा। तब तक रमता जोगी बहता पानी की मानिन्द वह अपना झोला झपाटा उठाकर गायब हो गया। सबों में फरीद को गोद में उठाने की होड़ लग गयी।

काफिला जौनपुर आकर रुका। हसन सूर जमाल खाँ की खिदमत में मुब्तिला हो गये। बेगम और पूरे कुनबे के लिए एक बड़ी हवेली मिल गयी। जौनपुर शहर बेहद खूबसूरत और रौनकवाला था। फरीद को जगह खूब रास आयी। हसन खाँ सूर के रुतबे बढ़े तो फरीद की इज्जत अफजाई होने लगी। उन्हें घुड़सवारी, तैराकी, शमशीरबाजी और शिकार में दिल लगता। वे अच्छे तीरन्दाज हो गये थे। हसन सूर काम से लौट कर बेगम सब्बा के पास आते तो उदास हो जाते। सबा बीमार हो गयी थी। उसका गोरा गुदाज बदन पीलिया गया था, नीली आँखें बुझी हुई लौ हों जैसे; शरीर हड्डी का ढाँचा रह गया था। उधर मुन्नी बाई की चमक बढ़ रही थी। हसन खाँ की तीमारदारी कर उसने अपने वश में कर लिया था और एक दिन दूसरी बेगम बन बैठी। फरीद और निजाम बड़े हो रहे थे उन्हें अपने वालिद का यह कदम बिल्कुल न भाया। अब वे मुन्नी बाई को खुले आम बेइज्जत कर देते। बदले में मुन्नी बाई भी कोई कोर कसर न छोड़ती। वे अक्सर हसन खाँ सूर को दोनों बच्चों और बीवी की ओर से भड़काती रहती। सबा बिस्तरे पर पड़ी पड़ी यह सब देखती कुढ़ती रहती। उसकी यह कुढ़न कितने दिन चलती, अल्लाह मियाँ के यहाँ से बुलावा आ गया। अब मुन्नी बाई का मुसलसल अख्तियार हो गया–कुनबे पर। उसके दो बेटे पैदा हो चुके थे।

बुलन्दशहर की ओर से जमाल खाँ का काफिला जौनपुर की ओर आ रहा था। लाव लश्कर ने डेरा डाल लिया था। साईस ने बड़े अदब से जमाल खाँ को घोड़े से उतारा। जमीन पर पैर टेकते ही उसके पंजे मुड़ गये। वह अपने आपको

सँभाल न सका और जमीन पर लुढ़क गया। चारों ओर से अमले कारिन्दे दौड़ पड़े। अमीर जमाल खाँ को उठाकर तम्बू में ले गये। साथ चल रहे हकीम ने चोट पर मलहम मला और गरम बालू से सिंकाई की। रात भर जमाल खाँ तकलीफ में जगे रहे पास में उनका बेटा नसीब खाँ था जिसे उन्होंने बुला भेजा था कि कुछ ऊँच-नीच समझा सकें। नसीब खाँ को उन्होंने समझाया कि हसन सूर एक ईमानदार और मेहनती रोह पठान है जो हमेशा अपने काम को खुदा समझता है। उस पर भरोसा करके सहसराम का किला और जागीर सौंप देना चाहिए। जमाल खाँ ज्यादा दिन जिन्दा नहीं रहे, पैर मुड़ना और गिरना उनके लिए मानो अल्लाह का बुलावा ही था। नसीब खाँ को बादशाह से अमीरी मिली, तख्त सँभालते ही सबसे पहले हसन खाँ सूर को सहसराम की जागीरी दे दी।

हसन सूर का रुतबा बहुत बढ़ गया। फरीद, निजाम सहसराम आये। जंगलों पहाड़ों में फरीद का खूब मन रमता। वे दूर-दूर तक घोड़े दौड़ाते चले जाते। जंगल के दूसरे छोर पर जाकर वहाँ के किसानों आदिवासियों के घर रोटी खा लेते। उनके साथ तीरंदाजी का नया-नया तरीका सीखते। उनका भाई निजाम भी उनके पीछे-पीछे लगा रहता। हसन सूर के पास बिल्कुल फुरसत नहीं थी कि वे इन पर नजर रखते। मुन्नी बाई अपने बच्चों को खिलापिला कर तेल फुलेल लगाकर परकोटे में रखती जबकि इन दोनों भाइयों के पैरों के जूते तक फटे पुराने होते। एक दिन हसन सूर का अपना कोई मुल्तानी नस्ल का घोड़ा हिनहिनाता कतार में दौड़ा चला आ रहा है। दौड़ते घोड़े पर लगाम पकड़ फरीद ने जीन कसा और उछल कर चढ़ बैठे। बड़े-बड़े पत्थरों के बीच ऐसा कारनामा! हसन सूर का कलेजा मुँह को आ गया। पीछे से निजाम भी एक घोड़े पर चढ़ा आ रहा था। उनके चेहरे खुशी से चमक रहे थे। हसन सूर ने देखा फरीद का गोरा भरा भरा गाल खरोचों से भरा है। ओठ सूखकर पपड़ियाये हुए हैं। बाल रूखे-सूखे पगड़ी में बँधे हैं। जूते खस्ताहाल हैं और पायजामे अंगरखे मुसे मुसे से हैं। फरीद की अम्मा ने सपना देखा था कि गोद में सूरज उतर आया है, इसके जन्म की कितनी उतावली थी इन्हें खुद, आज नजर भर देख नहीं पाते, अम्मा नहीं हैं; इनके पास वक्त नहीं है। क्या कद निकल आया है फरीद का। सीना चौड़ा हो गया हसन सूर का। वे समझते हैं कि इनकी दूसरी बेगम इन बच्चों को फूटी आँख नहीं देख सकती। उन्हें मालूम हुआ कि इन घोड़ों का रखरखाव, इनकी तालीम खुद फरीद ने अपने हाथों में ले रखी है। आखिर रोह पठान हैं ये अफगान। घोड़ों के बारे में इनसे ज्यादा कौन जानता है? फख्र से सीना चौड़ा हो उठता है हसन सूर का जिनके पुरखे छड़ी लेकर मक्का शरीफ गये थे और अरब में थे तब कैस कहलाये थे। खुद हजरत मुहम्मद साहब ने यह नाम रखा था। खुद उन्होंने ही सुलेमान पहाड़ी की ओर जाने और दुनिया में नयी रोशनी फैलाने का हुक्म

दिया था। सच है नयी रोशनी फैलाने से कोई किसी को कैसे रोक सकता है। रोशनी किसी के रोके रूकती भी तो नहीं।

"जाओ, आज हमारे बेटों के साथ ही दस्तरखान बिछाया जाये हम साथ खायेंगे।"—हसन सूर ने अपने नौकरों से कहा। वैसा ही हुआ। फरीद और निजाम साथ बैठे। हसन सूर फरीद से मुखातिब हुए—

"मियाँ फरीद, आप जौनपुर चले जाइये, अपनी पढ़ाई पूरी कीजिये।"

"बेशक़ अब्बा हुजूर मैं भी यही चाहता हूँ। आप जब कहें चला जाऊँगा।"

"आप जल्दी ही जाइयेगा।"—हसन सूर ने कहा।

"जौनपुर में ज्यादा पढ़ाई होगी। तालीम देने वाले मदरसे हैं।"—फरीद खासे खुश थे।

"सूबेदार हुजूर की सलाह पर चलना बेटे! उन्होंने तुम्हारे नाचीज अब्बा हुजूर को रोहतास, सहसराम, टाँडा का इलाका दिया है, पाँच सौ घुड़सवार भी दिये हैं। यह जागीर छोटी नहीं है। सब तुम्ही को तो देखना है।"—कहते-कहते उनका गला भर आया। बेशक यह जागीर छोटा नहीं है, फरीद को यह बहुत बड़ा नहीं लगता। हाँ खूबसूरत जरूर लगता। पथरीली जमीन पर उगे ऊँचे-ऊँचे पेड़, साल सागौन शिरीष के बेहद लाल, फालसई और नीले फूलों वाले, कल-कल करती नदियाँ और आगे का मैदानी इलाका। सभी खूबसूरत हैं, एक साड़ी बाँधे जूड़े में मौसमी फूल टाँके काली चिकनी युवतियों की हँसी बेहद दिलकश लगती। अबतक दिलकशी का यह नजारा इनकी घुड़सवारी पर हावी नहीं हुआ। अबतक तो अपनी ओर इनका खयाल ही नहीं भटका।

जमाल खाँ के जीते जी फरीद जौनपुर आये और तालीम पाने लगे। फरीद पढ़ने-लिखने में अव्वल रहे। उन्होंने पूरी तरह से काफिया को पढ़ा उसकी टीका तक पढ़ डाली इस तरह फरीद व्याकरण के जानकार हो गये। किताबों में उसने गुलिस्तां, बोस्तां और सिकन्दरनामा को पढ़ा। फरीद ने इतिहास की किताबों को भी पढ़ना पसन्द किया। फरीद ने अरबी-फारसी के अलावे हिन्दवी पढ़ना और लिखना सीखा। इतना अधिक पढ़ने के बाद उन्हें राजकाज की सूझबूझ हो गयी। जहाँ के मालिक हैं उस जगह की रियाया को कितना जानते हैं कि उनके अपने हो सकें, यह सब उन्हें सूझने लगा। फरीद अपने आप को सूबेदारी के लिए तैयार कर रहे थे।

कई साल बीत गये थे, परन्तु चन्द कोस पर बसे हसन सूर न तो फरीद से मिलने आये न उन्हें बुला भेजा। मुन्नी बाई जो बूढ़े होते हसन की नयी नवेली दासी बीवी थी उसने देखा कि हसन सूर रात-दिन फरीद की यादों में खोये रहते हैं, उसे अपना वारिस बनाना चाहते हैं, अक्सर भड़काती रहती।

"खान साहब मेरे आका, बुरा न मानें तो एक बात कहूँ।"

"मैं आपकी बातों का बुरा क्यों मानूँगा?"–वृद्ध हसन सूर ने मुन्नी बाई को खींचकर सीने से लगाते हुए कहा। उनके हाथ उसके गुदाज बदन से अठखेलियाँ करने को लरज रहे थे।

"हटिये, आप मुझमें ही मसरूफ रहिये उधर आपका बेटा आपके खिलाफ बगावत कर बैठेगा।"–नकली गुस्से से मुन्नी बाई कहतीं।

"तो क्या करूँ आप हैं ही इतनी दिलकश। चार-चार बच्चों की अम्मा होने के बाद भी कमसिन दीखती हैं।"–हसन सूर ने और कस कर चिपटा लिया मुन्नी बाई को।

"उधर फरीद...।"

"क्या फरीद?"–हसन सूर अब और न रुक सका; अपने होंठों से उसकी बोलती बन्द कर दी। मुन्नी बाई ने अपने शरीर को पूरी तरह ढीला छोड़ दिया। मन ही मन बड़बड़ा रही थी–जो करना है कर आज तो मैं अपने बेटे सुलतान के लिए सहसराम की जागीरी पक्का कर लुँगी। रंगरस में ऊबचूब होते हसन सूर ढलान पर आये। मुन्नी बाई ने जाम पेश कर दिये। हसन के सीने पर सिर रखकर तिरछी आँखों से मानो उन्हें घायल सी करती बोल उठी–"हम एक-दूसरे में खोये हैं, फरीद को आपसे कोई दरेग ही नहीं है क्यों न सुलेमान को ताल्लुका सौंप देते हैं?"

"क्या कहा सुलेमान को?"–सीने से बोझ की तरह हटा हसन सूर ने चौंक कर कहा।

"आपने देखा नहीं सुलेमान का क्या कद निकल आया है। मसें भीग रही हैं, वह जवान हो रहा है। अभी से साथ रखकर सिखायेंगे तो आगे जागीर सँभालेगा।"

"आपका कहा ठीक है मुन्नी बाई, सुलेमान जवानी की दहलीज पर है घुड़साल के कारिन्दे ने इत्तिला की थी कि चेरो खातूनों को वह अक्सर छेड़ता है। शिकायतें आयी हैं। आप उन्हें समझा दीजियेगा कि ऐसा न करें, ये चेरो बड़े खूँखार होते हैं। किसी राजा, जागीरदार की ताब न तो कभी सहा है न सहेंगे। इनसे मिलजुलकर रहना हमारी हिफाजत के लिए जरूरी है।"–हसन सूर के ऊपर से मुन्नी बाई के इश्क का सुरूर उतर गया था। सुनकर मुन्नी बाई का मन भी बुझ गया। हसन सूर ने भाँप लिया।

"आप अपना मन छोटा न करें, हमने आपको आगाह किया है गौर फरमाइयेगा। सुलेमान हमारा अजीज बेटा है। हम अपनी औलाद की हिफाजत के लिए ही यह सब कह रहे हैं। यह कोई अच्छी मिसाल तो नहीं पेश करेगा कि औरत की वजह से चेरो भड़क जायें। वे हमारा बिगाड़ते क्या हैं? जंगल में रहते हैं हमें शहद और

जड़ी बूटी पहुँचाते हैं। शिकार खेलने में मदद ही करते हैं।"–मुन्नी बाई ने कुछ न कहा। मुँह फेर कर सो गयी। सबा बेगम की दासी बनकर आयी थी उनके बच्चों की देखभाल करने। जाने सबा को कौन सी दवा पिलाई कि वह बिस्तरे से लग गयी और चल बसी। अधेड़ हसन सूर की ब्याहता बन गयी लेकिन तौर तरीका अब भी ऊपरी बीवी वाला ही रहा। हसन सूर को अपने कब्जे में रखने का सारा हथकंडा अपनाती। अब बेटे को जागीर दिलाने पर आमादा थी। कभी किसी कामुक समय में हसन सूर ने कसमें खाई थीं कि तुम्हारे बेटे जवान होंगे तो परगने की कमान उनके हाथों में दे दूँगा। मुन्नी बाई उस लिजलिजे वक्त को पकड़ कर बैठी थी कि जागीर हाथ से न जाय।

* * *

जमाल खाँ ने अपने बेटे नसीब खाँ और फरीद को सूबा बिहार की ओर भेजा। फरीद सूर और नसीब खाँ दरियाये गंग के किनारे-किनारे चल रहे थे। घोड़ों को पानी पिलाने के लिए वे रुकते, उनका काफिला रुकता और वे तम्बू लगाकर आराम करते। नसीब खाँ आराम करता पर फरीद खाँ दरिया किनारे रहने वाले गाँवों में घूमने चला जाता। गाँव के बाशिन्दों से बात मुलाकात करता। उनके तौर तरीके, उनके खानपान, उनके सुख-दुख की जानकारी लेता। रास्ते में घने जंगल आये जिधर से रास्ता बनाकर चलना मुश्किलों भरा था। धूप, गरमी और पानी की कमी से जूझना पड़ा। पटना तक पहुँचते पहुँचते फरीद ने देखा कि कहीं तो खुला आसमान है जहाँ सर पर कोई साया नहीं, खुद के तम्बू गाड़ो तो रहो। कहीं जंगलात हैं जहाँ राहजनी का खुलेआम डर सता रहा था। चुनार का खूबसूरत परकोटा दूर से ही दिखाई पड़ने लगा था। नसीब खाँ की सलाह पर इनका काफिला चुनार से दूरी बनाकर चल रहा था। विन्ध्याचल की पहाड़ियों में जगह-जगह मठ मन्दिर दिखाई पड़े, नंग घड़ंग साधु सन्त, नजूमी फकीर मिले। अपनी आदत के अनुसार फरीद ने पड़ाव डालने के बाद झुंड में बैठे लोगों से उनकी सलामती पूछी।

"आप लोग यहाँ किस तरफ से आये हैं?"

"हम बहुत दूर पूरब से आये हैं। देवी पूजक हैं, दर्शन को आये हैं, आप सैनिक जान पड़ते हैं साहेब?"

"हाँ, हम सिपाही हैं। कितने दिनों से निकले हैं घर से?"

"महीना भर तो हो गया।"

"रसद पानी लेकर चले क्या?"

"थोड़ा बहुत लेकर चले बाकी देवी की आस। राहजनी भी होती है सो धन

लेकर चलना कठिन है साहेब। एक समय था जब लोग बाग फसलें काटकर घर से निकलते। हमारे जैसे चन्द जिद्दी लोग ही निकलते हैं अब।"–एक व्यक्ति ने कहा, "आप सैनिक हैं और हमारी तरह के दिखाई पड़ते हैं इसीलिए कहते हैं, कई सूबे में जजिया के कारण भी गरीब लोग घर से नहीं निकल पाते। जिनके पास उतने धन हों वे ही तो निकलें तीरथ पर।"–दूसरे ने कहा।

"देखिये, तभी तो हम हरबे-हथियार लेकर तीरथ करने निकलते हैं कि लुट ही न जायें।"–तीसरे ने कहा।

"आपको नहीं पता होगा साहेब कि सुदूर जगन्नाथ की यात्रा दर्शन के लिए जाने वाले भक्त यात्री गाँव में अपना श्राद्ध खुद करके निकलते हैं कि लौटना हो पायगा या नहीं। रास्ते भर गाते-बजाते माँग कर खाते बढ़ते जाते हैं।"–एक व्यक्ति ने कहा।

"आप सुनकर परेशान हो गये साहेब। सच्चे मुसलमान हैं, तभी तो हमारी बात सुनकर दुखी हो गये। जाइये सो जाइये आप भी हम अपने भजन कीर्त्तन में लगें।"–एक वृद्ध ने कहा।

फरीद उठकर अपने काफिले की ओर चले-पीछे झाल-मृदंग और चिमटे बजाकर उन यात्रियों ने पहले देवी गीत गाये फिर जगन्नाथ यात्रा के गीत दुहराये–

"जगरनथिये हो भाई, दानी सन अमरूक लोक जग में कोई ना
घर में घरनी रोवे भइया बाहर बूढ़ी माई
रस्ते रस्ते बहिनी रोवे, भइया तीरथ जाई
जगरनथिये।"

फरीद की पीठ पर स्वर लहरी की सहलाहट थी। इबादत की मुद्रा में बैठकर उसने अल्लाहताला से विनती की–"या परवरदिगार, मुझे हिम्मत बख्श, मेरे ऊपर अपनी इनायत बरसा। हमारे पुरखों के हाथों में मक्का शरीफ ले जाने को छड़ी बख्शी थी, हमारे पुरखों को कैस की पदवी दी थी, मेरे हाथों में एक छड़ी दे दे, हिन्दोस्तान की बादशाहत दे दे; हम दिखा देंगे कि कैसा होता है सच्चा मुसलमान।"–तारों भरे आसमान की ओर देखता रहा फरीद, कोई संकेत नहीं आया आसमान से, पर इबादत में उठे उसके हाथ भर गये इनायत से–वह कोई गैरमुनासिब ख्वाब देख रहा था? नहीं, कभी नहीं। खुली आँखों से ख्वाब देखने वाले, अपने कदमों को जमीन पर टिकाकर रखने वाले, सर अल्लाह की इबादत में झुकाने वाले ही राज करते हैं इसमें अचरज की गुंजाइश कहाँ है। तमाम तारीख भरा पड़ा है ऐसे किस्सों से कि कोशिश करने से क्या नहीं हो सकता।

"तुम देर रात गये पैर मोड़कर क्यों बैठे हो फरीद मियाँ?"–अचानक नींद से जगे नसीब खाँ ने देखा मशाल के झुटपुटे में कोई चुपचाप बैठा आसमान देख

रहा है। वह फारिग होकर आया और फरीद को देखकर पूछ बैठा।

"मैं आसमान की ओर देखकर पाक परवरदिगार का शुक्रिया अदा कर रहा था कि उन्होंने हमारे पुरखों को हिन्दोस्तान जैसे धनवान देश में भेजा। यहाँ अनाज, फल और आबदार नदियाँ हैं, मेहनती इनसान हैं तभी तो पच्छिम से हम मंसूबे बाँधकर आते हैं।"—फरीद ने गहरी आवाज में कहा।

"हिन्दोस्तान की शहंशाही के ख्वाब देख रहे हो क्या?"

"ख्वाब देखे जा सकते हैं, फिलहाल मुझे सहसराम जाना चाहिए। अगर रोहतास का किला, खवासपुर टाँडा सहित दोनों जागीरें अब्बा हुजूर मेरे हवाले करते हैं तब मैं दिखा दूँगा कि कैसे रियाया को खुश रखा जाता है कैसे अमन चैन से बसर की जा सकती है यह बेशकीमती जिन्दगी।"

"तुम्हारे अब्बा को यह करना ही चाहिए। तुम उसके सबसे बड़े बेटे हो। तुम जहीन हो, पढ़े-लिखे हो, ताकतवर सिपाही हो तुमसे बढ़कर कौन होगा जो उनकी जागीर सँभाले।"

"उनकी मर्जी मेरे आका।"—इनकी बातचीत में कब सुबह हो गयी पता ही न चला। कहीं दूर से अजान की आवाज सुनाई पड़ी तब ये बुजू कर बैठ गये नमाज पढ़ने। नाश्ते के बाद लश्कर उठाने का वक्त आ गया था कि झाड़ी में सरसराहट सुनाई पड़ी। हल्की फुफकार भी सुन रहे थे फरीद। घनी झाड़ी चीर कर आगे बढ़े तो देखा एक चूहे को भयंकर नाग ने पकड़ रखा था, उसकी पूँछ अब भी छटपटा रही थी; पर यह क्या नाग खुद जुम्बिश खा रहा था, उसे एक नेवले ने दबोच लिया था, उन सब के पीछे, तनिक हट कर एक सियार घात लगाये बैठा था। एक साथ यह नजारा देख फरीद सकते में आ गया। पैर पीछे हटाकर लौटने लगा कि एक धीमी इनसानी आवाज सुनाई पड़ी।

"आप लौट जाइये हुजूर, ये कभी भी पलट सकते हैं बड़े खतरनाक है"—एक बहेलिया पेड़ पर चढ़ा तीर कमान साधकर बैठा था। फरीद हौले-हौले कदम धरता बाहर निकल आया। दुनिया को बनाने वाले ऐ मेरे मालिक तेरी अदा ही निराली है क्या हिसाब लगा रखा है अपने ऊपर कोई निशान नहीं छोड़ता। लाव लश्कर चल चुके थे। फरीद अपने घोड़े पर सवार हुआ। नसीब खाँ के साथ अनमने भाव से बातें करता बढ़ा जा रहा था। घनघोर जंगल से निकलकर चौड़े पाटवाली दरिया के किनारे-किनारे चलने लगा। अगले पड़ाव तक आने पर चौकन्ना हो उठा। कहीं से आवाजें आ रही हैं।

"फरीद मियाँ, ये कैसी आवाजें हैं, बढ़ती ही जा रही हैं। यहाँ रुकना ठीक होगा क्या?"—नसीब खाँ घबड़ा गये। फरीद ने गौर से सुना, "मुझे लगता है आसपास ठठेरों की बस्ती है। अपने जौनपुर के बाहरी इलाकों में, उन बस्तियों में ऐसी ही आवाजें सुनने को मिलती हैं। पीतल तांबे पीटने की आवाजें हैं। घोड़े

दौड़ा कर देखा तो सच पाया गया। एक बड़ा-सा गाँव ठठेरों का था। इन दौरों के दौर में फरीद ने जाना कि लुहारों के गाँव किधर हैं, चमड़े और लकड़ियों के कारीगर कहाँ हैं। बड़ी-बड़ी मिट्टी की दीवारों वाले दो मंजिलें परकोटों वाला घर कौन बनाने की सलाहियत रखता है। किन फसलों को कितना पानी चाहिए, तैयारी के लिए कितना वक्त चाहिए, कैसे खेत और खलिहान की जरूरत किस अनाज के लिए है। हिन्दोस्तानी आबादी के साथ पले बढ़े फरीद को मालूम था कि अलग-अलग टोलों-मुहल्लों में रहने वाली आबादियाँ अपने हुनर की वजह से इकट्ठी रहते हैं। बड़े पेड़ों की छाँव में मदरसे और पाठशालायें दीखीं। आम लोगों के दुख-दर्द को देखा। फरीद ने जो काफ़िया पढ़ रखा था काजी शहाबुद्दीन के मशहूर टीका सहित उसमें इनके बारे में कुछ नहीं था। यह तो महसूस करने वाली बातें थीं।

"फरीद तुम तेज निगाहों वाले इनसान हो। चारों ओर चौकन्ने रहते हो। जहाँ जाते हो वहाँ के माहौल और वाकयातों को जान जाते हो इस सफर में रहकर मुझे इलहाम हो रहा है कि तुम किसानों से, गँवइयों से उन्हीं की तरह बातें कर रहे हो। अपना माहीचा बाकरखानी छोड़ बाटी-लिट्टी खा रहे हो। चबेने चबा रहे हो। घोड़े हो क्या?"–हँसकर कहा नसीब खाँ ने। फरीद ठहाके लगाने के सिवा कर ही क्या सकता था। यह तो अपनी-अपनी फितरत अपना-अपना नसीब! मुल्ला के नाम भर रख देने से कोई नसीब वाला नहीं हो जाता। इनायत यूँ नहीं बरसाई जाती है। गढ़ा खोदे बिना तालाब नहीं बनता। बड़ा काम सौंपने के पहले खुदा ने इस पठान अफगान को नेमतें बख्शीं, तमाम नेमतें जो फकीर को शहंशाह बनाती हैं।

बिहार सूबा से लौटकर नसीब खाँ और फरीद जौनपुर पहुँचे ही थे कि हसन सूर का खत आया। उन्होंने नसीब खाँ से इल्तिजा की थी कि अब वे फरीद को भेज दें। फरीद की तालीम पूरी हो गयी होगी दोनों परगने देखने की जिम्मेदारी उठाने लायक हो गये होंगे। ख़त लेकर आने वाले हसन सूर के नजदीकी सिपाही ने अर्ज किया कि वे बेहद बीमार चल रहे हैं।

फरीद को यह सब यूँ ही नहीं मिला जब वे लोग सूबे बिहार गये थे उसी वक्त हसन सूर मियाँ जमाल खाँ सूबेदार से मिलने आये। उधर हसन सूर भी बीमार चल रहे थे। जमाल खाँ ने हसन सूर को अपने हकीम से दवा दिलवाई। हसन ने उनका हाथ चूमकर कहा–"मसनदे आली, इंशाअल्लाह आप जल्दी उठकर खड़े हो जायेंगे। आपके हकीम साहब की दो दिनों की दवा ने मेरी रगों में बिजली दौड़ा दी, अब आप भी चंगे हो जायेंगे।"

"खुदा खैर करे हसन सूर, यह मुगालता मैं नहीं पालता आप भी न पालें। हमारे इख्तियार में जो कुछ था उस पर अमल कर चुका आप भी समय रहते

परगनों की बागडोर फरीद के हाथों सौंप दें। फरीद यूँ तो पहले से ही जहीन था, अब गहरी और ऊँची पढ़ाई कर वह इस मुल्क में बिरला ही है। आपकी यह औलाद आपका सर ऊँचा करेगी। इसमें ताकत, सूझबूझ और दिलेरी है। यह लोमड़ी की तरह चालाक और खरगोश की तरह चौकन्ना है। ऐसे इनसान कुछ कर गुजरने आते हैं दुनिया में। एक बड़ी बात हमने देखी है इसमें आपको अन्दाजा भी है?"

"क्या हुजूर!"–हसन सूर का दिल फरीद के लिए मुहब्बत से लबालब भर गया था।

"उसने मुझसे बातचीत के वक्त कई बार यह कहा है कि–क्या कभी सारे सूर, अफगान, पठान एक नहीं हो सकते? यह उनको एक करने में लग जायेगा। आगे पीछे की तारीखें पढ़कर जान गया है कि समरकन्द से लाहौर के रास्ते आने वाली मुगलों की सेना के सामने इब्राहिम लोदी तब तक नहीं टिकेंगे जब तक सारे पठान अफगान एकजुट न होंगे।"

"बहुत दूर की सोचता है फरीद।"–अपने बेटे की ऊँची सोच पर फख्र हो आया उन्हें। लौटते ही उन्होंने यह खत भेजा। जमाल खाँ ने फरीद को समझा बुझाकर सहसराम भेजा। फरीद जाना तो चाहता ही था फिर भी कहा–

"मैं अपने वालिद की दोनों जागीरों को सँभाल लूँगा, उनकी देखभाल भी करूँगा पर वे बेबस हैं। उनकी बीवी जो निहायत नाशुक्री है मुझे बर्दाश्त नहीं कर पायगी। अगर उन्होंने उसकी बात पर कान दिया तो शायद वे मुझे न रख पायें।"

"तुम्हें बड़े काम करने हैं, छोटी-छोटी परेशानियों से कभी न पशेमन होना। जाओ एक सिपाही की तरह जुट जाओ, अकीदतमंद की तरह अपनी सोच को अंजाम दो। आमीन।"

रोहतास के पत्थर वाले दुर्ग के नीचे खड़े होकर हसन सूर ने उसका इस्तकबाल किया। वह दुर्ग राजा का था जहाँ जाना आसान नहीं था। राजा अपना फर्ज अच्छी तरह अदा करता था कभी भी जागीरदार को शिकायत का मौका नहीं देता था। हाँ, वह मुण्डेश्वरी देवी के मन्दिर में पूजा करने के लिए साल में एक बार ही किले से नीचे उतरता था। फरीद को देखकर हसन सूर बेहद खुश हुआ।

"आओ बेटे अब तुम ही दोनों परगने देखो।"

"मैं देखूँगा पर आप पूरी तरह मुझे देखने देंगे तब।"

"मैंने तुम्हारे ऊपर सब कुछ छोड़ दिया है। तुम मेरी सबसे बड़ी औलाद हो। तुम पर ही तो भरोसा है।"

"अब्बा हुजूर, यह मैं इसलिए कहता हूँ कि कई जगहों पर आपके रिश्तेदार जागीर का काम देख रहे हैं। मैंने अगर उनके काम में गड़बड़ी पायी तो हटा

दूँगा। रहम नहीं करूँगा।"

"तुम्हें जागीर का शिकदार बनाया है अब तुम्हारे इख़्तियार में हैं कि तुम कैसे चलाओ।"

इत्मीनान होकर फरीद अपने काम में जुट गये। फरीद ने सबसे पहले गाँवों की ओर रुख किया। गाँव के किसान ही किसी राज्य की धुरी हैं। वे अन्न उपजाते हैं, वे न हों तो सारी सभ्यता ही नष्ट हो जाये। अरबी, फारसी और हिन्दवी का विद्वान फरीद किसी मुगालते में न था कि कोई शिकदार या अमीर दुनिया चला सकता है। उसने महसूस किया कि रोहतास सासाराम और हवासपुर टाँडा के किसान अच्छी खेती करते हैं और अच्छे नस्लों के ढोर पालते हैं पर बेहद तकलीफदेह ज़िन्दगी गुजारते हैं। बारिश न हो और फसल अच्छी न हुई तो इलाके छोड़कर दूर जा बसते हैं। अपना इलाका खाली और बंजर हुआ जाता है। दरियाफ्त करने पर जाना कि मुहम्मद गोरी के समय से ही इन पर फाजिल महसूल लगाया और वसूला जाता है। बेगार के लिए लोगों को पकड कर जबर्दस्ती ले जाया जाता है। समय पर खेती नहीं हो, निकाई गुराई नहीं हो, समय पर खेतों में पानी न डाला जा सके तो खेतिहर भागकर ऐसे तालुके में चले जाते जहाँ यह सब नहीं होता। फरीद ने तुरत फुरत महसूल बन्द कराये और बेगार तो बिल्कुल ही बन्द करा दी। दस घरों के ऊपर एक आदमी की बहाली सिर्फ इसलिए की कि वे किसानों की सलामती का खयाल रख सकें। खूबसूरत नौजवान फरीद किसानों के बीच खड़ा होकर कहता–"मैं इनसान की सहायता करने वाला एक सैयद हूँ। तुम सब जो मेरी रियाया हो मुझसे जरा भी न डरो, मुझसे बेखौफ होकर अपनी तकलीफें बयाँ करो।"

खेतों में काम होने लगे। तालाब कुएँ खुदे, रहट चलने लगे। फसलें लहलहा उठीं। रोहतास सहसराम तालुका की खुशहाली की हवा दूर-दूर तक फैल गयी। हिन्दोस्तान उस वक्त अच्छे दौर से नहीं गुजर रहा था। छोटी-छोटी रियासतें बन गयी थीं। लूटमार का खौफ सूबों में तारी था। फरीद के राजपाट की, उसके सुलझे विचारों की, उसके सुधारों की खबरें चन्दन की खुशबू की तरह चारों ओर फैल गयी थीं। फरीद ने राहजनी करने वालों को मुस्तैदी से पकड़ना शुरू किया। उन्हें कड़ी से कड़ी सजा दी गयी। लिहाजा इसके रकबे में चोरी डकैती राहजनी नहीं होती। फरीद ने बाँस के पुल बनवाये उसका मन तालुके में रम गया।

खुशहाली की खबर सुन दूरदराज के लोग आने लगे, बंजर जमीनें हरी होने लगीं। फरीद ने खेती की जमीनें देकर हजारों लोगों को बसाया। पैदावार बढ़ी तो आप से आप महसूल कुछ ज्यादा ही बढ़ गया। खजाने भरने लगे। फरीद के काम की तारीफ से उनकी सौतेली अम्मा मुन्नी बाई को बड़ी कोफ्त होती। उसके सगे वाले जो तालुके में महसूल वसूलने, बेगार करवाने के शौकीन थे वे

फरीद की दरियादिली से नाराज थे। उनके हाथों की खुजली जो नहीं मिटती थी। उन्होंने मुन्नी बाई से शिकायत की पर कोई उपाय तो था नहीं क्योंकि फरीद मियाँ ने खजाने को भर दिया था। वे आहें भर कर रह जाते और अपनी तकदीर को कोसते कि अब सिर्फ वेतन पर गुजारा करना पड़ता। ऊपरी कमाई और बेगार का सुख छिन गया। कुछ करने की सोच तो रहे थे पर कहीं रास्ता नहीं दीख रहा था। लाचार फरीद के रहमोकरम पर दिन काट रहे थे। फरीद उनसे हिसाब पूछते तो वे जल भुन कर खाक हो जाते।

आने वाले मजलूमों में एक मारवाड़ से आया क्षत्रिय जयसिंह था। मारवाड़ इलाके में अकाल पड़ गया था। एक-एक काफिले बनाकर पूरब की ओर निकल आये थे। जयसिंह ने रोहतास में शरण पायी थी। उन्हें खेत मिला था फसलें उगाने को। उनके साथ उनकी कमसिन बेटी थी, बला की खूबसूरत। फरीद गर्मी की भरी दुपहरी में अपना तालुका घूमकर आ रहा था। खेतों की हरियाली मन मोह रही थी। खेत जहाँ खत्म हुए वहाँ कुछ नये बने घर देखे फरीद ने। प्यास से उसका गला सूख रहा था। अभी हवेली दूर थी, गले में काँटे उग आये जान पड़ते थे। घोड़े से उतरकर उसने घोड़ा पास खड़े एक पेड़ से बाँध दिया और सामने की कुटिया में आवाज लगाई। "कोई है? राहगीर को पानी पिलाओ।"-आवाज सुनकर एक युवती कमर पर घड़ा रखे नमूदार हुई। फरीद को पानी पिलाया, फरीद अपलक उस लड़की को देखता रह गया। पीले रंग का घाघरा, हरी ओढ़नी। जरी गोटे और शीशे के काम से जगमग। पीली चोली पसीने से तरबतर चिपक गयी थी जोबन के उभार से। घड़े भर पानी पीकर भी फरीद की प्यास न बुझी। अजीब-सी कैफियत थी।

"तुम कौन हो?"

"मैं चन्दा हूँ।"-फरीद उसके कपड़ों से जान गया कि यह इस जगह की नहीं है। नये आये किसी किसान की बेटी है।

"तुम्हारे वालिदैन कहाँ हैं?"

"सिर्फ पिताजी हैं, वे खेत से नहीं आये हैं अभी तक, मैं अकेली हूँ घर में।"

"क्या नाम है उनका?"

"जयसिंह हुजूर"-चन्दा को समझ में आ रहा था कि जल की याचना करने वाला यह इनसान कोई साधारण नहीं है जरूर कोई .खास है। उसने कह कर नजरें नीची कर लीं।

"यूँ अकेली किसी के भी पुकारने पर बाहर नहीं निकलना था समझ गयीं?"-फरीद ने उसे बरजा और खुद घोड़े पर चढ़ कर चला गया। चन्दा ठगी सी देखती रह गयी। फरीद की खूबसूरती से बढ़कर उसका घोड़ा चढ़ने दौड़ाने

का अन्दाज़ और उससे भी बढ़ कर उसकी हिदायत कि किसी के पुकारने पर बाहर न निकले। क्यों न निकले? अगर बाहर न निकलती तो उनको पानी कौन पिलाता? ऐसी गरमी की दुपहरी में प्यासे को पानी पिलाना धर्म भी है और इनसानियत भी। चन्दा को एक .खुशबू का एहसास हुआ जिस पेड़ के नीचे वह खड़ा था वहाँ से हवा का एक खुशगवार झोंका आकर उसकी ओढ़नी उड़ाने को आमादा हो गया। चन्दा को लगा वह उस इनसान की ओर खिंचती चली जा रही है।

घोड़ा दौड़ाता फरीद एक जोहड़ के पास आया। उतर कर रास ढीली की। उसे पानी पीने को छोड़ दिया। गरमी और प्यास से घोड़ा बेचैन था। फरीद चन्दा से पानी माँग कर घोड़े को पिला सकता था पर जाने क्यों वह उसके रूप की आँच सह नहीं पा रहा था; मन बेकाबू हो उठा था। वह भाग आया। चन्दा के रूप के आँच से भाग आया। एक बार भी मुड़कर नहीं देखा पर अब दौड़कर उसके पास जाने का दिल कर रहा है, अजीब-सी कैफियत है। उसके सुनहरे घने बाल, बड़ी बड़ी नीली आँखें-भोला मुखड़ा इसके दिल में उतर गया है। पतली कमर और उस पर छलकता जोबन। चोली और चूनर के बीच की दिलकश दूरी जो बेकाबू हुआ जाता है। उसे कोई गैर न देखे इसी मंशा से फरीद ने कहा कि किसी को पानी पिलाने न निकले। जाने क्यों फरीद ने उसे अपना, निहायत खानगी मान लिया कुछ ही पलों में। घोड़ा पानी पीकर इधर-उधर चरने लगा। हरी-हरी दूब उसे दीख गयी थी। शाम का झुटपुटा होने लगा था। गायें और बकरियाँ जंगल से चर कर घंटियाँ बजातीं गाँवों की ओर लौटने लगी थीं। फरीद भी घोड़े पर चढ़कर हवेली की ओर चल पड़ा।

जयसिंह खेत से घर आकर हाथ-पैर धोने लगा। घड़े से पानी उँड़ेलकर चन्दा उसके हाथ-पैर धुलवाने लगी। बिटिया ने चबेने, गुड़ के साथ डलिया में लेकर दिया। जयसिंह खाने लगे। खाली घड़ों को लेकर चन्दा कुएँ पर जल भरने गयी। दो-चार अधेड़ औरतें वहाँ पहले से खड़ी थीं।

"चन्दा, मैंने घोड़े की टाप सुनी तो बाहर निकल कर देखा किसी पठान को तुम घड़े से उँड़ेल कर पानी पिला रही थीं।"-एक स्त्री ने कहा।

"हाँ काकी, एक राहगीर था, आवाज लगाई तो मैं बाहर गयी। वह प्यासा था, चुल्लू में ही पानी पीने लगा। घड़ा भर पी गया।"-चकित-सी कहा उसने।

"अरी प्यासा ही था। पर चुल्लू में क्यों वह कोई बड़ा आदमी दिखाई दे रहा था, उसे लोटे में पानी देना था, गुड़ की भेली भी देनी थी।"-दूसरी ने कहा।

"अब मैं क्या जानूँ, मुझे लगा प्यासा है उसने भी चुल्लू बाँध लिया।"

"ठीक ही किया, अनजाने को क्या पानी पिलाना लोटे में?"-तीसरी स्त्री ने टीप दिया।

"काकी, उसने भी जाते-जाते यही कहा।"

"क्या कहा?"–एक जनी थीं।

"कहा कि किसी के पुकारने पर यूँ अकेली नहीं निकलना चाहिए, अब लो, उसे पानी पिलाया, उसकी प्यास बुझाई वही नसीहत दे रहा है।"–हँस पड़ी चन्दा।

"समझदार इनसान होगा।"–दूसरी ने कहा।

"जब से फरीद खाँ तालुका देखने लगे हैं कोई राहजनी, चोरी, उठाईगीरी कहाँ होती है। सारे चोर-उचक्के साधु हो गये हैं।"–तीसरी स्त्री ने कहा।

"बिटिया, उसने ठीक कहा।"–घड़े भर गये थे, सभी ने अपने-अपने घड़े उठाये और चलती बनीं।

चन्दा एक के ऊपर एक दो कलसी और एक कमर पर घड़ा लेकर लचकती हुई आँगन में आयी। जयसिंह ने बिटिया के सर से घड़ा उतारा और घिड़ौंची पर रखा।

"एक साथ इतने घड़ें लेकर जाने की क्या जरूरत थी, मैं ले आता। इतना खाली कर रखती है।"

"नहीं बापू, आज की बात ही जुदा है।"

"क्या जुदा है?"

"एक राहगीर प्यासा था, उसने पानी माँगा। मैं पिलाने बैठी तो सारा घड़ा ही पी गया। इनसान नहीं ऊँट था।"–वह खिलखिल हँसने लगी।

"प्यासा होगा बेचारा। कौन था?"

"मैं क्या जानूँ।" अब और जोर से हँसने लगी।

"कैसा था वह पूछ रहा हूँ।"

"अच्छा सा जवान था।"

"कपड़े कैसे पहने थे?"

"ओहो, उसने बेशकीमती पठानी कपड़े पहने थे, पगड़ी भी वैसी ही थी।"

"वही पूछ रहा था। वैसे तो इस छोटे से तालुके में अमन चैन है पर कौन जानता है किधर से कौन आता है? बुलावे पर बाहर न निकला कर।"–चन्दा ने सोचा जैसा उस जवान इनसान ने कहा वैसा ही बापू भी कह रहे हैं, काकी लोग भी कह रही थीं। नहीं निकलूँगी। मेरा क्या। दिन भर चक्की चलाकर चने पीसती रही थी चन्दा। यहाँ ज्वार बाजरे तो उपजे नहीं गेहूँ खूब उपजे। आज गट्टे की सब्जी और घी चुपड़ी गेहूँ की रोटियाँ खिलायेगी बापू को। पिता गम्भीर मुद्रा में बैठकर मूँज की रस्सियाँ बँटने लगा। खेतों में सब्जियाँ बोई हैं। सारी सब्जियाँ बरसात में फलेंगी उनके लिए मचानें खड़ी करनी पड़ेंगी। मूँज की रस्सी

ही काम आयेगी। मचानों पर बरसाती लौकी, सतपुतिया और सेम फलेंगे। इस ओर की हरियाली देख जयसिंह का खेती करने का उत्साह दुगुना हो जाता है। अपनी कुटिया की दीवार पर टँगे तीर तलवार को देख आहें भरता कि कब वह एक सिपाही का रूप धारण करेगा। कब किसी सेना की भर्त्ती होगी और इसकी तलवार बोलेगी। खेती में मन रमता है, बिना माँ की बेटी को देख-देख जी भी तो जलता है। अपने मारवाड़ से दूर बिरादरी में लड़का देखना भी मुश्किल है। साथ आये बुजुर्ग लोग सान्त्वना देते कि कुछ कमा धमा ले, अनाज पानी और ढोर डंगरों से; फिर ब्याह के लिए सब मिलकर कोई न कोई बिरादरी वाला ढूँढ ही लेंगे। रोहतास से भोजपुर, भोजपुर से पटना तक सैकड़ों मारवाड़ी आये होंगे, उनमें से कोई न कोई मिलेगा। अगर न मिले तो इधर के क्षत्रिय से बेटा माँगेंगे। जयसिंह सा उच्च कुलीन क्षत्रिय और चन्दा-सी बिटिया देखकर कौन इनकार करेगा। सब कुछ होते हुए भी जयसिंह का पिता वाला हृदय केले के पत्ते की भाँति जरा-सी बयार से डोल उठता। न दिन को चैन न रात को नींद। सुना है और अनुभव भी किया है कि यहाँ किसी प्रकार की लूटमार नहीं है फिर भी विधर्मियों का क्या भरोसा।

फरीद लौटकर आये तो ऊपर धुले परकोटे पर कपड़े बदल लेट गये। एक नौकर बड़ा-सा हाथ पंखा लेकर झलने लगा। थके फरीद को झपकी आ गयी नींद में उन्होंने चन्दा को देखा। हाथ बढ़ाकर उसे छूने लगे कि वह खिलखिलाकर हँसने लगी और दूर भाग गयी। लम्बी चोटी उसकी पीठ पर लोट रही थी। उसके भागने से नागिन सी बल खा रही थी। फरीद हाथ बढ़ाकर पकड़ना चाह रहा था कि किसी ने आवाज दी–"हुजूर, आप गिर जायेंगे।"–नींद टूट गयी सपना गायब हो गया। उन्होंने नौकर की ओर गुस्से से देखा। वह सकपका गया। उसे समझते देर न लगी कि उसका नौजवान मालिक किसी हसीन सपने की गिरफ्त में था। सपना टूट जाने की वजह से नाराज़ हो गया। उसके हाथ पंखे सहित ज्यादा तेजी से चलने लगे। फरीद ने फिर आँखें बन्द कर लीं पर वो चुलबुली हसीना फिर लौटकर पलकों के बीच नहीं उतरी। फरीद उसका रूप याद कर आहें भरने लगा। दूसरे दिन आप से आप फरीद के पाँव चन्दा के दरवाजे पर पहुँच गये। अबके सीधे उसके आँगन में पहुँच गया। चन्दा चौंकी पर घबराई नहीं। उसके पिता खेत की ओर गये थे। उसने अभी-अभी खाना तैयार किया था और लेकर खेत जाने वाली थी। पोटली बाँध रही थी।

"तुम अपने वालिद के लिए खाना खेत ले जा रही हो?"

"जी हाँ खाँ साहेब।"–उसने आदर से कहा।

"क्या बनाया है?"

"रोटी और साग। आपको प्यास लगी है क्या? तनिक रूकिये।"

–दौड़ कर गुड़ की भेली और लोटे में पानी लेकर आयी। फरीद अपलक उसे देखता रहा। फिर कहा–

"तुम मुझे रोटी नहीं खिलाओगी?"–वह हँस पड़ी।

"आप पठान हैं, मालिक दीखते हैं, हमारे घर की सूखी रोटी और साग खायेंगे?"

"बिल्कुल खायेंगे। जो तुम खिलाओगी वह खाऊँगा।"

"लीजिये"–आगे बढ़कर पोटली खोलने लगी कि फरीद ने उसका हाथ पकड़ लिया।

"रहने दो, फिर कभी।"–फरीद उठकर जैसे ही आया था वैसे ही चला गया। हाथ पकड़ लेने की प्रतिक्रिया दोनों के ऊपर हुई पर अलग-अलग। फरीद की आग अधिक भड़क उठी। इस आग से उसका आमना-सामना कभी नहीं हुआ था। वह या तो काफिया के अरबी पाठ से जूझता रहा या तीरंदाजी, तलवारबाजी के दाँव पक्के करता रहा। इतिहास पढ़ते वक्त सियासत के बारे में जानकारियाँ मिलीं इश्क के पेचोखम से कहाँ गुजरा। किसी पुरसुकून माहौल में कभी रहा नहीं, किसी के गेसू सँवारने का चाव कहाँ से पैदा होता। उसके दिल में एक बेचैनी थी जरूर पर औरत पाने की ललक नहीं थी कभी। उसने सिर्फ दो स्त्रियों को नजदीक से देखा था एक उसकी अपनी अम्मा सबा खातून और दूसरी सौतेली अम्मा मुन्नी बाई। इसकी नजर में एक निहायत नेक सताई हुई औरत थी जो उसकी सगी अम्मा थी दूसरी सताने वाली थी जिसने सबा खातून की बाँदी बनकर हवेली में दाखिला लिया और सौत बन गयी। फरीद के दिल में पहली बार जज़्बात जागे वो इस शिद्दत से कि इसकी अक्ल को कुन्द कर दिया। वह रोज बरोज चन्दा के घर पहुँचने लगा। पूरी बस्ती में कानाफूसी होने लगी। जयसिंह बेहद डर गया। उसने चुपचाप तीरथ के बहाने वहाँ से निकल जाने की योजना बना ली। दो घोड़ों का इन्तजाम हो चुका था। नदी किनारे घोड़े छोड़ देने का इरादा था। नाव से रात में ही नदी पार कर दूसरे के जागीर में पहुँच जायेंगे। फरीद वहाँ न पहुँच सकेगा। नदी किनारे चन्दा और जयसिंह पहुँचे ही थे कि चन्द घुड़सवारों सहित फरीद वहाँ पहुँच गया। उन्हें घेर कर अपने किले में ले आया। "जयसिंह, मैं आपकी बेटी चन्दा से मुहब्बत करता हूँ। आप इसे मुझसे दूर नहीं ले जा सकते।"–चीखकर कहा फरीद ने। जयसिंह का चेहरा क्रोध से लाल भभूका हो गया। उसके हाथ तलवार की मूठ पर चले गये। फिर अपने को उसने जब्त किया। उसे पता चल चुका था कि वह शिकारी की गिरफ्त में है। चन्दा रोये जा रही थी। अब उसे सबकुछ समझ में आ गया था। कोने में चुपचाप भीगी गौरैया सी दुबकी बैठी थी। जयसिंह जानता था कि रहम करने को कहेगा भी तो सुनवाई नहीं होगी। सो खून का घूँट पीकर चुप रहा। फरीद ने जयसिंह

और चन्दा के रहने का इन्तजाम किले में ही कर दिया। फरीद अब बेकाबू हुआ जा रहा था। उसने चन्दा को अपनी कोठरी से कहीं नहीं जाने दिया। इसके सामने अभी न पठानों अफगानों को एक करने का मसला था न तालुकेदार से सूबेदार बनने और सूबेदार से शहंशाह बनने का ख्वाब था। वह अमीर की पदवी भी नहीं चाहता था। उसे तो सिर्फ और सिर्फ यह हसीना जो इसके दिल की धड़कन बन गयी थी उसे हासिल करना था। उतावला हो गया फरीद। आहिस्ते से अगर जयसिंह से बात करके चन्दा उसकी बीवी हो जाती तो सबकुछ बड़ी आसानी से हो जाता पर अब जब वे अपनी खेती बाड़ी अपने जीने की आरजू छोड़कर भाग जाना चाहते थे तो वह बेहिस हो गया।

"चन्दा तुम्हें मालूम है न मैं तुमसे मुहब्बत करता हूँ। तुम्हारे बिना नहीं रह सकता। तुमसे निकाह करूँगा।"–फरीद ने इल्तिजा की

"हमारा निकाह कैसे होगा मालिक, हमारा धर्म अलग है।"–रोती हुई चन्दा ने कहा।

"मुहब्बत धर्म नहीं देखता। तुम क्या मुझसे मुहब्बत नहीं करतीं दिल पर हाथ रखकर बोलो।"–चन्दा सचमुच फरीद को प्यार करने लगी थी। पर धर्म की दीवार और पिता जयसिंह का मान, क्या कहती कैसे कहती। कशमकश में थी। वह रोती रही। उसके आँसू फरीद से बर्दाश्त न हुए। उसने पहली बार उसे छुआ। उसके आँसू पोंछे, उसे सीने से लगाया। मुहब्बत की खुशबू ने दोनों को अपने में समेट लिया। दो जिस्म दो जान एक हो गये। फरीद ने चन्दा को पाकर मानो सब कुछ पा लिया। चन्दा ने अपना समर्पण अपनी इच्छा से किया था यह जानते हुए भी आहत थी। फरीद उसे बार-बार कह रहा था कि वह औरतों की बेहद इज्जत करता है, उससे निकाह पढ़वायेगा।

रात भर जयसिंह पिंजड़े में बन्द शेर की भाँति छटपटाता रहा। उसका दुर्भाग्य कि उसकी बेटी और बीवी खूबसूरती की मिसाल थीं। मारखाड़ से निकलते ही इनका काफिला लुट गया था। काफिले की सभी जवान खूबसूरत औरतें लूट ली गयीं। जयसिंह की बीवी भी उनमें से एक थी। काफी दिनों तक बच्चे, जवान और बूढ़े-बूढ़ी कोली बस्ती में शरण लेकर रहे। सुना कि पूरब देश का रोहतास इलाका लुटेरों से महफूज है। बेटी चन्दा अब शुक्लपक्ष के चाँद की भाँति बढ़ती ही जा रही थी। पर हाय, यहाँ आकर भी क्या हुआ?

"जयसिंह, ले कुछ खा पी ले और दिमाग लगाकर सोच फरीद मियाँ यहाँ के जागीरदार के बड़े बेटे हैं, दोनों जागीरों के शिकदार भी हैं। वे बड़े जाँबाज सिपाही हैं, पढ़े-लिखे हैं, इनका दिल आज तक किसी खातून की ओर नहीं आया था, तेरी बेटी भागोंवाली है। अरे वो उससे मुहब्बत करते हैं हम तो कहते हैं–शादी कर दे। तू भी सुख से रहेगा तेरी बेटी भी शान से रहेगी। क्यों नाहक

जान देने पर तुला है।"। एक सिपाही ने उसे खाना परोसते हुए कहा।

"तुम तो हिन्दू जान पड़ते हो।"–जयसिंह ने कहा।

"हाँ, तभी तो तेरा खाना लाया हूँ। मालिक ने कहा इसीलिए।"

"हुँह, तेरे मालिक को यह ख़याल क्यों नहीं आया कि मुझ हिन्दू की बेटी को उठाकर क्यों ले आया है?"

"दिल का मामला है यार, तेरी बेटी पर दिल आ गया है। वह उससे शादी करना चाहता है।"

"वो कैसे कर सकता है ऐसा? तू ऐसा अपनी बेटी के साथ करने दे सकता है?"

"तो क्या करेगा? उसके वश में है वो जो चाहे करे। शादी करना रखैल बनाने से अच्छा है। फरीद खाँ सूर अच्छा इनसान है। वो रियाया के लिए कितना भला करता है।"

"मैं तो धर्म गँवा बैठा। इसीलिए शेखावाटी से चलकर आया था?"–जयसिंह सर धुनने लगा।

"देख मेरे भाई, जबर्दस्ती अगर रोहतास का किलेदार राजा महाबली सिंह भी बेटी को उठाकर अपने रनिवास में ले जाये तो भी बुरा है। यह शादी कर उसे जिन्दगी भर निभाना चाहता है। आज कई सौ सालों में हजारों क्षत्रियों ने धर्म बदला है। इसे तकदीर समझ।"

"क्षत्राणियों ने जौहर भी तो किया है।"

"तू कहीं का राजा है क्या?"

"दिल का राजा हूँ।"

"बड़ा जिद्दी है भाई, पर शेर के मुँह लगे शिकार को किसी युक्ति से ही निकाला जा सकता है।"–रात भर समझने और समझाने का दौर चलता रहा। जयसिंह ने मुँह जूठा किया और जल पीया। मन ही मन कुछ संकल्प लिये।

चन्दा और फरीद एक दूजे के हो चुके थे। इनकी मुहब्बत का प्याला लबालब भरा हुआ था जितना पीते उतना छलक रहा था। फरीद के इश्क की चाशनी में ऐसी डूबी कि उसके पंख न रहे साबुत। कोई शिकवा शिकायत नहीं कोई नया अरमान नहीं। बस फरीद ही फरीद। दोनों का पहला पहला प्यार था वह भी कमसिनी का इश्क कहीं, कोई पेचोखम नहीं। फरीद ने सुनाया कि जयसिंह खुश है वह किले की सेवादारी करना चाहता है। अब चन्दा का मन स्थिर हो गया था। उसे अपने महबूब से निकाह करने से भी इनकार नहीं था। उसे क्या मालूम धरम करम वह तो फरीद की सच्ची सुच्ची मुहब्बत की गिरफ्त में थी।

जयसिंह अब फरीद के साथ रहता। वह अच्छा तलवारबाज था। उसके दिल में आग धधक रही थी। किसी तरह भूल नहीं पा रहा था कि किजिलवाश लुटेरे

उसकी बीवी को लूट ले गये और आज जिस तालुके में शरण लेकर अपने को महफूज समझ रहा था उसके शिकदार ने जो तालुकेदार का वारिस है उसकी फूल सी बेटी को बन्दी बनाकर रख छोड़ा है। उसके जहन में इश्क-मुहब्बत की जगह नहीं है। वह अपने आपको दुनिया का सबसे बदनसीब इनसान समझता है। वह अपनी स्त्री और बेटी की अस्मत नहीं बचा सका। फरीद के आसपास वह नफरत से लबरेज डोलता रहता।

"लाइये मालिक मैं आपके सर को तेल लगाकर मालिश कर दूँ।"-थक कर आये फरीद से जयसिंह ने कहा।

"ठीक है रहने दो। हमारे जैसे सिपाही को मालिश नहीं सोहता।"-फरीद तीमारदारी करवाने का कायल नहीं था। उसने देखा जयसिंह का चेहरा उतर गया। कहा-

"चलो कन्धे दबा दो।"-जयसिंह आगे बढ़ आया।

"शमशीर बाँधे हुए कन्धे दबाओगे क्या?"-फरीद ने कहा और टेक लगाकर आँखे मूँद लीं। जयसिंह ने अच्छा मौका देखा। तलवार कमर से निकाल सीधा फरीद की गरदन पर वार कर दिया कि चीते सी तेजी से फरीद उछला और उसी की तलवार से उसकी गर्दन काट दी। यह सब कुछ ही पल में गुजर गया। पास खड़े अमले सिपाही सकते में आ गये। यह क्या हो गया या खुदा। हे ईश्वर जयसिंह ने यह क्या कर डाला इसकी शंका तो मुझे भी न थी उसके सदा निकट रहने वाले सिपाही ने सोचा और काँप गया कि कहीं फरीद इस पर न रुष्ट हो जाये। चाँद कुँअर को जब यह खबर पता लगी तो वह पागल सी हो गयी। इधर-उधर भागने लगी। फरीद आकर उसे समझाने लगा वह सुनने को भी तैयार न थी। उसे अनुभव हो रहा था कि यह सब उसके कारण ही हो रहा है। उसने देखते ही देखते अपने शरीर में आग लगा ली। फरीद बचाने दौड़ा। उसके अमलों ने उसे कसकर पकड़ लिया। "ऐ नीच दुष्ट फरीद अफगान तूने मेरा धरम भ्रष्ट किया मेरे पिता को मार डाला। कभी सुख नहीं पायगा। जो मिलेगा वह तुझसे यूँ ही छिन जायेगा। जैसे मैं जलकर मर रही हूँ तू भी ताजिन्दगी जलता रहेगा और मरेगा। अरे विधर्मी, मेरे तो किसी पूर्वजन्म का कृत्य होगा जो मैंने भोगा तुझे इसी जन्म में सबकुछ मिल जायेगा।" चन्दा ने दम तोड़ दिया। फरीद दीवाना हो चुका था। यह क्या हो गया उसने ऐसा तो कभी नहीं सोचा था। किसी खातून के लिए मन में बुरा ख़याल नहीं लाया। आज इस नियामत की तरह आयी मुहब्बत ने कयामत बरपा दिया। एक तो अपनी अजीज दिलवर का कोयला होना दूसरे घिनौने अपराध की तरह उसके पिता का सर कलम कर देना मुआफी के काबिल नहीं है। कहाँ गया उसका पत्थर जैसा ठोस इरादा और कहाँ गया बड़े से बड़ा इनसान बनने का सपना। सब चूर-चूर हो गया। वह बेचैन होकर भाग निकला

परकोटे से। भागता चला गया जंगल की ओर। एक ऊँची पहाड़ी पर चढ़कर अपनी जहर बुझी कटार निकाल ली। अब मैं अपना कलंकित चेहरा लेकर जीकर क्या करूँगा। न जिन्दगी में मुहब्बत रही न इज्जत। कटार उठाकर अपने सीने को चाक करने ही जा रहा था कि एक आवाज आयी।

"रुको फरीद, ये क्या कर रहे हो"—संसार क्या है अलग-अलग इनसानों की कहानी है। इसी तरह के भाँत-भाँत के खेल होते हैं। जैसा डर था वैसा ही हुआ। इसी की मानिन्द एक दिन सबको मिट्टी में मिलना है। जान जाने के बाद रोने से वापस नहीं आते, हमें पता नहीं यह किस इम्तिहान का फल है।"—फरीद उनके पैरों पर गिरकर रोने लगा।

"दुनिया बनाने वाले अल्लाह कहो या ईशपिता के सिवा कोई धरती पर रहने नहीं आया है। वही है जो सदैव रहता है। कुराने पाक के अनुसार सारे संसार का अन्त होगा एक दिन। हमेशा रहने वाला है खुदा जिसने इन्तकाल को दुनिया का नियम बना रखा है। इसलिए तुम्हें चाहिए कि तुम अपने दर्देदिल सँभालो। तुम्हारे जिम्मे परवरदिगार ने ढेर सारे काम दे रखे हैं।"—फरीद को उठाकर नजूमी ने सीने से लगा लिया।

"बाबा, तुम वही हो न जिसने मुझे हिसार में रेवड़ियाँ के लिए पैसे दिलवाये थे?"

"हाँ मैं वही हूँ।"

"तुमने अपनी नसीहत से दो बार मेरी इज्जत और जान बचाई है। तुम्हारे उपकार का बदला देना मेरी औकात में नहीं है।"

"मुझे नहीं चाहिए कुछ भी मैं तो अपने परवरदिगार की इबादत करता रहता हूँ। वही जहाँ जहाँ जाने को कहते हैं जाता हूँ, उन्होंने ही इनसानी चक्कर की पहचान दी। इसीलिए मैं कहता हूँ जैसे तेरे खानदान की नियामत घोड़े ही रहे वैसे ही तुझे भी उसकी जीन हमेशा कसी रहे यही करना पड़ेगा। यही तो इशारा है उस पाक परवरदिगार का।"—फरीद का मन ठंडा हुआ। वह आकाश की ओर हाथ उठाकर मालिक से बाकी जिन्दगी का वादा कर रहा था। जान बूझकर किसी खातून का बुरा नहीं चाहेगा। बेवजह किसी को सतायेगा नहीं, दुश्मनों को बख्शेगा भी नहीं। जो तू चाहेगा मेरे मौला मैं वही करूँगा। आसमान से आँखें धरती की ओर कीं तो देखा नजूमी गायब है। उसका घोड़ा पास ही चर रहा है। उसे हैरत हुई वह तो दौड़कर निकला था घोड़ा पीछे से आया है शायद। बरसात के बाद जैसे आसमान साफ हो जाता है वैसे ही दिलोदिमाग साफ हो गया था। दिल हल्का हो गया था पर एक गहरे घाव की पीर पसरी थी। घोड़े पर चढ़कर अपने परकोटे में आया परकोटा धुला पुँछा था, गुलाब अतर की खुशबू फैली थी। एक सिपाही ने इत्तिला दी कि अब्बा हुजूर ने बुला भेजा है। फरीद उलटे

पैर उनके पास चला गया।

"यह मैं क्या सुन रहा हूँ। तुमने किसी औरत की खातिर खून-खराबा किया है? यही है तुम्हारे इतने पढ़े-लिखे होने की निशानी, जाहिलों जैसा काम करते हो! अरे जिन्दगी की शुरुआत ही इतनी नाकाम हो तो कैसे आगे बढ़ोगे। मसें भीगनी शुरू नहीं हुई कि इश्क का भूत चढ़ गया। हमने जौनपुर में तुम्हारी सगाई बहाव अफगन की बेटी बीवी कमानी से कर दी थी। अभी सोचा था कि निकाह पढ़वाकर रुखसती करा लाऊँ पर ना! इधर गुल खिला दिया। अब सिर झुकाये क्यों खड़े हो, जवाब दो?" बीमार हसन सूर बेहद खफा थे।

"आपने बजा फरमाया अब्बा हुजूर, आपका हक है जो सजा दें कुबूल है।"

"आपको यहाँ की शिकदारी से छुट्टी दी जाती है। जौनपुर जाइये और कमानी बीवी से निकाह पढ़वाकर रुखसत करा लीजिये। मुन्नी बाई, उनके रिश्तेदार और बेटे सुलेमान, अहमद तथा इमदाद बैठे थे। फरीद की भूल छोटी नहीं थी परन्तु इस प्रकार की सजा दिलवाने में अब्बा के इर्द-गिर्द बैठे लोगों का ही हाथ था। चुपचाप उन्हें सलाम कर चले आये फरीद।

हसन खाँ सूर ने अपने दूसरे बेटे जो मुन्नी बाई के थे उसे शासन प्रबन्ध दे दिया। सुलेमान न तो ठीक से पढ़ा-लिखा था न फरीद की तरह सूझ-बूझ वाला था पर मुन्नी बाई की औलाद था। उसने हसन सूर से वादा लिया था कि उसका वारिस सुलेमान वगैरह इसके बेटे ही होंगे। रियाया को यह सब अच्छा नहीं लगा पर उनके वश की कोई बात थी ही नहीं। जमाल खाँ का इन्तकाल हो गया था। जौनपुर नहीं जाकर फरीद दौलत खाँ के पास दिल्ली चले गये। दौलत खाँ इब्राहिम लोदी के अमीर थे। दौलत खाँ की सरपरस्ती में उन्होंने कमानी बीवी से शादी की और रुखसती करा के घर बसा लिया। दौलत खाँ इसकी सूझबूझ और कुछ कर गुजरने के जज़्बे के बड़े कायल थे। उसकी बेचैनी देखकर एक दिन दौलत खाँ ने पूछा-"तुम इतने बेचैन क्यों हो? मुझे बताओ।"

"हुजूरेआली ऐसे वाकयात जो कहने में शर्म आये मैं कैसे बताऊँ?"

"बेफिक्र होकर कहो मैं तुम्हारे साथ हूँ।"

"मेरे अब्बा हुजूर की ब्याहता अफगान बीवी का बच्चा मैं हूँ और निजाम है पर अब्बा की और बीवियाँ, बांदियाँ हैं जिनसे बाकी के छः बेटे हैं। उनमें से एक मुन्नी बाई का कहा वे सुना करते हैं। उसी की साजिश के कारण मुझे शिकदारी से हटा दिया। सुलेमान को सौंप कर जागीर का हाल बुरा कर दिया है। अगर सुलतान से कहकर जागीर मेरे नाम कर दिया जाये तो जागीर का भी भला हो और अब्बा हुजूर का भी।"

"जागीर की भलाई समझ में आयी पर अब्बा की खूब कही। वो न तो तुमसे

मुहब्बत करते हैं न तुम उनसे तो उनका क्या भला होगा?"

"नहीं हुजूर, वो मुझसे बेइन्तहा मुहब्बत करते हैं; मैं यह जानता हूँ मेरी काबिलियत पर भरोसा भी है उन्हें लेकिन वे अपने हालात से मजबूर हैं। उस बाँदी बीवी के भड़काने पर हमारे खिलाफ हो गये। हो सकता है वे उनके बीच महफूज नहीं हैं।"–दौलत खाँ ने देखा एक औलाद अपने वालिद की सलामती के लिए बोल रहा है। उनका दिल भर आया। अल्लाहताला ने ऐसी औलाद बख्श कर हसन सूर पर नियामत बरसाया है। क्या हसन सूर इसकी कीमत जानता है? बहरहाल, अमीर दौलत खाँ सुलतान इब्राहिम लोदी से इसका जिक्र करेगा। वो ही जागीर हसन से लेकर फरीद को दे सकता है। बहलोल लोदी ने हसन को जागीर दी थी।

कमानी बीवी की रुखसती करा के फरीद घर ले आया। फरीद का दिल बुझा था पर उसे संसार चलाने की नसीहत नजूमी बाबा ने दी थी। उसने अपने खाली घर को दिखाकर कमानी बीवी से कहा–"यह खाली और सूना घर है जिसे आप अपनी मर्जी से भरें, दुनियावी बनायें। हम तो सिपाही हैं हमें कुछ नहीं आता। आपने अपनी अम्मीजान से जो कुछ सीखा समझा है उसी के मुताबिक चलें क्योंकि हमारा कोई नहीं हम दोनों भाई यतीम हैं।"

"मेरे सरताज, आप ऐसा न कहें। आप हमारे सब कुछ हैं, आपके भाई आपके होते यतीम कैसे हो सकते हैं, अब हम भी आ गये, भाभी अम्मीजान से कम नहीं होती। हाँ, आप अपना काम करते रहें, मैं घर सँभाल लूँगी, बेफिक्र रहें। निजाम भाई की दुनिया भी मैं बसा दूँगी।"–फरीद एक सुलझी हुई समझदार हमनवाज पाकर अपने नसीब पर खुश हो गया।

"मुझे लगता है आगे बढ़ने से मुझे कोई रोक नहीं सकता। आप एक दिन मलिकए हिन्दोस्तान होंगी।"

"जहेनसीब। यह बड़ा ऊँचा ख़्वाब है।"

"ख़्वाब ऊँचे ही देखना चाहिए। हिन्दोस्तान का बादशाह होना तकदीर का फसाना लग सकता है आज पर नामुमकिन तो नहीं। कल को कौन जानता है।

"आपने ऐसा ख़्वाब दिल्ली आकर देखा है या रोहतास में ही देख लिया था?"

"जाहिर है रोहतास की पहाड़ी पर बैठ कर खुली आँखों से यह ख़्वाब देखा है।"

"तकदीर साथ दे, अपनी कोशिश और अल्लाह की मर्जी हो।"

"जी हाँ मेरे बादशाह।"–सगाई के वक्त फरीद एक खूबसूरत नीली आँखों वाला, काले घुँघराले बाल वाला गदबदा-सा बच्चा था। कलीदार शेरवानी, रेशमी शलवार और जरीदार टोपी में शहजादा दीख रहा था। कमानी बीवी सुनहरे कलाबत्तू

के काम की ओढ़नी और भारी गहनों तले दबी थी। अभी कैसा कद निकल आया है दोनों का रूप-रंग और ढंग ही बदल गये। तब तो फरीद की अम्मीजान थीं जो दुल्हन की बलैयां ले रही थीं। उनकी धुँधली-सी याद है कमानी बीवी को, फरीद बिल्कुल अपनी अम्मीजान सरीखा है। घर गिरस्ती जमाकर फरीद दौलत खाँ के हुजूर में पहुँचा। दौलत खाँ फरीद को लेकर सुलतान इब्राहिम लोदी के दरबार में पहुँचे। दिल्ली सल्तनत का भव्य दरबार जो कई हाथों से गुजरता हुआ आज इब्राहिम लोदी के कब्जे में था। बेहद नामचीन यह दरबार दुनिया के लिए रश्क करने का सबब यूँ ही नहीं है। हिन्दोस्तान मुल्क सोने की चिड़िया कहा जाता है, जिस चिड़िया के सोने के अंडे को पाने के लिए हजारों साल से लोग बाग उमड़े चले आते रहे हैं। मुहम्मद गोरी ने बीस बार बिना थके कोशिशें की। इक्कीसवीं बार जीता तो क्या जीता अपने नौकरों के हवाले कर लौट गये गोरी। फरीद सोचता एक गुलाम जब सैकड़ों साल राज कर सकता है तो मैं तो सिपाही हूँ किसी का गुलाम नहीं। मेरी रगों में ऊँचे खानदान का, ईमानदार लड़ाके का खून दौड़ता है मैं इसे जीतकर रहूँगा। कैसे और कब यह नहीं जानता।

इब्राहिम लोदी ने बड़े इतमीनान से फरीद की कहानी अमीर दौलत खाँ की जुबानी सुनी। कहानी में उन्हें कोई दम नजर नहीं आया। त्योरियाँ चढ़ाकर उन्होंने कहा कि कैसा बेटा है जो बाप बूढ़ा हो गया तो उसकी जायदाद ले लेना चाहता है। जो बीवी उसके पास है उस पर शक करता है। मुझे तो इसकी नीयत पर शक है। दौलत खाँ ने तजवीज की कि किसी को रोहतास भेजा जाये जो वहाँ के वाक़यात खुद पता कर आपको बताये। कहते हैं कि चारों जागीरों की आमदनी भी चौपट हो गयी है। सुलतान इब्राहिम लोदी इस पर राजी हो गया। दौलत खाँ ने फरीद को सब्र से काम लेने को कहा। फरीद में सब्र ही तो नहीं था। दौलत खाँ ने समझाया कि ऊँचे ख़्वाब देखने वाले को अल्लाह पर भरोसा और सब्र से काम लेना ही चाहिए।

कारिन्दा रोहतास से लौट कर आ गया। उसने कहा कि चारो परगनों में आमदनी कम हो गयी है क्योंकि लोग बाग खेत छोड़कर भाग गये हैं। हसन सूर का इन्तकाल हो गया है। सुनकर फरीद सकते में आ गया। उसके दिल पर चोट लगी कि आखिरी वक्त में वह नहीं था, अबा ने उसे दूर कर दिया था शक तो था ही कि कहीं उनलोगों ने अब्बा को जानबूझकर तो नहीं मर जाने दिया।

इब्राहिम लोदी ने जब यह खबर सुनी तो उन्होंने दौलत खाँ से मशविरा किया। उन्हें लगा फरीद का कहना सही था। "शहंशाहे आलम, फरीद खाँ सूर जागीर की अच्छी तरह हिफाजत करेगा। वह बहुत अच्छा सिपाही है काम आयेगा।" सुलतान लोदी ने फरीद और निजाम को अपने पास बुला कर कहा–

"तुम्हें तुम्हारे अब्बा हुजूर हसन खाँ सूर की जायदाद बख्शी जाती है। चारों

परगने तुम्हारे हुए। तुम दो हजार घुड़सवार तैयार करो निजाम और तुम हमारी शाही सेना की टुकड़ी में अपने आपको मान कर चलो। उसके लिए तुम्हें एक हजार टका सालाना मुकर्रर किये जाते हैं।"—सुलतान ने रुक्का लिखकर दिया। दोनों भाई अपने कुनबे सहित रोहतास लौट आये और फिर से हुकूमत करने लगे। फरीद ने सुलेमान को बुलाकर कहा—"सुलेमान, अहमद और इमदाद तुम तीनों मेरे भाई हो तुम्हें हम कुछ काम देते हैं उसे अंजाम दो और जैसे रहते थे वैसे ही रहो।"—सामने में वे चुप रहे पर उन्हें यह सब गवारा न था। वह भागकर जौनपुर चला गया। रोहतास फरीद के हाथ से छीनकर देने की बात की। वही वक्त था जब पच्छिम से मुगल जहीरुद्दीन बाबर दिल्ली पर हमला करने बढ़ा चला आ रहा था। इब्राहिम लोदी के लिए सूर, पठान अमीर, सरदार तथा तालुकेदार सहायता करने एकजुट होकर बढ़े चले आ रहे थे। बाबर के पास जंग के नायाब हथियार थे, उसके पास खोने को कुछ न था। वह अपना सब कुछ छोड़कर हिन्दोस्तान आया था पर इधर सुलतान इब्राहिम लोदी की फौज से टक्कर थी। मुहम्मद खाँ ने सुलेमान को अमन से काम चलाने को कहा और फरीद से कहा कि क्यों न वह एक परगना सुलेमान को अलग कर दे दे।

"यह रोह नहीं है कान्धार का कि पुश्तैनी हक है मेरे भाइयों का यह सुलतान का लिखा हुआ रुक्का है मेरे नाम, मैं बाँटकर क्यों दूँगा।"—फरीद ने साफ-साफ कह दिया।

"देखो सुलेमान मियाँ, अभी तो जंग छिड़ी है। यदि बाबर हार जाता है और हमारे सुलतान इब्राहिम लोदी का तख्त सही सलामत रह जाता है तो मैं तुमसे वादा करता हूँ खुद उनसे रुक्का लिखवाऊँगा, फरीद और निजाम से जायदाद छीनकर तुम्हें दे दूँगा।"—मुहम्मद खाँ ने उन्हें कहा। उन पर दबाव डालने के लिए सुलेमान तीनों भाई और अम्मा मुन्नी बाई भी वहाँ मौजूद थीं। वे सुनकर मायूस हुए पर समय की नज़ाकत देखकर चुप रहना पड़ा।

जंग जो हिन्दोस्तान की तारीख बदलने वाली थी उसमें इब्राहिम लोदी मारा गया। बाबर गद्दीनशीन हो गया। मुहम्मद खाँ सरीखे लोग ताश के पत्ते की मानिन्द उड़ गये किधर कि पता नहीं चला। पठानों और अफगानों के राजपाट का अन्त आ गया। बाबर बादशाह आगरा में था पर उसके डैने फैल रहे थे। सुदूर बिहार में बहार खाँ का राज्य था, फरीद ने अपने को ताकतवर बनाने के लिए उधर का रुख करने की सोची। अपने भाई निजाम से कहा कि वह रोहतास सँभाले फरीद खुद बिहार की ओर जा रहा है।

बहार खाँ ने फरीद को गले लगा लिया। उसने उसे अपने साथ ही रखा। उसे मालूम था कि अब सैकड़ों साल से चली आयी हुकूमत का आपसी बैर के कारण खात्मे का वक्त आ गया है फिर भी फरीद के कहने के अनुसार एक

बार सारे अफगान पठान में भाईचारा की कोशिश करनी चाहिए। फरीद बहार खाँ के पास रहकर सेना बढ़ाने की कोशिश कर रहे थे। एक दिन पूरे लाव लश्कर के साथ दोनों जंगल में हिरनों का शिकार करने गये कि अचानक एक शेर ने बहार खाँ पर हमला कर दिया। फरीद ने चीते की सी तेजी से उछलकर अपनी तलवार से शेर पर वार कर दिया। शेर का सर धड़ से अलग हो गया। बहार खाँ ने यह रूह कँपा देने वाला मंजर देखा और महसूस किया कि क्या कोई शख्स अपनी जान जोखिम में डालकर किसी की जान बचा सकता है? कौन ऐसा फरिश्ता होगा जो एक बार में शेर का काम तमाम कर दे? बहार खाँ होश खो बैठा था। होश में आने पर लाव लश्कर सहित वे बिहार लौट आये। गाँव-गाँव में यह खबर फैल गयी। अमीर के लश्कर के साथ ग्रामीण बेगार जाते थे। उनमें से कुछ उस दिन हिरन भून रहे थे, कुछ मंजीरे बजाकर गा रहे थे। बहार खाँ उठकर इधर-उधर असावधान हो कर टहल रहे थे कि शेर ने हमला किया। जिस गाँव के बेगार थे वहाँ पेड़ों के नीचे, पनघट पर चौपाल में हर जगह यह किस्सा फैल गया। चश्मदीद बेगार नायक की तरह बखान कर रहे थे, क्यों न हो उन्होंने अपनी आँखों से वह अजीबो-गरीब नजारा देखा था।

अमीर बहार खाँ ने दरबारे खास बुलाई और सारा किस्सा अपने मुँह से बयान किया।

"आज अगर वहाँ फरीद मियाँ न होते तो आपका यह अमीर आपके सामने न होता। यह इनसान नहीं फरिश्ता है। ऐसे बहादुर मेरा तखल्लुस है पर असल में यही बहादुर है। सुनने में आया था कि ऐसा भी होता है आज देखा। इतने लोगों ने अपनी आँखों से देखा मैंने महसूस किया है। कैसे मौत के मुँह से इस फरिश्ते ने मुझे खींच निकाला। आज मैं कुछ ऐलान करना चाहता हूँ। फरीद खाँ आज से शेर खाँ कहलायेंगे। इस तरह का ख़त मैं लिखकर सभी अफगान और पठान अमीरों, सूबेदारों सुलतान के पास भेजता हूँ। आमो खास में ऐलान कर दिया जाये कि फरीद खाँ सूर अब शेर खाँ सूर कहे जायेंगे।"

"आमीन आमीन"-दरबार से आवाज आयी।

"हम आज से शेर खाँ को अपना वजीर मुकर्रर करते हैं।"

"बेहतर-बेहतर"-दरबारे खास से आवाज आयी।

"अपने बेटे जलाल खाँ को इन्हें सौंपते हैं कि ये उन्हें तालीम देकर अपनी तरह का आलिम बनायें, अपनी ही तरह के सिपाही भी बनायें। सभी तरह के हथियार चलाकर सिखायें। शेर खाँ आपको कुछ कहना है?"

"जहेनसीब हुजूर, आपने मुझे बहुत इज्जत बख्शी। जहाँ तक शेर मारने की कुव्वत का सवाल है तो वह मेरा अपना कतई नहीं हो सकता सब उस पाक परवरदिगार का कमाल है उसी ने वह लम्हा चुना जिसमें मुझ जैसे नाचीज के

हाथों आपकी जान बच गयी।"

"तुम पर अल्लाह की नेमतें बरसें शेर खाँ सूर। तुममें कोई बात है। यूँ ही कोई इतना बड़ा काम करके चुप नहीं बैठता। तुममें कुव्वत है मेरे दिल में आस जगी है कि तुम्हारे जैसे सिपाहियों के दम पर अफगान पठान फिर अपने पुरखों का हक हासिल कर लेंगे।"

* * *

"आज फिर इतने बड़े पत्थर के टुकड़ों पर छेनी चलाने लगे भाई मंगल?"—जंगी मियाँ ने आते ही पूछा।

"संगतराश हैं, पत्थर और छेनी का ही तो काम है।"

"सुना तुम आजकल अमीर के खासुलखास फरीद मियाँ के साथ जंगल जाते हो हाँका करने।"

"ठीक सुना, पर हाँका करने नहीं तम्बू गाड़ने ठोकने। काम मुझे जरा भी पसन्द नहीं पर इस बार नहीं जाता तो वह मंजर देख ही न पाता।"

"अच्छा, जो अफवाह फैली है वह सच है क्या?"

"बिल्कुल सच, अफवाह नहीं है। भाई जंगी तभी तो मैं पत्थर ढूँढ़ रहा था। यह एक मिल गया है इसमें सही नजारा खोद डालूँगा।"

"लेकिन यह तेलिया पत्थर है मिहनत ज्यादा लगेगी।"

"अब जो लगे हम उस बब्बर शेर की और उसे तलवार की धार से एक बार में ही ढेर करने वाले शेरखाँ की मूरत इसी पर उकेरेंगे चाहे जित्ता समय लगे।"

"हम भी साथ देंगे जैसे कहोगे।"—जंगी ने नहीं देखा था नजारा लेकिन वह भी था संगतराश। जंगी ने इस्लाम कुबूल कर लिया था लेकिन देवी की मूरत बनाने में उसका जोड़ा नहीं था। मंगल शेर, भैंसा, बैल, चूहा, मोर, हंस, घोड़ा बेहद अच्छा बनाता। भवनों और मन्दिरों में दोनों मिलकर काम करते, खानगी तथा सुल्तानी सभी तरह के ये काम करते थे। पत्थरकट गाँवों में दोनों कौम मिलजुल कर रहतीं, हमप्याला-हम निवाला। पाँवरिये फरीद के शेर खाँ बनने की कथा गा-गाकर सुनाते फिरे। लोक-रंजन का यह माध्यम एक ओर धरती बनने की कहानी कहता तो दूसरी ओर तुरत घटने वाली किसी घटना का गीत बनाकर खँजड़ी बजाकर, पैरों में घुंघरू बाँधकर नाचता हुआ बयान करता।

चेरो-उराँव-संथाल घरों की दीवार पर जो चित्र उकेरे जाते, चकरी लगाये बैठे फनियल साँप की, दाने चुगती चिड़िया की, उसमें शेर मारता शिकारी शेर खाँ भी जुड़ गया। पीली मिट्टी से लिये पुते घरों में कोयले और राख से

बने, गेरू और आटे से लिखे जाने लगे शेर मारने की दास्तान। बहार खाँ ने शेर खाँ नाम दे दिया–फरीद को, वजीर बनाया फरीद को लेकिन अपने आप को सर्वशक्तिमान समझने लगे। उन्होंने अपनी पदवी बढ़ा ली खुद ही अपना नाम और पदवी खुद रख लिया। अपने इलाके के खुद मुख्तार थे बहार खाँ सो अपना नाम रख लिया–"सरदारे हिन्द सुलतान मुहम्मद"। फरीद ने एक दिन उनसे अर्ज किया–"हुजूरे आली सुल्तान, आप यदि हमें अपनी रियासत रोहतास के सहसराम जाने की इजाजत देंगे तो बड़ी इनायत होगी। बहुत दिनों से आपके पास हूँ। उधर मेरा भाई निजाम किस तरह राजपाट चला रहा है देखने का दिल कर रहा है।"

"ठीक है शेर खाँ तुम जा सकते हो।" सुलतान मुहम्मद ने कहा।

"हुजूर एक और इल्तिजा है।"

"कहो शेर खाँ ताकि मैं तुरत ही फरमान जारी करूँ।"

"जनाबेआली यह हसन अली मेरे साथ बहुत दिनों से है सो इसे मेरे साथ जाने की इजाजत दे दीजिये।"

"ठीक है, जैसा तुम चाहो।"–सुलतान मुहम्मद जो बहार खाँ था ने फरमान जारी किया कि यथोचित घुड़सवार और लाव लश्कर वजीर शेर खाँ के साथ रोहतास दुर्ग की ओर रवाना हो। रोहतास की पहाड़ी के निकट सहसराम का दुर्ग था। पहाड़ पर दुर्भेल पत्थरों का दुर्ग था जिसमें महारथ सिंह जमींदार रहता था। उसका श्याम सुन्दर नाम का शानदार हाथी था जिसके मोटे-मोटे बड़े-बड़े दाँत सोने और चाँदी से मढ़े हुए थे। महारथ सिंह जमींदार को वह पहाड़ी तथा तलहटी के कुछ गाँव सुलतान बहलोल लोदी के समय से ही दिये हुए थे। महारथ सिंह न तो किसी की ओर देखता न अपनी ओर किसी को देखने देता। सुलतान की सरपरस्ती थी कोई कुछ न कहता। शेर खाँ उस पत्थर के दुर्ग को देखकर आहें भरा करता। उस दिन भी उसके जहन में यह बात आयी कि यह दुर्ग और श्यामसुन्दर हाथी इसके पास होना चाहिए। इस पूजापाठी क्षत्रिय के पास कभी नहीं होना चाहिए। शेर खाँ किला हथियाने की जुगत भिड़ाने लगा। किले में एक पंडित जी अक्सर पूजा कराने जाते, वे राजपरिवार के गुरु थे। शेर खाँ ने उनसे रब्त-जब्त बढ़ाना शुरू किया। उनसे वह संस्कृत सीखने का स्वाँग करने लगा। संस्कृत वह पढ़ना-लिखना पहले से जानता था। एक दिन पंडित जी से शेर खाँ ने कहा था कि वह किला देखना चाहता है। पंडित उसे किला ले गया था। यह वाकया उस दौर का था जब वह जायदाद का शिकदार था। इस बार फरीद से शेर खाँ बना बिहार का वजीर अपने मन में कोई युक्ति सोच रहा था।

कमानी बीवी हामिला थी। शेर खाँ को तुरत ही उपाय सूझ गया। अपनी गढ़ी से रोज घोड़ा दौड़ा कर आता और पंडित का इन्तजार करता उसकी मिहनत

रंग लाई। उसने पंडित जी को झुक-झुक कर प्रणाम किया। पंडित बेहद खुश हुआ, उसका समाचार उस तक पहुँच चुका था–"अरे बबुआ फरीद, अब तो तुम शेर खाँ कहाते हो। अएँ, बिहार के वजीर हो गये का? इहाँ के काम तो निजाम बबुआ खूबे कौशल से देख रहे हैं बिल्कुल तोरे पदचिन्हों पर चल रहे हैं। एक दिन ऊ भी नाम कमाएँगे।"

"सब आपको मालूम है हुजूर लेकिन एक बात तो आप नहीं जानते मैं बताऊँ? आपका काम बढ़ने वाला है।"

"का बबुआ फरीद?"

"आपकी बहू कमानी बेगम माँ बनने वाली है। उस बच्चे के सितारे तो आप ही न बाँचेंगे?"

"हाँ हाँ क्यों नहीं? बिल्कुल बाँचेगे। कैसी हैं बेगम?"

"वैसे तो सब ठीक है पर बरसात आनेवाली है, हमारी ड्योढ़ी पहाड़ी की तलहटी में है, जब तब सैलाब आता है। मुझे फिक्र हो रही है कि उसी समय मेरा वारिस जन्म लेगा तो क्या होगा।"

"किसी ऊँची हवेली में चले जाओ।"

"आप चाहेंगे तो वह भी हो जायेगा।"

"वो कैसे?"

"राजा महारथ सिंह की इत्ती ऊँची हवेलियाँ हैं। पत्थरों के परकोटे वाला किला है। जगह मिल जाती तो अच्छा होता।"

"अच्छा, हम राजा से जिकर करेंगे। आप निफिकिर रहिये।"

शेर खाँ का दिल बल्लियों उछलने लगा। उसने देखा और जाना है कि राजा महारथ सिंह सरीखे लोग अपने आपको समझते हैं अक्लमंद पर होते नहीं। उन्हें शेर खाँ की लोमड़ी जैसी चाल कहाँ समझ में आयेगी। अगर यह किला हाथ आ जाये तो हिन्दोस्तान के कई किले मिल जायेंगे। शेर खाँ उतावला था पर हर कदम सोच-सोच कर चलता था। बेचैन सा था जरूर, अजीब-सी कैफियत थी। कमानी बीवी की मुश्किलों से किले का बहुत मतलब नहीं था पर वह एक सीढ़ी थी।

दूसरे दिन दोपहर में पंडित जी अपनी लकुटी, झोला लेकर उतरे कि यह उनके सामने ऐसा अचानक प्रकट हुआ मानो सिर्फ संयोग हो। पंडित जी की बाँछें खिल उठीं इसे देखकर। उन्होंने महारथ सिंह राजा से बात कर ली थी। राजा पंडित जी को बहुत मान सम्मान देते थे सो उन्होंने प्रश्न किया–"हसन सूर भी तो काफी दिनों से उसी जगह रहते रहे तो का हो गया?"

"अब नया जमाना, नया लड़िका फड़िका लोग। कहते हैं शेर खाँ कि बरसाती कीड़ा काटने के कारण उनकी सगी मैया रोगी होकर मर मुआ गयी सो हौलदिल

हो रहा है। बस। ई बहुत संस्कारी है। जानते हैं हमरा से संस्कृत सीखता है और अपने जैसा बोली बोलता है।"

"हसन सूर भी सीधा सच्चा इनसान था। मालगुजारी पहुँच जाता था, ऊ खुश! अपना ओहदेदार सगे को कहके रखा था कि कभी राजा साहेब को परेशान न करना।"

"तब! अच्छा खानदान है।"

"मुनीम जी बताते हैं कि हिसाब-किताब खुदे देखता था। का कहते हैं पंडित जी शेर खाँ को आने बोलें?"

"हाँ हजूर, ऊ दक्षिण वाला हवेली उसको दे दीजियेगा। कुछ दिन रहेगा। बाल बुतरू हो जायेगा तो चला जायेगा।"

"चला जायेगा तो का? हम फिर ऊ घर अपना इस्तमाल में लायेंगे का? भच्छ अभच्छ खाता है ऊ लोग, गंगाजल से धोवेंगे तबो न शुद्ध होगा।"

"त। ओकरे नाम पर छोड़ दीजियेगा। शेर महल।"—दोनों ठहाका मार कर हँस पड़े।—सारा वाक्य शेर खाँ को सुना कर पंडित जी ने कहा अब तुम चलो राजा साहब से मिल लो। शेर खाँ राजा महारथ सिंह से मिलने किले पर चढ़े। राजा साहब अपने ऊँचे आसन पर बैठे थे, शेर खाँ को भी आसन दिया। बिना किसी लाग लपेट के राजा महारथ सिंह ने कहा—"बबुआ शेर खाँ, तू तो अभी बाली उमर के हो कइसे तलवार के एक ही बार में शेर को दो खण्ड में उड़ा दिये। ई कोमल मुखड़ा कमल के जैसा, ई-सूर्य को मलिन करने वाला तेज, तू तनिको न सोचा कि शेरवा न मरा और उछलकर तोरे ऊपर वार कर दे तब?"

"राजा साहेब आप हमारे वालिद समान हैं; आपका शक शुबहा, खौफ सब जायज है पर मैं सामने की आफत के सामने कभी झुकना नहीं जानता। आगे अल्लाह मालिक।"

"जाओ बबुआ, दुलहिन को ले आओ जनी जात को इज्जत से रखना ही चाहिए।"—शेर खाँ ने खुशी-खुशी उनसे रुखसती ली। राजा ने एक प्रकार से अपनी कब्र खोद ली। दक्षिण मुख की सुन्दर हवेली को साफ-सुथरा करवा कर शेर खाँ को दे दिया। जिस दिन कमानी बीवी और उनकी बाँदियाँ पालकी पर चढ़कर किले में दाखिल हुईं वही दिन राजा महारथ सिंह के पतन का शुरुआती दिन बन गया।

हवेली में लोहबान की खुशबू फैल रही थी, नमाज और अजान की आवाजें फिजाँ में तैर रही थीं। महारथ सिंह की अम्मा और रानियों के हलक कलेजे से मुँह को आ गये। एक तरफ मंदिर की घंटियाँ दूसरी ओर अजान की आवाजें महारथ सिंह ने शेर खाँ को बुलाकर कहा था।

"मसजिद का उठाके ले आये हो बबुआ?"

"राजा साहब, इसकी जरूरत है। हम अपने तरीके से इबादत करते हैं आपको कोई एतराज?"–शेरशाह ने तल्ख़ होकर कहा था। राजा सहम गया। इसी को तो मालगुजारी देते हैं। पिनकाहा लगता है। शेर का सर दन्न से काट के फेंक दिया हमरो काट देगा तो का करेंगे। कौना गाढ़ा में जान फँसा लिए ए दादा। इ तो बड़ा मनबढ़ू लड़िका है। राजा सोच रहा था। शेर खाँ ने समझा चोट सही जगह पर हुई है। अपना प्रभाव छोड़ने में वह सफल रहा है।

"राजा साहब, आप ज्यादा माथे पर बल न डालिये। हाँ अपना और हमारा तख्त बराबर रखियेगा। रखना तो मेरा ऊँचा चाहिए पर आपकी बुजुर्गियत का लिहाज है दिल में।"–कहकर शेर खाँ चलता बना।

समय पर कमानी बीवी ने बेटे को जन्म दिया। राजा साहब ने सूप भर सोना-हीरा-जवाहरात पेश किया नजराने में खुशी से। शेर खाँ ने बिना मौका गँवाये कहा–

"यह क्या राजा साहब, मैं तो सोचता था आप श्यामसुन्दर हाथी मेरे बेटे को नज्र करेंगे।"–राजा महारथ सिंह के हाथों के तोते उड़ गये। उनका गंदुमी चेहरा स्याह पड़ गया, हलक सूख गयी। जुबान में बोलने की कुव्वत ही न रहीं। वे धीमी चाल अपने शयनकक्ष में आये और धम्म से पलंग पर गिर पड़े। यह उन्होंने क्या किया, कबाछ से दूर ही रहना चाहिए, देह से लग जाती है तो खुजली करते-करते जान जाने का डर रहता है। इन्होंने विषबेल को इश्कपेचाँ की लतर समझकर अपने आपसे लिपट जाने दिया। इधर लगातार जिरह बख्तर वाले सिपाहियों का आना जाना देख रहे थे। राजा साहब के पूछने पर बताया जाता कि शेर खाँ से मशविरा लेने को आते हैं। पर लड़ाका सिपाही के भेष में क्यों आते हैं। शेर खाँ अधिक दिनों तक एक स्थान पर रह ही नहीं सकता था। कहीं न कहीं से किसी अमीर, किन्हीं सिपहसालार और कई सूबेदार की ओर से बुलौआ आ चला था। जाने के पहले राजा महारथ सिंह से कहा–"राजा साहब, हमें जौनपुर फिर दिल्ली की ओर जाना होगा। बाबर बादशाह आगरे में है उससे भी मिलने का इरादा है। मैं तो चला।"

"अपने बच्चे का नामकरण भी तो कर लें कम से कम।"–शेर खाँ ने आनन फानन में कर डाला सब कुछ। बच्चे का नाम इस्लाम सूर रखा गया। राजा महारथ सिंह की ओर से पूरी बूँदी का भोजन बँटा। शेर खाँ ने देखा हाथी के कान जितनी बड़ी-बड़ी पूरियाँ थीं। मन में आया कि राजा महारथ सिंह बेहद सरल और इज्जतदार खानदान का इनसान है तभी तो इतना सब कर रहा है। पक्की बात है कि वह यह सब डर से तो नहीं कर रहा होगा।

"राजा महारथ सिंह जी, हम बिहार की तरफ कूच कर रहे हैं हमारी बीवी बच्चा आपकी देखरेख में हैं। किसी तरह की कोई तकलीफ नहीं होगी आपकी

सरपरस्ती में यह मेरा यकीन है। तो मैं जाऊँ न!"–शेर खाँ ने कहा।

"हमारी ओर से इन्हें कोई परेशानी नहीं होगी। आप इतमीनान रखिये।"–राजा ने आश्वासन दिया।

शेर खाँ रोहतास किला से निकलकर अपने साथी सिपाहियों के साथ मिलकर जंगलों पहाड़ों में बैठकर चेरो उराँव और स्थानीय क्षत्रिय तथा पठानों की फौज तैयार करने में लग गया। फौज के लिए सिपाही चुनने में वह खुद लग जाता। उसके सामने एक एक कर जवान आते वह उनसे कुछ प्रश्न पूछता अगर सन्तुष्ट होता तो उसकी पिंडलियों को अपने हाथों से छूकर, महसूस कर भर्ती करता। भर्ती के बाद शुरुआती दाँव सिखाता साथ ही उन्हें अभ्यास करने का समय देता। घोड़े वह खुद पहचान कर खरीदता उनके खाने-पीने और अभ्यास का खास ख़याल रखता।

श्यामसुन्दर हाथी शेर खाँ के दिल में ऐसा बस गया था कि उसने जंगलों से हाथी पकड़वा मँगाये उन्हें युद्ध के लिए तैयार किया। तीरंदाजों की अलग एक फौज खड़ी की। शेर खाँ के जंगलों में सेना इकट्ठी करने की खबर से उस वक्त हड़कम्प मच गया। बहार खाँ जिसने अपने आपको सरदारे हिन्द सुलतान मुहम्मद की उपाधि दी थी उसी ने शेर खाँ को अपना वजीर तक्सीम किया था उसे मुहम्मद खाँ सूर ने आकर इत्तिला दी कि शेर खाँ आपको आपके ओहदे से बेदखल करने के लिए ही सेना इकट्टी कर रहा है। सुलतान मुहम्मद पहले से ही शेर खाँ के पराक्रम के आगे डरा हुआ था अब ज्यादा घबड़ा गया। उसने मुहम्मद खाँ सूर के कहने पर शेर खाँ के सौतेले भाई सुलेमान वगैरह के नाम जागीर का रुक्का लिखकर भेज दिया। सुलतान मुहम्मद ने एक हजार घुड़सवार शेर खाँ से लड़ने भेजो। शेर खाँ अपनी नयी तैयार की गयी सेना के बल पर पुरानी सेना से मुकाबला नहीं कर सका। अपनी अस्तिव्यस्त सेना के साथ वह पशेमन होकर सुलतान जुनैद बरलास की जानिब पहुँच गया। सुलतान जुनैद बरलास खानदाने तैभूरिया का एक वफादार तथा इज्जतदार अमीर था। उसके पास एक बड़ी सेना थी। अपने समय का वह एक ही पक्का इनसान था, सच्चा मुसलमान था। उसने शेर खाँ की हौसलाअफजाई की, अपनी फौज उसकी सहायता को दी अब जौनपुर के मुहम्मद खाँ सूर हार कर भाग गये, सुलेमान कहीं जाकर छिप गया। शेर खाँ जो अपने खानदान और जाति की एकता का हिमायती था, ने मुहम्मद खाँ सूर को खबर भेजी–"मुझे आपके परगने में कोई दिलचस्पी नहीं है। मैं तो सिर्फ और सिर्फ अपने हक की लड़ाई लड़ रहा था। आप आयें और फिर से जौनपुर की गद्दी सँभालें। मैं रमता जोगी हूँ। मुझे ज्यादा बड़ा काम करना है।"–मुहम्मद खाँ सूर एक तो शेर खाँ की फितरत को जानता था, थोड़ी देर को विभ्रम में पड़ गया था दूसरे स्वयं भी बुद्धिमान था सो वैमनस्य भुलाकर

जौनपुर का तख्त सँभाल लिया। शेर खाँ का अब बिलाशक सच्चा दोस्त मुहम्मद खाँ सूर कभी इसके खिलाफ नहीं जायेगा। उसने अपने भाई निजाम को फिर से अपने परगने सहसराम, हवासपुर टाँडा बलहू का शिकदार बहाल किया और खुद जुनैद बरलास के हुजूर में रहा।

इन दिनों शेर खाँ में एक बदलाव आया था। वह जंगल में फौज को तालीम देता जब थक कर पेड़ के नीचे किसी पत्थर को सिरहाना बना लेट जाता तो अजीबोगरीब वाकयात पर उसकी नजरें जातीं। जंगल का अपना रंग-ढंग था, कीड़े मकोड़े, पशु-पक्षियों के तौर तरीके देख दिल में कई तरह की भावनायें उठतीं। शेर खाँ ने देखा कि एक छोटा-सा पंछी बाज पत्तों के बीच देर तक चुपचाप बिना हिले-डुले बैठा रहता है सिर्फ उसकी लालकाली करजनी सी आँखें इधर-उधर घूमतीं। कई बार घंटों एक ही ओर देखता हुआ बैठा रहता। ज्यों ही झुटपुटा समय होता कि वह अपने से दोगुने पंछी पर झपट पड़ता और एकबारगी दबोच लेता। दबोचा जाने वाला पंछी अक्सर बेपरवाह होता। ये वाकयात जंगल के लिए आम थे। साँप-चूहे, मेढ़क, गिलहरी, पंछी को बेपरवाही में ही दबोचता, नेवला साँप को ऐसे ही समय दबोचता, लोमड़ी चालाकी से ही शिकार पाती यह इस खुदाई की किस्मत है जो ताकतवर, अक्लमन्द, शातिर होता है जीत उसी की होती है। हिन्दोस्तान की धरती पर यहाँ के बाशिन्दे तब तक सुकून से राजपाट चलाते रहे जब तक किसी ज्यादा होशियार ताकतवर चालाक हमलावर ने शिकस्त न दे दी। कीमत उसी की है जो शिकस्त दे सकते हैं जो हार गये वे गये। शेर खाँ को ऐसा लगा जैसे उसे सदा याद दिलाने के लिए एक साथी चाहिए। वह साथी कौन हो सकता है। उसने एक बाज को चुना। अब उसका अपना प्यारा बाज उसके साथ रहता। कई बार शेर खाँ अपने बाज को कुछ पता करने भेज देता। अक्सर वह उसके कन्धों पर बैठा रहता।

सुलतान जुनैद बरलास बाबर बादशाह की सेवा में उसके दरबार में उपस्थित हुआ, साथ में शेर खाँ भी था। शेर खाँ पठानी वस्त्रों में एक बहादुर लड़ाका दिखाई पड़ रहा था पर उसमें कोई शाही या अमीरी रंगत थी ही नहीं। जुनैद बरलास ने शहंशाह जहीरुद्दीन बाबर के सामने शेर खाँ के गुणों और बहादुरी की चर्चा की। बाबर सुनकर बेहद खुश हुआ और अपने अनुरूप कीमखाब का जरीदार चोगा शेर खाँ को पेश करने का हुक्म दिया। शेर खां के मझौले कद काठी पर चोगा खूब फबता था, बाबर ने उमंग में कहा-"तुम तो शेर खाँ नहीं शेरशाह दीखते हो।"-शेर खाँ के चेहरे पर रौनक छा गयी। उसने तुरत ही नियम के अनुसार तैमूर वंश के प्रति निष्ठा की, वफादारी की कसमें खायीं। दरबार सहित जुनैद बरलास बेहद खुश था। एक बहादुर पठान बाबर का मुरीद हो गया है यह उसे उस वक्त अपने लिए सचमुच जरूरी लगा। शहंशाह ने जुनैद बरलास

और शेर खाँ को अपने साथ खाने की दावत दी। शेर खाँ निहायत शरीफाना अन्दाज में खाने बैठा। सामने माहीचा यानी बकरा मुसल्लम परोस कर रखा गया था। बेहद खुशबूदार और जायकेदार दिख रहा था। शेर खाँ के नथुनों में इसकी खुशबू पहुँच रही थी, उसकी भूख भड़क उठी। सबों ने हाथों में तश्तरी ले रखी थी, वहाँ कोई छुरा काटने को नहीं था सभी एक-दूसरे का मुँह देख रहे थे। शेर खाँ ने आव देखा न ताब तुरत अपनी कमर में खुँसी खुखरी को निकाला और माहीचे की रान काटकर अपनी नश्तरी में रख। रोटी के साथ खाने लगा। बाबर ने देखा तो अचरज में पड़ गया। बादशाह के सामने एक पठान नौजवान थोड़ा ठहर नहीं सका, खाने की उतावली में अपनी ही खुखरी का इस्तेमाल कर गया और पहला मनपसन्द निवाला शहंशाह नहीं शेर खाँ लेने की जुर्रत कर रहा है। बाबर बादशाह ने कनखियों से उसे देखा और सुलतान जुनैद बरलास से कहा–"सुनो भाई, इस अफगान में मैं एक बागी को देख रहा हूँ। इससे हमेशा बचकर रहना, नजर भी रखना। देखो इसने जाने क्यों अपने कन्धों पर बाज बैठा रखा है। पालतू बनाने के लिए तमाम खुशनुमा, गाने वाले रंगीन पंछी हैं फिर बाज ही क्यों? नः इस पर नजर रखी जाय।"

"मैंने कहा न कि यह उपद्रवी जान पड़ता है। माबदौलत को इससे खतरा पेश आ सकता है। नजर रखी जाये, गड़बड़ी का शक हो तो तुरत कैद कर लिया जाय।"–शेर खाँ ने अपने रोएँ के हर हिस्से को आँखें बना रखी थीं। उसे सब कुछ समझ में आ गया। रात का खाना खतम होते न होते वह अपना घोड़ा ले आगरे से निकल गया। वह सीधा सुलतान मुहम्मद के पास गया। सुलतान मुहम्मद ने कहा–"शेर खाँ, तुमने मुझे जिन्दगी बख्शी थी उसका समय पूरा हो रहा है। तुम अब भी मेरे बेटे जलाल के सरपरस्त हो। इसे अपनी तरह का इनसान बनाना।"

"आप नाहक गमगीन हैं सुलतान। मैं आ गया हूँ आपसे काफिया और गुलिस्ताँ का जिक्र करके फिर से जिन्दगी में ले आऊँगा। मुझे जान पड़ता है अकेले हो गये हैं हुजूर!"

"इसमें कोई शक नहीं कि मैं अकेला पड़ गया हूँ।"–शेर खाँ उनको खुश रखने की कोशिश करते।

* * *

"पश्चिमी प्रदेश रायसीन का राजा पूरनमल बेहद पुख्ता किले का स्वामी था। उसके पास दस हजार घुड़सवार और कई हजार पदातिक सैनिक थे। सभी के सभी जाँबाज। पूरनमल वीरता की मिसाल था पर साथ ही सुरा-सुन्दरियों में

लिप्त रहने वाला राजा था। दिल्ली के सुलतान इब्राहिम लोदी के साथ मित्रता का सम्बन्ध था पूरनमल का। सुलतान बहलोल लोदी का यह करदाता था। सभी छोटी-बड़ी लड़ाइयों में उसका साथ देता। इब्राहिम लोदी इससे कर नहीं लेता था पर सेवा भेजने का अनुबन्ध था। इब्राहिम लोदी की बाबर के साथ हुई निर्णायक लड़ाई में पूरनमल ने बहुत देर कर दी सेना लेकर आने में। इब्राहिम लोदी मारा गया। बाबर गद्दीनशीन हुआ। पूरनमल इब्राहिम लोदी की हरम की बेगमों को रायसीन ले गया। अपने किले में पहुँचकर पूरनमल ने दोस्ती का चोला उतार फेंका। बेगमों को नाचने गाने को मजबूर कर दिया। पूरनमल ने बाबर बादशाह की गद्दीनशीनी पर तोहफे भी भेजे। जिन दिनों शेर खाँ जुनैद बरलास के साथ बाबर से मिला था उन्हीं दिनों उसने ऐसे वाकयात सुने। शेर खाँ का दिलोदिमाग भन्ना उठा। वैसे भी वह फिरकापरस्त अफगान था। एक अफगान बादशाह की बेगमों का यह हश्र! पूरनमल पर कभी विजय प्राप्त करने का सुअवसर मिले तो उसे इसका मजा चखाया जाये; शेर खाँ मन ही मन सोचने लगा। बाबर की नजरे इनायत के लिए हजारों साल से राज करने वाला क्षत्रिय कितना नीचे गिर गया यह सोचता हुआ वह बिहार पहुँचा था।

सुलतान मुहम्मद के पास शेर खाँ था तभी उसे जानकारी मिली कि उसकी बेगम और भाई निजाम कुनबे सहित किले से नीचे उतर सहसराम आ गये। इसे यह भी जानकारी मिली की मुगलों की नजर अब पूरब की ओर उठ रही है। उसने निजाम को सन्देश भेजा कि अपनी और अपने पूरे कुनबे की सलामती के लिए निजाम फिर से पत्थर वाले पहाड़ी किले की शरण ले। राजा महारथ सिंह को भी सन्देशा भेजा कि वह बिहार में है और उसके कुनबे को मुगलों से खतरा है सो उन्हें फिर से अपनी सरपरस्ती में रख लें।

सुलतान मुहम्मद से बातचीत के सिलसिले में शेर खाँ अकसर कहता–"हुजूर ये मुगल हिन्दोस्तान पर ज्यादा दिन नहीं टिक सकते। इनका अन्दाज पहले से शहंशाहों वाला है। ये खुद कुछ नहीं करते, अमलो और ओहदेदारों पर भरोसा करते हैं जो बिना रिश्वत लिए कोई काम नहीं करते। अभी तो सिर्फ दिल्ली-आगरा इनके कब्जे में है तब ये रंग है।"

"हिन्दोस्तान में कौन है जो इन्हें रोकेगा शेर खाँ, सारे क्षत्रिय और कुछ पठान जो नूहानी हैं इनका इस्तकबाल करने को मरे जा रहे हैं।"

"मैं रोकूँगा सुलतान!"

"छोटे मुँह बड़ी बात न करो। तुम बहादुर हो आलिम हो पर तुम्हारा साथ कौन देगा। उनके तोप के मुकाबिल हो क्या? पहले उनकी तैयारियाँ देखो तब बोलो।"

"देख रहा हूँ सुलतान।"–शेर खाँ बेचैन था।

* * *

बाबर बादशाह का इन्तकाल हो गया था हुमायूँ बादशाह गद्दीनशीन हुए। हुमायूँ बहादुर तो थे लेकिन उनका ज्यादा से ज्यादा समय किताबों के बीच गुजरता। किताबों से समय बचता तो शराबनोशी करते; रक्कासाओं के नाच देखते। उनके अमीर उमरा और दोस्त बैरम खानखाना उनका ख़याल रखते। बैरम खाँ ने हुमायूँ बादशाह से अर्ज किया–"हे शहंशाह, आपके अब्बा हुजूर जन्नत आशियानी बादशाह बाबर के पैर अभी जमे भी नहीं थे कि वे इस दुनिया से रुखसत हो गये। अब अगर बादशाहत कायम करनी हो तो हिन्दोस्तान जो अभी खील-खील बिखरा हुआ है उसे समेट लें और फिर मुसलमानी राज करें।"

"आपकी सलाह मेरे मन मुआफिक है। पहले हमें पूरब की ओर बढ़ना चाहिए। जौनपुर, चुनार, बिहार फिर गौड़। क्या कहते हैं?"–हुमायूँ ने तजवीज की।

"बिल्कुल ठीक। अभी हमारे मातहत जितने सिपाही घोड़े और हाथियों की फौज है हम उनसे कन्नौज के बाद जौनपुर का इलाका लपेटे में ले सकते हैं। जौनपुर से हमें और लड़ाके और घोड़े मिल जायेंगे। चुनार के पुख्ते किले को छोड़ और बिहार को दरकिनार कर हमें गौंड की ओर बढ़ना चाहिए।"

"ऐसा क्यों बैरमखान खाना साहेब?"

"चुनार के पुख्ता किले पर अपना वक्त जाया होगा और बिहार का सरपरस्त शेर खाँ सूर है जो बड़ा शातिर और जाँबाज सिपाही है। उससे टकराने की अभी जरूरत नहीं है।"

"जैसा आप ठीक समझें।"

"दो चार लड़ाइयाँ जीतनी जरूरी हैं शहंशाह; वह भी तुरत। तभी तो रियाया में खौफ रहता है। इसे ही तो सियासत कहते हैं।"

"आप सियासत के लिए कहते हैं तो सच ही होगा।"

"हुजूरे आली, मुल्क अगर एक बड़े दरख्त के समान है तो सियासत पानी है जो उसकी जड़ें सींचता है। आपके जन्नत आशियानी अब्बा हुजूर बादशाह बाबर ने मुल्तान के रास्ते में ही कहा था कि हिन्दोस्तान जीतकर वहाँ से हीरे जवाहरात लूट के ले जाने नहीं आया हूँ हम इसे अपना वतन तकसीम करते हैं। हम चाहते हैं कि यहाँ एक पौधा रोपें उसकी जड़ें दूर-दूर तक फैलें। खुदा की मर्जी।"

"हमें याद है। अब्बा हुजूर ने यह सब इबादत के वक्त कहा था।"

"इबादत के वक्त दिल से निकली आवाज दुआ होती है।"

"उस वक्त इनसान अपने अल्लाह के रू-ब-रू खड़ा होता है।"

"हुजूर, तो हम लश्कर की तैयारी कर लें।"

"तैयारी हमारी तहजीब की तरह हो।"

"नहीं हुजूर, यहाँ जंग पर जनानियों को नहीं ले जाते।"

"हम अपनी चाल क्यों छोड़ें।"

"पहली लड़ाई है। बेगमों को किले में रहने दें। बाकी को ले जा सकते हैं।"

"चलिये आपकी तजवीज भी सही है।"–बैरम खाँ ने सब देख रखे थे। उन्हें यह अन्दाजा हो गया था कि राजपूतों को अपने साथ मिलाना उतना मुश्किल नहीं है पठानों और अफगानों से पार पाना बेहद खतरनाक है। यह जरूर है कि छोटे-छोटे कबीलों वाले छोटे-छोटे सूबों में बँटे थे उन्होंने यह भी सुन रखा था कि शेर खाँ एका कराने में जुटा था अब।

"खानेखाना, आपकी तरह मैं शेर खाँ को कोई तवज्जो नहीं देता। वह है क्या चीज! इधर-उधर सियार की तरह भटकने वाला बिना किसी हैसियत का इनसान।"

"इतना कम करके आँकना सही नहीं है शहंशाह। दुश्मन जितना सामने से दिखाई पड़ता है उसकी ताकत पीछे से कहीं बड़ी है। यह न भूलें कि हमने पठान और अफगान सुलतानों की फूट का ही फायदा उठाया है। अब यदि कोई शख्स एका करवा देता है तो हमारी मुखालफत के लिए तैयार हो जाता है।"

"अभी हमें कन्नौज से फौज लेकर सीधे गौड़ की ओर बढ़ना चाहिए आपकी राय यही है न!"–हुमायूँ ने अपने आपको फतह की तजवीज की और मोड़ लिया। बैरम खाँ ने इशारा समझा कि अपनी नजर जमाकर उसी ओर रखनी चाहिए जिस ओर जाना है फालतू इधर-उधर भटकने से क्या फायदा?

शेर खाँ के सामने बड़ी से बड़ी सेना खड़ी करने की चुनौती थी। सेना के लिए धन चाहिए। घोड़े, हथियार और सिपाहियों के लिए धन ही जरूरी है। छोटी-छोटी लड़ाइयों से इकट्ठे धन वह इन्हीं में खर्च करता। अपना और अपने कुनबे का जीवन शानदार नहीं रखता वह बेहद सादगी से रहता। जिन इलाकों में उसकी हुकूमत थी वहाँ खुशहाली थी, कर पूरे मिलते थे लेकिन बादशाहत की लड़ाई के लिए यह सब नाकाफी था। बिहार के अमीर सुलतान मुहम्मद के इन्तकाल के बाद नाबालिग जलाल खाँ का सूबा शेर खाँ की सलाह से जलाल की अम्माँ दूदा बेगम देखती थीं। दूदा खुद बीमार रहती। उन्होंने शेर खाँ को बुलाकर तिजोरी की चाभी दे दी कि जलाल की सरपरस्ती कभी न छोड़ें। उन्हें शेर खाँ पर पूरा भरोसा था। जलाल खाँ के साथ खास सरदारों को छोड़ शेर खाँ अपने घर आये। घर आकर देखा कि पत्थर वाले किले पर निजाम ने डेरा बना लिया है। महारथ सिंह जमींदार का कहीं अतापता नहीं था।

"यह कैसे हुआ निजाम! सुना राजा साहब किला का कोई कोना छोड़ने को तैयार न थे।"

"हमने काफी कोशिश की भाई, पर वह नहीं माना फिर एक चाल

चली।"

"क्या थी चाल?"

"हमने कहा भाभी कमानी बीवी, मेरी मेहर जमानी बीवी और बच्चे सभी बेहद बीमार हैं कम से कम उन्हें तो हवेली में जाने की इजाजत दे दो। वह तैयार हो गया। हमने पचास पालकियों में भरकर पठान सिपाहियों को भेज दिया। उन्होंने राजा के आलसी सिपाहियों की मुश्कें कसीं और बागीचे में छोड़ आये। दूसरे दिन राजा महारथ सिंह का श्यामसुन्दर हाथी तैयार करवाया उन्हें उसपर बिठा बागीचे में ले आया।"

"निजाम, रनिवास का क्या हुआ?"

"भाई पालकी और बारादरियों में इज्जत के साथ उन्हें भी बागीचे वाले घर में पहुँचा दिया।"

"अब वे कहाँ हैं?"

"बागीचे में ही हैं। उनकी जमींदारी वहीं तो है।"

"देखो यह तरीका ठीक नहीं था। औरतों की शान में कोई गुस्ताखी नहीं होनी चाहिए।"

"नहीं होगी भाई।"–निजाम ने कहा। बहुत दिनों के बाद एक पुरसुकून रात थी शेर खाँ की कमानी बीवी के साथ। चार-चार बेटों को जन्म तो दिया यूँ ही भागते से।

"मेरे सरताज, इस किले पर हम हैं किसी तरह की कोई तकलीफ नहीं है न ही डर है। यहाँ से रसद के सिवा कुछ भी लेने नीचे जाने की जरूरत नहीं है। आज से दस साल पहले जब हम यहाँ आये थे इस्लाम के पैदा होने के वक्त तक नहीं पता था कि चश्मा-पानी और दरिया सब यहाँ मौजूद है। यह जन्नत है मेरे आका।"

"आप खुश हैं बेगम तो मैं खुश! देखिये हमने कभी आपको अपना समय नहीं दिया, जंगलों पहाड़ों की खाक छानते फिरते हैं। एक जुनून सा सवार है कि मुझे हिन्दोस्तान का शहंशाह बनना है। कई लोग तंज कसते हैं पर मेरा दिल कहता है ऐसा होगा जरूर। आप हिन्दोस्तान की मलिका बनेंगी।"

"इतनी अच्छी बातें सुनकर यकीन करने का जी करता है मेरे शहंशाह। आप मेरे लिए हिन्दोस्तान तो क्या काबुल कान्धार खुरासान ईरान सभी के बादशाह हैं।"

"यही सादगी मुझे आगे बढ़ने की कुव्वत देती है बेगम।"

"यहाँ एक अफवाह उड़ी थी मेरे हमदम कि आपने दूदा बेगम से निकाह पढ़वा लिया है।"–कमानी बीवी ने पूछने के अन्दाज में कहा। शेर खाँ को हँसी आ गयी। सचमुच यह अफवाह उड़ी तो थी। हमारी बीवी तक पहुँच गयी।

"मैंने कोई निकाह नहीं पढ़वाई। दूदा बेगम जन्नतनशीं हो गयीं। वे बेहद नेकदिल इनसान थीं। कमानी बीवी, सुलतान मुहम्मद निहायत कमीना इनसान था, उसने बड़े हरम बना रखे थे पर जलाल की अम्माँ भली औरत थीं। उन पर गलती से भी तंज न कसें।"–शेर खाँ उदास हो गये।

"यह भी सुन रखा है पर अब जो मैं कहने जा रही हूँ उस पर गौर फरमाइयेगा। अपने बाजू में जो चुनार गढ़ है उसे तो देख रहे हैं न?"

"बिल्कुल, इस रोहतासगढ़ के किले का बड़ा भाई है क्यों न देखूँ।" शेर खाँ ने तपाक से कहा।

"और क्या-क्या जानते हैं मेरे आका? सिर्फ किले की चारदीवारी ही दीखती है या और कुछ?"

"अपने ताज खाँ साहब को सुलतान इब्राहिम लोदी ने वह किला दिया था। चुनारगढ़ उन्हीं का है।"

"हुजूर उनकी एक बेगम है लाड मलका। सुना है वह रक्कासा थी। बेहद हसीन है। धनवान भी है, ताज खाँ साहब की चहेती है।"

"होगी, ऐसा होता है।"

"पर वह मलका मुसीबत में है। उसके सौतेले बेटे ताज खाँ को मार डालना चाहते हैं, लाड मलका को अपना बनाना चाहते हैं।"

"ऐसा कैसे हो सकता है। उससे चिढ़ हो सकती है उसे अपनाना, यह नहीं हो सकता।"

"लाड मलका के जहन में सिर्फ आपका नाम आता है जो उसे इस मुश्किल से उबार ले।"

"आपको किसने कहा? और मैं दूसरे के घर के अन्दर क्यों घुसने जाऊँ, यह कोई सियासी मुआमला तो है नहीं। मैं ऐसे वाकयात सुनना भी नहीं चाहता।"

"सुनिये तो, आपको निजाम भाई भी बतायेंगे।"–एक हसीन रात कमानी बीवी ने खो दिया। शेर खाँ करवटें बदलते रहे। उन्हें ठीक से समझ में कुछ नहीं आ रहा था। सुबह-सुबह निजाम को तलब किया और पूछा कि चुनारगढ़ का क्या किस्सा है?

"ओहो भाई, मैं अपने आप में इतना उलझा था कि आपको कुछ बता नहीं पाया। अच्छा हुआ कि भाभीजान ने आपसे यह सब कह दिया। चुनारगढ़ से लाड मलका का एक खत आया है।–निजाम ने खत शेर खाँ को पढ़ने दिया। सचमुच लाड मलका शेर खाँ से मदद की गुहार कर रही हैं। किले के किसी गुप्त कोने में वे ताज खाँ के साथ छुपी है।"–शेर खाँ दिनभर सोचता रहा क्या करना चाहिए। ताज खाँ के बहाने कोई दुश्मन तो नहीं है? लेकिन क्यों कर कोई दुश्मन चुनारगढ़ का सहारा लेगा? चुनारगढ़ की कौन सी पोशीदा जगह है जहाँ ताज

खाँ छुपे हो सकते हैं वहाँ कैसे पहुँचें? समय बालू की मानिन्द इनकी मुट्ठी से फिसलता जा रहा था। रात गहरी काली थी, इनकी बाँहों में इनका बेटा आदिल खाँ सो रहा था, बाज बड़ी बेचैनी से फड़फड़ा रहा था कि शेर खाँ उठ खड़ा हुआ। अपने साथ एक हजार सिपाही लेकर चुनारगढ़ की ओर चल पड़ा। गढ़ की दीवारों के अन्दर जो हलचल मची थी वह किलेदार बिल्कुल नहीं जानता था। शेर खाँ अफगान था और लोदी वंश का खैरख्वाह था। ताज खाँ के साथ उनकी आमदरफ्त थी। दरवाजा खोल दिया गया। अन्दर हवेली में जाते ही उसने जो नजारा देखा वह दिल दहला देने वाला था। ताज खाँ के बेटे ने उनका सर काट दिया था। लाड मलका के बाल पकड़कर खींच रहे थे। "बता खजाना कहाँ छुपा रखा है गलीज़ रक्कासा, बता वरना मैं तेरा वो हश्र करूँगा कि शैतान भी शर्मा जाये।"—ताज खाँ का बेटा बक रहा था। लाड मलका रोये जा रही थी। शेर खाँ ने उसके चंगुल से लाड मलका को छुड़ाया। बिना बड़ी लड़ाई के वह इनके कब्जे में आ गया। शेर खाँ ने उसे कैद कर लिया और ताज खाँ को इज्जत से दफन किया। उसने लाड मलका से माफी माँगी कि उन्हें आने में देरी हुई।

"मोहतरमा लाड मलका, अगर मैं बिना समय गँवाये आ गया होता तो आज ताज खाँ साहेब हमारे बीच होते। हमें बेहद अफसोस है, मैं शरमिन्दा हूँ। मुझे लगता है ताज खाँ साहब की ऐसी मौत के लिए मैं खुद जिम्मेवार हूँ।"

"शेर खाँ, यह बताता है कि ताज खाँ साहेब का आप पर ऐतबार बिल्कुल सही था। उन्होंने कहा था कि शेर खाँ ही इस किले को किसी गैर के हाथों जाने से बचा सकता है।"

"जहेनसीब, मुझे इस लायक समझा अमीर ताज खाँ ने।"

"शेर खाँ साहेब, एक इल्तिजा है।"

"कहिए मलका!"

"मेरे पास ताज खाँ साहेब का और मेरा अपना खजाना है; वह माशा अल्लाह बहुत बड़ा है। चुनारगढ़ में पाँच हजार घुड़सवार फौज है यह सब आपकी नजर करती हूँ।"

"आप खुद एक जवान खातून हैं, सब कुछ सँभाल सकती हैं मैं मदद करूँगा।"

"मुझे आपकी मदद चाहिए हुजूर लेकिन आप मेरी पूरी बात गौर से सुनिये तो सही।"

"कहिए लाड मलका।"

"आप मुझसे निकाह पढ़वा लीजिये। मैं और मेरा धन, मैं और मेरा गढ़ सब आपका।"—शेरशाह गुस्से से लाल हो गये। सोचा यह औरत अपनी बेमिसाल खूबसूरती और धनबल की धौंस दिखा रही है। कैसी बेरहम है यह। ताज खाँ

साहब की कब्र की मिट्टी अभी गीली ही है और यह मुझसे निकाह की तैयारी कर रही है। लेकिन इसे नहीं मालूम कि शेर खाँ किसी औरत से जरा भी नहीं भरमाता। धन-बल अपने बाजुओं की ताकत पर हासिल करता है, इस तरह की गलती करने का वक्त बहुत पीछे छूट गया है।

"मैंने ताज खाँ साहब की महबूबा के नाते आपकी इज्जत अफजाई की मोहतरमा; आप तो ऐसे बेहिस सवाल करने लगीं, बल्कि तजवीज सुझाने लगीं। मैं अन्दर गढ़ में आपके जानिब खड़ा हूँ आपको कैद कर अमीर बन बैठूँ कौन माई का लाल रोकेगा? पर शेर खाँ ऐसा नहीं कर सकता। मुझे तकलीफ हो रही है यह कहने में कि मुझे आपको पहचानने में गलती हुई।"

"गलती तो हुई हुजूरे आली शेर खाँ पर मुझे पहचानने में नहीं पूरे वाकयात को समझने में। मैं जो कुछ आपको कह रही हूँ वह मरहूम ताज खाँ साहेब का हुकुम था मेरे लिए। उन्होंने ही कहा था कि मैं आपकी सरपरस्ती कबूल कर लूँ।"

"क्या?"

"जी हुजूर, उन्हें मालूम था कि आप जरूर आयेंगे। उनकी उम्र हो चली थी; बाजुओं में दम कम था। मुगल बादशाह हुमायूँ का डर था। उससे भिड़ने का दम खम किसके पास है? शेर खाँ आप और हम मिलकर मुकाबला कर सकते हैं। हमारे पास जो धन है उससे तोप और बन्दूकें खरीदें। बारूदी हथियार से मुगल लैस हैं अगर अफगान पठानों की हुकूमत बरकरार रखना चाहते हैं तो हमारी अर्जी पर गौर फरमायें वरना हमें हमारे हाल पर छोड़ दें।"-शेर खाँ ने हैरत से लाड मलका के चेहरे की ओर गौर से पहली बार देखा। यह बेमिसाल खूबसूरत औरत हिम्मतवाली है। इसके पेशकश में दम तो है। क्या करे? बिना सरपरस्ती के कैसे हक हो सकता है इसके धन बल पर?

"मुझे सोचने का मौका दें मोहतरमा।"

"सोचने का वक्त नहीं है, फिर भी आप सोग के समय तक चुनारगढ़ में ही रुके रहें। बिना निकाह पढ़े न जायें रोहतासगढ़।"-शेर खाँ ने रहना मान लिया। उन्होंने अपनी शरीके हयात कमानी बीवी को सारा किस्सा लिख भेजा। उनसे मशविरा लेकर लाड मलका से शादी कर ली। शादी की खबर कहीं उजागर न हो जाये इसका इन्तजाम कर लिया। लाड मलका ने यही चाहा था। पहले से शेर खाँ के बारे में उन्होंने सुन रखा था कि वे बहादुर जवाँ मर्द हैं, शराबनोशी नहीं करते, पाँव वक्त नमाज अता फरमाते हैं, रोजे रखते हैं और पराई औरत की ओर आँख उठाकर नहीं देखते। अब वे खुद चालीस दिनों से उनके सामने थे। घोड़े खरीदते, सिपाही बहाल करते, सियासी मुआमलों को सुलझाते, किलेबन्दी करते शेर खाँ कैसे शौहर होंगे यह नहीं समझ पा रही थी। सियासत की बातें, गढ़ की

फिक्र और हिन्दोस्तान के सुलतान का जिक्र करना इनके लिए आसान था। अब अपनी दिली ख्वाहिश, यूँ कहें कि दिल की कैफियत बयाँ करना बेहद मुश्किल था। लाड मलका क्या, सभी अफगान कमसिनों के ख्वाबगाह में शेर खाँ मौजूद थे। वे आरजू थे लाड मलका के। लाड मलका दिल ही दिल में अल्लाह को याद करतीं–"खुदाया, मैं शरीके हयात तो बन गयी अब मिलन कब होगा?"

चुनारगढ़ में जंग की तैयारियाँ हो रही थीं। हुमायूँ बादशाह का खौफ तारी था। जब हिन्दोस्तान की सल्तनत अफगानों पठानों के हाथों में थी तब वे उसकी फिक्र न कर सके। आपसी झगड़े में गँवा बैठे। अब एक दूसरे की ओर हाथ बढ़ाकर कड़ी बनाना चाहते हैं। मुगल बादशाह को अन्दाजा था कि राजपूतों को अपने साथ मिला लेने से हिन्दोस्तान की हुकूमत में आसानी होगी। बाबर बादशाह ने महसूस किया था कि इब्राहिम लोदी की ओर से जाँबाज क्षत्रिय राणा सांगा और हेमू ने उन्हें नाकों चने चबवा दिये थे। मशक्कत के बाद दिल्ली का तख्तोताज मिल गया तो उसके क्षत्र के नीचे का पूरा इलाका मिल गया। कन्नौज के बाद का सूबा जौनपुर, बिहार, चुनार, रोहतास और गौड़ बागी था। सल्तनत के समय से ही ये खुद मुख्तार थे अभी भी रहे। हुमायूँ चुनार से पहले गौड़ फतह करने बढ़ा। शेर खाँ की भी उधर नजर थी।

* * *

महारथ सिंह ने शेर खाँ की अनुपस्थिति का लाभ उठाया। उसने झारखण्ड की ओर जाकर उराँव, चेरो और खरवार की सेना गठित की। महारथ सिंह का दिल टूटा हुआ था वह न हिन्दुओं पर भरोसा कर रहा था न पठानों पर वह खरवार और चेरो की सादगी और भोलेपन के अन्दाज का मुरीद था। सुदूर चतरा की दुरूह पहाड़ियों में किला बना रहा था। महारथ सिंह की बेटी जगमातो कुँअरि और खरवार सरदार की बेटी झानो सहेलियाँ बन गयी थीं। झानो तीर धनुष का अभ्यास करती तो जगमातो भी करती। इनकी एक फौज ही तैयार हो गयी थी। हाथी घोड़ों की फौज महारथ सिंह और जितन खरवार तैयार कर रहे थे। जंगलों और पहाड़ों के अनुरूप देसी और तिब्बती घोड़े जो छोटे पर तेज भागने वाले होते इन लोगों ने सेना के लिए तैयार किये थे।

जंगल के अन्दरूनी हिस्से में रहने के कारण इनके विषय में बाहर के लड़ाके अनजान थे। इनका रसद पानी बाहर से नहीं आता। ऐसे समय में ही कुछ पठान सैनिक राह भटक कर घाटी में आ गये थे। उन्होंने देखा सैकड़ों की तादाद में युवतियाँ तीर कमान चलाकर अभ्यास कर रही हैं। उन्होंने निडर होकर उनके पास जाकर पूछा–

"तुम लोग कौन हो, किसलिये इतनी तादाद में तीर कमान से लैस हो? क्या किसी जंग की तैयारी हो रही है?"

"तुझी से जंग है मूरख!" झानो ने कहा और उन्हें पकड़कर पेड़ों से बाँध दिया। जगमातो को जानकारी मिली कि गोरा चिट्टा नीली आँखों वाला सैनिक अन्दर घुस आया है तो तुरत उसे मार डालने का आदेश दे दिया।

"दुश्मनों को जिन्दा नहीं रखना चाहिए। हमारे राजा साहेब ने ऐसा किया था। उसी का फल भुगत रहे हैं।"–जगमातो कुँअरि के आदेश का पालन हुआ। यह खबर जब राजा महारथ सिंह और जित्तन खरवार के कानों में पड़ी तब उन्हें आसन्न संकट का भय सताने लगा।

"राजा भैया, एक पठान आया हो सकता है और कहीं छुपा होगा। हमें सावधान रहना चाहिए।"–जित्तन खरवार ने कहा। राजा महारथ सिंह ने किलेबन्दी के लिए उराँव सैनिकों को लगाया। जंगल की सीमा पर वे तैनात हो गये। जंगल के बाहर हाट-बाजार की ओर जाने वाले रास्तों पर विशेष नजर रखी जाने लगी। महारथ सिंह जानते थे कि तीर धनुष और तलवार से पठानों का मुकाबला कभी नहीं किया जा सकता है। उन्हें यह भी मालूम था कि पठानों की हुकूमत चली गयी है वे उसे मुगलों से वापस पाने की जद्दोजहद में लगे हैं। एक छोटा सा राजा जिसका देसनिकाला हो गया है जिसने जंगल में शरण ले रखी है वह किसी का कुछ नहीं बिगाड़ सकता। भोला पर होशियार साथी जित्तन खरवार का विचार था कि पठानों का दुर्दिन चल रहा है ऐसे में मुगलों की शरण में जाना चाहिए।

"पर हमारे पास है क्या कि मुगल हमारी सहायता करेंगे?"–राजा महारथ सिंह ने स्वगत ही कहा।

"हमारे पास जंगल है, चश्मे हैं, शिकारगाह है। हाथी हैं, जाँबाज सिपाही उराँव जाति के हैं। हम उनके काम आ सकते हैं पठानों के खिलाफ।"–राजा महारथ सिंह को यह तजवीज पसन्द आयी। उन्होंने हुमायूँ बादशाह के पास संदेशा भिजवाया।

सादे लिबास में अपने चहेते लाल घोड़ी की जगह सफेद घोड़े पर चढ़कर शेर खाँ बिहार के पटना की ओर कूच करने से पहले रोहतासगढ़ आये। ऐसे समय में उनका बाज उनके कन्धों पर न होता। वह आगे-आगे उड़कर गन्तव्य तक पहुँच जाता। बाज को आया देख कमानी बीवी समझ गयी शेर खाँ आ रहे हैं। उनके दिल बल्लियों उछलने लगे। कई बार साल-दो साल के जंगी दौर से गुजर कर आते शेर खाँ तब तो ऐसा न था। अभी तो कुछ दिनों के लिए बाजू के चुनार किले में थे फिर क्यों जी इतना अकुलाता रहा। कमानी बीवी ने झट मोगरे मसले पानी से नहा कर अपने को तरोताजा किया; लोहबान-अगरू भूसियों के साथ धुआँ कर अपने घुटने तक पहुँचने वाले बाल सुखाये। बालों की पत्तियाँ

निकालकर ऊँचा जूड़ा बनवाया, सुरमा लाली से लैस हो गयीं। उनके बालों में बेली का गजरा टाँकती बाँदी ने पूछा, "आज कोई खास बात है क्या बीवी?"

"खास ही है। मेरा दिल कहता है कि मेरे सरताज आ रहे हैं।"

"अल्लाह उनको लम्बी उमर बख्शे, आपका दिल कहता है तो मियाँ शेर खाँ साहब जरूर आयेंगे।"

शेर खाँ ने आते ही कमानी बीवी पर गौर फरमाया। खाना खाने के बाद जब वे इकट्ठे हुए तो उनके भरे-भरे चेहरे को अपनी हथेलियों के बीच लेकर पूछा–"आज तो आप कयामत ढा रही हैं मेरी जान।"–शेर खाँ कभी उनकी सुरमई आँखों में झाँकते कभी गेसुओं से खेलते। बीवी की कोशिश रंग लाई। शेर खाँ उनके वजूद के कोने तलाशने में मसरूफ हो गये। रात जब ढलान पर थी तो शेर खाँ ने अपनी शरीके हयात से कहा कि–"जाने अब कब मिलना हो; जंग छेड़ने से पहले–आपसे ही सिर्फ मिलने आया था। आप खुश तो हैं?" बीवी ने उसके चौड़े सीने में मुँह घुसेड़ते हुए उमंग में भरकर कहा–"आपने ऐसी मुहब्बत तो कभी न की थी। जंग की तरह मुहब्बत की। जान पड़ता है लाड़ मलका से सीखा है।"

"वह निकाह पढ़ने तक बीवी थी अभी तक शरीके हयात नहीं बनाया है। बना भी नहीं सकता, मैं यह नहीं कर सकता।"–"क्या? आपने उन्हें अब तक सही मानी में बीवी नहीं बनाया यह ठीक नहीं है मेरे सरताज!"

"क्या ठीक है क्या नहीं मैं नहीं जानता। मेरे सामने एक ही काम है वह है हिन्दुस्तान की गद्दी। वह मैं लेकर रहूँगा। यह शादी उसी की एक कड़ी है। लाड मलका ने खुद आगे बढ़कर कहा कि उनके धन का उपयोग करने के लिए, हिन्दुस्तान के तख्त पर फिर से किसी अफगान को बिठाने के लिए और सबसे बड़ी बात कि उसके खुद की, चुनारगढ़ की हिफाजत के लिए निकाह पढ़ना जरूरी है। शरीयत के लिहाज से वह मुझे अपना रखवाला तक्सीम करना चाहती थी। उन्हें मालूम है कि मैं उनका शौहर नहीं बन सकता।"

"बड़ी अजीब बात है लाड मलका बड़ी बदनसीब खातून है। ताज खाँ जैसे बूढ़े की बीवी थी अब जब उनके लायक शौहर मिले, तो भी कुछ नहीं। उनके लिए मेरे दिल में बड़े दर्द का अहसास है।"

"आप नहीं समझेंगी हुकूमत का नशा क्या होता है। लाड मलका मियाँ ताज खाँ की बीवी बन कर तमाम चुनारगढ़ की मालकिन थीं, आज भी हैं। उनको हुकूमत का नशा है। वे खुश हैं।"

"मुझे ऐसा कतई नहीं लगता।"–कमानी बीवी जिन्होंने सभी अमीरों, सूबेदारों यहाँ तक कि मुकद्दमों के भी कई-कई बीवियाँ देखीं उन्हें यह अचरज की बात लगती। इस मुल्क में हरम और रनिवास का रिवाज था। उधर शेर खाँ ने अपना

दिमाग सिर्फ और सिर्फ हिन्दोस्तान के तख्त की ओर लगाये रखा था।

हुमायूँ बादशाह गौड़ की ओर निकल गया था। गौड़ की पृष्ठभूमि यह थी कि वहाँ के सूबेदार महमूद खाँ शेर खाँ से मित्रता कर चुके थे। शेर खाँ के वे इतने मुरीद हो चुके थे कि मातहत की तरह ही रहते। बिहार के नाबालिग सूबेदार जलाल खाँ की सरपरस्ती का सीधा मतलब था कि बिहार के असली सूबेदार ये ही थे। बंगाल के अभियान में मुंगेर के पास बड़ी जंग हुई थी जिसमें कुतुब खाँ मारा गया था। शेर खाँ के हाथ अकूत धन आया, चार हजार लाल घोड़े आये। धन को शेर खाँ ने नदी की पाट पर उगे जंगल में गड्ढा खोद कर गाड़ दिया कि गाढ़े वक्त पर काम आये। निशानदेही के लिए पाँच तरह के पेड़ लगाये। अपने साथियों से हाथ में कुरान देकर कसमें खिलाईं।

हुमायूँ बादशाह गौड़ बंगाल की ओर फतेह करने चला कि उसकी शेर खाँ से मुलाकात हो गयी। शेर खाँ ने हुमायूँ बादशाह से इल्तिजा की, उन्हें अपने तरीके से समझाया–"हे हिन्दुस्तान के मुगल शहंशाह, आपका इकबाल बुलन्द हो। आप बंगाल गौड़ की ओर जा रहे हैं तो मैं एक अर्ज करूँ?"–शेर खाँ ने बिना सर झुकाये, बिना तलवार की मूठ पर से हाथ हटाये एक हाथ से ही सलाम करते हुए कहा। "शेर खाँ, मुझे मालूम है कि तुम बड़े बहादुर हो, काफिया वगैरह किताबें पढ़ रखी हैं। शायद इसीलिए माबदौलत की जानिब अकड़ कर खड़े हो।"–रतजगे से मुगल बादशाह हुमायूँ की आँखें गुलाबी रंगत लिए थीं। अर्जी सुनने की कुव्वत नहीं थी। शेर खाँ ने हुमायूँ बादशाह के बारे में सुन रखा था। उनका निजी कुनबा, लाव लश्कर देखकर हैरान था। बाबर बादशाह की सेवा में काफी दिन रह चुका था। यह सच था कि शाही अन्दाज उनका भी था। उनके साथ भी लाव लश्कर चला करते थे। मुगलों की एक आदत थी कि बेगमों का लश्कर साथ चलता। बाँदियाँ, ख्वाजासराया सबों के हुजूम चलते। अमलों, ओहदेदारों की फौजें साथ चलतीं। शेर खाँ ने इब्राहिम लोदी के लश्कर को भी देखा था। उनका मुँह बोला था सो तंज भी कसता–"हुजूर सुलताने आजम, जबतक पीकदान साथ चलेगा खुदा मेहरबान न होगा।"–सुलतान हँस पड़ते। कहा करते–"तुम्हें सुलतानी दी गयी तो तुम यह रिवाज न रखना। रखोगे भी कैसे कोई अमल तो है नहीं।"

हुमायूँ बादशाह ने एक तरह से जलीकटी सुनाई शेर खाँ को। शेर खाँ ने देखा आसमान चूमता तम्बू शाही दरबारे खास बना है जिसमें तमाम झाड़ फानूस लटक रहे हैं, मखमली कालीन है तो जरीदार परदे हैं। दरबारे खास के बाजू वाले तम्बू में किताबों के गट्ठर रखे हैं जिसे शहंशाह पढ़ते रहते हैं। वह सब हाथियों पर लाद कर साथ लिए चलते। कोई फर्क नहीं पड़ता कि वे जियारत पर जा रहे हैं या जंग के मैदान में। हुमायूँ बेहतरीन शमशीर बाज थे। सारी नियामतें

इकट्ठी थीं फिर भी इतना घमंड क्यों? शेर खाँ सूरी को अगर हो तो कोई बात थी क्योंकि घोड़े के छोटे ब्यौपारी के खानदान का था। बहलोल लोदी की इनायत पर रोटी जुटी थी पर इन्हें क्या हुआ? शेर खाँ ने माहौल की नजाकत भाँप कर दिल की दिल में ही रखी और कहा–"शहंशाह, हम रूखे रोह हैं हमें तहजीब नहीं आती। आप बड़े दिल वाले बड़े बादशाह हैं, अर्जी सुन लें फिर जैसा जी चाहे वैसा करें; चाहे तो ठुकरा दें।"

"कहो क्या कहना है। हमारा दस्तरखान बिछा है जल्दी करो।"

"आपका बहुत वक्त लिया शहंशाह, खुदा हाफिज हमारा भी दोपहर का नमाज का वक्त हो चला है।"–सलाम कर शेर खाँ बाहर निकल आया। हुमायूँ खुश था कि उसने शेर खाँ को नाचीज़ समझा। शेर खाँ ने अन्दाजा लगाया कि यह हिन्दोस्तान पर बादशाहत कायम न रख सकेगा। उसने बाहर खड़े अमीर से कहा कि "हो सके तो अपने बादशाह से कहना कि सूबए बिहार की हुकूमत का ख़याल ख़्वाब में भी न लायें; मैं उनके लिए गौड़ बंगाल छोड़ता हूँ। उन्हें समझा देना कि शेर खाँ को चूहा न समझें और न जैसा कि वे कहते चलते हैं वैसा लोमड़ी भी न समझें।" अमीर कुबुल की रगों में शेर खाँ का बयान सुरसुरी पैदा कर रहा था उसने हुमायूँ बादशाह से मशविरा के अन्दाज में कहा कि हुजूर को सचमुच गौड़ चलना चाहिए। शेर खाँ से अभी टकराना ठीक नहीं। हुमायूँ ने गौर फरमाया।

शेरशाह ने अपने भरोसेमन्द साथियों से कहा कि हुमायूँ बादशाह को बंगाल में उलझाकर रखो। उसे खूबसूरत माहौल पसन्द है। मुर्शिदाबाद के बड़े बागीचे में ठहरने का इन्तजाम करो। खुशबूदार फूलों की लतरें, गुलाब की क्यारियाँ, हरी घास जहाँ हो वहीं उनका ऊँचा महल बनाओ। उनकी सेवा के लिए खूबसूरत रक्कासायें भेजना। बेगमातों के लिए सोने-चाँदी और हीरे-जवाहरात के महीन और जहीन कारीगर भेजो। मेरी मंशा है कि उन्हें इतना मसरूफ कर दो कि वे भूल जायें बंगाल के अलावा हिन्दोस्तान में और भी कोई सूबा है।

हुमायूँ के लश्कर आगे बढ़े कि किसी ने उन्हें खबर दी कि शेर खाँ के पठान सिपाही गाँवों में देखे गये हैं। उसका बाज भी देखा गया है। शेर खाँ के बाज की चंगुल चाँदी सोने से मढ़ी थीं। हुमायूँ ने जाँच की पर कहीं कोई निशानी नहीं दिखी वह इतमीनान से मुर्शिदाबाद पहुँच गया। मुर्शिदाबाद की खातिरदारी से वह बेहद खुश था, इतना कि बरसात आ गयी तब याद आया कि बरसात में बंगाल से निकलना मुश्किल होता है। शेर खाँ को समय मिल गया था, वह पूरी तैयारी से लैस होकर हुमायूँ का मुकाबला करने आगे बढ़ गया।

जिस वक्त हुमायूँ बादशाह मुंगेर में ठहरा हुआ था उस समय वहाँ के बहुत सारे ज्ञानी लोग उससे मिलने आये। हुमायूँ का मन ज्ञान की बातों में बड़ा

रमता। उन्हीं में मियाँ बदन मुंगेरी थे जो चुपचाप सर झुकाकर बैठे थे। बादशाह को पता चला कि बदन मियाँ का कोई सानी नहीं है तो उन्होंने उनसे बातचीत की। मियाँ बदन मुंगेरी ने जो तर्क छोड़े उसका जवाब किसी को न सूझा। हुमायूँ को भी नहीं। मियाँ मुंगेरी ने ही जवाब समझाया। हुमायूँ बादशाह ने उन्हें बड़ी इज्जत बख्शी और पूछा कि–"मियाँ मुंगेरी शेर खाँ गौड़ की तरफ गया है, मैं भी उसके पीछे-पीछे चल रहा हूँ। आप मुझे बतायें कैसे करना चाहिए उसका पीछा कि फतह हो।"

"शहंशाह, आप जैसे जा रहे हैं वैसे ही जायें पर एक बड़ी फौज झारखण्ड की ओर से गौड़ की तरफ भेजें। शेरखान अपनी फौज सहित नदी में डूब मरेगा।"–पूछने को पूछ लिया हुमायूँ ने पर उनकी बात को तवज्जो नहीं दिया। सोचा कि यह किताबी इनसान क्या जाने जंग की हकीकत! उसने वैसा ही किया जैसा उसका दिल चाहता था।

शेर खाँ ने सुहिया नदी के किनारे हुमायूँ की सेना को करारी शिकस्त दी। शेर खाँ ने सुना कि मियाँ बदन मुंगेरी ने हुमायूँ को जंग जीतने के लिए सलाह दी थी। सुनते ही उसके तन बदन में आग लग गयी। उसने कहा–"इस जहीन बदन मुंगेरी को क्या सूझी थी कि वह एक मुगल को सलाह दे रहा था, मुझे मिलेगा तो मैं उसकी खाल खिंचवाकर भिश्ती को दे दूँगा।"–सुहिया नदी के किनारे जीत का जश्न हो रहा था कि मियाँ बदन मुंगेरी शेर खाँ के हुजूर में पहुँचे।

"ऐ शेर खाँ, मैंने तुम्हारी शिकस्त का इन्तजाम कर दिया था पर जन्नत के फरिश्ते ऐसा नहीं चाहते थे। हुमायूँ बादशाह ने मेरी बात सुनी नहीं लेकिन मेरी कोई जाती दुश्मनी तो तुमसे है नहीं; हो भी नहीं सकती; मैं किसी तख्तोताज का तलबगार नहीं हूँ। फिर भी सुना है कि तुम मुझसे खफा हो तो मैं हाजिर हूँ मुझे जो चाहो सजा दो।" शेर खाँ भौंचक्का सा उसे देखता रह गया।

"मैं नाराज तो था लेकिन अब सोचता हूँ कि आपको सूली पर टाँग के क्या होगा? आपसे मेरा एक घोड़ा भी छीना नहीं जा सकता। एक और बात अब किसी अम्मा के पेट से आपके जैसा जहीन पैदा हो न हो। जाइयें मैं आपको मुंगेर की बारह हजार बीघा उपजाऊ जमीन अता फरमाता हूँ। आप अपने दिल से मेरे खिलाफ काँटा निकाल दीजिए।"

शेर खाँ से बेफिक्र हो कर बादशाह हुमायूँ मुर्शिदाबाद में रंगरलियाँ मनाकर लौट रहे थे। उन्हें रास्ते में पता चला कि उनके भाई मिर्जा हिन्दाल ने बगावत कर दी है। वे तेजी से आगे बढ़ते गये कि चौसा के पास शेर खाँ से टकरा गये। शेर खाँ ने जंग की कायदे से तैयारी कर रखी थी, मिट्टी का पुख्ता और अभेद्य किला बना रखा था। शाम ढल जाने के कारण वहीं तम्बू गाड़े गये। लाव लश्कर रुक गये। सुबह जब तक हुमायूँ जगे बुजू वगैरह किया तभी पठानों ने हमला

कर दिया। अफरातफरी मच गयी। अमीर अतका ने उन्हें तुरत निकल भागने को कहा–"हुजूर आप घिर गये हैं, आपका निकल भागना जरूरी है। अपनी फौज पठानी फौज से उलझी है।"–हुमायूँ तुरत घोड़े पर चढ़कर निकल भागे। गाँगी नदी में बाढ़ आयी हुई थी। इन्होंने अपने घोड़े को पानी में छोड़ दिया। वहीं एक भिश्ती अपने मशक से पानी भर रहा था। अतका के कहने पर उसमें हवा भर दिया। हुमायूँ ने मशक के सहारे नदी पार की और जान बचाकर पंजाब की ओर भाग निकले। सैनाओं में मार काट मची थी। बेगमातों के खेमे का सिपाही मारा गया। शेर खाँ को मालूम हो गया कि हुमायूँ बादशाह जान बचाकर भाग गये। उसने तुरत जंग रोकने का ऐलान किया और बेगमातों के खेमे में आये।

"आप सब मेरी सगी बहन के समान हैं। आपके साथ कोई नाइंसाफी नहीं होगी। आप सबों को हम फौज की निगहबानी में जहाँ कहेंगी वहाँ पहुँचा देंगे।"–शेर खाँ ने बड़े अदब से कहा और अपने खास सिपहसालार तथा बेगमों के ख्वाजा सरायों के साथ उन्हें रोहतास के किले में इज्जत के साथ रखा गया। उन्हें उनके ओहदे के बराबर वजीफे दिये और यह जानकर कि हुमायूँ बादशाह पंजाब की ओर चले गये हैं सुरक्षित भेज दिया गया।

शेर खाँ ने आगरा जाकर तख्तनशीन होने की कोई हड़बड़ी नहीं दिखाई। एक बार फिर से फौज को समेटने में लग गये। सुलतान इब्राहिम लोदी की भानजी जो काला पहाड़ फारमुली की बेटी थी फतेह मलका उसके शौहर का जौनपुर की लड़ाई में इन्तकाल हो चुका था। उनके पास मनों सोना इकट्ठा था जिस ओर अमीरों की नजर थी। फतेह मलका के मन में एक ही आस थी कि दिल्ली की गद्दी फिर किसी अफगान के कब्जे में आ जाये। जो शख्स मुगल बादशाह हुमायूँ से टक्कर ले सकता हो ऐसे को छोड़कर किसे दिया जा सकता है? इसी जद्दोजहद में पड़ी थी कि एक दिन उसने सपना देखा–फारमुली उससे कह रहे हैं–"तू आगे पीछे न सोच शेर खाँ को अपना सब कुछ सौंप दे वह तेरी रहनुमाई करेगा।"–बीवी फतेह मलका ने शेर खाँ को अपना खजाना सौंप दिया और कहा कि "आप मुझसे निकाह पढ़वा लें। मुझे आप पर और आपको मुझ पर भरोसा हो जायेगा।"

"खजाने की जरूरत जंग लड़ने के लिए है पर शादी की क्या जरूरत है बेगम? इनसान को ऐतबार रहना चाहिए। मैं शादी पर यकीन नहीं रखता एक जंगजू को कहाँ फुरसत है कि वह अपने आपको किसी नेक औरत के खाविन्द बनने लायक बनाये। आप चाहें तो एक सच्चे पठान की तरह हम पर ऐतबार करें, हमारे ईमान का इम्तिहान लें।"

"शेर खाँ साहेब, हमें आपके ईमान पर ऐतबार है। आप सच्चे मुसलमान हैं। पाँच बार नमाज पढ़ते हैं, रोजा रखते हैं बिला वजह किसी खातून की इज्जत

के साथ खिलवाड़ नहीं करते। आपकी जंगी फितरत से हम वाकिफ हैं। आप हमारे लिए एक अजूबा हैं।"

"हम समझे नहीं बीवी फतेह मलका?"–शेर खाँ ने हैरत से पूछा। "सुन रखा है कि आप जब तक तख्त नहीं पा जाते किसी छोटे या बड़े जानवर का मांस नहीं खायेंगे। इबादत नमाज और रोजे तो समझ में आते हैं पर आपकी यह कसम क्या है? आप शराब भी नहीं पीते। जंग की थकान कैसे दूर होती है शेर खाँ?"

"ओह बीवी फतेह मलका, इतनी सी बात? मैं तो डर ही गया था कि कहीं आप कुछ और न पूछ बैठें। कि आप कहीं यह न पूछ बैठें कि रोह के घोड़े की तिजारत करने वाला, यहाँ वहाँ मारा-मारा फिरने वाला एक फटेहाल अफगान के दिलोदिमाग में अमीरी का शौक ही पायजामे से बाहर था यह तख्ते हिन्दोस्तान का ख्वाब कैसे देख बैठा?"–शेर खाँ ने दिल उड़ेल दिया। "यह सब अब सोचने का वक्त नहीं है। तख्त पर न इब्राहिम लोदी है न अफगान पठान की हैसियत रही। आपने बिना अल्लाह की मर्जी के तो कुछ न किया होगा? मुझे आपसे सच मुहब्बत हो गयी है। एक जंगी से मुहब्बत! इसे ठंडे दिलोदिमाग से सोचें और मुझ पर अपनी बेइन्तहा इनायत बरपा करें।"

"बीवी फतेह मलका, आपको मालूम होगा कि जलाल खाँ जो बिहार का अमीर है मेरा बेटा कहलाता है, वह मेरा शागिर्द भी है। उसे मैंने जंग के बीच में काफिया पढ़ाई। सुलतान महमूद मेरे सबसे बड़े सरपरस्त थे। उनके इन्तकाल के बाद बेगम दूदा ने हुकूमत सँभाली। मैं उनकी मदद को तैयार रहता था। लेकिन ज्यादा दिन जिन्दा न रह सकीं। उनके इन्तकाल के बाद से हम नाबालिग जलाल की अमीरी देखते रहे जरूर लेकिन बेगम दूदा से मेरा कोई जाती रिश्ता नहीं बना। बेगम को यूँ ही लोग मेरी बीवी कहने लगे। पर वह सच नहीं था।"–शेर खाँ उलझा सा लगा।

"आप खातिर जमा रखिये शेर खाँ, मैं ऐसा न होने दूँगी। आप एक नेक इनसान हैं, मुझे मालूम है एक नेक सय्यद हैं। सुना है हुमायूँ बादशाह ने भी आपसे खानदानी रिश्ता करना चाहा था। वह जानता है कि आप पाक खानदान के हैं। घोड़े का ब्यौपारी होना कौन सा गुनाह है?"–फतेह मलका ने कहा।

"बीवी फतेह मलका, हमारी आधी से अधिक उम्र गुजर गयी। जिन्दगी की शाम होने को आयी अब बादशाहत का वक्त आया है।"

"आया तो सही।"

फतेह मलका से रुखसत होकर शेर खाँ रोहतास के किले पर अपनी बेगम कमानी बीवी से मिलने पहुँचा। तीन जवान बेटों की अम्माँ कमानी बेगम हमेशा अपने शौहर की खिदमत के लिए सजधज कर तैयार रहतीं। शेर खाँ को सुकून

मिलता। उसने अपनी अम्मा सबा बेगम को उदास, तकलीफजदा बीमार देखा था। कमानी बीवी को खुश देखकर उसे जान पड़ता अम्मा को भी खुशी मिल रही होगी वह जहाँ भी होगी।

"आपको मालूम है मेरे सरताज कि क्या होनेवाला है?"–बिना किसी लाग लपेट के कमानी बीवी ने कहा।

"क्या होने वाला है बेगम, इस उम्र में मैं किसी खुशखबरी की आस लेकर नहीं आया हूँ आपकी ओर से?"–शेर खाँ को हँसी आ गयी।

"आप भी मजाक करते हैं मुझसे। मैं तो राजा महारथ सिंह के बारे में बताने वाली थी।"

"उसे क्या हुआ?"

"चतरा के जंगल में उसने बड़ा ऊँचा पत्थरों का किला बना रखा है यह तो आपको मालूम है न!"

"हाँ और खरवार-चेरो की फौज भी खड़ी कर रखी है। उनकी फौज से डरने की जरूरत नहीं हैं। वे अपने जंगल भर की रखवाली कर लें यही काफी है।"

"वो तो है। बात है कि राजा महारथ सिंह ने अपने बेटे की शादी खरवार जित्तन की बेटी झानो से तय की है। कल ही शादी है।"

"आपको किसने कहा? क्या राजा साहेब के यहाँ से सन्देशा आया है?"

"नहीं, कुछ उनके खैरख्वाह हैं न यहाँ भी; वे ही कह रहे थे। कह रहे थे कि यहाँ शादी होती तो खूब ही रौनक होती अभी तो राजा साहेब के पास कुछ है भी नहीं।"–कमानी बीवी उदास थी।

"बेगम, हम न्यौता लेकर चुपचाप चलें, राजा साहब ने एक वक्त पर हमारी मदद की थी। बाद में हमने उनके साथ अच्छा सुलूक नहीं किया। अब जब जश्न का माहौल है तो हमें जाना चाहिए।"

सौगात लेकर दोनों थोड़े से सिपाही के साथ सादे कपड़ों में राजा महारथ सिंह के किले में पहुँच गये। राजा साहब ने जब पहचाना तब वे भौचक्के रह गये।

"हम आपको डराने नहीं आये हैं राजा साहब दोस्ती का हाथ बढ़ाने आये हैं। यह जंगल, यह पहाड़ी आपकी है।"

"हमें मालूम है शेर खाँ आप दिल्ली की गद्दी पा गये हैं। जल्दी ही शेरशाह हो जायेंगे। हमें बुला लेना भइया, कोर्निश बजायेंगे।"–राजा महारथ सिंह ने कहा।

"हमें भी बुलाना हजूर, हम सिंगा बजायेंगे, नाच करेंगे। जश्न होगा।" जितन खरवार ने कहा।

इस शादी में शरीक होकर शेर खाँ खुशी-खुशी रोहतासगढ़ के किले पर पहुँचे। एक छोटे से राजा और जंगल के सरदारों की खैरख्वाही ने इनके सारे शिकवे दूर कर दिये। जंगल की ओर से कभी किसी तरह की बगावत के खतरे

से शेर खाँ की हुकूमत महफूज हो गयी। कई जंग तीर कमान के भरोसे पर भी जीते जा सकते हैं। हाथियों की फौज खड़ी की जा सकती है। रसद ढ़ोने वाले छोटे घोड़े-टट्टू जंगल से ही मिलते हैं। उराँव, चेरो, खरवार, कोल, भील संताल बेहद जाँबाज सिपाही की शक्ल में तैयार हो सकते हैं। पथरीली डगर पर इन्हीं की ज्यादा जरूरत है। शेर खाँ ने दिल्ली जाने के पहले पूरब को पूरी तरह अपने कब्जे में ले लिया था। पूरब ने इन्हें अपना शहंशाह तकसीम कर लिया था। शेर खाँ ने अपने आपको पच्छिमी चुनौती के लिए तैयार कर लिया।

"ऐ सुलतान, आप आये थे चुपचाप पर हम चाहते हैं हम आपको लाव-लश्कर के साथ रुखसत करें, का कहते हैं?"-राजा महारथ ने कहा। शेर खाँ तैयार नहीं हुआ। वह जैसे आया था वैसे ही जाना चाहता था। रात उसकी फल्गू नदी के किनारे बीती। तम्बू गाड़ा गया, पालकी रख छोड़ा गया घोड़ों की जीन खोल दी गयी।

"साईस, नदी के बालू को हाथ से हटाओ, छोटे-छोटे गड्ढ़े खोद डालो। साफ पानी निकल आयेगा। घोड़ों को पिलाकर प्यास बुझाओ। हमारे लिए भी मशक में भर लाओ।"-शेर खाँ ने कहा। साईस जानता था पर कमानी बीवी की आँखें हैरतज़दा थीं।

"ऐ मेरी नेकदिल बीवी, देखो यह खुरदुरी सूखी सी नदी बिल्कुल आपकी मानिन्द है, ऊपर से ऐसी है, इसने अपने कलेजे में पानी के चश्मे दबा रखे हैं।"-आँखें फाड़कर नदी की ओर देखती बीवी से कहा।

"या खुदा"-कमानी बीवी सिर्फ देख रही थी।

डटकर खाया-पीया था चलने से पहले, यहाँ पानी पीकर सोना जरूरी जान पड़ा।

"हुजूर, हमने मछलियों का शिकार किया है, भून रहे हैं, बेगम साहेब के लिए लाया हूँ।"-साथ चलते मुकद्दम ने कहा। बेगम को भुनी हुई मछलियों का बड़ा चाव था।

"मेरे आका, आपको बादशाहत मिल गयी अब तो मछलियाँ खा सकते हैं।" बेगम ने पेशकश की।

"अब ख्वाब में भी जी नहीं चाहता, बहरहाल हिन्दुस्तान सिर्फ गौड़ से आगरे तक नहीं है।"

"आपने रायसीन तक जीत लिया है सुलतान।"

"जीत तो लिया है मेरी हमसाया, पर वही मेरे सीने में तीरे-नीमकश होकर अटका पड़ा है।"

"क्यों? वहाँ अमन तो है।"

"अमन से पहले की बात है।"

"क्या वाकया है मेरे आका, कोई सियासी मामला न हो तो आप मुझसे कह सकते हैं।"

"सारे मामले सियासी हैं। जब भी सियासतदाँ का मामला होगा तभी वह सियासी हो जायेगा। आप न समझेंगी।"

"समझाइये तो।"

"बेगम आपको याद होगा कि रायसेन के राजा पूरनमल पर मुझे कितना गुस्सा था। उस अहमक ने काम ही ऐसा किया था ऐसा काम ही मुझे भड़का देता है।"

"कैसा काम?"

"अफगानों की हार के बाद उसने दर्जनों सय्यदानी को पकड़ लिया था। उन्हें अपने किले के अन्दर ले जाकर बदसलूकी की।"

"क्या किया?"

"उन्हें रक्कासा बना दिया। अपने दरबार में नाचने को मजबूर किया। यह सुन कर मेरा गुस्सा सातवें आसमान पर पहुँच गया। मैंने मुगल बादशाह को जब खदेड़कर पंजाब पहुँचा दिया तभी यह मुआमला मेरे सामने पेश हुआ। मैंने अपनी फौज का मुँह रायसेन किले की ओर मोड़ा। रायसेन का किला अब तक के फतह किये गये सभी किलों से पुख्ता और बड़ा था। पूरनमल को शिकश्त देना उतना आसान न था। मुगल बादशाह हुमायूँ गौड़ को नहीं जानता था उतनी अच्छी तरह जितना मैं जानता था, वह जगह भी उसकी नहीं थी और खेल रहा था मेरी बिछायी बिसात पर सो मुँह की खा गया लेकिन यह किला मेरे लिए अनजाना था। पूरनमल की अपनी जगह थी। जंगल का चप्पा-चप्पा उसका देखा-भाला था। बिना अक्ल का इस्तमाल किए जीतना आसान न था।"

"आपने कैसे जीता उसे?"

"चालाकी से कुछ खत उसके मातहतों के लिखवाये अपने नाम से कि पूरनमल से वे तंग आ चुके हैं और हिन्दोस्तान के सुलतान के मातहत रहना चाहते हैं। वह खत किले के अन्दर किसी रास्ते पर गिरवा दिया, खत पूरनमल तक पहुँच गया। चूँकि उस पर किसी का नाम न था चुनांचे सभी शक के घेरे में आ गये। ऐसे ही वक्त हमने उसे खबर भेजी कि वो किले के बाहर आकर हमसे बातें करे। सय्यद पठान अफगानी खातूनों को बाइज्जत हमें पहुँचा दे।"

"उसने वैसा किया क्या सुलतान?"

"नहीं उसने हमारे सुपुर्द करने से इनकार कर दिया। तब हमने उसे फिर खबर भिजवाई कि बड़ा बहादुर बनता है पूरनमल औरतों की ओट में छुपा है चूहे की तरह। अब उसे बुरा लगा। उसने फौरन सभी मुसलमान खातूनों को किले के बाहर हमारे पड़ाव पर भेज दिया।"

"चलिये कुछ तो किया।"

"बीवी, उसकी आमदरफ्त से रास्तों का अन्दाजा हो गया। हमने उसे खबर भेजी कि शेर खाँ को सुलतान तक्सीम कर सगे सम्बन्धियों यानी कि अपने कुनबे के संग सामने आ जाय।"

"फिर क्या हुआ मेरे आका?"

"अब उसका माथा ठनका। अपने अमीरों, भाई बन्दों से मशविरा कर उसने कुछ तोहफे भेजे। एक हजार घुड़सवार, पाँच सौ हाथियों की फौज साथ भेजी। हमें मालूम था पूरनमल के पास कई हजार घोड़ों और हाथियों की फौज है। सबसे बड़ी बात थी कि वह हमसे डर नहीं रहा था। बिना खौफ के कहीं सुलतानी चलती है बेगम?"

"नहीं चलती हुजूर।"

"बहुत दिनों के जद्दोजहद के बाद पूरनमल अपने बिल से निकल गया। उसकी वजह थी, उसने अपने रनिवास की औरतों का जौहर अपनी आँखों के सामने करा दिया फिर सारे मर्द निकल आये, फिजूल में लड़कर जान दे दी। अन्दर बड़ा खौफनाक मंजर था। हमारी फौज लूटमार में मुब्तिला थी कि एक नन्ही बच्ची पर मेरी नजर गयी। वह बच्ची लाशों के बीच खड़ी रो रही थी। लाल रंग का घाघरा पहन रखा था, लिबास और सजावट से जान पड़ा जरूर शाही घराने से ताल्लुक रखती है। मैंने अपना फौजी लिबास उतार दिया था। उसकी ओर हाथ बढ़ाया कि वह मेरी टाँगों में चिपक गयी।"

"ओह, बेचारी बेहद खौफ खा गयी होगी।"—शेर खाँ थोड़ी देर चुप रहे फिर लम्बी साँस लेकर कहने लगे।

"मैंने उसे गोद में उठा लिया और नाम पूछा, उसने बताया गुलाब कुँअर। उसने बताया कि महाराजा उसके ताऊ हैं। कमानी बीवी, वह बच्ची मेरे सीने से चिपकी हुई थी और मेरा सीना आग उगल रहा था। मैंने उसी वक्त उस बच्ची गुलाब कुँअर को एक बनजारे को दे दिया।

"लो राजा-पूरनमल की इस बेटी को नचवाओ। उसने पठान अफगान सैय्यदानियों को नचवाया है।"

"ओह, आप जंगजूओं के तरीके अजब हैं। आप किसी को बख्शते नहीं। इस गुलाब कुँअर बच्ची को अपने ताऊ के किए का खमियाजा भुगतना पड़ा।"

"कभी-कभी उसके लिए सीने में तकलीफ महसूस होती है बेगम। वह मेरे सीने से चिपक गयी थी। छोटी-छोटी दोनों बाँहें मेरी गर्दन के गिर्द कस कर लपेट ली थी। उसे जबरन अपने सीने से हटाना पड़ा, दूर तलक मेरी जानिब देखती रही। हम जानते हैं हमारी वह शियाना फितरत।" शेर खाँ दरिया के पार कहीं दूर देख रहा था। कमानी बीवी समझ रही थी कि इसके दिल में बच्ची

के लिए दीवानगी है। कमानी बीवी ने सिर्फ बेटे जने। बेटे जनना बेगमातों के लिए सबाब है पर एक रून-झुन करती बिटिया घर की रौनक होती है। काश! सुलतान शेर खाँ गुलाब कुँअर को अपनी बना लेता। इनका गुबारे-दिल कैसे निकाला जाये, सोचने लगी।

"आपकी जिद भी खूब है मेरे सरताज, कहाँ तो शमशीर-तलवार से माहीचा मुसल्लम काट कर खाते थे कहाँ मछलियाँ भी दुश्वार हैं।"

"अब हैं जिद्दी, आपको तो झेलना ही है।"—शेर खाँ आपे में लौट आये और कमानी बीवी को आगोश में लेकर लेट गये। फजिर की नमाज तक बेगम उनके आगोश में बेफिक्र होकर सो रही थीं और हिन्दुस्तान का बादशाह आसमान के तारे गिन रहा था। रास्तों की पेशानी दूर करने के लिए सभी इबादतगाहों की ओर जाने के लिए सड़कें चाहिए। वह हिन्दुओं का हो या मुसलमानों का। तभी याद आया कि उन पर तीरथ जाने का महसूल वसूला जाता है। यह सही नहीं है। अपने-अपने कौम की इबादतगाहों में जाने के लिए फाजिल महसूल क्यों उगाहा जाय। आज गया की इस धरती पर ऐन फजिर की नमाज के वक्त यह ख़याल आया है तो रोहतासगढ़ पहुँचते ही ऐलान करना होगा। एक छोटी सी जागीर के शिकदार होते ही शेर खाँ ने खेत की मालगुजारी कम कर दी थी अब तो दिल्ली के तख्त पर बैठने जा रहा है। इस तरह के तमाम फिजूल मालगुजारी महसूल बन्द करेगा। सैकड़ों साल से राज यूँ ही नहीं किया है। जैसे ही ऐसे फिजूल खर्चे थोपे गये शाही फरमान के ऐलान से वैसे ही सुलतानी गयी समझो। हम ऐसा नहीं करेंगे। रियाया खुश रहेगी खेती चलती रहेगी तो आप से आप खजाने भरेंगे। इतनी ज्यादा पढ़ाई की है, उसका कायदे से इस्तमाल करेगा शेर खाँ।

* * *

गुलाब कुँअर नैना बनजारन की गोद में डाल दी गयी थी। नैना ने उसे सीने से लगाया और अपने मरद मानुस से कहा—

"इस देस से उखाड़ो तम्बू चलो पच्छिम की ओर जिधर समन्दर है। इस सोने सी बच्ची को महाराज की अमानत समझ पालूँगी इसके पैरों में न घुँघरू बँधेगी न ये किसी के आगे नाचेगी। हम नाच गाकर इस राजकुमारी का साज सिंगार बरकरार रखेंगे।"—नैना का कहना था कि सारे बनजारे अपने तम्बू उखाड़ पच्छिम की ओर चल पड़े। वह ब्यौपारियों का देश था, सेठों-साहूकारों का। नैना का कुनबा रुका, पड़ाव डालकर पास दूर के गाँव में जाकर रोजी कमाता। करतब दिखातें, नाचते गाते जिन्दगी की गाड़ी आगे खींचते। सात साल की बच्ची गुलाब कुँअर थोड़े ही दिनों में इन लोगों के साथ घुलमिल गयी। उनके बच्चों के

साथ खेलती, घर द्वार बनाती तम्बुओं में रहने वाले बच्चे खेल-खेल में खूबसूरत बालू की डेवढ़ियाँ बनाते। गुलाब कुँअर के जहन में अपना किला था सो वह विस्तार देकर किला और सिंह दरवाजा बनाती; बनजारे-बनजारिने देखती और दिल ही दिल में आहें भरती। कैसी है यह तख्त की जंग जिसमें औरतें जल मरती हैं, बच्चे यदि जिन्दा बच गये तो बेसहारा हो जाते हैं। इन बनजारों के साथ घुलमिलकर इनकी संख्या सदा बढ़ाते रहते हैं।

नैना बनजारन लहँगे में कशीदाकारी कर रही थी कि जीतू आया। जीतू छरहरा लम्बा साँवला सा युवक था। उसके कन्धों पर धनुष तीर टँगे थे। उसने माथे पर कौड़ी टँके पट्टे पहन रखे थे। कमर में चूनर का गमछा बाँधे थे। काले रंग के सुत्थन पर हरे रंग के चूनर का गमछा। बड़े-बड़े जुल्फों को बाँधने वाला पट्टा लाल चूनर पर टँका था। कुल मिलाकर जीतू एक छैल छबीला नौजवान था। नैना बनजारन ने उसकी झोली में ढेर सारे फल देखे।

"क्या लाया जीतू?"–उसने पूछा

"अमरूद हैं जिज्जी, जंगली हैं छोटे-छोटे कड़े पर मीठे हैं।"

"बच्चों में बाँट दे।" जीतू ने सभी बच्चों को बुलाकर अमरूद बाँट दिये। बच्चे जानते थे कि सबों को मिलेंगे फिर भी एक के ऊपर एक चढ़े आ रहे थे। गुलाब कुँअर किनारे खड़ी निहार रही थी, जीतू ने पुकारा "ओ महारानी, तुझे नहीं चाहिए क्या?"–उसने हाँ में सिर हिलाया और अपने हाथों को देखा उसमें बालू लगे थे। वह दौड़कर घिड़ौंची के पास गयी कि दूसरी बनजारन ने रोका।

"बिटिया, रुक मैं देती हूँ पानी, घड़ा गिर जायेगा।"–उसी ने लोटे में पानी निकाल उसके हाथ धुलवा दिये। जीतू उसे देखकर हँसने लगा और सबसे अच्छे अमरूद थमाते हुए कहा–"यह बिल्कुल साफ है, धोने न लगना।"–मन-ही-मन सोच रही थी नैना बनजारन कि यह सब कुछ दिन चलेगा जब तक राजसी आदत है फिर वैसी ही हो जायेगी जैसी हम हैं। जीतू को मालूम भी नहीं कि वह किस राजघराने का बेटा है। मालवा के राजघराने के पाँच लड़के इन्हें हिजड़ा बनाने को दिये गये थे, नैना ने इसे दूर पुआल की ढेर में छुपा दिया था। चार का बधिया कर नवाब के यहाँ पहुँचा दिया गया पाँचवें के बारे में कह दिया गया कि उसे रात में सियार उठा ले गये। ये घुमन्तू बनजारे मालवा से डेरा उठाकर दूर दूसरे राज्य की सीमा में जा बसे। इनकी यही आदत है बड़ी औरतों को हरम में ले गये बच्चियों को रक्कासा बनाने, बनजारों को दे देते और लड़कों को अगर जिन्दा छोड़ते तो हिजड़ा बनाकर। वे नस्ल ही खत्म करना चाहते। जीतू को नहीं पता है कि वह मालवा के किसी राजा का चश्मे चिराग था। नैना पक्के तौर पर जानती है कि ये बनजारों की बस्ती बसी ही ऐसे है। सुलतानों के नफरत की पैदाइश है यह कौम। इनके कोई नहीं न अल्लाह न भगवान। इनका ईश्वर है पंचतत्व क्षिति

जल पावक गगन और समीर, इनका ईश्वर है–अन्न जो धरती देती है, जल जो जरूरी है जिसके कारण भी इनके तम्बू उखड़ते रहते हैं। इन्हें आग जुगाड़कर रखना होता है, आकाश ही इनका घर है, हवा का रुख देख आपदा पहचानने की क्षमता है, क्योंकि आपदा के कारण ही तो अनिकेत हैं।

कई बार जीतू ने पूछा नैना से–"जिज्जी, हमारे माई-बापू कहाँ चले गये?"

"ऊपर"–उँगली तान देती नैना।

"काहे? जिज्जी मेरी माई तुम्हारी माई भी थी न?"

"वो हमारी चाची थी, तू मेरी छोटी चाची चाचा का बेटा था मेरे लाडले।"

"मैं इस गुलाब की तरह कहीं से उड़के तो नहीं आया"

"नहीं रे। पर ऐसा नहीं बोलते; गुलाब को दुख होगा।"

"तुम्हें कहता हूँ न, उसे न कहूँगा।"

"भूल कर भी न कहना"

"मेरे पास है, मेरी भी तो कुछ है।"–नैना इस कुछ से चौंक गयी। ठीक तो कहता है। पर क्या है गुलाब? नहीं है तो कुछ बनना होगा। इस दीन दुनिया में जो उथल-पुथल चल रही है उसमें इनके राजपाट लौटने की सूरत तो नजर नहीं आती। नैना सोच रही है कैसे बदलेगी सूरत! पूरनमल जीतेगा तो अफगान पठान औरतों को रक्कासा बनायेगा, अफगानों को काट डालेगा, पठान जीतेंगे तो वो नचवायेंगे एक कदम आगे बढ़कर हिजड़ों की फौज तैयार करेंगे। कुछ दिनों में हम बनजारे ही रह जायेंगे अमन पैदा करने उन्हें बरतने। ऊँह, ठीक है कि हम किसी राजपाट के लिए नहीं लड़ते, पाँवरियों और बक्खो की तरह नाचने गाने की जगह भी तय नहीं कर रखी है जहाँ जी चाहता है चल देते हैं बैलों पर लादकर अपना कुनबा। टट्टू और बकरियाँ चलती हैं साथ। गाँव-गाँव घूमो ठाँव-ठाँव तम्बू गाड़ो। न किसी भूमि के राजा हैं न किसी सुलतान की रैयत। राजधानी के आजू-बाजू में रहकर ज्यादा बुरा लगता है। जब तब हमले हो जाते हैं, मार-काट होती है। खून-खच्चर का यह मंजर हमें नाकाबिले बर्दाश्त होता है पर करें क्या, जहाँ-जहाँ तम्बू गड़ते हैं उस जमीन को भले ही ऊपर वाले ने बनाया हो चलती उनकी कुछ नहीं। चलती उनकी है जिसका कब्जा होता है और कब्जे के लिए ही तो लड़ाइयाँ होती हैं। रात को सारे बच्चे सो गये तब नैना बनजारन ने बनजारा सरदार से बड़े बुजुर्गों के साथ बैठकर विचार किया–"इस राजकुमारी के साथ क्या किया जाये?" कंजी आँखों वाले अतिवृद्ध बनजारे ने कहा–"हम कर क्या सकते हैं? इसकी तकदीर में बनजारिन बनना लिखा है नैना"–सरदार ने आकाश निहारते हुए कहा। वह देख रहा था कि कितने कलन्दर आये सिकन्दर आये

आज वे आसमान में तारे बन चमक रहे हैं, धरती को अपनी खूँरेजी से लाल कर ऊपर जा विराजते है वहाँ से देखते हैं कि एक भी पौधा लाल पत्तियाँ लेकर कहाँ उगता है, सबके रंग धानी हरे होते हैं। फिर भी नहीं सँभलते।

“हमें मालूम है सरदार, हमें यह भी मालूम है कि गुलाब कुँअर को हम नहीं नाच करने देंगे पर उसकी नस्ल नहीं नाचेंगी यह कौन कह सकता है?”

“हममें से कितने अफगान नस्ल के हैं क्या वे नहीं नाचते, उनकी क्या निशानदेही है? हम सब बनजारे हैं।”—बूढ़े बनजारे ने कहा।

“सीधे मुद्दे पर आ नैना कहना क्या चाहती है?”—बूढ़ी बनजारन बोली “कहना है कि कमाऊ बनजारा जो हमारी नजर में गुलाब कुँअर के लायक है से इसकी सगाई कर देनी चाहिए।”

“ठीक सोचा है।”—बूढ़ी बनजारन ने कहा।

“कमाऊ का मतलब?”—सरदार ने कहा

“जो अच्छे करतब करना जानता है, खेल दिखाकर रोजी कमाना जान रहा है। बिना नचवाये बीवी बच्चे पाल ले।”

“ऐसा हो सकता है क्या?”—एक बनजारे ने कहा।

“हम सिलाई-कढ़ाई के सामान बनाकर भी तो बेचते हैं। गुलाब को वही सिखायेंगे।”

“वह तो ठीक है पर क्या दूसरी टोली में देखभाल कर दूल्हा ढूँढ़ेगी?”

“अजी ना जी—ना, अपने पल्ले ऐसा लड़का है।”

“कौन है री?” बूढ़ी बनजारन का सवाल था

“अपना मालवे वाला राजकुमार।”—नैना के नैन चमक उठे।

“जोड़ी तो ऊपर वाले ने तय करके भेजी है नैना।” बूढ़े ने कहा।

“उमर का बड़ा फरक है।”—एक बनजारे ने कहा।

“अभी सगाई कर बाँध देंगे, जवान होने पर फेरे पड़वा देंगे।”—नैना ने उत्साह से कहा।

“वही करेंगे। अगली पूरनमासी पर जसन करो और दोनों की सगाई कर दो। तबतक कुछ नये घाघरे गहने तैयार कर लो।”—

बाँस की पतली-पतली तीलियाँ बनाता जीतू मसरूफ था कि गुलाब उसके पास आयी और खजूर की पत्तियाँ तोड़ देने की जिद करने लगी।

“मैं अपनी तीलियों को चिकना कर रहा हूँ, टाट बनानी है अभी नहीं जाऊँगा। बिल्लू मेरी तीलियाँ उड़ा लेगा।”—जीतू ने कहा।

“तुझसे चिकनी तीलियाँ मैं चीरता हूँ, मैं क्यों उड़ाऊँगा भला? तू काम चोर है, खजूर के पेड़ पर चढ़ेगा तो तेरा हाथ पैर छिलेगा न।”—बिल्लू जो पास बैठा तीलियों को मोटे धागे से फँसाकर टाट बिन रहा था। ने कहा

"तू बैठी देखती रह, तीलियाँ जस की तस रहनी चाहिए, मैं लेकर आता हूँ खजूर की डाल।"–जीतू हनक कर उठा और चल पड़ा, बिल्लू हँसने लगा, गुलाब कुँअर भी हौले से मुँह दबाकर हँस पड़ी। बिल्लू ने गौर किया गुलाब हाथों से मुँह ढँक कर हौले से हँसती है, इसकी बहनों की तरह खिलखिला कर हँसती नहीं। इसे यह तो मालूम है कि नैना मौसी ने इसे गोद लिया है पर किससे और कहाँ से इतनी सुथरी छोकरी को गोद लिया यह नहीं जानता। जी करने लगा कि इससे पूछे कि तभी इसकी बहनें रज्जो और गुंजा आ धमकीं।

"दादा, चल रोटी खा ले, माई बुला रही है। गुलाबो तू यहाँ क्या कर रही है?"–रज्जो ने पूछा।

"मैं जीतू की तीलियों की रखवाली कर रही हूँ।"

"क्यों जीतू कहाँ गया?"

"मेरे लिए खजूर की डाल लाने। चटाई बुननी है।"

"सच, दादा हमें भी खजूर के पत्ते ला दो न!"–रज्जो न कहा।

"तो जान! उसी जीतू से माँग ले।"

"वो नहीं तोड़ देगा।"–गुंजा ने कहा।

"अरी तोड़ देगा।"–बिल्लू ने कहा।

"गुलाबो झगड़ा करेगी। उसके लिए लाने गया है न!"–रज्जो ने कहा।

"ऊँह, गुलाब कुँअर झगड़ना जानती है क्या? इसकी तो मुँह में जुबान ही नहीं है।"–फिक् से हँस पड़ा बिल्लू, गुलाब उन तीनों को देखकर आनन्दित हो रही थी पर समझ में नहीं आ रहा था कि क्या करे उनसे आयु में थोड़ी छोटी तो थी ही, यह सब उसे आता भी नहीं था। अभी तक उसके सामने से वो खौफनाक मंजर हटा नहीं था। परकोटे में रहने वाली बाँस की तीलियों के घेरे में रहने लगी थी। पलँग पर सोने वाली झिलंगी खाट पर सो रही थी। केशर वाले दूध पीने की आदी रोटी खाकर जी रही थी वह भी मोटी टिक्कड़वाली, सागडाँट के साथ। नैना बनजारन और उनके टप्पर के बप्पा हीरा के लाड़दुलार से धीरे-धीरे हरी हो रही थी। इन बनजारे बच्चों, युवाओं के हँसते खेलते चुहल इसे सुकून देते। उसी समय जीतू हाथ में दो-चार खजूर की डालियाँ लेकर आ गया।

"ले, तब तक इससे काम चला मैं और तोड़ लाऊँगा।"–जीतू ने कहा। वह उठाने लगी पर उससे एक भी न उठी।

"तू छोड़ मैं पहुँचा दूँगा। जब तक पत्तियाँ निकाल।"–अपने गले में लिपटे गमछे को जमीन पर फैलाकर कहा–"इसमें निकाल कर रख।"

"ऐ है, बड़ा बाँका–है रे तू! मेरे लिए भी ला दे न!"–गुँजा ने इठलाकर जीतू से कहा।

"दूसरी बार तो जायेगा ही, ला देगा।"–बिल्लू ने बेलौंस होकर कहा।

"मैं नहीं जाता अभी। काम भर ले आया। तू जा लेकर आ।"–जीतू ने कहा। फिर तो चारों में खजूर की डाल के बहाने झगड़े होने लगे, वे जोर-जोर से एक दूसरे को गालियाँ देकर लड़ने लगे। शोर सुनकर घबड़ा गयी गुलाब, मुँह दोनों हाथों से छुपाकर रोने लगी। उसका गुलाबी चेहरा काला पड़ गया। अचानक रज्जो की नजर उस पर पड़ी। वह दौड़ कर उसके पास गयी। उसे अपने से सटा लिया।

"क्या हुआ गुलाबो, हम तो हँसी-हँसी में लड़ रहे थे।" गुलाब कुँअर हिलक-हिलक कर रो रही थी। उसका सारा शरीर थर-थर काँप रहा था। वह शोर के दहशत से भरी थी। दोनों बहनों ने चुप कराने की पूरी कोशिश की, बिल्लू ने कान पकड़कर मजाकिया तरीके से उठक-बैठक की तब उसका रोना रुका। जीतू को मानो काठ मार गया, गुलाब कुँअर का रोना इसके कलेजे में खंजर सा चुभ रहा था जाने क्यों। काम समेट कर सभी अपने-अपने टप्पर में आये। खजूर की डाल देख नैना बनजारन खुश हो गयी।

"जीतू, तूने अच्छा किया खजूर की डाल ही ले आया। पत्तियाँ निकालकर डालियों से अलगनी बाँधूँगी कपड़े इधर-उधर गट्ठर में पड़े रहते हैं। ठीक किया।"–गुलाब कुँअर के सूजे हुए मुख को देखकर नैना कुछ बोलने को हुई कि जीतू ने अपनी उँगली होठों पर डाल चुप करा दिया, उसने इशारे से कहा बाद में बतायेगा। टिक्कड़ और पत्तियों की खट्टी मिर्ची वाली चटनी जीतू स्वाद लेकर खाने लगा। गुलाब के लिए बकरी की दूध सनी रोटी के कौर बड़े मनुहार से खिलाने लगी नैना बनजारन। खाने के बाद अपनी गोद में उसका सर ले थपक थपक कर सुला दिया। जब गोद में इसका सर रखती नैना की छाती फटने लगती, आँखें भर आतीं। हाय, राजपाट लेंगे मरद मानुस और इज्जत गँवाती हैं औरतें। जो सेज पर सोती है उसके बूँद का बिरिछ बनाकर खड़ा करती है, जिसने ओदर फाड़ के जना उस औरत को भूल जाता है मरद जात। माथे पर मुकुट साजाने के लिए, तखत पर बैठने के लिए हवस पूरी करता है अपनी, कहता धरम के लिए करम कर रहे हैं। तो कौन जनीजात रोकती है। जो करना है कर, इस जनम देने वाली को बख्श। नहीं न बख्शता तो भुगत। नापता रह, घोड़े दौड़ाता, फलाँगता रह जंगल पहाड़, रेगिस्तान में आकर डूब मर। क्या कभी चैन से रहता है तू, ओ धरती के राजा, कभी सुकून मिला तुझे। ढाल तलवार तेरी सबसे बड़ी हमसाया है तभी तो तू औरत की कदर नहीं जानता।

गुलाब कुँअर सो गयी थी। उसका सर बालिश्त पर टिका टप्पर से बाहर निकली। शाम का झुटपुटा था। टेढ़े बेर के नीचे पत्थर पर जीतू बैठा था। कई बार नैना ने उसे उस बेर के पेड़ के नीचे बैठने से मना किया। कभी भी काँटे गड़ जायेंगे। कई बार उसके गहरे घाव हो जाते हैं। पर यह माने तब न।

"जीतू, इधर आ"–पुकारा नैना ने। जीतू उठकर आ गया। टप्पर के बाहर आकर बैठ गया। चारों ओर बनजारे टप्पर, मचान, चटाई बनाने में लगे थे। शायद यहाँ से डेरा उठाने की तैयारी है। जीतू ने बिना किसी भूमिका के दोपहर वाली घटना बयान की।

"माई, छोकरी लड़ाई झगड़े की आवाज से भी डरती है।"

"तुझे तो मालूम है न छोकरे कि यह क्यों डरती है?"

"वो तो सबों को मालूम है पर आदत से लाचार हैं हम।"

"जीतू, तुझसे एक बात कहनी है।"

"बोल न!"

"तू तो करतब दिखाकर अच्छा कमा लेता है–अब तुझे बेड़ियाँ डालनी हैं।"

"क्यों, मैं कहीं भाग रहा हूँ क्या?"

"अरे नहीं, वैसी बेड़ी नहीं तेरी सगाई करनी है।"

"सगाई? किससे?"–वो थोड़ा शरमाया।

"गुलाब कुँअर से।"

"क्या कहती है, वह राजकुमारी और मैं?"–अचम्भे से कहा जीतू ने।

"तू भी कोई राजकुमार... से कम है क्या?"–नैना उसके वजूद का सच बोलने ही जा रही थी कि सँभल गयी।

"अरे नहीं।"

"जीतू बेटा, तुझे यह भी मालूम है न कि शेरशाह ने इसे घुँघरू पहनाने और नचवाने का हुकुम दिया था।"

"मालूम है।"

"इसका कोई नहीं है यह अब बनजारन है। मैं चाहती हूँ कि यह घुँघरू बाँधकर सड़कों पर न नाचे। तू कमाकर खिलाये। यह इतना सा करेगा अपनी जिज्जी के लिए?"–जीतू ने सर झुका लिया। उसके ऊपर एक बड़ी जिम्मेवारी आ गयी। इस राजकुमारी को इसे रानी की तरह रखने का हौसला है। उसके लिए क्या करे? क्या फौज में भरती हो जाये? कई बनजारे तो फौज में भरती भी हो गये। एक दिन इसने भी कहा था नैना से कि यह भी चाहता है फौज में भरती होना तो उसने झिड़क दिया था।

"क्या कहता है, बनजारा है बनजारों की तरह रह। लड़ने मरने की क्या जरूरत है।"

"बिना लड़े भी फौज में रहते हैं लोग। सभी लड़ाके नहीं होते।"

"लेकिन तोप के गोले को यह नहीं मालूम कि सामने वाला तलवारबाज है कि तम्बू गाड़ने वाला बनजारा। तुझे नहीं जाना।"

गुलाब कुँअर धीरे-धीरे खजूर की चटाई बिनना, घाघरे में शीशे टाँकना रंग

बनाना, कपड़े रंगना सीख रही थी। गुंजा और रज्जो को करतब करती, नाचती, घूमर लेती देखती। इसे बड़ा मजा आता। जिस दिन जिस पूनम की रात को जीतू और गुलाब कुँअर की सगाई हुई सारे बनजारे-बनजारिनें खूब नाचे-गाये। गुल्लो जरूर अलग-थलग खड़ा था जाने क्यों उसे जीतू से बड़ी चिढ़ थी। उसे पता था कि नैना मासी ने जीतू को किसी से गोद लिया है और गुलाब कुँअर पूरनमल की बेटी है जीतू तो इन्हीं की तरह दीखता है पर यह राजकुमारी! यह तो बड़ी प्यारी है। आगे चलकर रानी पद्मिनी सी निखरेगी। ओह सुनाते हैं गा-गा कर बनजारे कि कैसे रानी पद्मिनी ने जौहर कर जान दे दी। पूरनमल के घर की औरतों ने भी वैसा ही तो किया। यह गुलाब नहीं जानती क्या? अभी कुछ-कुछ जान गयी होगी लेकिन धीरे-धीरे भूल जायगी। नैना मासी ने जीतू की सगाई क्यों की इससे? मैं तो उससे अच्छा करतब दिखाता हूँ। मैं सामान भी अच्छी तरह बेचकर ले आता हूँ। यह जीतू तो कुछ भी नहीं कर पाता। उस दिन कस्बे के मेले में जो रस्सी बाँधी थी वह ढीली थी, बाँस भी टेढ़ा लगाया था अगर मैं न होता तो मेरी बहन रज्जो सीधे पथरीली जमीन पर आ गिरती, उसका मुँह टेढ़ा हो जाता। शहद उतारने में इसकी नानी मरती है। एक काम सिर्फ आता है शिकार करना। उसमें वह मुझसे आगे है। इस गुलाब कुँअर के साथ इसकी सगाई तो की है देखूँ कैसे निभती है। अभी तो यह बच्ची है बड़ी होने पर क्या होगा कौन जाने। अब कौन-सी ठकुराइन रही और कौन सी राजरानी।

रज्जो और गुंजा फूलदार कुरती शीशे जड़े लहँगे और चाँदी के गहनों में खूब ही खिल रही थी। गुलाब कुँअर को भी चाँदी के बड़े-बड़े गहने सर से पाँव तक पहनाये गये थे। उसे लाल रेशमी शीशे टँकी कुर्त्ती और हरा घाघरा पहनाया था। वह कुछ नहीं समझ रही थी। रज्जो और गुंजा ने उसे समझाया-"यह जीतू तेरा मंगेतर हो गया, इसके साथ तेरी सगाई हो गयी। कुछ दिन बाद जब इसका अपना टप्पर होगा और तू इत्ती बड़ी हो जायेगी तब तेरी शादी होगी। तू इसकी लुगाई हो जायेगी।"-दोनों की बातें आँखें झपका कर सुनीं गुलाब कुँअर ने। समझ में कुछ न आया। नाच गाने, उत्सव और लजीज खाने का पूरे कुनबे ने आनन्द लिया। बड़ा जश्न रहा।

* * *

ऊपर से सूखी अन्दर से गीली बल्कि लबालब आबदार दरिया फल्गू के किनारे से वुजू कर फजिर का नमाज पढ़ शेर खाँ का काफिला रोहतास किले की ओर बढ़ा। पीछे से घड़ीघंटों की आवाज, बौद्ध मंतर सुनाई दे रहे थे। उमर के इस पड़ाव पर आकर बहुत कुछ बदल जाता है। बदल जाता है तख्त पाने के बाद

मिजाज। एक ही इनसान जो लड़ाका सिपाही होता है वह अचानक शहंशाह हो जाता है, उसकी रगों में सुलतानी सुरसुराने लगती है जो उसे चैन न लेने देती है। कमानी बीवी को रोहतास किले तक छोड़ इन्होंने विदा ली, उन्हें चुनार के किले पर जाना था। लाड मलका इनका इन्तजार कर रही थी। लाड मलका ने बेहद सादे तरीके से इनका इस्तकबाल किया। शेर खाँ ने पहले ही कह रखा था कि दिल्ली की ओर कूच करने से पहले वे बिल्कुल तामझाम न पसन्द करेंगे। दिल्ली तख्त पर बैठ कर अपने साथ दोनों बेगमों को बैठायेंगे तब होगा जश्न। लाड मलका शेर खाँ की जिन्दगी की राह आसान करने वाली बेगम थीं उन्होंने ही इन्हें एक ऐश्वर्यशाली जिन्दगी दी। पन्द्रह साल की अमीरी में तरह-तरह के सुझाव देकर जिन्दगी आसान की।

चौसा में नदी पर पुल बनाकर सेना उतारने तक शेर खाँ खुद अपनी अक्ल से काम कर रहा था पर एक ओर से खवास खाँ और दूसरी ओर से शेर खाँ के बड़े बेटे आदिल खाँ को पीछे से लाड मलका ने ही भेजा था। वह जानती थी कि मुगल बादशाह हुमायूँ की सेना बड़ी है लेकिन वे पूरी हरम लेकर चलते हैं सो घेरने पर पस्त हो जायेंगे। उसी लड़ाई में हुमायूँ खुद तो जान बचाकर भागे पर हरम पीछे छूट गया। हरम की निगहबानी में लगे सिपाहियों को अफगानों ने मौत के घाट उतार दिया। शेर खाँ ने सुना तो उसे बेहद तकलीफ हुई। उसने तुरत पूरे राज्य में मुनादी करवाई कि मुगल बच्चे और औरतें जहाँ कहीं भी हैं उन्हें रखा जाय। उनके खाने-पीने का इन्तजाम शाही खजाने से होगा। खुद शाही हरम की बेगमातों के पास पहुँचा और घोड़े से उतरकर सलाम पहुँचाया, उनसे कहा-

"मैंने मुगल बादशाह बाबर का और हुमायूँ का नमक खाया है। आपका दास हूँ। जंग हिन्दोस्तान के तख्त के लिए है आपको तकलीफ में रखने के लिए नहीं। आप बाइज्जत हमारे चुनार के किले में पूरे शानो शौकत से रहेंगी। आपको आपकी हैसियत के हिसाब से खर्चे दिये जायेंगे। हुमायूँ बादशाह का सही ठिकाना मिल जाने के बाद आप सबों को उन तक पहुँचा दिया जायेगा।" तीन माह बाद जब बरसात खत्म हुई तथा हुमायूँ बादशाह का ठिकाना मालूम पड़ा, शेर खाँ ने मरियम मकानी, बाकी बेगमातें और उनकी बाँदियों को अपने खासुलखास साथी सिपहसालार खवास खाँ और राजा टोडरमल के साथ मुल्तान की ओर भेज दिया। पूरे मुल्क में फैले मुगल पठानों की दहशत से छुपे छुपे थे। उन्हें भी शाही खजाने से खर्च देकर जाने दिया गया। हुमायूँ बेहद हैरत में था। एक ओर उसका सगा भाई कामरान बगावत का बिगुल फूँक रहा था दूसरी ओर जानी दुश्मन शेर खाँ उसके शाही हरम को बाइज्जत उसके पास पहुँचा रहा था। शाही बेगमातें और बाँदियाँ खुद हैरत में थीं। रोहतास के किले में बिल्कुल मुगलिया शान के साथ रहती थीं, क्या कोई ऐसा कर सकता है? मरियम मकानी ने सोचा क्या इनसान

ह यह रूखा-सूखा सा दीखने वाला, पन्द्रह सालों से अमीरी करने वाला, अब दिल्ली का तख्त पाने वाला अफगान! कैसा नरम दिल है इसका। पास ही रूखे बलुआ पत्थर से एक मकबरा तैयार करवा रहा था। एक दिन इन लोगों ने उसे देखने की पेशकश की। पूरे शाही अन्दाज में बेगमातों की डोलियाँ मकबरा देखने गयीं। उन्होंने देखा कि बाहर लगे खुरदरे पत्थर मानो शेर खाँ का बाहरी रूप हो और अन्दर चिकने संगमरमर मानो शेर खाँ का दिल हो। 'अल्लाह, तुझे नूर बख्शे, तू सुकून पाये'–बेसाख्ता कह गयी मरियम मकानी। अपने बेटे हुमायूँ की फिक्र तो थी पर इस इनसान ने भी औलाद की तरह ख़याल रखा।

* * *

कामरान ने मुल्तान पर कब्जा कर लिया था; चुगताई अमीरों ने भी बगावत कर रखी थी। हुमायूँ बादशाह को लाहौर में सिमट कर रहना पड़ा। लाहौर में फौज इकट्ठी करते हुए हुमायूँ सोचता रहता कि जिन दिनों शेर खाँ शहंशाह बाबर की सेवा में था वह मुगलों के फौजी तरीके सीख समझ रहा होगा। उसने देखा होगा कि हमारी हुकूमत में क्या कमजोरियाँ हैं। तभी तो कहा करता था कि ये मुगल हिन्दोस्तान पर राज कभी नहीं कर पायेंगे। इनमें शाही अन्दाज पहले से हैं। ये खुद कुछ नहीं देखते अपने हुक्कामों और अमलों पर यकीन करते हैं। उसकी बातों पर कभी ठीक से गौर नहीं किया, लफ्फाजी समझा हमने। जब शेर खाँ कहता है कि रियाया से सीधे रिश्ता नहीं रखते, घोड़े खुद देखकर नहीं खरीदते, फौजी परखकर बहाल नहीं करते और किसानों से अनाज खुद गोदामों में नहीं रखवाते। किसानों पर मालगुजारी लगाने का तरीका यक्साँ नहीं है तो शायद सच ही कहता है। मैं पढ़ा-लिखा इनसान उस तालीमयाफ्ता, बहादुर रियाया के खैरख्वाह शेर खाँ की तजवीज को समझ नहीं पाया। सिर्फ यह सोचता रहा कि वह घटिया किस्म का शातिर लोमड़ की तरह छापामार लड़ाइयाँ लड़कर मुझे, आगरा के शहंशाह को क्या शिकस्त दे पायगा? पर उसने मुझे ऐनक दिखा दी। रियाया पठानों के झगड़ों से ऊब चुकी थी, हमारी मुगल हुकूमत कायम हुई थी तो सचमुच हमने उनसे सीधा ताल्लुक क्यों नहीं रखा तभी तो किसी जंग में हमारे साथ खड़ी नहीं हुई। इस अफगान को सुलतानी की हवस है इसलिए हमसे जंग कर रहा है लेकिन हमारा भाई कामरान क्यों लड़ रहा है? उसके पास तो मुल्तान पहले से ही था। हमें मिलजुल कर, फौज इकट्ठी कर शेर खाँ से मुकाबला करना चाहिए पर वो तो उलटा दाँव खेल रहा है। वह मेरा और मेरे बेटे का काम तमाम करना चाहता है। वह खानदाने मुगलिया का तख्तोताज हासिल करना चाहता है। उस दुश्मन शेर खाँ को चाहिए हिन्दोस्तान की सुलतानी और

मेरे भाई को चाहिए खानदान का तख्त। या अल्लाह, मैं तो फँस गया। यह सब सोचता हुआ हुमायूँ लाहौर के किले में बैठा अपने खैरख्वाह दोस्त बैरम खाँ और शम्शुद्दीन अतका की राह देख रहा था।

* * *

मुगल बेगमों को रुखसत कर उनके सही ठिकाने पर पहुँच जाने की खबर सुनकर शेरशाह को सुकून महसूस हुआ। अब वह दिल्ली की दुनिया में रमने को बेताब था। शाही इमारत बन रही थी, शेरशाह ने फौज के लिए घोड़े खरीदने और घुड़सवार बहाल करने की कवायद शुरू कर दी थी। अलाउद्दीन खिलजी की ओर से घोड़ों पर दाग लगाने की प्रथा शुरू हुई थी जो आगे के लोदी सुलतानों के वक्त बन्द कर दी गयी थी। शेरशाह ने उसे फिर से चालू कर दिया। घोड़ों के पुट्ठे जाँच कर उस पर सवारी कर खुद चुनता और अपने सामने दाग लगवाता। फौजी घोड़ों की यह निशानदेही थी।

चुनार, गौड़ और बिहार की अमीरी के वक्त शेर खाँ ने अपनी हुकूमत का ढंग बदलना शुरू कर दिया था। अपनी अम्मीजान सबा बेगम के इन्तकाल के बाद मुन्नी बाई ने उसे कई तरह से सताया। सताने में सबसे ज्यादा तकलीफदेह बात थी भूखा रखना। अफगानियों के पसन्दीदा शोरवे यख्नी का शौक शेर खाँ को था जिसमें पानी मिलाकर पेश किया जाता वह भी ताने तिश्ने के साथ परोसा जाता। हसन मियाँ देखकर भी अनदेखा कर जाता। उसके पास कोई चारा नहीं था, वह एक तरह से मुन्नी बाई जो जवान औरत थी की कैद में था। तभी उसने सोच विचार कर जौनपुर भेज दिया जहाँ पढ़ने और सीखने की गुंजाइश थी। शेर खाँ अपने खुद के घोड़े पर खाली हाथ जौनपुर के लिए चल पड़ा। लड़कर चला था, भरी दुपहरी में भूख प्यास की वजह से उसका गला सूख रहा था, घोड़े की लगाम के पास से फेन निकल रहा था। पत्थरों पठारों के पार इसे हरियाली दिखाई पड़ी और दिखाई पड़ा एक पाकड़ का पेड़। पेड़ बड़ा सा था, घनी छाया थी उसकी। शेर खाँ ने अनुमान लगाया कि वहाँ कहीं पानी होगा, तभी तो ऐसी हरियाली है। घोड़े को एड़ लगाई, तिलमिलाता हुआ घोड़ा सीधा पेड़ के पास आकर रुका। पेड़ के नीचे कुछ किसान बैठकर खाने-पीने का इन्तजाम कर रहे थे। इसे देखते ही बोल उठे। "बबुआ, तुम्हारा तो मुँह घाम से लाल हो गया है। आओ सुस्ताओ पानी पीयोगे?"

शेर खाँ ने घोड़े की ओर इशारा किया। किसानों ने निकट के कुएँ से पानी निकाल घोड़े को पिलाया फिर उसे खेत के धूर पर से एक मुट्ठी घास लाकर ओगार दिया। शेर खाँ ने अपने हाथ पैर मुँह धोये, पानी पीने के लिए दोनों हाथों की ओक बनाया कि किसान ने कहा "ना बेटा, खाली पेट पानी पीयोगे तो पेट

दुखेगा। पहले हमारे साथ सत्तू खा लो।" नमक से गूँधा हुआ सत्तू खिलाया किसान ने फिर मिट्टी के सकोरे में पानी पीने दिया, कई सकोरे पानी पी गया शेर खाँ।

"ऐसा लजीज निवाला मैंने कभी नहीं तोड़ा; ऐ मेरे भाई!"–भावुक होकर शेर खाँ ने कहा।

"कहाँ कुछ खास मैंने पेश किया बबुआ, ई तो सतुआ है घरनी निमक मरिचाइ से गूँधकर गमछी में बाँध के धर देती है, ई कुइयाँ दू-चार सै बरिस का है, निर्मल मिट्ठा पानी है, है कि नहीं?"

"बहुत मिट्ठा, बिल्कुल मिश्री की डली और सतुआ बेहद लजीज इसे मैं सुलतान बनूँगा तो पूरे हिन्दोस्तान का खास खाना शुमार करूँगा, मैं सुलतान बनने लायक हूँ न चचा?"–शेर खाँ मौज में आ गया था।

"तुम्हारे कपाल पर लिखा है कि कुछ तो बनोगे। कहाँ जा रहे हो?"

"अभी पढ़ने सीखने जा रहा हूँ।"

"कहाँ जौनपुर का?"

"जी चचा।"

"हे तुम्हारा घोड़ा खूबे ऊँचा है तुम जरूर किसी अफगान के बेटे हो। फिर खाली झोली अकेले क्यों जा रहे हो?"

"आपने ठीक पहचाना, मैं अफगान हूँ पर किसी बड़े आदमी से ताल्लुक नहीं है। घोड़ा बचपन से पाला है।"

"किसका बचपन बबुआ?"

"मैं भी बच्चा था हमारे दादा हुजूर घोड़े के व्यापारी थे, यह घोड़ा भी बीमार बच्चा था। मैंने इसे और इसने मुझे पाला है। मुझको बड़ा अजीज है यह चचा।"

"जिनावर इनसान से जादे सगे होते हैं। तुम जो करोगे उसी में कामयाब रहोगे, ऐसा मिट्ठा सुभाव जो है, बोलते हो तो लगता है शहद चू रहा है।"

"आपका शुक्रिया भी अदा नहीं कर सकता। चचा, मैं आपको याद रखूँगा आप खेतिहर हैं न?"

"मैं कुम्हार हूँ, बरतन गढ़ता हूँ, आँवा लगाता हूँ, अपना यह सामने वाला जिरात है, गेहूँ काटकर धान बोया है। उस ओर नदी है वहाँ से नहर खींच कर लाया गया है। आवाज सुन रहे हो उत्तर वाले जिरात में रहट चल रहा है। इसीलिए थोड़ी देर निराई-गुड़ाई कर बैठा हूँ। उनका खेत पूरी तरह से पटा दिया जाये तो हम अपना नाला खोदेंगे।"–किसान ने तफसील से बताया है।

"खेत रहट से कैसे पटाते हैं आप लोग, नाला कहाँ तक जाता है क्या आप मुझे दिखायेंगे चचा?"–शेर खाँ ने कहा। किसान ने उसे लेकर पूरा खेत दिखाया, धान का खेत मकई का खेत नाला जिससे रहट का पानी क्यारियों में आता। सब्जियों की लतरें पहचानी, पौधे देखे, दिन ढलने तक किस मौसम में

क्या और कौन सी सब्जी लगाई जाती है तफसील से सुनता रहा शेर खाँ। अपनी तकलीफ से समझ में आयी बात कि राह चलने वालों के लिए तो कहीं कोई जगह ही नहीं है। भूखा प्यासा इनसान किसी बाजार की आस धर कर चलता है वरना कुछ भी भोगता है। यह कुम्हार इसे एक नया नजरिया दे गया। इसने पहली बार किसानों को गौर से देखा। पटना जाते वक्त ठठेरों को देखा था, तब वह सूबेदार बहादुर के साथ था। अकेले कहीं भी निकल जाने की शेर खाँ की आदत ने भी इसे बहुत कुछ समझा दिया। बिहार की एक यात्रा वैसी ही थी, शेर खाँ ने देखा हुमायूँ की मुगल फौज गौड़ जा रही थी, दूरी बना कर इसकी फौज भी चल रही थी। जब आगे पहुँचा तो देखा किसान कलेजा कूट-कूट कर रो रहे हैं। सामने उजाड़ गन्ने का खेत पड़ा था। सारी फौज ने गन्ना लूट लिया था। एक-एक गन्ना एक-एक सिपाही उखाड़ कर चूसते, खुशी से झूमते चले जा रहे थे। इसका गुस्सा सातवें आसमान पर चला गया था। शहंशाह हुमायूँ के लिए और ज्यादा नफरत से भर उठा। भगोड़े मुगल, काफिरों से भी बदतर, बड़ा पढ़ा-लिखा कहा जाता है यह नहीं जानता कि उसके सिपाही, सिपहसालार क्या करते हैं, खेत उजाड़ते हैं, कारीगरों और मंडी वालों से बात-बात पर रिश्वत लेते हैं, अपनी तिजोरियाँ भरते हैं। जंग में लूट का माल छुपा के रखते हैं थोड़े से शाही खजाने में जमा करते हैं, खूबसूरत औरतों को नजर करते हैं। रंगरलियों में मस्त रहने वाला शहंशाह शराब और शबाब में डूबा रहता है। ऐसे अगर किसानों, कारीगरों और व्यापारियों को लूटते रहे तो क्या शमशीर के साये में हुकूमत चला पायेंगे? इन्हें हुकूमत का इल्म ही नहीं है। काश! कि सारे पठान अफगान अपना बैर भुलाकर एक हो जायें तो कभी मुगल जम न सकेंगे। पठानों को सीख लेनी चाहिए इस मुल्क के पुराने बाशिन्दों के बहादुर होने पर किसी को कोई शक नहीं है। शक है तो यह कि वे भी निहायत बेअक्ल हैं। दूसरे से मिलकर नहीं रहते, मूँछों की लड़ाई लड़ते रहते हैं, रियाया को समझा नहीं पाते कि जमीन को किस हद तक अपने कब्जे में रखना चाहिए। यह मुगल बादशाह तो उन से भी बढ़ कर है।

* * *

उधर हुमायूँ बादशाह अपनी अम्मी जान से शेर खाँ की तारीफ सुन-सुन कर परेशान हो चुके थे। आजिज आकर अम्मी जान से कहा–"आप लोगों को आराम से रखा यहाँ बाइज्जत पहुँचा गया, अच्छी बात है। वह एक सच्चा मुसलमान है इससे ज्यादा कुछ नहीं। आपको क्या पता कि ऐसा करने के पीछे उसकी मंशा क्या है? वह निहायत चालाक, लोमड़ी जैसा इनसान है। आगे से भी और पीछे से भी वार करता है। हाथ में बाज लिए चलता है, बाज की तरह गाफिल कर

जोरों का हमला करता है। उसका मारा हुआ हूँ अम्मी जान।"

"यह सब सियासत है, अपना-अपना जंग है। जहाँ पैदा हुए वहाँ से इतनी दूर आने का सबब क्या था? उसे छोड़ो सिरफ इबादत का तरीका एक है बाकी कौन सा तुम्हारी और उसकी कौम एक है? अपने भाई कामरान को देखो, वह भी तख्त पर बैठना चाहता है।"

"हवस है और क्या? एक पूरे इलाके का सूबेदार तो है वह, उसे शहंशाही चाहिए।"

"कैसी शहंशाही मेरे लाल, वह तो तुमसे भी छिन गयी।"

"अम्मीजान आप ऐसे ही नश्तर चुभोती रहिये मेरा खून खौलता रहेगा हम फिर तख्तोताज हासिल करेंगे।"

"आमीन।"-कहा मरियम मकानी ने। बेचारा, फिरदौस मकानी शहंशाह बाबर थे तब भी कामरान शोख था। हुमायूँ बेहद जहीन और किताबी किस्म का बच्चा था। कामरान तलवारबाजी में अव्वल था। उसकी जंग में कभी हार नहीं हुई। जिस मोरचे पर रहा फतह हासिल की। उसने कई बार यह घुमा फिरा कर कहा है कि तख्त के लायक कोई किताबी कीड़ा नहीं होता; तख्तोताज तो हासिल भी हथियार से किया जाता है और बरकरार भी उसी दम पर रखा जाता है। अब जब सचमुच यह उसका बड़ा भाई हुमायूँ सब कुछ खो चुका तब उसकी हवस बढ़ गयी है। वह बिल्कुल समझने को तैयार नहीं है कि जन्नत आशियानी शहंशाह बाबर ने अपना वारिस बड़े बेटे हुमायूँ को बनाया है। अपने आपको न सिर्फ साबित करने को बल्कि महफूज रहने के लिए भी हुमायूँ को आगरा लौटना पड़ेगा। मरियम मकानी की नींद हराम हो गयी थी। रोहतास के ऊँचे ठंडे किले पर जितनी दहशत में नहीं थीं उससे ज्यादा दहशतजदा लाहौर के महफूज किले में महसूस करतीं। कैसा होगा वह मंजर जब भाई दूसरे भाई के सीने में खंजर घुसेड़ रहा होगा। खून का बेतहाशा फव्वारा उमड़ेगा किला डूब जायेगा। "खूँरेजी का दरिया बने यह किला इससे पहले खुदा मुझे उठा ले।" इबादत के लिए हाथ उठ जाता उनका। बेगमातें भी चुप-चुप रहतीं। हुमायूँ की तकरीर खत्म हो चली थी। नमाज इबादत और किताबें यही तो उनका रोजनामचा था। एक खैरख्वाह मुल्तानी सिपाही ने हुमायूँ को सलाम किया। सिपहसालार ने कहा-

"हुजूरे आली, शहंशाह का इकबाल बुलन्द हो, यह फौजी पूरब से आया है कुछ फरमा रहा है हुजूर।"

"क्यों तंज कस रहे हो बरखुरदार, कहाँ का शहंशाह और क्या बुलन्दी? सुकून दे मेरे मौला।"-हाथ ऊपर उठा दिया।

"ऐसा न कहें मेरे आका, दिल टूटता है।"

"अब दिलोदिमाग कहीं बचा है?"

"हुजूरेआली, इनकी भी सुन लीजिये।"

"सुनाओ फौजी, क्या है तुम्हारे पास सुनाने को?"

"हुजूरेआली, शहंशाह का इकबाल, हुजूर शेर खाँ की फौज में मेरी मुलाकात आपके अजीज बैरम खाँ साहेब और शम्शुद्दीन अतका से हुई।"

"क्या?"–हुमायूँ बादशाह हैरत में उठ बैठे।

"बादशाह सलामत, उन्होंने मुझसे कहा कि तुम शहंशाह से कहना हम जल्दी ही शेरशाह की कमजोरियाँ, फौज की हैसियत जानकर लाहौर पहुँच रहे हैं।"

"अल्लाह बड़ा दानिशमंद है। खैरियत से तो है वे?"

"जी हुजूर!"

"हमारे दिल्ली लौटने पर तुम्हें फौज में अच्छी हैसियत मिलेगी, फिलहाल ये लो"–हुमायूँ ने पाँच अशर्फियाँ उसे देकर बाहर भेजा। सिपहसालार से पूछा–"यह मुल्तानी सिपाही आपका खैरख्वाह कैसे हो गया?"

"इसकी लम्बी दास्ताँ है शहंशाह। यह शेर खाँ के सौतेले भाई सुलेमान का खैरख्वाह था। सुलेमान हसन सूर मरहूम की बाँदी बेगम का बेटा है। उनकी कभी आपस में नहीं बनी। अपनी अमीरी के दिनों में ही शेर खाँ ने उसे समझा-बुझाकर ख्वासपुर टाँडा की मनसबदारी दे दी। उसके पास एक हजार घुड़सवार फौज थी। उसी फौज का यह सिपाही था जो शेर खाँ की फौज में दाखिल हो गया। शेर खाँ को नहीं पता कि यह और उसका सौतेला भाई अब भी दिल में मैल रखता है। सुलेमान की मंशा है कि वह आपकी मदद करे जिससे आप उसको बड़ी सूबेदारी दे दें।" सिपहसालार ने कहा

"हुँह, मैं तो आपको बड़ा होशियार समझता था पर आप तो सचमुच अपना दिलोदिमाग हिन्दोस्तान के किसी पुराने बरगद पर टाँग आये हैं। अव्वल तो एक हजार घुड़सवार का मालिक हमारी क्या मदद करेगा, दूसरी बात कि जो अपनी कौम का न हो सका वह मेरा क्या होगा इस इनसान पर नजर रखिये। जाइये।"

"शहंशाहे आलम, मैं इस पर या सुलेमान पर भरोसा नहीं कर रहा हूँ यह तो खबरी है। इसने हमें खानेखाना बैरम खाँ और शम्शुद्दीन अतका की खबर सुनाई है।"

"कोई खत, कोई निशानी? नहीं न! मैं यकीन नहीं करता। आज मेरी हालत यह है कि साया पर भी यकीन नहीं यह तो एक मुल्तानी सिपाही है। नजर जरूर रखिये।"–सिपहसालार अपना सा मुँह बनाकर चले गये।

यह सब क्या है? जलती धरती और लँगड़े आसमान का कारनामा था। अगर कोई करिश्मा हो जाये तभी लाहौर के किले से हुमायूँ निकलकर पूरब रुख करके खड़ा हो सकेगा। डर से काँप रहा था, रगों में खून सर्द हो रहा था। सुना था कि शेर खाँ कभी भी लाहौर पर हमला कर सकता है। अभी दक्कन से उलझ

रहा है। शेर खाँ जब आयेगा तब आयेगा कहीं कामरान न आ धमके। कामरान का नाम दिल में आया कि मुल्तानी सिपाही याद आ गया। या अल्लाह, कहीं कामरान की तरफ से तो नहीं भेजा गया है यह मुल्तानी। हो सकता है। हुमायूँ इन दिनों बेहद शक्की हो गये थे। उन्हें अपना साया भी डरावना लगने लगा। सारे सिपाही और सिपहसालार चाक चौबन्द रहते हैं फिर भी रोज ब रोज बाहर निकलने का सुरंग खुद जाकर देखता। सारा इलाका चाक चौबन्द था अचानक किसी भी समय पहुँचकर शहंशाह देखते तब भी फौज खड़ी मिलती। शहंशाह को सुकून मिलता। सुकून के बावजूद इन दिनों किताबों से जी उचट गया था। अकेले हो गये थे हुमायूँ। बेगम मरियम मकानी के अलावा तमाम बेगमातें, बाँदियाँ उस बदमिजाज, शातिर शेर खाँ की तारीफें करती नहीं थकतीं। उस इनसान ने सिर्फ इनका तख्त छीनकर दरबदर किया इन्हें बल्कि इनके घर की खातूनों के दिलों पर भी राज करने लगा। ओह, मेरी शमशीर उस बदबख्त के खून की प्यासी हो रही है। या खुदा, रहम कर एक बार कोई सूरत निकाल कि मैं फिर अपना रुतबा हासिल करूँ। उठा लेना मुझे पर हिन्दोस्तान के बादशाह की तरह न कि लाहौर किले में बैठे मजबूर मुगल की तरह। तन कर खड़े हो जाते हुमायूँ। रगों में पारा छिटक जाता नौकरों को आवाज लगाते अपना जिरह बख्तर तैयार करने, शाही फौज लिबास पहनाने का हुक्म देते। सिपहसालार को बुलाकर हाथी की फौज कतार में खड़ी करने को कहते।

"गुस्ताखी माफ हुजूर, अभी यह सब किसलिए?"—वजीर पूछता।

"हमें हिन्दोस्तान की तरफ कूच करना है।"

"हुजूरेआली, पूरी फौज तैयार है, लेकिन हम सिन्ध के राजा साहेब की पचास हजार फौज का इन्तजार कर रहे हैं।"

"कामरान कहाँ है, उसे भी मुल्तान से खदेड़ दिया गया ऐसा सुना है।"

"सही सुना है शहंशाह ने।"

"वह कहाँ गया?"

"कोई खबर नहीं, जंगलों, पहाड़ों में कहीं छुपे होंगे। हुजूर तारीख से सबक नहीं लेते, सबक लेता है शेर खाँ। आज वह कुछ पठानों और अफगानों को इकट्ठा करके ही तो फतह हासिल कर सका है। ये कामरान हुजूर, इन्हें अपने सगे भाई से ही हुकूमत छीननी थी। अरे, ताकत थी तो मुकाबला करते शेर खाँ का।"

"ऐसे ही वक्त पर कमबख्त शेर खाँ मुझे भी याद आता है उसने सच ही फरमाया था कि मुगलों को सिर्फ शहंशाही चाहिए। तो क्या कहते हो कूच नहीं करना है?"

"अल्लाह का नाम लेकर चुपचाप बैठिये हुजूर। इबादत करते रहिये वही तख्तोताज दिलवाता है वही जमीन पर सोने का वक्त मुकर्रर करता है।"

* * *

शेर खाँ ने लाड मलका से कहा–"ऐ खूबसूरत बला, रात मैंने एक ख्वाब देखा है, सुनो। क्योंकि अच्छे ख्वाब किसी हमदर्द को सुना देना चाहिए।"

"सुनाओ शेर खाँ, मैं तुम्हारी हमराज भी तो हूँ।"

"देखा कि मैं हुमायूँ बादशाह से कुश्ती लड़ रहा हूँ। कभी वह नीचे मैं ऊपर कभी वह ऊपर मैं नीचे हो जाते। बाद में मैं उसके नीचे जमीन पर मानो चिपक गया। वह न तो मुझे खिसका सका न खुद मेरे सीने से उतर सका। तुम बताओ इस ख्वाब का क्या मानी है। कुछ बता सकोगी? नहीं।"

"तुम्हीं समझाओ मियाँ, मैं तुम्हारी तरह आलिम फाजिल तो हूँ नहीं कि जानूँ।"

"मूरख भी तो नहीं हो।"

"मूरख ही हूँ। मैं कोई जलाल खाँ की तरह आपकी शागिर्द तो हूँ नहीं कि आप मुझे जंग में ले जायें हुजूर और काफिया दुरुस्त करें, पूरी किताब रटवा दें।"

"ओहो तो मोहतरमा को ये मलाल है, तो चलिये इस बार पगड़ी बाँधकर, नकली मूँछें बनाकर मेरे बाजू में रहिये काफिया रटवा देने का दमखम अब भी रखता हूँ।"

"ऊँह मुझे उस बंगाली अमीर की तरह इज्जत नहीं गँवानी।"–इस पर दोनों बेसाख्ता हँस पड़े।

"यह कब हुआ था शेर खाँ, बताओ मियाँ मैंने तुम्हारे मुँह से यह वाकया नहीं सुना।"

"शहंशाह हुमायूँ जब यहाँ चुनार में डेरा डालकर बैठे थे तभी मैंने उन्हें बरगलाने के लिए बंगाल पर हमला किया। बंगाल पर उनकी हुकूमत कायम हो गयी थी। उस बार हमने उनके खेमे में यह खबर भी पहुँचा दी कि एक बड़े चबूतरे के नीचे मुर्शिदाबाद में सोना दबा पड़ा है वह लूटने जा रहे हैं।"

"उसका क्या मतलब?"

"मतलब यह था कि उनके कब्जे किये गये सूबे का सोना लूटकर मैं निकल जाऊँगा या कब्जा ही कर लूँगा। चुनार से ज्यादा कीमती उन्हें बंगाल लगा। उन्होंने तुरत फुरत में चुनार का घेरा उठा लिया और बंगाल की ओर कूच कर गये।"

"फिर आप से उनकी भी जंग हुई?"

"नहीं मैं तो मुर्शिदाबाद के अमीर से आमने-सामने लड़ रहा था वह बोल तो हमारी जुबान में बोल रहा था लेकिन ऐसा लग रहा था कि बांग्ला में गाना गा रहा है।"

"क्या?"–लाड मलका जोर-जोर से हँसने लगी।

"क्या बेगम, आपने कभी बंगाली पठान को बोलते नहीं सुना क्या?"

"हाय अल्लाह, नहीं कभी नहीं।"–उसकी हँसी ही नहीं रुक रही थी।

"मुझे क्या पड़ी थी उस कमज़र्फ़ का काफिया दुरुस्त करने की। मैं तो जंग छोड़कर लौटना चाहता था। बहाना बनाया कि जो अच्छी उर्दू तक न बोल पाये उस पठान से क्या बात करना और क्या जंग लड़ना। इसीलिए कहा–"ऐ मरदूद, पहले अपनी जुबान साफ कर अपना काफिया दुरुस्त कर, फिर शेर खाँ से लड़ लेना।"

"सारी फौज हक्की-बक्की रह गयी होगी।"

"उसका चेहरा देखने लायक था। सुना, शहंशाह हुमायूँ को भी यह वाकया अजीब लगा। उन्होंने कहा–"अजब सरफिरा इनसान है यह शेर खाँ"–दोनों को हँसी आ गयी। देर तक हँसते रहे।

"आप बेहद खुराफाती दिमाग के इनसान हैं।"

"हूँ, इससे भी शानदार वाकया तब पेश आया जब मुर्शिदाबाद का चबूतरा हुमायूँ बादशाह ने अपनी निगहबानी में खोद डाला।"

"ऐं, यह उसी वक्त हुआ?"

"हाँ, आनन-फानन में बादशाह ने खजाने निकाले और चार बैलगाड़ी और दस खच्चरों पर लादकर फौज के कुछ बहादुर सिपाहियों के घेरे में चम्पारण के रास्ते आगरे भेज रहे थे।"

"फिर क्या हुआ? यह तो बड़ी ही दिलचस्प दास्तान है।"

"खवास खाँ साहेब को मालूम हुआ उन्होंने मुझे इत्तिला की। हमने सहसराम से मुँगेर तक फौज खड़ी कर दी। मुंगेर के गंगा किनारे खोह से बैलगाड़ियाँ और खच्चर गुजरने लगे तभी खवास खाँ ने हमला किया सारे बंगाली और मुगल सिपाही मारे गये। खजाना हमारे कब्जे में आ गया। उसे रोहतास किले में रखवा लिया गया।"

"यह तो बड़ी चालाकी से आप लोगों ने बड़ा काम अंजाम दिया। बादशाह हुमायूँ का क्या हुआ?"

"होगा क्या? मन मसोस कर रह गये होंगे।"

"आपको लानतें भेज रहे होंगे।"

"उनको हक है, वे भेजें लानतें, खोदें खजाने, लुटायें हम पर।"

"इन मजेदार वाकयातों में हम आपके ख्वाब भूल गये जहाँपनाह।"

"ओहो बेगम, ख्वाब तो सुन लिया था आपने पर मैं मानी मतलब कुछ समझाने वाला था।"

"तो समझाओ न, नहीं समझाओगे तो मैं समझूँगी तुम मुगल बादशाह से पिटते रहोगे।"

"ऐसा ही है। ख्वाब का मतलब है कि इस जमीन को मैं कभी जीते जी नहीं छोड़ पाउँगा।"

"वो तो है। यह तुम्हारे तलवार के दम पर फतह की गयी जमीन है, भला क्यों छोड़ोगे?"

"लेकिन मुगल बादशाह हुमायूँ मेरे सीने पर सवार ही रहेगा। वह लाहौर में ही तो बैठा है बेगम। इसी ताक में है कि कब मौका मिले और वह आगरे का रुख करे।"

"तुमने पेशावर तक अपना परचम गाड़ दिया है शेर खाँ।"

"गाड़ दिया है। वहाँ बालनाथ पहाड़ी पर रोहतासगढ़ नाम से पत्थर का ऐसा किला बना रहा हूँ कि कयामत तक खड़ा रहेगा।"

"हाँ ऐसा ही सुना है।"

"उसे टोडरमल और खवास खाँ बनवा रहे हैं। मुगलों का ऐसा दबदबा था कि कोई मजदूर नहीं मिला। फिर टोडरमल ने बनजारों को लोभ दिया कि जो एक पत्थर काटकर लायेगा उसे सोने की एक अशर्फी दी जायेगी। टके के लोभ में भीड़ उमड़ पड़ी है अब काफी सस्ते में काम हो रहा है।"

"यह टोडरमल बड़ा समझदार है।"

"किला तैयार हो जाने के बाद, टोडरमल को एक बड़े काम में लगाने वाला हूँ।"

"किस काम में?"

"बंगाल से पेशावर तब पक्की सड़क बनेगी। सड़क के किनारे फलदार दरख्त लगाये जायेंगे। दो-दो कोस पर एक-एक सराय बनेगी जिसमें हिन्दुओं और मुसलमानों के लिए ठहरने और खाने का मुफ्त इन्तजाम होगा। मुसलमानों के लिए पक्की रसोई और हिन्दुओं के लिए कच्ची रसोई के इन्तजामात होंगे।"

"यह तुम्हें किसी भी सुलतान और शहंशाह से अलहदा करेंगे मियाँ।"

"ऐसा नहीं है लाड मलका मेरे पहले भी ऐसा हो तो रहा है।"

"हिन्दू और बौद्ध राजाओं ने कुछ काम कराये थे ऐसा सुना था लेकिन इतने बड़े पैमाने पर नहीं हुआ था।"

"बहुत बड़े पैमाने पर हुआ था। शुरू करने की वजहें और तरीके अलहदा थे।"

"हमें पच्छिम से पूरब को मगरिब से मशरिक को जोड़ने की जल्दी रहती है क्योंकि हमारा यह अपना रास्ता है। अपने कौम को जगह देने के लिए अपने मजहब को फैलाने के लिए जो कुछ किया जाता है वह कहीं से भी गलत नहीं है। हिन्दुओं ने उत्तर से दक्खिन तक परचम लहराया कई तरह की कौमों को एक साथ कर लिया। इनमें यह खासियत है, हमारे सुलेमान पहाड़ के हिन्दूकुश

दर्रे से तरह-तरह के हमलावर आये और हिन्दू बन कर रह गये। वो तो हम ही हैं अल्लाह की नियामत के आसरे बढ़ने वाले जो अपनी पहचान अपना वजूद बना कर जी रहे हैं वरना ये सबों को शरबत की तरह घोलकर यकसाँ बना लें और पी जायें।"

"तुम अपने कौम के लिए और क्या करना चाहते हो शेर खाँ?"

"बहुत कुछ लाडो, गौड़ से जो सड़क रोहतासगढ़ किला तक जा रही है और वहीं से सिन्ध के कान्त सूबे तक उसके दोनों ओर...।"

"हाँ हाँ, कोस-कोस पर सराय बन रहा है, घने छायादार और फलदार दरख्त लगाये जा रहे हैं। दो-दो कोस पर डाक चौकी रहेगी जिस पर दो घुड़सवार दिन रात रहेंगे जो अगली चौकी तक डाक पहुँचायेंगे। दो दिनों के अन्दर मुर्शिदाबाद से रोहतासगढ़ तक डाक पहुँचने का पुख्ता इन्तजाम करा रहे हो। ओह मियाँ, तभी तो कहा मैंने इसी नायाब नुस्खे से तुम तारीख में सबसे जियादा याद रखे जाओगे।"

"ऐसी घुड़सवारी तो मैं भी नहीं करता ओ मेरी नेक रहमदिल खातून!"–शेर खाँ ठहाके लगाकर हँसने लगा।

"देखो, यह पठानी ठहाका लगाना बन्द करो, इसीलिए तो मुगल तुम्हें सहसराम का बेवकूफ देहाती कहकर पुकारते हैं।"

"हँसना बेवकूफी है वे न तो खुलकर हँसना जानते न जी भरकर रोना सारा गुबार अपने अन्दर कैद रखते हैं, तभी तो पीलिया हो जाता है, बेवक्त बूढ़े हो जाते हैं और खुदा के प्यारे हो जाते हैं। हँसने वाले को देखो सत्तर पार करके भी टंच हूँ सौ टका। बोलो।"

"लेकिन मियाँ शेर खाँ, आपने मेरी हँसी तो उड़ाई अपनी हिन्दी मिली हुई फारसी में; कहा तो कुछ नहीं। फरमाइये हुजूर कि क्या करना चाहते हैं उस सड़क पर।"

"मैं चाहता हूँ कि सड़क के दोनों किनारों पर पठानों के गाँव के गाँव बसा दूँ, मुर्शिदाबाद से पेशावर तक। उस सूरत में मुगल हिन्दोस्तान की ओर नजरें उठाकर भी न देख पायेंगे।"

"वाह इरादे तो नेक हैं। मैं कहूँ शेर खाँ कि तुम्हें हिन्दोस्तान से बेहद इश्क है। इश्क हरूफ दो ही जगह जिन्दगी में है एक घुड़साल में दूसरा हिन्दोस्तान के जमीन-आसमान में।"

"सिर्फ जमीन-आसमान में नहीं, जर्रे-जर्रे में। इसके दरियाव में जिसमें शफ्फाक पानी शीशे की तरह छलछलाता है, हरी वादियों में जहाँ रंग-बिरंगे परिन्दे उड़ते हैं, बाघ, सिंघ, सियार, लोमड़, भालू, बन्दर रहते हैं। दरख्तों के साये में बेइन्तिहा सुकून पाता हूँ यहाँ तक कि हरी घास की नोक पर अटकी शबनम

की चाँदी, फिर आफताब का पूरब से झाँककर आलतइ रंग जाना बेहद पसन्द है। सुना था दादा हुजूर से कि हमारे सुलेमान पहाड़ी के नीचे की घास सूख गयी थी, कई साल से बारिश नहीं हुई शबनम के दीदार नहीं हुए तब हिन्दोस्तान आये जहाँ फिर से सब कुछ देखना नसीब हुआ। अल्लाह ने इसी जमीन पर मुझे पैदा किया इसी पर फना हो जाऊँगा। मैं इस मुल्क से जिसे हिन्दोस्तान कहते हैं बेहद इश्क करता हूँ। तुम किस इश्क में उलझी हो मेरी सबसे करीबी और अच्छी दोस्त?"

"उसी इश्क में जिसमें तुम मुब्तिला हो मैं भी हूँ। तुमने निकाह पढ़ने के बाद मुझसे कहा था कि मैं किसी से इश्क नहीं कर सकता क्योंकि वह खेप पूरी हो चुकी है। तभी मैंने भी तुमसे कह दिया था कि मैं भी अपने से दुगुने उमर वाले ताज खाँ साहब की इश्क में बुरी तरह गिरफ्तार हो गयी थी। तुमने तो कहा था कि तुम्हारा इश्क तुम्हारी बीवी नहीं चाँद कुँअर थी जिसकी मौत का घाव ताजिन्दगी रिसता रहेगा। आखिर तुम्हें एहसास तो हुआ न! फिर उसके खिलाफ क्यों हो?"

"मैं कहाँ खिलाफ हूँ।"—लाड मलका ने अपनी बात रखने में कभी दुराव-छिपाव न रखा पर दूसरे की किस्सागोई मुनासिब न समझ चुप ही रही। शेर खाँ ने लाड मलका को दिल्ली चलने की पेशकश की। शहंशाह बनने के रास्ते में जितने काँटे थे उनमें से चन्द काँटे इस नायाब खातून ने भी चुने। शेरशाह सोचता कि तारीख इसे रक्कासा के रूप में अगर याद करेगा तो बड़ी बेइन्साफी होगी, यह नेक अफगान औरत इज्जत अफजाई लायक तो है ही। लाड मलका ने इसकी पेशकश मान ली लेकिन साथ ही यह भी कहा कि वह लौटकर चुनार ही आना चाहती है। मियाँ ताज खाँ की कब्र पर खुद चिराग रौशन करती है। किसी पर ज्यादा दिनों तक छोड़ नहीं सकती। उनके नाम पर जियारत करवाती है, कलमे पढ़वाती है, चादर पोशी होती है। एक किलेदार अमीर को इसने अपनी रियाया की नजरों से अब तक ओझल न होने दिया। उनकी कब्र के आस-पास सदाबहार दुकानें सजा दी गयीं, कव्वाली और नात का मुकाबला होता है। लाड मलका इसी में रमी रहती। फकीरों के लिए हाथी के कान जितनी बड़ी-बड़ी पूड़ियाँ और घी में बने हलुए रोज बँटते। भीख माँगने वाले भी खाली हाथ नहीं जाते। यह सब कैसे छोड़ सकेगी लाड़ मलका। शेर खाँ जंग के मैदान से लौटकर जब कभी आता तो रोहतास के किले पर आराम करता और चुनार आकर लाड मलका की दिलजोई करता। शेरशाह की जिन्दगी का सबसे बड़ा मकाम रोहतास का किला था दूसरा लाड मलका का साथ जिससे फिर हिम्मत हासिल करता। कमानी बीवी इसकी शरीकेहयात इसके बच्चों की अम्मा और इबादत की साथी रही जिसे खुश रखने में कोई कोर कसर न छोड़ता।

* * *

नैना बनजारन अब सुकून में थी। उसका दिल इस बात से लबालब भर गया कि इस जमीन की बनजारन होने के बावजूद उसने एक राजकुमारी का लगन दूसरे राजकुमार से करवा दिया। इसे ऊपर वाला जरूर मीठा फल देगा। कभी-कभी महाराज पूरनमल की याद आती तो सिहर उठती, लानतें भेजती। वह राजा कैसा आततायी था। हिन्दू होते हुए उसे क्या जरूरत थी—सय्यदानी पठान औरतों को रक्कासा बनाने की? सैकड़ों सालों से मुसलमान पठानों, अफगानों ने घेर रखा है, इन्हीं की करतूत से सब होता है। बीवियों को जौहर करा देते हैं और बच्चों को हमारी तरह बनजारे। तभी जीतू और बिल्लू आया और कहा—"जिज्जी शेरशाह बादशाह पंजाब की ओर पत्थरों का किला बना रहा है सुना है कि पत्थर काट कर लाने वालों को भी एक टका सोने का दे रहा है। हम जाना चाहते हैं धन कमाने।"

"हाय हाय, तुम लोग अकेले जाओगे?"

"नहीं दस-बारह साथी जायेंगे।"

"चलो पूरे कुनबे के साथ चलते हैं।"

"जिज्जी, कुनबे के साथ जाते-जाते तो किला कंगूरे तक पहुँच जायेगा।"

"वाह रे मेरे बब्बर शेर, चार दिनों में किला बनकर तैयार भी हो जायेगा वह क्या हमारा बासा है? अरे एक बादशाह नींव डालता है दूसरा दीवारें चिनवाता है, कंगूरे तक जाते-जाते कई पीढ़ियाँ खप जाती हैं। हाँ नहीं तो।"

"मासी यह बादशाह बड़ी तेजी से काम करवाता है। बंगाल का नाम सुना है बंगाल का?"

"सुना है सुना है कभी गयी नहीं। बहुत दूर पूरब की ओर है। सो क्या? क्या हुआ बंगाल में?"

"कुछ भी नहीं। वहाँ से पत्थरों की सड़क पंजाब तक बना रहा है वह भी उस किले तक। और तुझे मालूम मासी कि वो सड़क अब तक आधी बन गयी है।"

"ठीक है, ठीक है तुम लोग जाओगे तो लेकिन हम भी पीछे से आते हैं वहाँ काम करने वाले, अमलों, ओहदेदारों को नाच गाना भी चाहिए कि नहीं।"

"आना तुम लोग, न भी आना तो कोई बात नहीं हम टके कमा कर लौट आयेंगे।"

"अरे तुम सभी बाली उमर के हो, सोने की अशर्फियाँ लेकर कैसे आओगे, डाकू लूट लेंगे।"

"तू रह गयी बनजारन की बनजारन मासी, यह बहलोल लोदी की सल्तनत नहीं है यह शेरशाह की शहंशाही है, तुम जो बुढ़िया हुई वह भी टोकरे में

अशर्फियाँ लेकर जंगल में रात गुजारो वो भी कोई नहीं छूएगा।"

"अरे दइमारो, मैं बुढ़िया हूँ।"

"नहीं है तो हो जायेगी जिज्जी, इतनी फिकर न कर। ठीक ही कहता है जंगी; डाकू तो कुछ नहीं बिगाड़ेंगे सिंह भी दुम दबाकर भाग खड़ा होगा।"

"अरे बेपर की न हाँक। शरम कर।"

"बेपर की कौन हाँकता है, तुझे नहीं पता कि हमारा बादशाह एक ही वार में शेर को तलवार से काट देता है, तभी तो शेरशाह है।"

"ओहो, सो तो सुना है। एक शेर को काट दिया बिहार के जंगल में, वह यहाँ का शेर क्या जाने। क्या तेरी तरह अक्ल का ठेका ले रखा है?"

"तुझे बिल्कुल नहीं पता, ऐ जीतू, मासी कुछ नहीं जानती।"

उसने अपने साथियों को आँख मारी।

"क्या नहीं पता? बता दे।"

"सुना है बादशाह ने जिन्न साध रखा है, जंगलों में जहाँ शेर खोह से निकलता है वह आकर खड़ा हो जाता है। अपना शिकार कर वह लौटता है तब वह गायब हो जाता है। सारे जटाजूट वाले साधू, फकीर, औलिये बेफिक्र होकर जंगलों से गुजरते हैं।" नैना बनजारन सकते में आ गयी।

"सच क्या?"

"सौ टंके सच"–खाने-पीने का सामान लेकर, चने चबेने बाँधकर बिना किसी बैलगाड़ी और टट्टू के बनजारे छोकरे रोहतासगढ़ का किला बनाने बालनाथ पहाड़ी की ओर चल पड़े। इधर तम्बू सूने हो गये। उम्रदराज बुजुर्ग औरतें और बच्चे बच गये। औरतें सिलाई कढ़ाई में लग गयीं।

* * *

मियाँ मुस्तफा और फारूख फारमुली में जागीर के लिए लड़ाई हुई। मियाँ मुस्तफा बड़ा सच्चा इनसान था उसका छोटा भाई बायजीद बीवी फतेह मलका का शौहर था। लड़ाई में बायजीद मारा गया। बीवी फतेह मलका के पास तीन हजार मन सोना था। उसकी हिफाजत के लिए वह बिहार की ओर आ रही थी। शेर खाँ ने अपने वकील को उनके पास भेजकर उनकी पूरी हिफाजत का वादा किया, उनके रहने का शानदार इन्तजाम किया और खजाने को रोहतास के किले में रख लिया।

बिहार में बीवी फतेह मलका ने अपना ठिकाना बनाया। वहाँ का अमीर अक्सर पटना से बीवी फतेह मलका की खैर खबर लेने आता रहता। एक दिन बिहार से पटना लौटते हुए उसने झील के किनारे हरे शलवार दुपट्टे में लिपटी कमसिन

हसीना को देखा। वह घोड़े से उतर कर उसकी ओर आया। दोनों एक-दूसरे को देखते ही इश्क में गिरफ्तार हो गये। उसके साथ उसकी दो बाँदियाँ होतीं वह उन्हें सहेली बताती। वे बाँदियाँ उस हसीना की हमराज थीं। उस हसीना ने अपना भेद नहीं खोला था। अब रोज जलाल पटना से निकलकर झील किनारे पहुँचता, वहाँ कई हरे-भरे फूलों के पेड़ थे जिनके ऊपर इश्कपेचाँ की घनी लतरें छाई हुई थीं। उन घनी लतरों की ओट में इनका मिलन होता। इश्कपेचाँ के सुर्ख लाल फूलों की मानिन्द इनके इश्क परवान चढ़ रहे थे। न तो बीवी फतेह मलका को पता चला कि उसकी बेटी मेहर सुलतान अमीर जलाल से मुहब्बत करती है न रियाया को लेकिन दुनिया की हर शै को जानने वाला शेर खाँ सब कुछ समझ गया। जलाल को एक दिन रंगे हाथों पकड़ लिया।

"बिटिया मेहर, परदा करो और बताओ कि यह सब क्या है? तुम छुप-छुप के मिलती हो। तो क्या बीवी फतेह मलका को बिल्कुल जानकारी नहीं है?"-मेहर शर्म और डर से थर-थर काँपने लगी। उसकी बाँदियों ने कहा कि किसी को नहीं मालूम कि ये एक-दूसरे से मुहब्बत करते हैं।

"ठीक है, तुम जाओ हम खुद रिश्ता लेकर बीवी फतेह मलका के हुजूर में जायेंगे। लेकिन ख़याल रहे उससे पहले मिलने की कोशिश न करना झील किनारे आने की जरूरत भी नहीं है।"-वे अपनी पालकी में बैठ, चली गयीं।

"क्या मियाँ जलाल, आपको मालूम है कि आप जिस कमसिन हसीना से मिलते हैं वह कौन है?"

"नहीं चचा, वह एक अल्लाह की बंदी है जो सिर्फ मेरे लिए इस सर जमीन पर उतरी है।"

"हवा में तीर न चलाइये। वह बीवी फतेह मलका की और मरहूम मियाँ बायजीद की बेटी है।"

"ओह, मुझे नहीं मालूम था हुजूर। तब तो अच्छी बात है, आपकी हिफाजत में ही है। आप हमारी मुश्किलें आसान कर देंगे।"

"आपको गलतफहमी है जलाल खाँ, बीवी फतेह मलका बेहद मगरूर खातून हैं। उन्हें अपनी नस्ल का बड़ा गुरूर है। मियाँ जन्नतनशीन बहलोल लोदी की भांजी हैं और मियाँ काला पहाड़ फारमुली की बेटी है। अफगानों को बिल्कुल अपने आसपास फटकने नहीं देना चाहती। मुझे पूरा शक है कि वह शादी के लिए हाँ करेगी।"-जलाल मायूस होकर पटना लौट गया। शेर खाँ ने बीवी फतेह मलका से कहा कि वह पटना के सूबेदार जलाल का रिश्ता लेकर आया है। उसे तरह-तरह से समझाया कि ऐसा होने से उनकी हिफाजत के इन्तजाम पुख्ता हो जायेंगे।

"आपने कहने में देरी कर दी सुलतान, मैंने अपने एक रिश्तेदार सिकन्दर

लोदी का रिश्ता मंजूर कर लिया है।"–अब शेर खाँ के पास कोई चारा न रहा। सिकन्दर निहायत नाकारा और अफीमची था। एक तो मुहब्बत की रुसवाई और दूसरे नाकारा खाविन्द; मेहर सुलतान कभी तकलीफ से उबर नहीं पायी।

लाड मलका ने शेर खाँ से कहा कि "ऐ शेर खाँ, मियाँ मेरा तो दिल चाहता है कि मैं मियाँ जलाल को कहूँ वह मेहर सुलतान को लेकर भाग आये। छोड़े पटना का तख्त और चला जाये पहाड़ों, खोहों में रहने।"

"हँसी मजाक का वाकया नहीं है यह लाड मलका तारीख में बड़ी भद्द पिटेगी। मेरा मुँह बोला बेटा मेरा शागिर्द ऐसा कोई काम कभी नहीं करेगा। पटना से तो जायेगा ही। उसका गम गलत करने के लिए हम मालवा की ओर भेज रहे हैं।"

"तुम मुहब्बत के दुश्मन हो।"

"मेरे करने से कुछ न होगा, बीवी फतेह मलका को पूरा इख्तियार है अपनी बेटी को जिससे मर्जी हो उससे निकाह पढ़वायें। उनके जाती मामलों में दखल देने वाला मैं कौन हूँ।"

"तुमको तो मालूम होगा कि सिकन्दर अफीमची हैं। उन्होंने कई निकाह कर रखे हैं, उनका बड़ा सा हरम है। अब हरम में कितनी अफरातफरी मची रहती है मैं तो नहीं बता सकती तुम बड़े तीरन्दाज हो पता करो।"

"अपने अजीजों के घरों में मैं नहीं झाँकता। सियासत का यह कोई माकूल दाँव नहीं है। मगरूर बेगम फतह मलका को किस तरह का सुकून नसीब है लेकिन वो खुश हैं कि मैंने उन्हें जागीर दे दी है, उनकी तीन हजार मन अशर्फियाँ किले में महफूज है' और वो घना धन लगाकर बीवी का मकबरा बना रही हैं। बस।"

"ऊपर वाला बड़ा कारसाज है। उसी की मर्जी से सब चलता है। कभी-कभी दिलोदिमाग में एक ख़याल आता है वह है कि तुम जो कुछ करते हो वह शिद्दत से करते हो। इश्क किया तो डूब कर किया, हिन्दोस्तान का तख्तोताज चाहा तो उसके लिए कुछ उठा न रखा मुगलिया सल्तनत को सरहद पार का रास्ता दिखा दिया। सच्चे मोमिन की तरह तुम जो ठान लेते हो करते हो। अगर चाँद कुँअर को पूरी तरह हासिल कर लेते, उसे अपना शरीकेहयात बना लेते तब भी तख्त की ख्वाहिश इतनी ही गहराई से होती या तुम रोहतासगढ़ के किले में बैठे उसे निहारते होते?"

"क्यों, उसे हिन्दोस्तान की मलिका बनाने का जज्बा नहीं होता?"

"हो सकता था, चाँद कुँअर को हासिल करने के बाद भी जुनून कम न होता।"

"जलाल खाँ मालवा की ओर गये हैं, खैरियत से तो हैं?"

"मुझे भी जाना है, रणथम्बोर का किला घेरने की तैयारी में है जलाल।"

"सरकूब वाला तरीका वहाँ काम आयेगा क्या, सुना है रेगिस्तान है।"

"हाँ देखता हूँ उधर जाना है। तुम लोग यानी कमानी बीवी और तुम, बेगम फतेह मलका दिल्ली चलो। वहाँ का जश्न हो जाये फिर उधर मैं जलाल की मुश्किलों का हल निकालने की कोशिश करूँगा।"

"अच्छा है, थोड़ी आजादी देनी चाहिए।"

* * *

सुल्तान मुहम्मद ने शेर खाँ को बिहार सूबे का खँडहर वाला हिस्सा हुकूमत करने को दिया। वह इलाका गंगा दरिया के किनारे का था। उस इलाके में खेत और जंगल थे। दरिया के किनारे नाव लंगर डालते, तिजारती नाव ज्यादातर हुआ करते। शेर खाँ ने देखा कि यहाँ अनाज खूब उपजते, फलों और सब्जियों की भरमार है, दरियाये गंग में इतना पानी है कि बड़े-बड़े जिन्सी नाव आकर रूकते हैं। उसने आस-पास के लोगों से दरियाफ्त किया तो मालूम हुआ कि यहीं कहीं नामचीन राजाओं का महल हुआ करता था। वह गंगा के किनारे खड़ा होकर उत्तर की ओर देखा, गंगा का दूसरा किनारा नजर नहीं आ रहा था, पानी की गहराई और चाल देखकर लगा यह तो खास जगह है। यहाँ एक किला बन जाये तो हाजीपुर पर भी नजर रहेगी। गंगा के उत्तर का सारा इलाका सामने होगा। किला बनने पर रिहाइश आसान होगी। यह जगह तिजारत के लिए बेहद मुफीद है। इत्ते अनाज इतने फल और सब्जियों की तिजारत अच्छी होगी। उन्होंने पटना के ओहदेदार को बुलाकर कहा–

"यहाँ जहाँ मैं अभी खड़ा हूँ एक मजबूत पत्थर का किला बनाया जाये। इस को तिजारती शहर बनाने का इरादा है मेरा।"

"हुजूर पत्थर यहाँ कहाँ हैं?"

"दरियाये गंग आपके सामने है, जिन्सी नावों पर पत्थर लाइये, अन्दरूनी दीवारें ईंटों की बनाइये। मैं खुद आपको नक्शा बनाकर देता हूँ। इस किले और शहर की बीच की दूरी जो जंगलों और खेतों से पटी है उसे साफ करने की जरूरत है। मैं पटना शहर को आबाद देखना चाहता हूँ। मुझको ऐसा इलहाम होता है कि यह जगह खास है और ताकयामत खास रहेगी।" तारीख यही कहता है। जहाँ दरिया, फसली खेत, पेड़-पौधे और मेहनतकश लोग हों वहाँ की तरक्की खुद ऊपर वाला करता है।"

"हुजूरेआली, थोड़े ही दक्खिन मस्जिद और खुदाई बन्दे हैं। बिहार से पहले।"–एक खिदमतगार ने कहा।

"मेरा ख़याल है कि किले बनते-बनते ज्यादा से ज्यादा लोग घर बनाकर बसावट पूरी करेंगे। यह इलाका गुलज़ार हो जायेगा।"

"दुरुस्त है हुजूर, यहाँ नाऊ कौरह की बस्ती है।"

"उसे बिल्कुल न छेड़ना। जो यहाँ सैकड़ों साल से रहते आये हैं, जो खेती करते हैं, जो सब्जियाँ उगाते हैं उनको किसी तरह की तकलीफ न हो।"

"गाय भैंस चराने वाले भी हैं सुल्ताने आजम।"

"उन्हें भी रहने दो।"-शेर खाँ ने अपने गंगा किनारे के दरबार में गाँवों के मुखियों को बुलाया, चुनिन्दा मुसलमानों और शिकदारों को बुलाया और कहा कि "इस पटना को मैं पूरी तरह आबाद देखना चाहता हूँ। आप सबों से गुजारिश है कि इसे इसकी खूबसूरती और जरूरत के साथ बसने दीजिए। किसी तरह की जरूरत हो तो हमें बताइयेगा। किले के लिए पत्थर लाया जायेगा उसी से सड़कें, इबादतगाह बना सकते हैं।"

"आपने बजा फरमाया सुलताने आजम, पर यहाँ अच्छी मिट्टी है, लकड़ियाँ हैं कारीगर ईंट तैयार करने, पुख्ता कर पकाने का नायाब गुर जानते हैं। हम ईंटों से ही ईरानी हिन्दुस्तानी इमारत बना लेते हैं, गलियाँ भी ईंटों से पाट ली जाती हैं। आपकी ख्वाहिश के हिसाब से इमारतें तैयार होंगी हम उत्तर पूरब की ओर बढ़ते चले आयेंगे।"-एक हजारी मनसबदार ने बड़े अदब से उन्हें दरियाफ्त किया।

"आपको हमसे ज्यादा इल्म है जनाब, हम तो ठहरे जंगी।"-शेर खाँ ने उनकी तारीफ की।

"गुस्ताखी माफ करें हुजूरेआली, हम तो यहाँ के तरीके बता रहे थे। कौन नहीं जानता कि आपसे बड़ा इल्मी दूसरा अभी हिन्दोस्तान में तो कोई नहीं। आपने मुर्शिदाबाद से पंजाब तक का सफर सड़क बनाकर आसान कर दिया है। रोहतास किले की तर्ज पर बालनाथ पहाड़ी पर रोहतासगढ़ बनवा रहे हैं, इस पटना का क्या है यह कई बार बसा कई बार उजड़ा। अब फिर बस जायेगा।"

"अब नहीं उजड़ेगा। सुलेमान पहाड़ी के नीचे से आये रोह तिजारती इब्राहिम का नवासा हिन्दुस्तान में पैदा हुआ शेर खाँ का तजवीज किया हुआ शहर है अब कयामत तक बरकरार रहेगा। आप लोगों के दिल में कहीं बिहार को छोड़ने की खलिश तो नहीं?"

"नहीं हुजूरे आली, जमीन की अपनी तकदीर होती है। बिहार की ओर से अक्सर शहर इस ओर बढ़ा किया है। इतना जरूर है कि वह इससे कमजोर होगा।"

"अभी तो यह सिर्फ तिजारती ठिकाना होगा। इसकी खूबसूरती पर रीझ कर ही मैं किला बनवा रहा हूँ। जहाँ मैं रहूँ वहाँ मस्जिद होना ही चाहिए। सबसे पहले इबादतगाह फिर आरामगाह यही मेरा जाती उसूल है।"-शेरशाह के ऐलान

के बाद पटना बसने लगा। गाँव के किसान, मजदूरों के अलावे नेकदिल मुसलमानों ने अपने घर बनाने शुरू कर दिये। बनिये बैकालों ने दूकानें सजा दीं। अनाज की बड़ी-बड़ी मंडियाँ खुल गयीं। शेरशाह की दूर-दृष्टि के कारण पटना तिजारत का बड़ा केन्द्र बन गया। कुछ ही दिनों में यह गुलज़ार हो गया। छोटी-छोटी खूबसूरत ईंटों से गोल घेरे में हवेलियाँ बनीं रंगीन शीशों से खिड़कियाँ सजीं, नक्काशीदार खम्बे खड़े हुए। पीतल के गोल काँटे लगे किवाड़ों वाले परकोटे बने। बीच में खूबसूरत संगमरमर के साथ धूसर पत्थरों वाले इबादतगाह बने। उनके पास ही गाय-भैंस पालने वाले स्थानीय लोग रहने आ गये। इबादतगाह नात और कव्वालियों से गुलज़ार रहते और भैंसों के खटाल आल्हा ऊदल से। पटना से शायद ही कोई इनसान फौज की ओर रुख करता। उसके लिए तो चन्द कोस दूर सहसराम था ही।

* * *

झील के परले सिरे पर एक छोटी बारादरी बना रखी थी फतेह मलका ने। बीवी का मकबरा तैयार हो रहा था। वहाँ हफ्ते में एक बार जरूर जाती। संगमरमर की जालियों का काम हो रहा था। बिहार के सभी नामचीन कारीगर उसमें लगे थे। बीवी फतेह मलका वहाँ से उठकर बारादरी की ओर चली आती। एक छः कोनों वाला कमरा बीचोबीच था, चारों ओर से खुले बरामदे, गोल नक्काशीदार पायों के सहारे खड़े थे। उसमें चन्द पाये किसी पुरानी इमारत के थे। फूल पत्तियों की महीन पच्चीकारी थी। वे चिकने बलुआ पत्थर के थे जिनमें चमक थी। उतने पुराने होने पर भी चमक बरकरार थी। इस बिहार पर तरह-तरह के हमले हुए जिनमें कितने घर, कितनी बेशकीमती इमारतें टूटीं, ढहीं, जमींदोज हो गयीं। शेर खाँ ने एक दिन खँडहरों की भुरभुरी मिट्टी को उठाकर फातिहा पढ़ा था। अल्लाह से मानो शिकायत कर रहा था कि मिहनत से लिखी किताबों, मुद्दतों से जमा जानकारियों को जलाकर क्या मिला। कई हरूफों और जुबान का जानकार शेर खाँ जैसे ही वक्त मिलता कुछ पढ़ने को जुट जाता। इस कमी को वह बहुत बड़ी मानता कि कितना कुछ पढ़ा-लिखा बिलावजह जला दिया गया।

बीवी फतह मलका को इन सबसे कुछ लेना-देना न था। नयी सफेद बारादरी बनाना उसका अपना शौक था। झील में कमल और कुमुदिनी के फूल खिले रहते। हरियाली पटी रहती, झील के बीचोबीच एक नजूमी का तकिया था। उस तकिया पर इक्का-दुक्का कोई आता जाता। झील में मछलियाँ भरी पड़ी थीं। गाँव के कारीगर मजदूर कहा करते कि इस झील की मछलियाँ नहीं खाते हैं लोग। क्यों नहीं खाते इसका कोई जवाब नहीं था उनके पास। कई बार बीवी फतेह

मलका के दिल में आता कि कोई मजहबी मसला तो नहीं? अगर ऐसा है तो इनके खाने में क्या हर्ज है? लेकिन फिर डर जातीं, अल्लाह जाने किसी शैतान का बुरा साया न पड़ा हो। तमाम तालाब, झील दरियाव हैं मछलियाँ पकड़ने के लिए; एक यही तो नहीं बचा है। जगह खूबसूरत है, आँखों को सुकून देती है।

इन दिनों बेटी मेहर सुलतान इन्हीं के पास रहती थी। वह रोज घी में तर हलुआ बनाकर अपने पुरखों को खिलाती है। वे तो क्या खाते फकीरों और भिखमंगों को खिलाती। दिन-रात वह नेक कमसिन लड़की इबादत करती रहती। वह बिल्कुल चुप सी हो गयी थी। पता नहीं फतेह मलका के दिल में किसी तरह का कोई पछतावा था या नहीं। वह झील की ओर अपनी आँखों को सुकून देती हुई ताकती बैठी थी कि एक घुड़सवार आ पहुँचा। सलाम बजाते हुए उसने कहा-"हुजूर मलका, सुलताने आजम दिल्लीनशीं हिन्दोस्तान के बादशाह तशरीफ ला रहे हैं।"

"अच्छा?" हैरत हुई उसे। "चलो, उन्हें हवेली की ओर ले चलो, हम आते हैं।"-तुरत वह पालकी पर बैठ गयी। मेहर सुलतान से कहा-"तुम जल्दी अपना टंटा समेट कर आ जाना। बादशाह शेरशाह आ रहे हैं।"

"मैं आ गया मलका। बड़ी अच्छी खुशबू आ रही है। लोहबान और घी की खुशबू है।"-बिना किसी शाही अन्दाज के; बिना ज्यादा ताम-झाम के, बिना ओहदेदारों की फौज के शेरशाह सीधे पहुँच गये।

"बादशाह सलामत, आप ऐसे अचानक?"-पालकी से उतरकर सलाम किया फतेह मलका ने।

"इसी मिट्टी में खेला, घुड़सवारी सीखी, तलवारबाजी, तीरन्दाजी की, यहीं से यह प्यारा बाज मिला; इसे क्या बताना है मलका!"-अपने बाज को कन्धों से उतारकर तलहथियों पर रख लिया।

"देखो मियाँ बाज, तुम तो जवान हो हम डूबते हुए सूरज हैं। तुम्हारी तरह अल्लाह ने मुझे तीन सौ साल की उमर नहीं दी।"

"ऐसे समय में आप क्या कह रहे हैं बादशाह!" फतेह ने बरजा।

"मुझे हरदम यह याद रहता है बीवी फतेह मलका कि साँसें गिनती की हैं जिसे अल्लाह ने इबादत के लिए बख्शी हैं।, मेहर की ओर बढ़कर कहा-"बिटिया खिलाओ हलवा। मुझे भी एक फकीर जानो।"

"आप हवेली तो चलकर तशरीफ रखें फिर यही हलवा मिलेगा सुलतान, चलें।"-फतेह मलका ने रोकना चाहा।

"यहाँ का हलवा हम यहीं खायेंगे, दोगी न!"-मेहर सुलतान ने कनखी से अपनी अम्मा की ओर ताका। उसने सर ठोका। मेहर ने रकाबी में शेरशाह को हलआ परोसा। उसने हलवा बड़े चाव से खाया और कहा' "इबादत कानूर बरस

रहा है।"–शाम ढल रही थी। शेरशाह ने वुजू किया, साँझ की नमाज का वक्त हो चला था। उसमें कभी किसी समय कोताही नहीं करता शेरशाह। नमाज के बाद उसने फतेह मलका से कहा–"बीवी फतेह मलका, तख्तोताज मिले साल भर होने को आये। कोई जश्न नहीं हुआ, उसकी तैयारियाँ चल रही हैं। आप दिल्ली चलें यही कहने आया हूँ।"

"दिल्ली? मैं इतना लम्बा सफर नहीं कर सकती। मुआफ करें।"–शायद इस मगरूर औरत के दिल में था कि अपने मामू बहलोल लोदी के पाक तख्त पर इस घोड़े के तिजारती का खानदान अजीमोशान से बैठेगा और यह देखेगी? कतई नहीं। उसने बहाना बनाया।

"आपको आराम से ले जाया जायेगा। कोई तकलीफ नहीं होगी बीवी फतेह मलका। मेरी जिन्दगी में जिन नेक खातूनों का दखल रहा है उनमें एक आप हैं। आपका रहना निहायत जरूरी है। आप नहीं रहेंगी तो बिल्कुल खाली-खाली लगेगा।"–शेरशाह ने इल्तिजा की।

"अरे नहीं शहंशाह, पूरा दरबार भरा होगा। चारों ओर से लोग आयेंगे, एक मैं न रहूँगी तो क्या होगा?"

"आपकी मर्जी नहीं चलेगी बीवी फतेह मलका। शहजादे इस्लामशाह दूर पेशावर में हैं नहीं तो वे ही आते आपको लिवा ले जाने। मैं शहजादे आदिल खाँ को भेजूँगा वह बड़े हाथी पर आपको ले जायेगा। सिकन्दर खाँ लोदी को लिवाने मैंने गौड़ की ओर हाथी भेज दिया है, बिटिया मेहर सुलताना पालकी में चलेगी। एक पूरी फौज आपके साथ रहेगी। आपकी शान में कोई गुस्ताखी न होगी। बस बेगम। खुदा हाफिज।"

"क्या सुलतान, आप यहीं से रात में लौटेंगे? अपने इस लाल घोड़े और चालबाज बाज को तो साथ रखा है पर वह सफेद हाथी कहाँ है?"–फतेह मलका ने हँसकर माहौल बदला।

"वह हाथी खवास खाँ के रहमोकरम पर है। उसकी सवारी कम करता हूँ। मैं घुड़सवार जो ठहरा।"–शेरशाह चल पड़े अपने साथी संगी के काफिले के साथ रोहतास की ओर। रास्ता वही पकड़ा जहाँ पुनपुन और गंगा का संगम था। उसके चौड़े पाट के किनारे गहरा गड्ढा खोद कर चाँदी सोने का बड़ा भण्डार गाड़ दिया था। तीर धनुष के नक्शे पर ग्यारह पेड़ लगाये थे। उसका नक्शा शेर खाँ और खवास खाँ के पास था। शेरशाह ने देखा ग्यारह दरख्त लहलहा रहे हैं हरियाली से लबरेज। क्यों न हो नदी का किनारा जो था। तीन दरख्त पाकड़ के थे जिनकी जड़ें गहरी थीं, जालीदार होने की वजह से उनके नीचे की मिट्टी का कटकर बहना मुमकिन नहीं था। दरख्तों के चारों ओर हरी दूब की कालीन सी बिछी थी। शेरशाह को सुकून सा महसूस हुआ कि इधर किसी की नजर

नहीं गयी। किसी को मालूम न होने की वजह से नापाक इरादे कारगर भी नहीं हो सकते। इस धरती के अन्दर, समन्दर और खोहों में अकूत धन बिखरा पड़ा है लेकिन यह जो बाहुबल से हासिल धन है वह अपना है, बिल्कुल अपना। खजानों में इतना धन है कि फौज को खड़ी करने में गड़े धन निकालने की जरूरत ही नहीं थी। विजित राज्यों से समय पर फौज खुद-ब-खुद आने लगती है। वे सूबे खुद अपनी फौज खड़ी कर लेते हैं।

चाँद उग आया था। पहले पुनपुन फिर गंगा में वह साथ-साथ दौड़ रहा था। घोड़े से मुकाबला था। चाँद का शेरशाह की जिन्दगी में जन्म से रिश्ता था। अम्मा ने गोद में सूरज उतरता देखा था अब्बा ने चाँद तारे दिखा दिये थे। चाँद डूबने को था कि साथ चलने वाले ओहदेदारों ने पड़ाव डालने की पेशकश की। पास ही गाँव था। कुआँ बावड़ी होगा। शेर खाँ जंग के अलावे कभी तम्बू नहीं तानते। खेतों के मचानों, रखवालों की झोंपड़ियों, बाद में सरायों का इस्तेमाल करते। कहते–"जैसे मेरी रियाया रहती है वैसे ही रहूँगा।" शोरगुल और रोशनी देख खेतों के रखवाले मेंड़ पर आ खड़े हुए "कौन हो भाई?"–एक बुजुर्ग ने पूछा।

"राहगीर"

"कैसे राहगीर, फौजी जान पड़ते हो।"

"फौजी ही हैं।"–गाँव वाले जुट गये; उपले जलाकर लिट्टी ठोंकी और घी में डुबो कर उनका सत्कार किया।

"बाबा, बड़े बुजुर्ग हो गये हो, सत्तू के कारण इतनी फुर्ती है।"–शेर खाँ ने एक नब्बे पार के बूढ़े से कहा।

"तुम्हारी बात थोड़ी-थोड़ी सही है।"

"पूरी सही क्या है बाबा?"

"दिल खुश है बाबू, अपना फरीद मियाँ शेरशाह बन गया। खेतों की हालत सुधार दिया। रकबा ठीक कर दिया, सिंचाई के लिए गाँव-गाँव में जोहड़ खुदवा दिया, रहट कई गाँवों में लगवा दिये।"

"वह अभी-अभी शेरशाह कहलाया, इतनी जल्दी इतना काम कर दिया? कैसे बाबा?"–शेरशाह ने पूछा।

"पन्द्रह सालों से हमारा सूबेदार है, जभी से कर रहा है। तुम किस देश गाँव के हो बाबू, लगते तो पठान फौजी हो, अक्ल बिल्कुल नहीं है क्या?"–बूढ़ा झुँझला गया।

"तुमने कभी सुलतान शेरशाह को देखा है?"

"मैंने देखा है आज से तीसेक साल या उससे भी ज्यादा पहले। वह तब अपनी सौतेली अम्मा के डर से मारा-मारा फिरता था। बड़ा जहीन और नेक बन्दा है।"

"अब देखोगे तो पहचान लोगे?"

"नहीं बाबू, बिल्कुल नहीं। देखेंगे भी कहाँ?"

"यही बाबा, आओ गले मिलो मैं ही हूँ शेरशाह।"–आगे बढ़कर सीने से लगा लिया उस कुम्हार को। उसकी साँसें अटकी रह गयीं। वह और उसके गाँव वाले सारे खुशी से फूले न समा रहे थे।

"ऐ धरती के मालिक, बन्दगी! यह सब सुना था, कभी देखा नहीं था आज देख लिया। अल्लाह तुम्हें नूर बख्शे।"–एक बुजुर्ग मुसलमान बोल उठा।

"आप लोगों को जिस चीज की कमी महसूस हो इन साहबानों से बेझिझक माँग लीजियेगा। हमारी किसान और मेहनतकश रियाया को किसी तरह की कमी दरपेश न आये यही मेरा मकसद है। जिस सुलतान के राज में रियाया तकलीफ में हो उसका तख्त पर बैठना गुनाह है।"

"हमारे आस-पास दस गाँव के बीच कोई इबादतगाह नहीं है ऐ मेरे बादशाह!" उसी कुँजड़े ने कहा।

"आपके गाँव में सराय बनेगा। सराय में दो रसोई होंगी एक कच्ची हिन्दुओं के लिए, एक पक्की मुसलमानों के लिए। हिन्दुओं के सराय में सराय के चौके में आटा घी और जरूरत के सामान मय बर्तनों और लकड़ियों के मिलेंगे। एक पानी भरने वाला और पिलाने वाला मुकर्रर होगा एक पंडित भी रहेंगे। मुसलमानों के चौके में पकी हुई रसोई रहेगी। पानी पिलाने वाला होगा। बाजू में इबादतगाह यानी छोटा-सा मस्जिद बनेगा। राहगीरों को मुफ्त का खाना मिलेगा। किसी तरह की जरूरत के लिए टके का इन्तजाम भी रहेगा। एक हिसाबी रहेगा। यह सभी सराय के लिए लागू होगा।"–उनके ओहदेदारों ने कहा कि उनके इस हुक्म की तामील अल्लसुबह से होनी शुरू हो जायेगी।

"मेरे प्यारे गाँव वालो, आप हमारे दिल के बेहद करीब हैं। मेरा बचपन आपकी गोद में बीता अब्बा इसी मिट्टी में सुपुर्द खाक हुए। मुझपर आप लोगों का खास हक है। एक और जरूरी काम करना है जिसका हुक्म हो गया है काम भी शुरू हो गया है। बंगाल से पेशावर तक हर दो कोस पर एक डाक चौकी रहेगी। उस चौकी पर दो तेज दौड़ने वाले घोड़े और घुड़सवार होंगे। पहले पड़ाव से खत दूसरे पड़ाव पर पहुँचाकर डाकिया लौटेगा फिर दूसरे से तीसरे और तीसरे से चौथे पड़ाव तक एक-एक डाकिया बढ़ता जायेगा। आखिरी पड़ाव पेशावर तक जायेगा। मेरे हिसाब से मुर्शिदाबाद से भेजा गया खत पेशावर तक दो दिनों में पहुँच जायेगा। वही जवाब भी ले आयेगा। डाक चौकी का काम शुरू हो गया है। कुछ ही दिनों में डाकिया बनने का चुनाव शुरू होगा। मुनादी की जायेगी आप लोग अपने-अपने गाँव से तेज लड़कों को भेजियेगा। उन्हें तालीम दी जायेगी। क्यों भेजियेगा न?"–शेरशाह ने तफसील से गाँव वालों को समझाया। गाँव वाले

समझ गये बल्कि यूँ कहिये कि हक्के-बक्के रह गये। अगले दिन सुबह-सुबह गायों के थन से निकले फेनिल दूध शहंशाह को पिलाकर विदा किया। बादशाह सलामत शेरशाह के जाने के बाद पूरा गाँव उसी ओर देर तक निहारता रहा जिधर उनका घोड़ा सरपट दौड़कर ओझल हो गया। धूल का एक गुबार-सा पीछे से उठ रहा था जिसकी ओट में वे ओझल हो चुके थे।

* * *

रोहतास के किले पर किलेदार के अलावे कोई नहीं बचा था। कमानी बीवी इस्लाम और आदिलशाह की बीबियाँ सारे बच्चे दिल्ली की ओर कूच कर गये थे। यह शेरशाह को मालूम था कि उनका कारवाँ पालकी से दिल्ली की ओर बढ़ चला है फिर इस सूने किले में आने का सबब क्या था? वुजू कर शेरशाह ने फजिर की नमाज पढ़ी और देर तक अल्लाह से रहम की भीख माँगते रहे। किले के पूर्वी उत्तरी कोने वाले कंगूरे पर खड़े होकर घाटी निहारने लगे। दूर सीध में देवी मन्दिर की घंटियाँ सुनाई पड़ने लगीं। बहुत देर तक घड़ों घंटों की धुन सुनते रहे फिर पीतल की जंजीर में लटका ताला हाथ से खींच कर खोल डाला। ताला खुलते ही उलटे लटके हुए चमगादड़ पर मारने लगे कि इनका बाज लपक कर झपटा। इन्होंने आवाज निकालकर हथेली फैला दी। बाज लौट आया। दरवाजे के पार सहन था, सहन एक आँगन में खुलता था। आँगन के बीचोबीच गुलाबी पत्थर का तुलसी चौरा था सूखा सा, कहीं तुलसी की ठूँठ भी नहीं बची थी। चौरे पर धूसर लाल सिन्दूर से बने हनुमान जी पर्वत उठाये उड़ रहे थे। पूरा आँगन चौपट सूना था। इसी जगह पर चाँद कुँअर धू-धू कर जल रही थी, चीख-चीख कर कह रही थी–"फरीद तूने मेरी इज्जत लूटी। मेरा दीन धरम ईमान सब ले लिया। मुझे बेसहारा कर दिया। मेरे जनमदाता का कतल किया। मैं जैसे अपने अन्दर की आग से छटपटा रही हूँ वैसे ही ताजिन्दगी तू भी जलेगा। अरे बेरहम, यह बाहरी आग मेरे जिसम को जला रही है भसम कर रही है रूह छटपटा रही है, तुझसे बदला लिए बिना नहीं फना होगी।" शेरशाह हिन्दोस्तान के शहंशाह के पैर तब भी जम गये थे आज भी जम गये हैं। मुहब्बत का अंजाम इतना खौफनाक हो सकता है? या खुदा, मैंने जो कुछ किया अनजाने में। जयसिंह को मार डालने की कोई ख्वाहिश नहीं थी, मैं तो आज भी दिलोजान से चाँद कुँअर से मुहब्बत करता हूँ। उसकी बददुआ सर आँखों पर ली। हिन्दोस्तान का तख्तोताज पाने के जुनून में भी एक लम्हा मेरे जहन में फाँस बन कर टीसता रहा। आज बेहद तकलीफ में हूँ ऐ जहाँ के मालिक। मैंने न चाहा था कि किसी खातून को तकलीफ दूँ, पर क्या करूँ। माफ करना ऐ चाँद कुँअर, तू भी जानती है मैं तेरा दीवाना था।

आँखें भर आयीं उस निहायत पत्थर दिल जुनूनी शहंशाह की। उसने भारी कदमों से आँगन का घेरा लाँघा, सहन तक आया, दरवाजे की कुंडी लगाई, पीतल का ताला लटकाया और चला आया अपने उस पोशीदा गुनाह की जगह से।

चुनार से लाड मलका निकलकर दिल्ली कूच कर गयी थी। शेरशाह अपने चुनिन्दा मातहतों के साथ पहले आगरा पहुँचे। आगरे के किले की चाभी ली और हस्बमामूल मुआयना किया। हुमायूँ बादशाह का सूना किताब घर, अनगिनत किताबें धूल खा रही थीं। शेरशाह ने कारकुनों से उसकी सफाई करने को कहा। उसने कहा–"आगरे का किला उसी तरह साफ-शफ्फाक रखा जाये जैसा शहंशाह बाबर और हुमायूँ के वक्त था। मैं अपना ठिकाना दिल्ली बनाऊँगा आगरा मुआयना करने आऊँगा। इसलिए इस जगह को कायदे से रखो।"–दिल-ही-दिल में ख़याल आया कि सिर्फ तोप-बारूद और तलवार के संग जिन्दगी गुजारने वाले हम जंगजूओं को क्या पड़ी थी किताबी कीड़ा बनने की। एक तरफ दिल में प्यास जगी ही रहती है। हमारी जिन्दगी तो यहाँ तक पहुँचने में ही फना हो गयी किताबें धरी की धरी रह गयीं। खुशनसीब हैं मियाँ हुमायूँ जो किताबें साथ लिए चलते हैं। मैं हैरतजदा जरूर हूँ कि उनकी यही मसरूफियत उन्हें जंग के मैदान में शिकस्त देती है फिर भी नहीं समझते। सच है ये मुगल कभी हिन्दोस्तान के तख्तोताज सँभाल नहीं पायेंगे अपने आप में मसरूक रहेंगे। जंग और जश्न साथ नहीं चलते। कभी किताबों में मुब्तिला कभी रक्कासाओं में। वाह!

* * *

दिल्ली सज धज कर तैयार थी नये बादशाह के जश्न के लिए। बादशाहत तो मिल गयी थी पर जश्न बाकी था। मुगल शहंशाहों ने अपना ठिकाना आगरा बनाया था। लोदी सुल्तानों के पतन के बाद से दिल्ली का दरबार सूना था। शेरशाह के संग वाले, पठान, अफगान, किसिम-किसिम के कबीले वाले पहुँचे थे। शेरशाह ने कई राजा और सेठों को भी मनसबदारी दे रखी थी। वे सब पहुँचे थे। विभिन्न प्रदेशों से आये अमीरों, सूबेदारों के सामने सिर्फ जश्न ही नहीं था बल्कि जाते-जाते उन्हें चन्द फरमानों की फेहरिस्त भी थमा दी गयी। फेहरिस्त में हुकूमत करने और जिन्दगी जीने की शर्तें थीं। शेरशाह ने तख्त पर बैठने के बाद खालिस शहंशाही अन्दाज में अपनी रियाया पर मुहब्बत का इजहार किया। पहला तो यह कि उसने गरीब तथा अमीर जनता में भेदभाव बरतने को गलत माना। जाति-धर्म के आधार पर किसी प्रकार का भेदभाव रखना भी उसी पंक्ति में आया। फरमान में लिखा गया कि हुकूमत की सरपरस्ती समान रूप से सबों को मिले, वरना वे सजा के भागी होंगे।

दूसरा फरमान बाट को लेकर था। शेरशाह के छत्र के नीचे आने वाले सभी राज्यों में छटाँक से लेकर पसेरी तक के एक माप के मुहर वाले बाट ही इस्तेमाल किये जायें। बाट मनमानी ईंट पत्थरों का मान्य न था। उसी वक्त से वह सच्चाई का निशान बना जिससे रियाया ठगी न जा सके। शाही दरबार से कीमतें नियत करने का हुक्म हुआ। फरमान में लिखा गया कि यदि कोई गलत माप तोल से खरीद बिक्री करता पाया गया तो उसे सौ टका जुर्माना देना पड़ेगा।

तीसरा फरमान हिन्दुओं के बारे में था। शहीद खाँ लोदी के सूबे से शिकायत आयी थी कि हिन्दुओं के मन्दिरों में पूजा करने जाने के मामलों में सूबाई ओहदेदार और अमले बाधा डालते हैं। उनसे पैसे वसूल करते हैं। शेरशाह ने फरमान जारी कर कहा कि पाक हदीस का हुक्म है कि इनसान को अपना-अपना मजहब अपने इबादत का तरीका आजादी से बरतने का इख्तियार है। उसमें न तो रुकावट आनी चाहिए न कोई कर लगाना चाहिए आगे कोई ऐसा करता पाया जायेगा उन्हें जुर्माना और सजा का हकदार माना जायेगा।

चौथा फरमान अहम था। वह सड़कों के मुतल्लिक था। लिखा था कि सड़कें पक्की बनवाई जायें। सूबेदार अपने रक्बे में सड़कें बनायें। सड़कें बनने से व्यापार में सुविधा होगी, आने जाने वालों की राह आसान होगी, सरकारी अमलों के लिए चोर डाकुओं पर नजर रखना आसान होगा। सूबों से गुजरती हुई सड़क दिल्ली तक पहुँचे, आगरा तक जाये सभी सूबों के सूबेदार तक पहुँचे तभी हुकूमत यक्साँ चलेगा। सड़क सियासत की जरूरत है।

पाँचवाँ फरमान सेना की जरूरतों और वेतन से सम्बन्धित जारी हुआ। शहंशाह सूबों को कुछ सिपाही बहाल करने का हुक्म देगा कुछ खुद बहाल करेगा। वेतन मासिक दिया जायेगा। छठा फरमान मीर सय्यद रफीउद्दीन मुहद्दीस के खत के जवाब में जारी हुआ। उन्होंने उम्र के कारण ओहदेदार के पद से अपने को छुट्टी देने की इल्तिजा की थी। उन्हें रूम देश का राजदूत बनाकर भेजने का हुक्म दिया। समन्दर किनारे की हलचल का जायजा खुद शहंशाह लेना चाहते थे, रूम से सहायता की आशा थी।

सातवें फरमान में अपनी हुकूमत के दुश्मन किजिलबाशों के सारे मालो-असबाब को राजकीय करार देने का था। सारी हुकूमत में मुनादी करवा दी कि फारस से आने वाले किसी को कोई ठौर न दे। उनका गुस्सा था कि मुगलों की वे मदद करते हैं। आठवाँ फरमान सरकारी जेलों के लिए था। जेल में बन्द लोगों की पढ़ाई-लिखाई के लिए मुलले पंडित और गुरु रखे जायें। उन्हें किसी प्रकार की सजा अलग से न दी जाये।

नवाँ फरमान रिश्वत के खिलाफ था। कांगड़ा के एक मुन्सिफ ने रिश्वत लेकर अपना फैसला सुनाया था। शेरशाह ने वादी और गवाहों को दरबार में बुलाया जहाँ

मुन्सिफ की धोखाधड़ी साबित हो गयी। उन्होंने शेख सादी का हवाला दिया कि दुनिया में बड़े गुनाह होने का सबब है कि हम छोटे-छोटे गुनाहों की तरफ से बेपरवाह हो जाते हैं। रिश्वत के लिए सजाये मौत का फरमान जारी किया। मीर सय्यद रफीउद्दीन ने हदीस का हवाला दिया कि यह सजा थोड़ी ज्यादा है। परन्तु शेरशाह ने कहा—हुकूमत धमक से चलती है। ऐसा मेरा मानना है और रियाया तथा ओहदेदार को डरना होगा। मेरी हुकूमत में रिश्वत सबसे बड़ा गुनाह है।

* * *

गंगा सोन गंडक दरिया के आगे पीछे कहीं एक गाँव का जोड़ा था अब जोड़ा का मतलब दो गाँव एक से। नाम भी था करामाती जाफर-काफर। किस्सा यह है कि एक खाली बियाबान में दो ऊँचे-ऊँचे पेड़ खड़े थे। एक पेड़ जायफल के थे जिसे स्थानीय लोग जाफर कहते दूसरा पेड़ काफल का था जिसे काफर कहते। उन दोनों पेड़ का किस्सा भी अजीबोगरीब था। वे पहाड़ों पर होते हैं समतल मैदान में नहीं। तीनों नदी दिशाओं के बर्फानी, रूसी, पथरीली ऊँची-नीची पहाड़-पहाड़ी से उतरती, कूदती-फाँदती अनेकानेक पेड़, पौधे उखाड़ती-पछाड़ती नये जंगल नये सिरे से बसाती रोपती मैदान से गुजरतीं। तीनों नद-नदियों की कृपा से कहीं सुदूर इलाके से बहती आयी पौध आज ऊँचा दरख्त बन कर खड़ा था। जायफल के पेड़ के बाजू में जो गाँव था वह जाफर कहा जाता और काफल की बाजू वाला काफर कहाता। बहुत ज्यादा तो नहीं दोनों पेड़ों में फल आते पर जो आते वे हारी बीमारी के लिए बड़े मुफीद थे। जाफर गाँव में रहते थे अहमद खाँ तेगी जो अमीन थे। काफर गाँव विद्वान पंडितों का गाँव था जिसके मुख्य थे रामदत्त। अहमद खाँ तेगी अमला-कारकुनों के साथ हाथ में नापी का जरीब लिए बड़ी तेजी से इनकी ओर आते जाते दीखते सो पं. रामदत्त ओझा ने इनका नाम तेगी से वेगी रख लिया था। वे कहा करते—"ओ मियाँ तेगी आप तेग मानी तलवार लेकर तो चलते नहीं, जरीब लेकर दौड़ते चलते हैं आपको हम क्यों न मियाँ बेगी कहें? बड़े वेग से जो चलते हैं।"

"जुहार, ओ पंडित जी जो जी चाहे बुलायें लेकिन अपनी पंजी बाँच कर जमीन की सीमा समझावें। नाप का पैमाना बतावें। शाही फरमान है ऊसर और उपजाऊ खेत को अलग-अलग खतियान में बाँटने का।"

"बड़ा सूझ-बूझ का काम है मियाँ, नदियाँ, जंगल और खेत का प्रकार सब अगर खतियान में दर्ज हो जायेगा तो अलग-अलग तरह की मालगुजारी मुकर्रर करने में आसानी हो जायगी।"

"फरमान यह भी है पंडित जी कि जमीन की हैसियत के हिसाब से मालगुजारी ही नहीं, कीमत भी तै कर दी जाये। सड़क और सराय शाही बाग या

तालाब खोदने के लिए किसान से जमीन तयशुदा दर पर खरीद हो; न किसान को नुकसान सहना पड़े न शाही खजाना को।"

"बड़ा नेक विचार है मियाँ; हमारे शहंशाह अक्लमंद हैं। बहुत पढ़े-लिखे इनसान हैं, शिकदारी से अमीरी तक का तजुर्बा है। अभी भी फौज के लिए घोड़ा खुद दागते हैं, फौजी खुद बहाल करते हैं, उनका वेतन तय करते हैं शहंशाह बड़े काबिल इनसान हैं, यही तो सुना है।"

"सही सुना है। हमें भी अपना काम करना है जो आप लोगों के बिना न हो सकेगा।"

"आपकी पूरी सहायता करेंगे बेगी मियाँ। मालगुजारी उपज का ढाई प्रतिशत रखा है न, ताकि सूखा वगैरह विपदा के समय शाही खजाने से फिर किसान को सहायता दी जाये।"

"हाँ पंडित, शाही फरमान आया है कि सभी गाँवों में एक मालगुजार हों जिन्हें सही-सही पता हो कि किस किसान की पैदावार क्या और कितनी हुई, उसी अनुसार मालगुजारी का धन या अन्न उगाहे। तोता चश्म होकर कम या ज्यादा न ले ले। फसल के वक्त ही मालगुजारी से कभी बिलावजह विला वक्त वसूली न करे। सिर्फ जब शाही फौज उसी जगह की हिफाजत के लिए जंगजू हो तब रसद पहुँचाने का जिम्मा किसानों का है। वह इसलिए कि शाही फौज रियाया की हिफाजत के लिए ही तो जंग कर रही होती है। अगर कोई रिश्वत लेता या देता पकड़ा जायेगा तो सख्त सजा मिलेगी।"

"मियाँ यह बिल्कुल सही है लेकिन गाँव के मालगुजार का क्या भरोसा? वह सच्चा है यह कौन कहेगा?"

"सच्चे और नेक इनसान को ही मालगुजार बनाओ पंडित।"

"समाज के लिए भी कुछ सोचा है?"

"बिल्कुल सोचा है। लिखा है कि चूँकि मालगुजार को ही इख्तियार दिया गया है इसलिए उसे ही हुकुम मिला है। सभी गाँवों में मुसलमानों के लिए मस्जिद बनाया जाये जिसके लिए वक्फ की जमीन दी जाये। हिन्दुओं के लिए भी उनकी मर्जी के अनुसार मन्दिर बने जिसके लिए जमीन दान हो। सभी मस्जिद के साथ एक मदरसा होना चाहिए। मस्जिद में मौलवी हो जो कुरान वगैरह अच्छी तरह जाने। हिसाब-किताब भी रखे। वह शाही सदर होगा। हिसाब-किताब को साल में एक बार शाही खजांची से तसदीक कराये। अपने पास ऐसा खतियान रखे जिसमें मुसलमानों का नाम पता, उसके कुनबा में पैदा होने वाले वैध एवं अवैध बच्चों का पूरा विवरण हो। कुरान और धर्म के मूल सिद्धान्तों को सीखने और पढ़ने में किसी तरह का भेद न किया जाये। गरीब-अमीर, छोटा-बड़ा, वैध-अवैध सब को कुरान तथा धर्म का मूलपाठ पढ़ाया जाये। क्योंकि मुहम्मद साहब ने किसी

में भेद नहीं किया।

हिन्दुओं को जो जमीन मन्दिर, विद्यालय और पंडित तथा शिक्षकों को वेतन दिया जाये उसके लिए पाँच व्यक्तियों का एक संगठन बनाया जाये। उनके धर्म में कई सम्प्रदाय हैं जिनका प्रतिनिधित्व हो। वे अपने विद्यार्थियों को ज्ञान, कला कौशल में निपुण बनावें। यदि कोई विद्वान इनसान दुखित हो तो राज्य को अपने दुख की जानकारी दे, राज्य उनकी सहायता के लिए प्रतिबद्ध है। विद्वानों की सेवा ही धर्म तथा सम्प्रदाय की सेवा है।

यह बात किसी से छिपी नहीं रहनी चाहिए कि गाँवों के समूह बनाकर केन्द्रीय बाजार बनाये गये हैं। उन बाजारों के उत्तर, दक्खिन पूरब-पच्छिम के पाँच कोस के गाँवों की शासन व्यवस्था वहीं से होगी। शिकदारों को चाहिए कि वे मुखिया की मदद से गाँवों के लिए दो संरक्षक नियुक्त करें। उन्हें यह जानकारी दें कि गाँवों के अमन चैन की जिम्मेवारी उन्हीं की है, गाँव वालों का काम है उन दो कारकुनों के वेतन का इन्तजाम वे ही करें। वे दो कारकुन, केन्द्रीय शासन को सभी घटना की खबर दें जैसे वर्षा की स्थिति, अमनचैन, लड़ाई, परदेसियों का आना जाना। सभी गाँवों में एक कलमनवीस होगा जो मुंशी होगा। वही जमीन, रक्बा, सीमा, उसका मालिकाना हक और मालगुजारी की किताब बनाकर पंजीबद्ध करता रहे। शाही खजाने को धन तथा जन की इतिल्ला करता रहे। सभी गाँवों में नाजिम होता है जो उस गाँव का मुहासिल कहलाता है। किसी गाँव या गाँव समूह के मुहासिल की अमल-मंदी पर उसके गाँव की उन्नति टिकी है।"

"यह बड़ा लम्बा और उपयोगी फरमान है मियाँ बेगी।"

"हाँ पंडित, ग्यारहवाँ फरमान तो हमारे आपके समान घुमन्तू के लिए ही है।"

"क्या है भइये, जरा सुनाओ तो।"

"सब कुछ मैं क्यों सुनाऊँ?"

"फारसी मैं थोड़े ही जानता हूँ?"

"यह लो हिन्दी में भी है, तुम्हीं पढ़कर सुनाओ मेरे तो कल्ले ऐंठ गये पढ़ते-पढ़ते और तुम हो कि मजे ले रहे हो।"

"रहे न तुम जाफर गाँव के कड़वे इनसान!"

"काफर गाँव के मीठे इनसान हो; अब हिन्दी में लिखा फरमान पढ़कर सुनाओ।"

"देखो पंडित, क्रिस्तान की न हुकूमत है यहाँ न वे ऐसा करते दिखाई पड़ते हैं लेकिन गाँव-गाँव में हकीम बन कर घूम रहे हैं। उनका मजहब हम दोनों के मजहब के खिलाफ है। उनका सब कुछ हमारे उलट है, हम दोनों मजहब जिन चीजों को हराम समझते हैं, जिससे तौबा करते हैं वे नहीं करते। हमारे बादशाह ठहरे सौ फीसद सच्चे मुसलमान। जंग के अलावे वे किसी और मजहब को

तकलीफ नहीं पहुँचाते खुद भी हदीस का पालन करते हैं और यहाँ के हिन्दुओं को भी करने देते हैं।"

"यह फरमान सचमुच बड़े महत्व का है मियाँ, जुग-जुग जियें बादशाह।"

गाँव-गाँव के पंडित और मुल्ला ऐसे फरमानों को फारसी और हिन्दी में पढ़कर इसी प्रकार के विचार प्रकट कर रहे थे।

"तो लो सुनो-यह सड़कों की मरम्मत करने वाले अध्यक्षों के नाम है। उन्हें चाहिए कि वे सड़क बनाते वक्त दोनों ओर, खिरनी, नाशपाती, आम, अमरूद के पेड़ लगवायें। उचित दूरी पर सराय बनवायें जहाँ सुविधा के साधन हों ताकि यात्रियों को किसी तरह की कठिनाई का सामना न करना पड़े।"-पंडित ने पढ़कर बेगी मियाँ को देखा।

"है न अपने लायक? हमें अक्सर सफर पर रहना होता है। क्या नायाब सोच है शहंशाह की।"

"मेरी तो आँखें भर आयीं मियाँ यह सुलतान सम्राट अशोक की तरह सोचता ही नहीं बरतता भी है। भगवान इसे लम्बी आयु दे।"-अपनी आँखें पोंछते पंडित रामदत्त ने भर्राये गले से कहा।

"अल्लाह करे।"

"बारहवाँ फरमान तो सुनो मियाँ। अंग प्रदेश के एक गाँव में लुटेरों का बड़ा प्रकोप है वहाँ अमीर उमरा लुट गये तो गाँव के नाजिर को जुर्माना भरना पड़ा और नौकरी भी गँवानी पड़ी।"

"ठीक ही तो है पंडित, उसी की लापरवाही से लुटेरों को शह मिली।"

"सच कहा तुमने।"

"शहरों से ज्यादा दूर-दराज के गाँवों के मठ-मन्दिर, मस्जिद खानकाहों के लिए भी फरमान है कि हजरत मुहम्मद की शरीयत के पवित्र मजहब के लोग किसी नुमाइन्दे के बहकावे में आकर दूसरे मजहब में न जायें यही बात हिन्दू उलेमा अपने मजहब के लिए कर सकते हैं। यह है तेरहवाँ फरमान।"

"समझा नहीं मियाँ बेगी; अभी तक तो जैसे तैसे, अपने शासन के बल पर मुसलमान बनाये जाते, लोभ लालच से भी बनाये जाते। इसका क्या मतलब है, कभी मुसलमान हिन्दू बनते हैं? या हिन्दू उन्हें अपनी ओर करते हैं?"

"मुझे यह हिन्दू मुसलमान का मसला नहीं जान पड़ता। यह तो क्रिस्तान लोगों के बारे में कहा गया है। वे ही दोनों मजहब के लोगों को बहका रहे हैं।"

"यह सही कहा तुमने। उसी को रोकने का फरमान है, मैं समझ गया"

"उन लोगों को रोकने का फरमान है। ऐसे प्रचारक लोगों को सजा देने की तजबीज की गयी है।"

"तुम कहते हो मियाँ कि खल्क खुदा का मुल्क बादशाह का।"

"मैं क्या तुम नहीं कहते हो?"

"कहता हूँ मियाँ, तो मुल्क जिसका उसका फरमान चलेगा हाँ रियाया जो जिद पर अड़ गयी तो उसे कौन रोक सकेगा। बादशाह अपनी सभी रियाया को कत्लेआम कर अकेली तख्तनशीं होकर क्या करेंगे किस पर वे हुकूमत करेंगे? सो मुल्क की नब्ज पहचानना उनका काम है।"

"नब्ज पहचान कर फरमान निकालने वाले तो हैं बादशाह।"

"ठीक कहा, उनको पता चल गया कि कोई नया मजहब जो इस जमीन पर पहले नहीं था वह फैलने के लिए अपने पर फैला रहा है। शायद कोई निशान तक न था।"

* * *

शेरशाह के पचीस साल से जो मित्र सखा एवं मार्गदर्शक सरीखे थे हसन अली खाँ उनके ही कहे के अनुसार पूरे हिन्दोस्तान के सूबों में फारसी के साथ साथ उनकी जुबान और लिपि में फरमान भेजे गये। हसन अली खाँ के अपार ज्ञान; बुद्धि और सोच के कारण या उनके एक सिकदार से सूबेदार और सूबेदार से बादशाह बनने के सफर में दिन-रात साथ देने के कारण शेरशाह ने 'आसमान शिकोह' की उपाधि दी। सीकरा परगना भी उनको दे दिया गया। दरबार में उनका ऊँचा आसन लगता। दरबार के बाद खानगी गपशप में शेरशाह उन्हें बाबा कहकर आदर देते।

शहंशाह की नजर तो पहले से ही थी लेकिन अब उन्हें यह पक्का पता चल गया कि मुल्लाओं मसलन मुल्ला अब्दुल्ला सुल्तानपुरी सरीखे दरबारी हुमायूँ के खैरख्वाह हैं। उनका न सिर्फ दिल टूट गया कि दिलजोई करने वाले ऊँचे आसन पर बैठने वाले जब इनकी सल्तनत के खिलाफ हैं तो रियाया को, फौज को कितना नुकसान पहुँचाया होगा। हुमायूँ के पास क्या-क्या खबरें पहुँचाई गयी होंगी। दरबार में कुछ भी ऐलान करने से पहले उन्होंने हसन अली साहेब से पूछना मुनासिब समझा-"हसन बाबा मैं क्या करूँ, इन मुल्लाओं के कारनामे से मेरे दिल के टुकड़े-टुकड़े हो गये हैं, ये मजहब के शेखों में से एक हैं, इनकी बनावटी पाकीजगी ने दुनियावी इनसानों को अपने जाल में ले रखा है, मेरा दिल चाहता है कि इन्हें चौरस्ते पर फाँसी चढ़ाकर सुकून पाऊँ।"

"आपको मालुमात हैं कि इस मुल्ले ने यह काम खिलजी और तुगलक अमीरों के इशारे पर किया है। तुगलक और खिलजी सूबेदार हुमायूँ की फौज बुलवाकर आपको ललकारना चाहते थे, सल्तनत की भूख है उन्हें। उनकी उड़ान ऊँची थी, वह यह कि हुमायूँ से सहायता लेकर आपको दरबदर किया जाये फिर

वे हुमायूँ को भी खुरासान का रास्ता दिखा देते।"

"देखिये बाबा, क्या ये बख्शने लायक हैं?"

"तुगलक के सिपाही ने आपके पास आकर सब कुछ कहा आपने जंग लड़कर उन्हें पूरी तरह उखाड़ फेंका। यह असली भेदिया मुल्ला भी पकड़ में आ ही गया।"

कहकर हसन अली खाँ आसमान शिकोह हँस पड़े। उनके चेहरे पर तनाव उन्हें रास न आया। शेरशाह भी हँस पड़े।

"बाबा, इतनी बड़ी साजिश के मसाएल को आप हँसकर टाल रहे हैं? मेरा दिल जल रहा है। अरे तुगलक और खिलजी को हमने सबक सिखा दिया लेकिन इसको सूली पर चढ़ाये बिना सुकून न होगा।"

"साजिश तो थी, हुकूमत कर रहे हैं, हुमायूँ सरहद पार बैठकर फौज जमा कर रहा है। यह दो बादशाहों का मसला है। खिलजी और तुगलक अपनी पारी गँवा चुके। उनके छँटे गुर्गे बचे थे वे भी गये। निहायत मूरख थे जो सोचा कि एक शहंशाह को दूसरे शहंशाह से लड़वाकर धत्ता बता देंगे और खुद सुलतान बन बैठेंगे। दिल्ली सल्तनत की याद उन्हें कहाँ सुकून से बैठने देती है। उनको इस मुल्ले ने नहीं उसने इसे जाल में फँसाया, यह बेवकूफ फँस भी गया।"

"दोनों मसले एक हैं बाबा।"

"हाफिज के हरूफों को याद करें सुलतान, पढ़े-लिखे, हदीस और कुराने पाक के जानकार को अच्छी तकरीर से अपनी ओर किया जा सकता है, उसे आप यह समझा सकते हैं कि उसने कितना गलत किया और आप चाहें तो उसे सूली पर टाँग सकते हैं लेकिन उनकी अकलियत की कद्र की। वे शर्मिन्दा होकर मरे के समान हो जायेंगे और आपके मुरीद हो जायेंगे। सूली पर चढ़ाकर नाहक अपने आप को ही तकलीफजदा करेंगे सुलतान!"—शेरशाह ने बड़े अदब से उन्हें आदाब किया और कहा—"आपने इनसानी फितरत को कितनी अच्छी तरह समझाया बाबा। अब मेरे मन में कोई मैल नहीं है। वह मुल्ला दरहकीकत भागा हुआ है। उसे वैसे ही रहने देते हैं।"

"आपने सही फरमाया।"—कहा हसन अली ने।

* * *

खबास खाँ और राजा टोडरमल की निगहबानी से रोहतासगढ़ का किला बन रहा था। ऊँची पहाड़ी को समतल किया गया फिर पत्थर के बराबर छँटे टुकड़ों से नींव की स्थापना की गयी। पूरी मशक्कत से मजदूर पत्थर काटते छाँटते और जमाते। चूँकि पहाड़ी ऊँची थी और खड़ी थी सीधी। डगर बनाने में ही काफी

समय निकल गया। खबास खाँ को जंग से जब थोड़ी-सी फुरसत होती कि किले का काम देखने दौड़ पड़ते। टोडरमल शुरुआती दौर में लगातार बने रहते। जब किले की ऊँचाई वाले नींव के पत्थर जमाने का वक्त आया तो खड़ी चढ़ाई पर सीढ़ियों की जरूरत महसूस हुई। यह काम करने के लिए मजदूरों की भारी किल्लत हो गयी थी। ज्याद से ज्यादा जवान फौज में प्यादे, दर्जी, मशालची, तम्बू वाले बनना पसन्द करते। सुलतान के बेइन्तहा शौक पर ऐसा किला और गढ़ बनाया जाये जो कयामत तक खड़ा रहे। वही सबब था कि टोडरमल ने ऐलान कर दिया सीढ़ियों के एक पत्थर काटकर जो जमा देगा उसे एक सोने की अशर्फी मिलेगी, खालिस सोने की। सोने की अशर्फी के लालच में मजदूरों का हुजूम जुट गया। सीढ़ियाँ आनन फानन में तैयार हो गयीं, नींव पड़ गयी। मजदूर कुछ ज्यादा ही जुट गये। धीरे-धीरे मजदूरी की दर कम होने लगी। टोडरमल ने कहा कि अब तो उतनी मिहनत है नहीं। रोहतासगढ़ जिस बियाबान पहाड़ी पर बन रहा था वहाँ कहीं नजदीक में कोई गाँव नहीं था। अब मजदूरों की बस्ती बन गयी। पत्तों मिट्टियों और खरपतवारों से छाई झोपंड़ियाँ अब गुलज़ार हो गयी। एक पूरा साल बीत गया। जीतू, बिल्लू सरीखे कम उम्र कोमल किशोर खुरदरे युवक बन गये थे। पत्थरों के साथ काम करते खुरदुरे युवक।

"बिल्लू, आज रात जिज्जी का सपना देखा है।"-जीतू ने कहा

"क्या देखा सपना? बता तो सही।"

"वह टेढ़े पाकड़ के पास आकर हमारी राह तक रही है।"

"अकेली है या और कोई यार!"

"अकेली दीखी।"

"मैंने तो समझा वो राजकुमारी होगी, तेरी राह तकती।"

"नहीं रे।"

"हाय रे"-बिल्लू ने आहें भरीं।

"अभी बताता हूँ"-कंकड़ फेंककर मारा जीतू ने, बिल्लू छिटक गया।

"यार जीतू, बिल्लू कुछ गलत तो नहीं कहता, गुलाब भी तो राह तकती होगी।"

एक साथी युवक ने कहा।

"सारा गाँव, पूरा बासा तकता होगा, तो क्या?"

"उसका तकना खास होगा।"

"अरे यार, वो छोटी-सी बच्ची क्यों उसके बारे में उल्टी सीधी बकता है?"

"छोटी बच्ची तेरी लुगाई है हम सबकी प्यारी भाभी, पराई थोड़ी न है, सपने में तुझे देखती होगी तो हम भी तो साथ में पत्थर तोड़ते नजर आते होंगे। हाय मैं मर गया।"-साथी ने कूट किया।

"बिल्लू, अरे रहने दे यार ये बड़ा लालची है। खुद उसे देखकर मन ही मन मुस्कायेगा। हमें हवा नहीं लगने देगा।"

"एक बात तय है, बासा पर जाते ही तुम लोगों का हालेदिल बयाँ करने वाले हैं कहेंगे कि शादी और सगाई साथ ही कर दो। बड़े उतावले हैं ये।"–जीतू था।

"बोलना न दोस्त, हमारी भी छनेगी।"–बिल्लू ने कहा।

"अपनी सी सुथरी हो तो बता।"–दूसरे जो कहा।

"दूसरी राजकुमारी कहाँ से आयेगी।"

"भूल क्यों नहीं जाता, जिज्जी ने कितनी बार कहा है उसके सामने न कहो"

"वो तो यहाँ है नहीं।"

"आदत रहेगी तो उसके सामने बोल देगा।"

"नहीं यार मैं तो उससे खुद बचता हूँ। वही भाई जी कहते लिपटी रहती है।"

"तेरी बहनों की सहेली है न!"

"जो भी हो, मेरी लुगाई भी तो...।" बोल कर चुप हो गया।

"क्या बकता है सालो...।"–साथी ने कहा।

"आहें भरता हूँ।" कनखियों से जीतू को देखा। जीतू अपने दुख में डूबा रहा। बिल्लू ने उसे एकदिन कहा था कि तू जरूर किसी राजपूत की औलाद है जो जिज्जी ने राजकुमारी से तेरी सगाई की। तब से वह ज्यादा चुप रहता। खाली समय में थोड़ा बहुत गाना बजाना फिर थक कर सो जाना यही काम था। पर दिमाग था कि एक पहर भी नहीं सोता। वह यही सोचता कि क्या ऐसा सच है? वह किस राजा का वंशज है और किसने उसका काम तमाम किया? यह एक मामूली बनजारा है जो उनकी मजूरी करता है जिसने इसे लावारिस किया। सबसे उम्रदराज यहाँ बन्ते खाँ है। इसे ही पूछना चाहिए, सोचा।

"बन्ते खाँ दादा, एक बात पूछूँ जवाब दोगे?"–जीतू ने पूछा।

"जानता हूँ तो जरूर जवाब दूँगा।"–बन्ते खाँ अक्सर चिलम चढ़ाये रहता।

"मुझे जानना है कि हम सब एक ही कबीले के ठहरे तब क्यों मैं जीतू राय और तुम बन्ते खाँ हो?"

"ठीक से नहीं मालूम, मैं बीवी माजू का बेटा हूँ तू नैना का है बस।"–एक जोरदार सुट्टा लगाया बन्ते खाँ ने।

"हमें पढ़ने के लिए मन्दिर वाली पाठशाला में डाला था तूने कहाँ पढ़ा?"

"कहीं नहीं।"

"क्यों?"

"माजू बीवी को मिस्सी महावर से फुरसत होती तो वो मेरे को कहीं डालती न।"

"ऐसा क्यों?"

"ऐसा ही है जीतू, मुझे बासा में लावारिस छोड़ती खुद बेगमों बीवियों के मिस्सी लगाने महावर रचाने चली जाती। नैना बाई की तरह सिलाई के घाघरे लाकर बासा में बैठकर नहीं घर देखती।"

"तू करतब तो अच्छा दिखाता है खाँ दादा।"

"वो तो है। पर तू ठीक कहता है हमारे नाम अलग क्यों हैं? मैं जानता।"

"क्या जानते हो दादा?"

"सुन कान पास ला कोई सुन लेगा।"–भेदभरी बोली में बोला बन्ते खाँ

"अरे यहाँ कोई नहीं, बता।"–जीतू करीब आ गया।

"तू रणथम्बोर के राजा का सगा है मुगल बादशाह बाबर की सरपरस्ती में महमूद खाँ ने उसे हराया था। राजा की रानियों ने जौहर कर लिया था जौहर मालूम?"–बन्ते खाँ ने धीमी आवाज में कहा।

"ओहो।"

"छोकरियों को नाचनेवालियों को दे दिया, छोकरों को हिजड़ा बनाने दे दिया। तू तकदीर वाला है कि भली औरत नैना के हाथों पड़ा। हाँ।"–वह चुप हो गया, चुपचाप चिलम पीने लगा। जीतू के दिमाग का जाला साफ हो गया शायद यही कारण है कि रायसेन की राजकुमारी गुलाब कुँअर का हाथ मेरे हाथों में देने की जरूरत समझी नैना जिज्जी ने। पर ये खाँ लोग जो कुनबे में हैं वे कहाँ से आये?

"दादा तू किसकी औलाद है यार?"

"मैं? किसी की नहीं।"–नशे में था वह।

"किसी की तो होगा?"–उसे हिलाने लगा जीतू।

"कहा न माजू बीवी का।"

"तो माजू कहाँ से आ गयी?"

"होगी किसी फन्ने खाँ की औलाद मुझे नहीं पता।"–वह सो गया।

"हो गयी तेरी गुफ्तगू।"–बिल्लू कहीं से आ धमका। वह हँस रहा था

"यह तो ढेर हो गया।"–जीतू भी हँसने लगा।

"साले का हाथ काँपने लगा है। चिलम का असर होने लगा है।"

"बड़ा बेचैन इनसान है, क्यों?"

"पता नहीं, सुना जिस गुंजा बनजारिन से इसकी सगाई हुई थी वह किसी और के साथ चली गयी।"

"वो कौन थी यार, मैंने नहीं देखी।"

"देखी तो मैंने भी नहीं। अम्मा बताती है। मैं जनम से यहाँ हूँ तू तो आया है, तू क्या देखेगा।"

"मैं कब आया मुझे याद भी नहीं। जनम से ही तो हुआ।"

"हुआ तो, पर मैं हूँ सुच्चा बनजारा।"–उसने अपनी छाती फुलाई।

"मुझे नहीं पता। तू नहीं तो तेरे बाप-दादे, तेरी दादी, अम्मा कोई तो किसी राजे महराजे की औलाद होंगे।"

"होंगे। हजार साल पहले कोई क्या था कौन जानता है।"

"कोई नहीं, सब एक हैं करतब करने वाले नाचने वाले। इबादत करने वाले, रोजे रखने वाले और माँ काली का नाम लेने वाले।"

"सच कहता है, गणगौर पर हमारी औरतें गाने बजाने जाती हैं, जचगी में शादी ब्याह में जाती हैं। लगन-सगुन न रहा तो मेले ठेले में सब मिल जुलकर ही तो जाते हैं।"

"अबे इत्ती माथापच्ची क्या है जीने के लिए जो चाहे करो। डर तो किसी का न रहा। डरे वो जो तखत पर बैठा है जिनके महल दुमहले हैं जिनके किले हैं जो मातबर हैं; हमारा क्या धरती बिछौना आसमान ओढ़ना। जादे बिटर-बिटर ना कर, सो जा हमें भी सोने दे।" पीनक से अचानक जगकर एकबारगी बोल उठा बन्ते खाँ। छोकरों ने एक दूसरे की ओर देखा और सोने का इशारा किया वरना यह बन्ते खाँ पत्थर मारने लगेगा।

* * *

उधर बनजारों की टोली रोहतासगढ़ के किले की ओर आने को उतावली हो रही थी। सवासाल भर हो गया था कोई छोकरा नहीं लौटा था। लौटेंगे तो सारे साथ ही। काम लम्बा था। पच्चीस साल लगेंगे, वहाँ से छोड़ते न बनता होगा। इन्होंने भी रास्तों की जानकारी लेनी शुरू की और दिल्ली की ओर चल पड़े। दिल्ली से सीधा रास्ता है पंजाब का उसके बाद बालनाथ पहाड़ी का। जगह-जगह पड़ाव डालते चले जा रहे थे। मेले ठेले में हफ्ते दो हफ्ते रूकते चलते। नाच गाना करतब भांजी दिखला कर आगे बढ़ते। उनका कुनबा राजपुताना पार करते समय रास्ता भटक गया। वे दिल्ली न आकर आगरे पहुँच गये। आगरे के बाजार और इमारतों को देख वे चकाचौंध में आ गये। किले की दीवारों पर चित्रकारी की गयी थी मानो ताजी ताजी। चित्रकारी में जंग ही जंग था, फौज ही फौज थी सामने जिरह बख्तर समेत बड़ा-सा चित्र था सुलतान बहादुर का; लोगबाग खड़े होकर देखने लगे। गुलाब उस चित्र को देखते ही रोने लगी, औरतों ने देखा। सभी बनजारिने फुसफुसाई "शायद काल को पहचान गयी है।"

“तू क्यों रो रही है बिटियाँ।”–एक बनजारिन ने पूछा।

“ये चचा हैं, इन्होंने मुझे बचाया, गोद लिया। ये कहाँ हैं?”

“हाय, बातें सुनकर कलेजा चाक हुआ जाता है।” एक बनजारिन ने कहा।

“जंगी फौजी हैं बिटिया, होंगे कहीं।”–किसी ने कहा।

“यहाँ इनकी इत्ती बड़ी तस्वीर क्यों लगी है, यह इन्हीं की हवेली है क्या?”

“नहीं बेटा...चल चल झूले का वक्त है, बिल्लू के बापू ने टिकटी खड़ी कर ली होगी। टिकटी पर जमाने वाला झूला हमारे पास है, चल।”

बिल्लू की अम्मा ने उसका हाथ पकड़ा और आगे बढ़ गयी। औरतों ने विचार किया क्यों न इस छोकरी को सच बता दें। फिर सोचा थोड़ी बड़ी हो जावे। अभी तो बहुत बच्ची है, मगज पर असर करेगा। यही सही समझा गया। आगरे में पूरी बरसात काट ली। आगरे से बिरदावन भी हो आये। ये बरसाने है राधा जी का घर ये, गोकुलधाम है नन्दबाबा का गाम और ये है बाबड़ी जिसमें यमुना का जल उछल आया था कृशन कन्हैया ने नागनथैया किया था। ये है गोवर्धन पहाड़ जिसे एक उँगली पर उठा लिया था। कैसा चमत्कार था।

“आओ प्रभु करो चमत्कार हमारे दिन भी फिरें।”–एक बनजारिन ने कहा

“कौर बनाकर भगवान मुँह में नहीं टपकाते। वह तो अपने किये होगा।”

“चमत्कार तभी करता है जब हम भी कुछ करें। बैठे-ठालों की नहीं करता।” दूसरी बनजारिन ने बात बढ़ाई।

“कौन जाने इस किसना की कब नहीं सुनी कि हमें रेता पर डाल रखा है।” बनजारिनें आहें भरने लगतीं।

“हमें तो जो करने कहा गया वही करती हूँ। जो सिखाया गया बस। हमारे साथ भी आ खड़ा हो बंसरी वाला तो करूँ कुछ। क्या जी?” नैना ने कहा।

“कोई तकलीफ है क्या?” बन्ते खाँ की अम्मा ने अपनी मिस्सी वाली दाँत पीसते हुए कहा।

“नहीं अम्मा।”

“तो चुप रहा कर।”

“कुछ दिन और ठहर लें हम। यहाँ शाही हरमों में काम करने वाली बाँदियाँ, खातून शौकीन होती हैं, मिस्सी लगवाती हैं, मिस्सी बनाना और रँगवाना सीखती हैं। महावर के अलग-अलग तरीके लेती हैं हमसे।”

“वाह तब तो वाकई अच्छी कमाई हो जायगी। हवेली वाली बाइयाँ इनाम इकराम भी देती हैं।”

“मेरी बुआ जिस कबीले में ब्याही गयी वे बनजारे शहद उतारते हैं, कत्थे तैयार कर देते हैं, चिरौंजी और कुसुम की पत्तियाँ भी मुहय्या कराती हैं।”

"जभी तो सबसे भारी गहने वे ही पहनते हैं। बनजारिने नाक में सोने की लौंग यूँ ही थोड़ी डाले चलती हैं?"—नैना ने कहा। सबों का मन आगरे मथुरा में रम गया था। लकदक बाजार था, कपड़ों का, बरतन का, अनाज की मंडी। सब्जी और बकरी बाजार। सब इकट्ठे। परकोटों की दीवारें इतनी ऊँची कि कंगूरे ताको तो सर से चूनर गिरकर धरती धर लेती है। जी उकताता नहीं कभी। यमुना नदी में खिलवाड़ करने में भी तो अच्छा लगता। इनके डेरे यमुना किनारे ही तो लगे थे। छह महीने लग गये, इन्हें यहाँ से बालनाथ पहाड़ी की तलहटी तक पहुँचते-पहुँचते। पहुँचकर अचरज में इन्हें पड़ना ही था, पड़ गये।

"इत्ता बड़ा किला? ये तो साक्षात राच्छस ने बनाया होगा।"—एक बनजारिन ने कहा।

"मौसी क्या कह रही है इसे अभी अपने कुनबे वाले और बाकी सैयद कारीगर खड़ा ही कर रहे हैं, अभी बना कहाँ है कि फतवा दें।"

"अरी तो नींव ऐसी रखी है जो इनसानी नहीं लगती।"

"सो तो है।"—बनजारों ने अपने तम्बू गाड़ लिए। अपने-अपने तम्बुओं की सीमायें तय कर लीं। एक पूरा गाँव बस गया। काम पर से लौटे लड़कों ने देखा तो दौड़ पड़े। अपनी ही टोली है। इन्हें लगा कि इस पहाड़ी तलहटी में ही जन्नत है। इनके खानपान की सुविधा हो गयी। टके पैसे सुरक्षित हो गये। काम करना बोझ नहीं रह गया। वे दुगुने उत्साह से जुट गये। खजांची, ओहदेदार, अमीर वगैरह इनके कला कौशल के मुरीद हो गये। बनजारिनों की कढ़ाई बुनाई वाली वस्तुएँ खरीदने लगे। जड़ी बूटियों की दवायें, मिस्सी महावर बरते जाने लगे। तम्बू जहाँ लगे थे वहाँ के आस-पास के गाँवों में इनका जाना-आना लगा रहता। करतब दिखाना, नाचना-गाना यही काम था इनका, जो बखूबी करते।

गुलाब कुँअर शीशे की कढ़ाई में, सुनहरे कलाबत्तू के फूल निखारने में सिद्धहस्त हो गयी थी। उसके काम में कोई झोल न था क्योंकि वह एकाग्र चित्त होकर काम में लगती। उसकी हमउम्र सहेलियाँ सुन्दर नाच करती, रस्सियों पर चलने का अभ्यास करतीं, गाने गातीं यह नहीं कर पाती। गाने तो सुनसुन कर सीख गयी थी पर हौले-हौले दिल ही दिल में गाती। क्योंकि उसे जोर से गाता सुन डपट देती बुआ। अब बड़ी हो रही थी गुलाब कुँअर उसे अटपटा लगता। पहले उसकी सहेलियाँ उसे यह समझातीं कि तू अब किसी की मंगेतर है न इसलिए नाच नहीं सकती। लेकिन अब वह इस पर सोचने लगी है कि मंगेतर भी तो मैं बनजारे की ही हूँ वह भी करतब दिखाता है, गाने गाता है, डफ बजाता है, कौन-सी बाहर की हूँ। कभी-कभी भूलते समय की कोख से एक याद कौंध जाती है कि वह किसी जंगी हुजूम में फँस गयी थी। एक इनसान ने इसे उस भीड़ से निकाला और आँसू पोंछे। कौन था वह? वही जिसे आगरे में

किले की दीवारों पर तलवार उठाये देखा है? उस नेक दिल इनसान को बासे वाले नहीं पहचानते।

नैना बनजारिन जब तक आगरे में थी उसका दिल धड़कता था। उसने एक टोली को अलग किया और पन्द्रह दिनों के लिए बिनदराबन घूम आयी। कृष्ण कृष्ण कर आगरे से निकली। दिल्ली के किनारे-किनारे पंजाब की ओर घूमी और इस स्थान पर आकर जम गयी। यहाँ का दाना-पानी खासा है। बनजारे मजदूरों का काम में हाथ बैठ गया था। पूरब-पच्छिम से ढेरो कारीगर आये थे। कारीगरों का गाँव बस गया था। बनजारों की टोलियों की बन आयी थी। ऐसे में दो साल कब गुजर गये किसी को पता न चला। इन दो सालों में किले की ऊँची और अभेद्य दीवार तो तैयार हो गयी। खुरदुरा है उसका बाहरी भाग; कंगूरा बनाया गया है काँटेदार, अन्दर पत्थरों को तराश कर चिकना बनाया गया है और एक-एक पूरे पत्थरों को काट कर आकृतियाँ बनायी गयीं। अन्दर की इमारत पर काम चल रहा था। हवेलियाँ, कोठरियाँ, दरबारेखास, सहन, विशाल मैदान अभी जमाये जा रहे थे। अन्दर जोहड़ तालाब और पानी का इन्तजाम हुआ। बड़े-बड़े सार्वजनिक हमाम बनाये गये। सुलतान के महल को सबसे ज्यादा सुरक्षित और सुकूनभरा बनाने के लिए दुहरी दीवारें चिनी गयीं उसके अन्दर कुएँ से जोड़कर परनाले बनाये गये जिसमें भरे पानी महल को गरमियों में ठंडा रखते। ये सारे काम अभी शुरू ही हुए थे। हम्माम बनाने के लिए जौनपुर से खास कारीगर मँगाये गये थे। लकड़ी के विशाल दरवाजों के लिए पीतल के काँटे, मूर्त्ति की मानिन्द बनाकर चस्पाँ किया जा रहा था। खिड़कियों के तख्ते महीन कारीगरी और रंगीन पत्थरों की पच्चीकारी से लैस थे। किले की अन्दरूनी दीवार पर आले बनाये गये थे। चारों कोनों पर सुरक्षा के लिए बैठने सोने वाले सिपाहियों को असुविधा न हो सो उसे तफ्सील से बनाया गया। नौबतखाने भी किले के अनुरूप बने थे शानदार।

* * *

रेत का मंजर लाँघती, झकाझक नगरों को निहारती, शफ्फाक पानीदार दरियाव के कछार छोड़ती नीला दरिया जो कहीं-कहीं सिन्ध कहलाती के छोर तक पहुँची बनजारों की टोली अब घने जंगलात के कोर पर आन बसी है। यहाँ चूल्हे में जलाने की लकड़ियाँ सहज मिल जातीं, पत्ते जोड़कर खाने की थाली कटोरी बनाने का जो हुनर इनके पास था उसका पूरा इन्तजाम था। छोकरियों ने चन्द पेड़ों पर झूले भी लगा रखे थे। पींगें भरतीं और अपने हुनर भी साधतीं। पानी की बहुतायत ने इनकी ढेर सारी मुश्किलें आसान कर दी थीं। गुलाब कुँअर दो साल में लम्बी निकल आयी थी। सर पर ओढ़नी रख लेती तो और बड़ी दिखती। अभी तक बालिका ही थी फिर भी निखर गयी थी। नैना बनजारिन सुच्चे तिल

के तेल से उसके बाल सँवारती। लम्बी-मोटी नागिन सी लहराती चोटी, खुद के बनाये लाल-पीले-हरे-गुलाबी फुदने वाले नारे बाँध कर छोड़ देती। कानों में चाँदी के झुमके, नाक में लौंग और हाथों में चौड़े चूड़े पहना कर रखती। उछल-कूद का, करतब का काम कभी इसे करने न दिया, नाच-घूमर सीखने न दिया, सिर्फ साग भाजी बनाना, टिक्कड़ सेंक लेना और सिलाई-कढ़ाई का हुनर दिया। तम्बू तानने सभी बनजारे जुट गये। अपने-अपने बासे घेर लिए। जीतू जब अपनी नैना जिज्जी का तम्बू गाड़ रहा था तो दोनों की आँखें लड़ीं। जीतू अधिक गबरू जवान निकल आया था और गुलाब थी पंखुड़ी सी कोमल। जीतू की नजर अटक गयी गुलाब के चेहरे पर। उसने आँखें नीचे कर लीं। दस साल की गुलाब के मन में थोड़ी हलचल मची कि इसी से मेरा लगन होगा। नैना की निगहबानी थी। उसने जीतू को बरजा–"काम कर, क्या दीदे फाड़कर घूर रहा है। तेरी है, तेरी ही रहेगी।"–जीतू शरमा गया। तम्बू गाड़ने के बाद कुछ फूल पत्तियों के पौधे भी रोप गया। खाने के वक्त जब कभी जीतू की आँखे चार होती, गुलाब के हाथों से कलछी छूट जाती, टिक्कड़ उतारते वक्त हाथ जल जाते। जीतू भी काम के वक्त गुलाब को याद करता तो कुछ न कुछ अटपटा जरूर घट जाता।

"देख रहा हूँ तेरा मन काम में नहीं लगता, तू उचक-उचक कर उसी ओर देखता है जिधर झूले पड़े हैं।"–एक दिन गुल्लो ने तंज कसा।

"तुझे कैसे मालूम साले, तू भी उधर ही झाँकता है क्या?"–दूसरे साथी ने कहा।

"यह गुलबानो की ओढ़नी का रंग देखता है।"–तीसरे ने कहा।

"क्या है? गुलबानो का नाम किसने लिया?"–बन्ते खाँ ने आज कम चिलम चढ़ाया सो पूछ बैठा।

"अरे दादा, ये बता रहे हैं कि छोकरियाँ झूले झूल रही हैं और हम यहाँ पत्थर कूट रहे हैं।"–दूसरे साथी ने कहा।

"झूलने दे झूले। जब से आयी हैं हमें अपने हाथ तो नहीं जलाने पड़ते मजे का भरपेट खाना तो मिलता है।"–बन्ते खाँ ने कहा।

"सो तो है दादा पर चिलम में कमी आ गयी।"

"वो तो आयेगी ही, गुलबानो ने तय कर रखा है कि एक रात को खाने के बाद एक सुबह हाजत के पहले बस!"–हँस पड़ा बन्ते खाँ।

"दादा, गुलबानो अब सयानी हुई लगन नहीं करोगे?"

"हो तो गयी। बनजारों की कुछ टोलियाँ आयी तो हैं, देखूँ कोई रिश्ता लेकर आता है क्या?"

"क्यों, हममें से नहीं पसन्द है कोई?"–तीसरे ने कहा। बन्ते खाँ ने हाथ में पकड़ा हुआ पत्थर का टुकड़ा उसकी ओर उछाल दिया। वह चौकन्ना था

सो हठ गया, थोड़ी दूर पर काम करता बिल्लू के जा लगा। पत्थर नुकीला था, माथा फूट गया। खून बहने लगा। सभी काम छोड़कर दौड़े। एक ने अपने गमछे से कसकर बाँध दिया। बन्ते खाँ शर्म से गड़ गया। दौड़कर पास आया–"ओह यह क्या हो गया? उस कुटका हरामी के बदले इसे लग गया।" मुंशी से पूछकर बिल्लू और बन्ते बासा पर आ गये। गेंदे की पत्तियों को कुचलकर चिपका दिया। खून रिसना पूरी तरह बन्द हो गया। गुलबानो ने काढ़ा बनाकर पिलाया। गुलबानो पन्द्रह-सोलह साल की भरी पूरी जवान औरत निकल आयी थी। वह बिल्लू की बहन गुंजा की खास सहेली थी। दोनों साथ ही घूमर नाचतीं तब समा बँध जाता। बिल्लू की खंजरी और डफ के साथ इनका नाच मशहूर था। इनके नाच गान शादी ब्याह में भी बुलाये जाते। अब जब ये बड़ी हो रही हैं तो जाहिर है दूसरी टोली के बनजारों की नजर इन पर है। बिल्लू के घाव ठीक होने में दो-चार दिनों का वक्त लगा। बन्ते खाँ बेहद शर्मिन्दा था। नैना बनजारिन ने वाकयात की जानकारी ली। उसने बन्ते खाँ को बुरी तरह झिड़का।

"तुम्हारा दिमाग चिलम के सुट्टे लेकर खराब हो गया है। ये सारे साथ बड़े हुए साथ नाचते गाते हैं अगर थोड़ी तंज कसी तो तुम्हें क्यों मिर्ची लगी? बच्चे का कितना खून बहा दिया? वह खून बनने में सालों लग जायेंगे।"

"अब हो गयी गलती बानो! मुआफी दे दे। थोड़ी फिकर तो है न, बिन माई की बिटिया है।"

"हमने कोई कमी रखी उसे पालने में? हुनर सिखाने में, बोलो?"

"नहीं बानो, पर उसकी माई ने कैसी बेदरदी से उसे छोड़ दिया और उस सिपहसालार के संग हो गयी, बता तो।"–दुखी होकर रोने लगा।

"रंज न करो मियाँ, हम बनजारे कर ही क्या सकते हैं। दुनिया की रीत है जब राजे महराजे के बच्चे हमारे ढिंग पल रहे हैं तो हमारी औरत कोई ले गया, कुछ कर पाया कोई? उसे तखत पर बैठना नसीब था, किसी को तख्ता भी नहीं मिलता।"

"शादी करके भी क्या होगा? कोई उठा ले जायेगा तो?"

"ऐसा हर वक्त नहीं होता है। हाँ हम नाचने गाने करतब दिखाने को मजबूर हैं। बन्ते खाँ हमारी तो रोजी रोटी ही यही है।"

"तब फिर दिल बेचैन क्यों है?"

"इस बेचैनी के चोगे को उतार फेंक। बुरा न माने तो एक सलाह दूँ?"

"बोल बानू, मैं तेरी बात का बुरा नहीं मानता। तेरा दिल तो दरिया है री। कह डाल जो कहना चाहती है।"

"अपने कुनबे के किसी छोकरे को पसन्द कर ले शादी के लिए।"

"कोई खुदाबन्द कहाँ लायक दिखता है।"

"किसन महराज के चेरों से चुन ले। क्या फरक पड़ता है? अपने बनजारों में तो चलता है सब!"

"सो तो है लेकिन...।"

"लेकिन क्या? कौन-सा पाँच वक्त नमाज पढ़ता है तू? हमइं कौन सत्तनारायन की चौकी बैठाते हैं। हम नाचने गाने वाले बनजारे दूसरों की खुशी में खुशी बाँटने वाले; ऊपर वाले ने ऐसी ही जिन्दगानी दी है। तो काहे उनके रंग ढंग अपनायें जो उन्हें मन्दिरों, मस्जिदों खानकाहों में कैद रखते हैं?"

"तू सही कहती है बानू।"

"यहाँ कुछ दिन पड़ाव डालेंगे बन्ते खाँ। किले और इमारत की वजह से अभी सालोसाल हलचल रहेगी। हमारा काम चलता रहेगा। गाँव घर से बस गये हैं देख तो।"

"जंगल के अन्दर पहले से ही गाँव घर हैं। जाटों-गुज्जरों का इलाका है। चश्मे हैं, दरिया है, खेत हैं। यहाँ हम तलहटी में हैं जरा आगे पीछे जायेंगी तो बड़े-बड़े खेत और मंडी हैं। शेरशाह की हुकूमत में सूबेदारों को कहा गया है अपने सूबे की सड़कें पक्की बनाने, सड़कों के किनारे सराय बनाने और फलदार पेड़ लगाने को। बंगाल से सड़क बनती आ रही है यहाँ से गक्खर की तरफ जा रही है।"

"मैंने देखा है, मारवाड़ की तरफ से आगरे गयी। आगरे से इस ओर दिल्ली के किनारे-किनारे निकली। खाने-पीने की पूरी आजादी रही इस बार शेरशाह रियाया का भला चाहता है, किसानों और कामगारों का भला चाहता है।"

"तुझे यह दिखाई देता है बानू कि जब वह अपने आपमें होता है तो दयालु हो जाता है जब शेरशाह बादशाह रोह का वासी हो जाता है तो कठोर बन जाता है।" राजपूतों को नेस्तनाबूद करने उसकी बेटियों को नाचने वालों के दे देने और बेटों को हिजड़ा बना डालने वाले चलन पर कहा बन्ते खाँ ने।

"इस हुकूमत के कारण सब होता है। झूठ कहता है कि विधर्मी का नाश कर रहा है। विधर्मी का ही अगर नाश करता तो खिलजी और लोदी सूर और मुगल क्यों लड़ रहे हैं, वे सारे जमीन हथियाने, तख्त पाने के लिए तो नया-नया हथियार ईजाद कर एक-दूसरे पर हमला कर रहे हैं। यहाँ के चेरो भील, कोली धकेलकर जंगलात में महदूद कर दिये गये। राजपूत राजा अपने किले छोड़ भाग खड़े हुए। हमारे जैसे लोग भी कभी किसी के सगे नहीं इसका भरोसा नहीं। हमें अपनी यह जिन्दगानी तब तक प्यारी लगती है जब तक कोई खलल न पड़े।"

"कैसी खलल बन्ते खाँ?"–नैना बनजारिन ने हैरत में भरकर पूछा। कौन-सा किसी राजा का किला ढहाया है हमने? बल्कि शेरशाह के हर मोर्चे पर बनाया जाने वाला मिट्टी का किला तैयार करने में मदद ही की थी। रणथम्बोर के रेता में जब उनकी सेना बुरी फँसी थी तब किसने मदद की थी। उसने कहा।

"बन्ते खाँ, तुझे याद है रेगिस्तान में जब शेरशाह की सेना फँस गयी थी सामने राजदुर्ग दिखाई पड़ रहा था पीछे फौजी सैलाब किले से जमीन पर वह भी खुली जमीन पर लड़ाई? शेरशाह को कुछ सूझ नहीं रहा था। उसका एक दस-बारह साल का पोता महमूद खाँ हमारे बच्चों के साथ खेल रहा था। उसी ने खेल-खेल में कहा–दादा जान बालुओं को बोरियों में भरकर दीवार चुन लीजिए और किला बना लीजिए।"

"अरे हाँ बानू, क्या ही होशियार बच्चा था! कमाल का था। शहंशाह ने उसी उमर में उसे खिताब और अलग से जागीर दे डाली।"

"बन्ते खाँ हम भी छोटी-छोटी बातों के लिए लड़ते हैं यह नहीं सोचते कि फायदा कभी नहीं होता। मिलजुल कर करतब करने, घूमर नाचने, दावत करने का जो मजा है वह गाली गुफ्तार में है क्या?"

"नहीं है, पर लड़ते हैं किस लिए? अपनी औरत किसी ने छीन ली तभी न! और तो कुछ नहीं। अपना सब कुछ वही तो है।"

"हमारी कोई पहचान नहीं बन्ते खाँ फिर भी वैसा ही हाथ पैर आँख नाक है जैसा सरदार का या सुलतान का। दुनिया बनाने वाले ने हमें नेक इनसान बनाया है। इसी पर कायम रहेंगे। रहेंगे न!"

"हाँ ये वादा रहा बानू। तेरी बात मेरी अकल में अँट गयी, मैं बिटिया के लिए दूर न जाऊँगा अपने कबीले के किसी जवान को खोजूँगा। तू भी मदद कर।"

"करूँगी, जरूर करूँगी।"

* * *

नैना बनजारिन और बन्ते खाँ की लम्बी बातचीत चल रही थी। साँझ ढल चुकी थी। गुलाब कुँअर ने टिक्कड़ सेंक कपड़े में लपेट हाँड़ी में रख छोड़ी थी। चने की भाजी बना रखी थी। अभी-अभी तो पड़ाव डाला था अब साग-भाजी, लतरें लौकी कद्दू की रोपेंगे। बीज इनके पास खुद रहा करता है। जीतू बार-बार झाँक जाता कि जिज्जी आयी क्या?

"क्या झाँक रहे हो जीतू?"–उससे रहा न गया।

"जिज्जी आयी नहीं चूल्हे भी बुझे हैं।"

"वो देखो उस पाकड़ के नीचे जिज्जी कुछ लोगों से बातें कर रही है। चाँदनी रात में सब कुछ साफ-साफ दिखाई तो देता है।"

"कितनी बातें करेंगी, मुझे भूख लगी है।"–उसने आजिजी से कहा।

"तो बैठ जाओ न, रोटी बनी पड़ी है। खा लो।" बैठ गया मुँह लटकाकर जीतू। चन्दा को हँसी आ रही थी। उसने पीतल की थाली में रोटी और चने का साग परोसा। जीतू खाने लगा।

"तुम कैसे खाते थे हम नहीं थे तब?"

"सारे साथी मिलकर बाटी बनाते चटनी संग खाते।"

"चटनी के पौधे फल मुझे दिखा देना, बनाउँगी। थोड़ी जमीन भी तैयार कर देना मिरच और बैंगन के बीज डालूँगी।"

"जंगल के अन्दर चटनी की लतरें हैं, खट्टी पत्तियाँ और बीज तोड़ लाऊँगा। सेम की लतरें भी हैं खूब फली हैं गुच्छों में उन्हें उतार लाऊँगा। मसालेदार सब्जी बड़ी अच्छी बनती है। मसाले तो होंगे न! या मसाले खरीदने होंगे?"

"बहोत मसाले हैं, कूट कर रखे हैं। हमें क्या मालूम था कि यहाँ पास में ही हाट बाजार है?"

"यहाँ बहुत कुछ है पर तेरी जैसी सुकुँवारी न तो जंगल जाना, न हाट बाजार।"

"मैं कहाँ जाती, मुझे जिज्जी जाने ही न देती।"--जीतू ने सोचा जिज्जी भी उसी डर से नहीं जाने देती होगी जिससे यह भी पीड़ित है। जैसे भी रहे राजकुमारी का रूप उसका रंग ढंग तो छुपाये नहीं छुपता। किसी मुसलमान ओहदेदार ने देख लिया और ले भागे तो क्या होगा? जिज्जी ने इसे नाचने वाली न बनाकर ठेठ राजपूतनी बना कर रखा है और मुझ सरीखे राजपूत से ब्याह करवा रही है। इज्जत अफजाई ही तो कर रही है। उसे क्या मिलने वाला है? अगर कोई ओहदेदार मनसबदार इसे ले जाये तो यह बनजारिन मालामाल हो सकती है पर नहीं इसने हमें अपने बच्चों की तरह पाला है। इसे इलहाम है कि नैना या गुंजा, बन्ते खाँ या गुल बानो सभी ऊँचे खानदान के बदनसीब हारे हुए इनसान हैं।

कहती है नैना बनजारिन किसी को लगता है दुनिया के रंग एक दिन में बदल जाते हैं, तो ऐसा नहीं है। बेरंग जरूर हो जाते हैं फौरन किलेबन्दी से निकालकर बियाबान में फेंक दिये जाते हैं। खुली हवा, धूप, बरसात, आँधी, तूफान, ओले, पत्थर सहकर दरख्त की मानिन्द कठोर हो जाते हैं। दरख्त जो जंगल में खड़े हैं वे कितने थपेड़े सहते हैं फिर भी बिना उफ किये खड़े रहते हैं। इनसानी फितरत देखो कि जिन दरख्तों के साये में छाँव तलाशते हैं जिनकी पात्तियों से कई प्राणी जीव-जन्तु पेट भरते हैं जिनके खोहों में कई जिन्दगियाँ पलती हैं जिनके ऊपर पक्षी घोंसले बनाते हैं उन्हें काट-काट कर घायल कर बैठते हैं।

हम जो उसी इनसानी समन्दर से छिटकी या फिंकी हुई बूँदें हैं बनजारों की वे उनकी दिलजोई के अलावे करते क्या हैं? लाखों हारे हुए इनसानों की तरह कत्ले आम न हुए यही क्या कम है? हमें कोई हक नहीं है ऊपर वाले से कुछ माँगने का और न ऊपर वाले का कोई फर्ज जान पड़ता है हमारे जानिब! क्या सचमुच कोई है जो अपने न दिखने वाले हाथों से सब कुछ चला रहा है? पता नहीं।

*   *   *

सारे हिन्दोस्तान के सभी दानिश्वर दिल्ली और आगरा पहुँचे थे। जगह-जगह उनके कारनामे देखने के लिए सैकड़ों हजारों की तादाद में अवाम पहुँची हुई थी। जहाँ दरबारे आम लगा था वहाँ का नजारा देखने के बाद शेरशाह ने अपने कुनबे से कहा कि चाहें तो शाही सवारी सड़कों गलियों की ओर निकल चले क्योंकि रियाया जो जश्न में डूबी है उसका नजारा देख सकें। आगरा की सारी इमारतें रोशनी से नहा उठी थीं। रंग-बिरंगे चमकीले रंगों से रँगे दरवाजे, केले के थम्बों से सजे दीपक और मशाल से जगमगा रहे थे। मशालों पर परवानों का झुंड अपने आपको झोंकता सा जैसे सुलतान के दुश्मनों की आहुति हो। मशालों पर नजर जाते ही शेरशाह गमगीन हो जाता। जंगजू शहंशाह का दिल बड़ा कोमल था। क्रोध आता जरूर पर वह वैसे ही चला जाता जैसे जरा सी धूप की अकुलाई सी गर्मी से ओस की बूँदें फना हो जातीं। तभी तो मुगलों के खैरख्वाह एक हुजूम को इसने कत्लेआम का हुक्म दे डाला था पर जब वे सभी लोट-लोट कर जान की भीख माँगने लगे, कातर होकर कहने लगे कि-"तू तो बड़ा दानिशमन्द है ऐ शहंशाह, अल्लाह के वास्ते हमारी जान बख्श दे, हम तेरे ही खैरख्वाह रहेंगे। हम तख्त के नौकर हैं इनसान के नहीं। तख्त बदला हमारी ईमानदारी बदली। मुआफ कर दे बादशाह, हम तुझे मौला से कम कभी समझें तो सूली पर सरेआम चढ़ा देना।" ऊपरी तौर पर खुरदुरा अन्दर से मोम सा मुलायम शेरशाह ने अपने बाज को कन्धे से उतारा और सहलाया। जाने कौन-सा सन्देश पाया कि उनकी जान बख्श दी। पतंगों को शमा से बचाने की कुव्वत इसमें कतई नहीं है सो चुपचाप नजरें फेर लेने के सिवा क्या कर सकता है।

शहर की सैर से निकलकर गाँव की ओर बढ़ा शेरशाह। वह बीच में अपने लाल घोड़े पर सवार था दोनों बाजू उसकी दोनों बेगमें पालकी पर थीं कमानी बीवी और लाड़ मलका। अचानक शेरशाह हँस पड़े। बीवियाँ चौंकीं। चारो ओर देखा। जगह-जगह केले के थम्ब गड़े थे, आम के पत्तों के तोरण द्वार बने थे, चार मुख वाले दीवट जल रहे थे। दीपकों की बहुतायत से रोशनी का सैलाब उमड़ा आ रहा था। हँसी का कोई वाकया नजर नहीं आ रहा था। मुँहलगी लाड मलका ने पूछ ही दिया-"अरसे बाद हुजूर के ठहाके सुन रही है बाँदी, खुदा खैर करे।"

"आप बेगमों ने सुना नहीं उस सब्जी बेचने वाली ने दिल्ली में सड़क किनारे क्या कहा था?"

"क्या बकती थी वह दहमारी।"-लाड मलका ने कहा। कमानी बीवी हँसकर रह गयीं।

"कहा कि दिल्ली को आखिर खाविन्द तो मिला पर मिला बूढ़ा।"

"हाय-हाय, उसे दस कोड़े मारने थे।"

"क्यों बेगम उसने गलत क्या कहा। जुहर के नमाज के वक्त मुझे यह तख्त मिला है। पर मिला तो है सो मैंने उसके पास जाकर बड़ी शाइस्तगी से कहा "ऐ नेक खातून, खातिर जमा रख यह बूढ़ा खाविन्द है अक्लमंद। इसके हाथों महफूज रहेगी दिल्ली।"-ठहाका मारा शेरशाह ने।

"बात तो चुटीली थी लेकिन आपका भी जवाब नहीं। लाजवाब कर देते हैं सामने वालों को।"-दोनों बेगमें हँसने लगीं। बड़े-बड़े दरख्तों की शाखों पर दीये रोशन थे अहातों वाले घर थे। एक बड़े से अहाते के बाहर अच्छे वस्त्र और रंग-बिरंगी पगड़ी पहने रंगीन घाघरे चूनर में गोट लगी ओढ़नी का घूँघट डाले एक जोड़ा हाथ जोड़कर खड़ा था। शहंशाह की सवारी के आगे पगड़ी उतार नतमस्तक हो गये वे दम्पति। उनके अहाते की दीवार के आस-पास ईंटें बिखरी थीं मानो तोड़ी गयी हों।

"आपके इलाके में नायाब सजावट है। लोहबान और चन्दन की खुशबू भी फैल रही है। हम आपको खास इनाम के हकदार समझते हैं।"

"हुजूर का इकबाल बुलन्द हो। आप गरीब नवाज हैं।"

"आपके दीवार की यह हालत क्यों है? आप शायद नगर सेठ हैं। लिबास तो यही बताता है।"

"जी मेरे आका मैं आपका गुलाम हूँ आपने ठीक समझा।"

"दीवार दुरुस्त करने का वक्त नहीं मिला क्या?"-आवाज सख्त थी-शहंशाह को यह बिखरापन नहीं रुचा।

"यह मैंने आपके दर्शनार्थ छोड़ रखा है मेरे आका, मैं आपसे कुछ इल्तिजा करना चाहता हूँ। गुस्ताखी माफ हो हुजूर।"

"बेखौफ होकर कहो।"

"हुजूर, मैं क्या सारी रियाया जानती है कि किसानों, व्यापारियों, मजदूरों के आप हिमायती हैं। हम मजलूमों के लिए आपके दिल में खास जगह है।"

"खुलकर सुनाओ, तुम्हारी तकलीफ क्या है!"

"हुजूर, साहबजादे आदिल खाँ ने मेरी बहू की इज्जत के खिलाफ बेजा हरकत की है।"

"क्या किया है, ठीक-ठीक बतायें।"-शेरशाह घोड़े से उतर गये।

"मेरी बहू कुएँ पर स्नान कर रही थी। शहजादे इधर से गुजर रहे थे। वे देर तक खड़े रहे। बहू उन्हें नहीं देख पा रही थी। शहजादे ने उनका ध्यान अपनी ओर खींचने के लिए बीड़ा पान फेंका जो उनके बदन से टकराया। बहू ने पान फेंकने वाले को देखा। पाया कि शाही हाथी पर सवार शहजादे हैं। वे उन्हें तो कुछ नहीं कर सकती थीं लेकिन अपनी लाज बचाने को कुएँ में कूद कर

आत्महत्या तो कर सकती थी सो कूदने लगी तभी उसकी सहेलियों और दासियों ने पकड़कर बचा लिया।"

"बड़ी शर्मनाक हरकत है ये।"–शेरशाह गमजदा हो गये।

"हुजूर हमारे यहाँ हम्माम बनाने का रिवाज तो है नहीं, सभी सूरज-चाँद की उपस्थिति में तालाबों-नदियों में नहाते हैं।"

"माशा अल्लाह, हमने गंग-जमन दरियाओं में देखा है। पाक गुसल होता है, वह आपकी तहजीब है आपके मजहब की शर्त्त है।"

"हमने दीवारें ऊँची चिन दीं जिससे हाथी और हौदे पर बैठा इनसान भी ताक झाँक न कर सके। शहजादे के कारिन्दे आये और दीवार तोड़कर चले गये। आपके जैसे न्यायप्रिय मालिक के राजपाट में क्या एक इज्जतदार स्त्री आत्महत्या के सिवाय कोई न्याय नहीं पा सकती?"–पैरों पर झुक आया नगरसेठ। शेरशाह ने उसे गले से लगा लिया।

"नहीं नगर सेठ, ऐसा न कहें। आपकी बहू बेटी हमारी भी बहू बेटी है। आपकी इज्जत हमारी इज्जत है। अगर शहजादा ही ऐसा करेगा जो आगे चल कर सुलतान का दर्जा पाने वाला होगा तो दूसरा ओहदेदार क्या करेगा? नहीं, मैं यह सब बर्दाश्त नहीं करूँगा। उन्हें बख्शूँगा नहीं।"

"हुजूर, शहजादे को ऊँच-नीच समझा दीजिए। जिसे तख्त पर बैठना है उसे ओछी हरकत नहीं करनी चाहिए।"

"तख्त पर बैठना अब उनके लिए दूर की कौड़ी है। वैसे वे मेरे बड़े बेटे हैं। उनका बेटा महमूद खाँ मेरा वारिस होगा। वह है भी बड़ा समझदार। बहरहाल, उन्हें शर्म महसूस करना होगा। खुद शर्मिन्दगी से गुजरेंगे तभी दूसरों की इज्जत करेंगे।"–वहीं इजलास लग गया। शहजादे आदिल खाँ को हाजिर किया गया। लाड मलका और बीवी कमानी सकते में थीं। सेठ-सेठानी भी घबड़ा गये थे क्योंकि इन्हें मालूम था शहंशाह दंड देने में कठोर थे, अपना-पराया नहीं देखते थे। शहजादे आदिल खाँ आ चुके थे। उन्हें माजरा मालूम था सो वे चुपचाप नजरें झुकाये खड़े थे। शहंशाह ने उनसे सीधे पूछा।

"आपके खिलाफ सेठ की शिकायत है कि उनकी बेपरदा बहू के ऊपर पान का बीड़ा फेंका। यह सच है?"

"जी अब्बा जान, सच है।"

"अब्बाजान कहकर मुझे ज्यादा शर्मसार न करें। आपको अपनी रियाया की इज्जत इज्जत नहीं जान पड़ती है न! आप भी बीवी बच्चे वाले इनसान हैं। आपको इन्हीं की तरह शर्मसार होना होगा तब समझ में आयेगी बात।"

"जो सजा तजबीज करेंगे हम भुगतने को तैयार हैं।"

"सेठ आप अपने बेटे से कहिये जिस हालत में आपकी बहू थी उसी हालत में

आदिल खाँ की बेगम होंगी और वह उनके ऊपर पान का बीड़ा फेंके।"–सेठ-सेठानी के चेहरे सफेद हो गये। दौड़कर शेरशाह के पैरों पर गिर पड़े।

"नहीं हुजूर, शहजादे की गलती का खमियाजा हमारी शहजादी बेगम क्यों भुगतेंगी। हुजूर वो हमारी भी इज्जत हैं। ऐसी सजा न सुनायें जिससे इनसे ज्यादा शहजादी बेगम शर्मसार हों।" वे दोनों शेरशाह के पैर पकड़ कर जार-जार रोये जा रहे थे।

"छोड़िये सेठ-सेठानी, इन्हें सजा तो मिलेगी।"–आदिल खाँ सर झुका कर खड़ा था, बेगमें चुप थीं। तभी अन्दर अहाते से निकलकर घूँघट सँभालती सेठ की बहू सामने आयी और शहंशाह के हुजूर में सर झुका दिया। सीधी लाड मलका की पालकी के पास गयी और उनके पैर पकड़ लिए।

"बेगम हुजूर, शहजादी की बेइज्जती हमारी बेइज्जती होगी। आप मुआफ करें मुझे, शहंशाह से कहकर औरतों को और शर्मसार होने से बचा लें।" बेगमें हक्की-बक्की रह गयीं। शहजादे ने अपनी कटार निकाल शहंशाह के कदमों में रख दी और रोते हुए कहा–

"अब्बा हुजूर, मैं आपके लायक बेटा अपने आपको साबित न कर सका, मेरा काम तमाम कर दीजिए।"

"हुजूर, शहजादे को मुआफी दे दें।"–शेरशाह का दिल पिघला उन्होंने कहा–"कटार उठाइये आदिल खाँ, अपनी रियाया की बेइज्जती मेरी अपनी बेइज्जती है। जंग और अमन दोनों का बर्ताव एक सा नहीं होता। हिन्दोस्तान हमारा मुल्क है मुल्क के सभी रहवासी बराबर हैं। यह हमेशा याद रखियेगा। हम लुटेरे नहीं हैं। सुलेमान पहाड़ी की छाँव में गमाल दरिया के किनारे रहने वाले हम हिन्दोस्तानी ही तो रहे।"

"हुजूर का इकबाल बुलन्द हो, शहंशाह आप अमर रहें।"–सेठ ने कहा, पास खड़े हुजूम ने शेरशाह की जय-जयकार की। शेरशाह ने हाथ उठाकर सबों को चुप रहने को कहा तथा काफिले सहित किले में लौट गया। बेगमें और साथ चलने वाले ओहदेदार सभी सकते में थे। शहंशाह चुपचाप किले के खुले आँगन में बैठे। चारों ओर रेशमी तथा जरदोजी के मेहराब, परदे लहरा रहे थे। माहौल खुशनुमा था। शहंशाह के दस्तरखान बिछे। वे अपना शाकाहारी शोरबा और खमीरी रोटी खाकर उठ गये। नमाज पढ़ने के बाद बेगमों से उनके कमरों में जाने को कहा।

"आप सब जायें मैं खुली हवा में टहलना चाहता हूँ।"–कह कर चहलकदमी करने लगे शेरशाह। उन्हें शुरुआती दिनों के वाकयात याद आने लगे। जिस दिन उन्होंने विशाल सफेद हाथी पर महारथ सिंह को सवार होकर जाते देखा था उसी दिन उनके मन में आया कि यह हाथी मुझे मिलना चाहिए। अगर इस शानदार

हाथी पर मैं सवार हो पाया तो समझूँगा हिन्दोस्तान का तख्तोताज मिल गया। अपने रोहतास की किलेदारी से निकलकर वे बिहार और चुनार जीत चुके थे। बंगाल अपने ही मातहत था सो उन्हें यह हाथी मुद्दत से लेने की मंशा थी। ख्वास खाँ जैसा बहादुर और चालाक सिपहसालार था उनके पास। महारथ सिंह को यह भनक लग गयी थी। शेरशाह को हाथी पर लौ लग गया, वह किसी प्रकार छीन लेगा, सोचा उसने उसे किसी पहाड़ी खोह में छुपा दिया। भारी खून खराबा से हाथी हासिल हो गया। ख्वास खाँ ने सोने की कढ़ाई और हीरे जवाहरात की झूल पहनाकर शेरशाह को हाथी पेश किया। हाथी पर चढ़कर शेरशाह ने समझा वह हिन्दोस्तान का बादशाह बन गया। शेरशाह ने लम्बी साँस ली।

उसी दिन शेरशाह ने सपना देखा कि हजरत मुहम्मद का दरबार लगा है। उन्होंने हुमायूँ बादशाह को सभा से बाहर जाने को कहा और इन्हें कहा–"शेर खाँ तू जान ले कि हजरत ने अपना यह मुल्क कुछ दिनों के लिए तुझे दिया। इस खासुलखास मुल्क को अपने हुकूमत से तू सजा-सँवार, कानून को तरजीह दे, अल्लाह की तहजीब पर चल।" सुबह होते ही शेर खाँ ने अपने सभी पठानों अफगानों को बुलाकर यह सपना सुनाया। जश्न का माहौल बन गया। शेरशाह ने बताया अपने अफगान साथियों को कि हो सकता है यह मुल्क हमें कुछ दिनों के लिए ही मिले। फिर हजरत की दुआ से मुगलों को मिल जावे पर मिलेगा जरूर। बादशाह हुमायूँ एक बड़ी सेना लेकर गंगा नदी के किनारे जंग करने को कमर कसे था। शेरशाह ने रात में ही धावा बोल दिया था। तीन तरफ से अपनी फौज को हमला करने को रख छोड़ा था। हुमायूँ के सिपहसालारों ने उन्हें तुरत कूच करने और घोड़े को तैराकर पार जाने का सुझाव दिया। क्योंकि इनकी सेना गंगा नदी के दक्खिन में फँस गयी थी। अजीमोशान शहंशाह हुमायूँ को ऐसे भागना नागवार गुजरा। उसने हुक्म दिया कि नदी पर पुल बनाया जाये। बड़े-बड़े दरख्त काटकर बाँस और रस्सियों के सहारे पुल तैयार तो हो गया पर हाथी घोड़ों का बोझ न सह पाने के कारण चरमरा कर टूट गया। फौजें डूब मरीं। खुद शहंशाह की जान एक नाजिम नाम के भिश्ती ने बचाई। शेरशाह चहल-कदमी कर रहा था और उस वाकया को याद कर रहा था। क्या शहंशाही रुतबा था बादशाह हुमायूँ का। वह बड़ी खौफनाक रात थी जिसे अत्याचारी वक्त ने देखा। मैंने उतराती लाशों को देखा और आसमान की ओर हाथ उठाकर कहा–

"ऐ बेहिस एहसान फरामोश आसमान तू लंगड़ा है
मैं तुझसे नहीं कहता कि तख्तोताज तू ऐसे बख्श
तू तो एक पुराने सराय की तरह रास्ते में पड़ा है
जिससे चाहे छीन ले जिसे दे दे।"

सारे अमीर, अफगान सिपाही खुशी से नाचने लगे। गाना बजाना करने लगे। ढोल ढप बजाते हुए तम्बू तक आये और बेगमातों को अपनी फतह की बात बताई। उन्हें कहा कि "बादशाह ठीकठाक हैं और वे आगरा की ओर निकल गये हैं। आप सब मुझे अपना खादिम समझिये और हमारे चुनार के किले में बरसात

तक रुक जाइये। आपकी शानो शौकत जितना बन पड़ेगा मैं बरकरार रखूँगा।"

अपनी फौज और सिपहसालारों को हुक्म दिया कि कोई जश्न न मनावें जब तक बेगमातें यहाँ हैं। सोने का सिंहासन जो हुमायूँ अपने साथ लिए चलते थे उसपर अमीरों ने मुझे बिठाया अपने लिए 'शेरशाह आलम' नाम तजवीज किया। अल्लाह को याद करते हुए कहा–

या खुदा, तू ही सबसे बड़ा दानिश्वर है
जिसके बाजुओं में दम है उसका पालनहार है
हसन के बेटे को तूने ही सोने का सिंहासन दिया
तू ने ही हुमायूँ जैसे बादशाह की फौज को मछलियों
का भोज दिया।

यह सब कुछ शेरशाह को याद आ रहा था। हवा में खुनक बढ़ गयी थी। शेरशाह थकान महसूस करने लगा। वह अपने कक्ष में आराम करने चल दिया। शेरशाह अपने सेवादारों से कहकर सोता था कि एक पहर रात रहते उसे जगा दिया जाय। वह वुजू वगैरह कर किताबें पढ़ता फिर फजिर की नमाज पढ़कर बाहर निकलता।

* * *

शहंशाही का जश्न चल रहा था पर शेरशाह उसमें डूबा कत्तई न था। उसका दिलोदिमाग हिन्दोस्तान की हुकूमत को सँवारने में लगा था। समूचे हिन्दोस्तान को एक करने की जुगत भिड़ाने में लगा था। मुल्क में अमन चैन की फिक्र में लगा था, बंगाल से पंजाब तक की पक्की सड़क बनाने का सबब यही था। उसने सड़कों के किनारे जहाँ सराय बनाने का हुक्म दिया था वहीं दो कोस पर डाक चौकी की स्थापना की। सभी डाक चौकियों पर दो घोड़े घुड़सवार थे। शहंशाह बंगाल में खाने बैठता तो वहाँ जो नगाड़ा बजता तो तुरत दूसरे पड़ाव पर मालूम हो जाता। शहंशाह का या किसी ओहदेदार का खत या फरमान सिर्फ दो दिनों में बंगाल से मुल्तान तक पहुँच जाता। डाक चौकी से एक के बाद एक रुक्का लेकर आगे बढ़ जाते। इस तरह बिना थके बिना रुके खत अपनी जगह पर जल्दी से जल्दी पहुँच जाते। एक हुकूमत में एक सी कीमत हो एक सा तौल हो इसके लिए मापतौल का एक महकमा ही शुरू कर दिया गया। छटाँक से लेकर पंसेरी तक का बाट एक ही जगह ढाला जाता और बनियों किसानों को खरीदना पड़ता। बाटों की जाँच की जाती। जहाँ जाँच में गड़बड़ी पायी जाती वहाँ के ओहदेदारों को सजा और बनियों को जुर्माना भरना पड़ता यही कारण था कि छोटे-छोटे अपराधों पर नियन्त्रण पा लिया गया था। सड़कों के किनारे सराय में हिन्दू-मुसलमानों के लिए खाने मुफ्त के इन्तजामात और फौजियों की

निगरानी के सबब एक खौफ तारी हो गया जिसके एवज में लूट-मार और चोरी राहजनी बन्द हो गयी थी। यही कारण था कि कहा जाता था कि शेरशाह के राज में एक सत्तर साल की बुढ़िया टोकरी भर सेना लेकर अकेली जंगल में सो जाये फिर भी उसका सामान सुरक्षित रहता।

जश्न पूरे किले के अन्दर उठान पर था जलाल खान तीरंदाजी का करतब देख रहे थे कि अचानक उनकी नजर एक जानी पहचानी शक्ल की तरफ उठी। एक नाजुक सी नाजनीन लम्बे-लम्बे सुनहरे बाल, कमर से नीचे लटकती चोटी, कीमखाब की कुरती और मलमल की आर-पार दिखने वाली ओढ़नी में कमल सा ताजा मुखड़ा यह तो बीवी मेहर सुल्ताना है। जलाल खाँ ठंडे दिमाग का शहजादा था। वह अपने गुरु अब्बा शेरशाह के खिलाफ कभी नहीं जा सकता था। उसे कई साल पहले मेहर सुलतान से दूर रहने की हिदायत दी गयी थी। आज उसका उदास मुखड़ा और बेतरतीब गेसू देख, रहा न गया। जलाल खाँ चहलकदमी सा करता उसके पास पहुँचा और धीमे से कहा-"सलाम कुबूल करें मेहरबी मैं जलाल खाँ पहचाना?"-मेहर सुल्ताना की बड़ी-बड़ी सीप सी पलकें थरथराईं, पट मोती सुतवें गाल पर लुढ़क आये।

"मेहर बी, आप खुश हैं, एक प्यारी सी बेटी की अम्मा हैं फिर यह रोना कैसा?"

"यूँही जलाल खाँ, दिल के जमे हुए वरक पिघल गये।"-आँसू ओढ़नी में समेट लिए।

"आपका मुखड़ा उदास क्यों है बीवी, चाँद पर मानो बादलों का अक्स तारी हो आप ठीक तो हैं?"

"ठीक हैं जलाल खाँ, हम फिर हामिला हैं।"

"यह तो बेहद खुशी की बात है। मियाँ सिकन्दर आपको सभी बेगमों से ज्यादा तवज्जो देते हैं ऐसा लगता है।"

"जहे नसीब जलाल खाँ।"-मुस्कुराने की बेजा कोशिश की मेहर सुलताना ने पुरवाई हवा का महीन झोंका मानो गुजर गया हो वैसे ही मेहर सुलताना गुजर गयी। उनके जाते हुए कदमों के अनदेखे निशान घूरते रह गये जलाल खाँ। दूर बैठे जरदोजी के चँदोबे में सोने के चमचमाते तख्त पर बैठे शेरशाह की नजरों से कुछ छुप न सका। मुहब्बत का पुराना मरीज जो ठहरा। जलाल खाँ बेमन से बैठकर करतब देख रहा था। साँझ के चिराग रोशन हुए, शेरशाह ने नमाज अता की और बीवी फतेह मलका के पास गया।

"बीवी फतेह मलका, आप सुकून से तो हैं? मैं कहता हूँ भले मियाँ सिकन्दर और मेहर सुलतान बिटिया को विदा कर दूँ आप रहेंगी न!"

"नहीं शेर खाँ, मैं आपके खुशनुमा जश्न में शामिल होने आयी थी। अल्लाह

आपका तख्त सलामत रखे, मुझे भी रुखसत होने का हुक्म दीजिए। यही तो मालगुजारी के हिसाब का समय है।"–शेरशाह यही तो चाहता था लाड मलका से उनकी रुखसती की सौगातें तैयार करने को कह शाही फौज के सिपाहियों की निगहबानी में भेजने का इन्तजाम करने चले गये शेरशाह। रास्ते के पड़ावों के लिए खाने–पीने का सामान, लाल रेशमी पलंग, लाल कनात तम्बू मुहय्या कराया। जाते जाते मगरूर फतेह मलका ने तंज कसा–"शहंशाह, दिल्ली से आगरे तक आगरे से पटना तक सड़कें बन गयी हैं, सराय भी बन गये हैं। सरायों में मुफ्त खाना भी मिल जाता है क्या जरूरत है इतनी भेड़ों की, घी के देगों की, मेवों और आटे चावल की। सरायों से काम चल जाता।"

"आपकी शान में खादिम गुस्ताखी कर सकता है भला? खूब कही है आपने। हमारे दामाद और बिटिया को रुखसत करने दीजिए बीवी।" फतेह मलका का कोड़ा उनकी पीठ पर ही पड़ गया। शहंशाह चौकन्ने होकर जलाल खाँ की हरकतें देख रहे थे। लेकिन उन्हें कोई हलचल नजर नहीं आयी। मन में घोर उदासी छा गयी। मेहर सुलताना उस अफीमची के साथ खुश नहीं है और जलाल खाँ के दिल में रंज बहुत है। यह भी जान पड़ा कि जलाल खाँ ने अपने आपको जब्त कर रखा है। मुहब्बत भी क्या शै है कि इनसान को अन्दर तक बदल डालती है।

उनके दिल में एक बात आती है–"क्या हुमायूँ बादशाह के दिल नहीं है, क्या उन्हें कभी मुहब्बत नहीं हुई? सिर्फ जिस्मानी तौर पर वे किसी से जुड़ते हैं। याद आते ही उन्हें हँसी आ गयी कि हुमायूँ कैसे खूबसूरत औरत के लिए हुकूमत गँवा बैठे। खबास खाँ ने जिस दिन चेरो राजा महारथ का सफेद हाथी हासिल किया था उसी दिन एक बेहद खूबसूरत कमसिन औरत को भी पकड़ लिया था। उस कमसिन औरत को शेरशाह के हुजूर में पेश किया गया। शेरशाह ने उसे देखा तो देखता ही रह गया फिर कहा–"खवास खाँ इस बला को मेरी नजरों से दूर कीजिए।"

"हुजूरे आली जीत की चीज है, आपके लिए ही है, आप इसे बला कहते हैं?"

"बला ही तो है यह खूबसूरती का छलकता हुआ पैमाना। आप इसकी कमसिनी देखिये और मेरी उमर देखिये। साठ साल से ऊपर का हूँ। मेरी तो फितरत ही नहीं कि मैं किसी को अपने हरम में रखूँ यूँ ही।"

"आपके ही लायक है हुजूर, किसी भी मर्द की उम्र नहीं देखी जाती और सुलतान की तो कभी नहीं।"

"मेरे पास एक तरकीब है खबास खाँ साहब। हुमायूँ बादशाह बंगाल के रास्ते में मुंगेर में पड़ाव डालकर राग रंग में डूबे हैं।"

"हाँ, लेकिन सुलतान किस खुशी में यह नायाब तोहफा उन्हें भेजा जाये?"

"मैं बताऊँगा। पहले आप एक खूबसूरत शाही पालकी में इन्हें बिठाइये, इनके साथ सिपाही वगैरह फौज की शक्ल में आगे पीछे खड़े कीजिये और मुंगेर बादशाह के शिविर के बाजू में पड़ाव डालिये। जाहिर है मुगल सिपाही आपसे पूछेंगे कि ये किसका काफिला है? आप बताना कि शेर खाँ का काफिला बिहार जा रहा था यह हरम की रक्कासा हैं। शेर खाँ की खास। पीछे रह गयी हैं। रात भर की बात है सुबह होते ही निकल जायेंगे।"

"अच्छा, हुजूर, उसके बाद?"

"खवास खाँ साहेब, मुगल सिपाही हुमायूँ बादशाह को यह खबर देकर जरूर खैरख्वाह बनने की होड़ में लग जायेंगे। इस बला को बादशाह के हुजूर में जबर्दस्ती ले जायेंगे। हमारे सिपाही थोड़ी बहुत हाथापाई करें और निकल लें। बाकी काम इस खातून की खूबसूरती कर देगी।"

"लेकिन क्यों हुजूर?"–खवास खाँ हैरान परेशान थे।

"कुछ महीनों बाद इसका जवाब हम देंगे। क्या आपको मेरे जंगी तरीकों पर कोई शक है?"

"नहीं हुजूर, मुझे पूरा यकीन है कि आप जो जाल बिछाते हैं उसमें कहीं कोई झोल नहीं होता है।"

"तो मेरे सुझाये काम को अंजाम दीजिये।"–शेरशाह को हँसी आ गयी याद आया कैसे हुमायूँ बादशाह उस खूबसूरत हसीना के रूपजाल में फँस गया। उसकी देह की घाटियों में पूरे तीन महीने तक भटकता रहा। बरसात आते ही फौज को, हरम को और खुद हुमायूँ बादशाह को मच्छरों का जानलेवा हमला और तिहइया बुखार से जूझने को मजबूर होना पड़ा खेमा उखड़ गया। हुमायूँ ने होश में आने पर सुना कि शेर खाँ बिहार, चुनार और जौनपुर परगने को जीत चुका है। झल्लाकर अपनी और गौड़ की फौज लेकर लड़ने चला। गंगा की लड़ाई में मुँह की खाया और अपना तख्त गँवाया। लेकिन जलाल खाँ ऐसा नहीं है; सोचा शेर खाँ ने। वह न तो बड़ा पढ़ा-लिखा है कि किताबें लिखता-पढ़ता रहे, न औरतबाज है। आदिल खाँ में जरूर कमजोरी है लेकिन वक्त रहते सब कुछ ठीक हो गया, ऐसा जान पड़ता है।

* * *

शेर खाँ ने मुगल हरम को चुनार के किले में इज्जत के साथ रखा है और इस तजवीज में है कि बरसात खत्म होते ही हुमायूँ बादशाह जहाँ भी होंगे वहाँ भेज दिया जायेगा ऐसी खबर बादशाह को दे दी गयी थी। वह कन्नौज होता हुआ आगरा पहुँचा। कन्नौज के राजा, जोधपुर और मालवा के राजा तथा अमीर हुमायूँ की सहायता के लिए आगे आये। कई सौ साल से पहले शिया फिर पठानों की

हुकूमत से वे हैरान परेशान थे। उनका अन्दाजा था कि मुगल चूँकि ओहदेदारों और मनसबदारों पर ही निर्भर रहते हैं सो उनके साथ जीना आसान होगा जबकि पठान अफगान कठोर जीवन के हिमायती थे। बदला लेने की फितरत थी। हुमायूँ ने शेरशाह की चाल जान ली थी। अपनी कमजोरी से वे खुद पूरी तरह से वाकिफ थे। उन्हें मालूम था कि शेर खाँ आगरे होते हुए दिल्ली की तख्त का तलबगार है, इनका पीछा नहीं छोड़ेगा। हुमायूँ ने कन्नौज के राजा की सहायता से एक सौ घोड़ों हाथियों पर जितना हो सका उतना सोना हीरा जवाहरात लाद लिया और मुलतान होते हुए लाहौर चले आये। लाहौर में बैठकर फौज इकट्ठी करने लगे। शेर खाँ ने उनके हरम को अपने विश्वासी राजा टोडरमल और खबास खाँ के साथ लाहौर भेज दिया। हुमायूँ ने अल्लाह मियाँ के लिए शुकराने की नमाज पढ़ी और आने वाले टोडरमल और खबास खाँ को धन और कीमती लिबास देकर शुक्रिया अदा किया। उनके भाई मिर्जा हिन्दाल और कामरान अपने-अपने सूबों में आजाद हो गये। हुमायूँ बादशाह बेहद गमगीन हो गये थे। दिल ही दिल में झींकते रहते कि जब सगे भाई ही अपने दुश्मन बन बैठें तो जाती दुश्मनों की क्या बिसात? शेर खाँ अपने खून से कहीं ज्यादा पाक ख़्यालात का है।

* * *

जशन उतार पर था। बाहर जितन खरवार अपने शानदार जंगली लिबास में धनुष-तीर-टाँगे कई दिनों से सुलतान से मिलने की गुजारिश कर रहा था।

"भैया फौजी, तनी जाके कहो कि उनका दोस जीतन खरवार आया है। चतरा के जंगल का शुद्ध मधु लेकर।"

"अबे तो जमा कर न वहाँ जहाँ खजांची बैठे हैं। सबसे मिल ही लेगा? क्या समझ रखा है शहंशाह को?"-जितन ने देखा यह हमें कई दिनों से टरका रहा है, न मिलने देगा। वह जगह बनाता हुआ मैदान के उस सीध में पहुँच गया जहाँ से शहंशाह सीधे दिखाई पड़ें। फूलों वाले तीर को धनुष की प्रत्यंचा पर चढ़ाकर उनके सिंहासन की सीध में छोड़ दिया। शेरशाह ने हाथ बढ़ाकर तीर लपक लिया। सभी सिपाही, सारे कलाकार और रियाया सकते में आ गये। शेरशाह ने हँसकर पूछा-"जितन खरवार, कहाँ हो मेरे अजीज दोस्त, सामने आओ।" दोनों बाँहें फैलाकर खड़े हो गये शहंशाह। रियाया! सिपाही हैरान, जितन खरबार दौड़ता हुआ आकर गले लग गया।

"छिमा करना हुजूर, तीर छोड़ना पड़ा, पर फूलों का तीर है, माला है।"

"तुम कब आये?"

"आपकी ताजपोशी के दिन। तब से मिलने को तड़प रहा हूँ। लेकिन सब अपनी आँखों से देख रहा था। दिल खुश था।"

"इन्हें मेरे पास क्यों नहीं आने दिया गया?"–शेरशाह ने सिपहसालार से पूछा। उनका सिर झुक गया।

"इन पर नाराज होने की जरूरत नहीं है। सुलताने हिन्द के पास कोई ऐरागैरा कैसे पहुँच सकता है? ये तो अपना काम सही अंजाम दे रहे थे। हम खुश हुए। अपना तरीका अख्तियार किया।"–खुश था वह। "ये मेरे गम और खुशी के साथी हैं, इन्हीं लोगों के सफेद हाथी श्यामसुन्दर पर सवारी करने की वजह से हमें यह सुलतानी मिली है। दोस्त महारथ कैसे हैं?"

"बहुत खुश हैं, आने में तकलीफ होती सो कहला भेजा है कि आप माफ करें।"

"नहीं जितन खरवार, माफी की बात नहीं। आपको याद रहना चाहिए कि आप एक सुलतान से दिल्ली दरबार में मिलने आये, मैं आज ऐलान करना चाहता हूँ कि आप जंगल के सभी रहनदारों का अपना कुनबा महफूज रहेगा। आपके जमीन, आपके जंगल और आपका पानी आपका होगा। आपका अपना जो भी कानून है वह लागू रहेगा। उसमें कोई छेड़छाड़ न होगी। आपकी जमीन कोई कानूनन या गैर कानूनन हथिया न सकेगा। आप अपने-अपने जंगल के राजा खुद होंगे। हाँ, हम आपसे जब कभी कोई मदद माँगें तो एवज में हमें मुहय्या करायेंगे। कोई जोर-जबर्दस्ती नहीं।"–यह ऐलान सुन जगह-जगह से आयी जनजातियों ने तरह-तरह के बाजे बजाकर खुशी जाहिर की। शेरशाह ने फरमान पर दस्तख्त किए और देशभर के सूबे में भिजवा दिया।

जितन खरवार तथा उसके साथ आये जंगल के साथियों ने नाच गाकर अपनी खुशी जाहिर की, नायाब तोहफों से उन्हें लाद दिया गया। शाही सराय में उनके ठहरने की और दिल्ली घूमने की आजादी थी। शाही सराय में सभी सूबों से जंगलों पहाड़ों से सरदार जो आये थे वे ही ठहरे थे। शेरशाह के नेक रूपों से वे परिचित थे। रोहतास के चतरा तक और बिहार के गौड़ के वीरभूमि तक, छोटा नागपुर से उड़ीसा तक के जंगल उनके बचपन से जवानी तक की कहानियाँ जानते थे। जंगल के इन रखवालों के पास आपस में बातचीत करने को काफी कुछ था। वे नाश्ते के वक्त बातें करते–"ऐ दोस्त, सुलतान में एक खास बात है। इनके पास नायाब किस्म का हाथी है, सफेद जिसके ऊपर की कलाकारी खिलती है। जरदोजी का झूल और चाँदी का मीनाकारी वाला हौदा कमाल का दीखता है। शाही तोप का रंग लाल है और ढाल चितकबरा। ऐसा कभी देखा है?"–एक पच्छिमी कोली सरदार ने कहा।

"मैं अरज करूँ?"–जित्तन खरवार ने कहा।

"कहिए खरवार, आप लोग इनके घर के पास रहते हैं।"

"सुलतान गौड़ के तरफ फौज लेकर जा रहे थे। रास्ते में जो जंगल था उसमें

एक पुराना बड़ा अजगर रहता था। वह अजगर इतना बड़ा था कि आदमी बच्चा, बकरी को छोड़ो घोड़ा और बैल खा जाता था। जंगल में हाँका हुआ हजारो लोग भाला बरछा, तीर-तलवार और लाठी लेकर पहुँचे। हिम्मत कर तीर भाला कुदाल जिसको जो सूझा उससे मारने पहुँच गये। बहुत मशक्कत के बाद वो मारा गया। उसी वक्त सुलतान वहाँ पहुँचे। अजगर के लिए सभी लोग गड्ढा खोदने में जुट गये। सुलतान ने कहा कि यह पुराना सौ साल से ज्यादा का अजगर है इसकी खाल का ढाल अच्छा बनेगा। उनके हुक्म से उसकी खाल के कई मजबूत ढाल बने। वही अलहदा ढाल आप देखते हैं।"

"क्या बात है दोस्तो, यही तो लाल रंग के तोप की कहानी है। सुलतान रायसेन का घेरा डाल कर बैठे थे। राजा पूरनमल को बार-बार खबर दी जा रही थी कि आयें और सुलतान से बातचीत करें, पठान सय्यदानियों को इज्जत के साथ भेज दें सुलतान के हुजूर में।"

"फिर क्या हुआ?"

"होना क्या था? पूरनमल ने ताँबे का सिक्का भैंसागाड़ियों में लादकर नजराना भेजा साथ में सय्यदानियों को भी भेज दिया। सुलतान एक ओर तो सय्यदानियों को देखकर राहत महसूस कर रहे थे दूसरी ओर नजराने का सिक्का देख गुस्से से लाल हो रहे थे। तभी साँझ की नमाज का वक्त हो गया था। वे वजू करके नमाज पढ़ने बैठ गये। साथ के सभी मुसलमान फौजी नमाज पढ़ने लगे। नमाज पढ़कर उठे सुलतान तो उनका चेहरा खुशी से चमक रहा था।"

"अरे वाह"–साथियों ने हैरत से कहा।

"हाँ भई, सुलतान के दिमाग में एक खयाल आया। क्यों न सारे सिक्कों के तोप के गोले ढलवा लिए जायें। उन्होंने वैसा ही किया। पूरनमल के मजबूत किले को कमजोर करने में वह तोप काफी काम आया। बाद में उसका ताँबे वाला लाल रंग नामी गिरामी हो गया।"–रायसेन से आये मल राजा ने कहा।

"यह अक्ल, वह भी ऐन जंग के वक्त सबके दिमाग में आना अचरज की बात है।"

"बेअक्ल इनसान दिल्ली की तख्त पर बैठ सकता है? वह भी मुगलों का घेरा तोड़कर?"

"मुगलों की खूब ही कही भइया, मिर्जा हिन्दाल एक तरफ और कामरान दूसरी तरफ सल्तनत के लिए मारकाट मचाये हुए है।"

"इधर हमारे सुलतान शेरशाह सूरी हैं जो पठानों और अफगानों में सुलह कराने में भिड़े हैं। काफी अफगान और पठान एक हो गये हैं कुछ ही हैं जो अपने घमंड में न जाने क्या-क्या सोचकर अब भी चालें चल रहे हैं।"

"हमारे सुलतान की हुकूमत ताजिन्दगी सलामत रहेगी। उसकी जिन्दगी

सलामत रहे।"

"एक-एक फरमान रियाया से लेकर ओहदेदार तक और ओहदेदार से लेकर सिपहसालार तक याद रखेंगे। तवारीख याद रखेगी, मैं कहता हूँ ऐसा चौकन्ना राजा कोई हुआ है?"–एक पंडित ने जो कोने में बैठा सब सुन रहा था कहा।

"आप तो पंडित हैं आपके मुँह से दैवी वचन निकलता है।"

"दैवी तो क्या जो देखा सुना है वही कहते हैं। हुकूमत का इन्तजाम नीचे से ऊपर तक चाक चौबन्द है। खेती किसानी की फिक्र है, राह चलने वाले की सुविधा का खयाल है। सरायों में हिन्दू-मुसलमानों का इन्तजाम है। सभी स्थान पर एक हिन्दी और एक फारसी पढ़ने-लिखने वाले लोग बहाल हैं। सेना के साथ साधु सन्त फकीर चलते हैं। एक सौ साधु फकीर के आराम के लिए पलँग बिस्तरबन्द और भोजन रहता है। फकीरों को तो शुद्ध घी और मिश्री में पकाया गया हलवा अपने हाथों से खिलाते हैं सुलतान, हिन्दुओं और प्यारा पंथियों के लिए मिश्री आटा और घी दे देते हैं। यह सब करते हुए भी पाँच वक्त का नमाज पढ़ना नहीं भूलते। लड़ाई के मैदान में भी कभी कोताही नहीं हुई। सूबेदार सड़क बनाकर एक सूबे से दूसरे सूबा तक पहुँचायेगा, ऐसे ही क्रम में वह गौड़ से बालानाथ पहाड़ी तक इतनी तेजी से बनवा सका। ऐसी चीते सी फुर्ती कहाँ देखने को मिलती है।"–पंडितजी ने समझाया।

"सुलतान और इनके सिपहसालार खवास खाँ दोनों एक ही जैसे हैं भइया, एक बार हम थे इनके साथ। कहीं पड़ाव डाला गया था कि बरसात शुरू हो गयी। पानी बरसना कई दिनों तक बन्द न हुआ। सुलतान के बासा का रसद खत्म हो गया था। उन्होंने रसद आने तक खवास खाँ के खेमे से एक दिन का रसद मँगवाया। खवास खाँ अपने साथ हमेशा एक महीने का फाजिल रसद लेरक चलते है। उन्होंने जो रसद भेजा वह एक हफ्ते के लायक था।"–हँसने लगा भील राजा

"उससे नायाब किस्सा मैं सुनाता हूँ। एक स्थान पर रसद तो था ईंधन खत्म हो गया था। बंगाल से इत्र का कई घड़ा आया था। नजूमी फकीर दरवाजे पर आ गये थे, सुलतान और खवास खाँ ने हुक्म दिया कि कपड़े इत्र में भिगोकर जलाओ और उसी पर हलवा पका लो। वैसा ही किया गया, सौ से ज्यादा फकीरों को खाना खिला दिया गया सोचो जरा।"–दूसरे कोली राजा ने कहा।

"ऐसे इनसान तारीख में खोज कर बताओ।"

"ना बाबा ना, कोई नहीं।"–दोनों कान छूकर जित्तन खरवार ने कहा।

"इनमें कोई दैवी शक्ति है।"–पंडित ने कहा।

"नहीं भाई, यह एक सच्चा इनसान है, मेहनती और दिलदार है बस। ऐसे की मदद ऊपरवाला भी करता है।"

"सूझ-बूझ तो है। नब्ज पहचानता है रियाया की।"

"हिन्दू-मुसलमान का भेद नहीं करता।"

"करता तो है लेकिन राजाओं के साथ। राजाओं को निर्मूल, निर्वंश करना चाहता है। यह अपने तख्तोताज के लिए करता है जब प्रजा को कुछ नहीं करता तो प्रजा इसको चाहती है।"—पंडित ने कहा।

"आप क्या बोल रहे हैं पंडित, सुलतान को कोई कुछ कह देगा तो क्या करेंगे?"—एक भील ने बरजा पंडितजी को।

"मैं सुलतान के खिलाफ कुछ नहीं कहता भाई। उनकी तो तारीफ ही करता हूँ यह कहता हूँ कि राजा का राजा से सुलतान का सुलतान से तख्तोताज का झगड़ा है, प्रजा से नहीं। ज्यादातर राजा सुलतान और उसके ओहदेदार अपने ऐश मौज के लिए प्रजा को तकलीफ देते हैं, शेरशाह बादशाह ऐसा नहीं करते। मस्जिद बनाना, फकीरों को अपने हाथों से हलवा खिलाना उनका अपना धर्म है। बदला लेना किसी भी फौजी की फितरत। मैं तो अपने सुलतान का कायल हूँ। अब देखो हिन्दी और देवनागरी में खत, फरमान लिखने की शुरुआत इन्होंने ही की है न?"—पंडित ने समझाया।

"एक फरमान हमारे जानते बहुत जरूरी था। सालाना जमीन नापी का जरीब लेकर अमीन और मुकद्दम नापी करते जहाँ उपज होती उसका लगान लेते हैं। यह नहीं कि एक बार जो दर ठोक दिया सो ठोक दिया।"

"अरे भाई, हमारी बहुत सारी जमीन नदी की बाढ़ में कटकर उसी की पेट में समा गयी। इस साल जरीब लेकर मुकद्दम और अमीन आये तो जितनी आबाद थी, जित्ते में खेती की उसी का दाम लेकर गये।"—सभी आनन्द में थे; अपने अपने इलाके की कहानियाँ सुना रहे थे। जाते-जाते जागीर पाते गये। दुआओं का एक बार फिर दौर चला।

* * *

रोहतासगढ़ के किले के पास के मजूर, मुकद्दम ओहदेदारों ने जश्न मनाया। डाक द्वारा दिल्ली दरबार के जश्न की चर्चा होती रही। उसी तरह यहाँ भी बनजारे-बनजारिनें नाच गाकर, करतब दिखाकर खूब खुशनुमा माहौल बनाकर खुशी का इजहार कर रहे थे। रज्जो, गुंजा और बिल्लो, जीतू, गुलाब कुँअर सहित नौजवान लोग अपने पूरे सजधज में थे। लड़कों ने नशा भी कर लिया था। लड़कियाँ एक ओर बैठकर सुस्ता रही थीं। नाचने से थक गयी थीं।

"तुम लोगों का आज घूमर नाच इतना बढ़िया था कि क्या बताऊँ, ऐसा कभी नहीं देखा।"—गुलाब कुँअर ने कहा।

"दिल खूब खुश जो है।"–एक बनजारिन ने कहा।

"नया ठिकाना रास आ रहा है।"–दूसरी बनजारिन ने जोड़ा।

"यहाँ से जल्दी जाना नहीं है।"–तीसरी ने टीपा।

"ऐसा तभी तक न जब तक अमन है?" बुजुर्ग बनजारिन बोली

"अमन रहेगा, सुलतान मजबूत है।"–दूसरी बुजुर्ग बनजारिन थी।

"सुलतान बहुत अच्छा है।"–गुलाब कुँअर बोली।

"तू कैसे जानती है?"–रज्जो ने कहा।

"कैसे न जानूँगी, इत्ता बड़ा किला जो बनवा रहा है।"–वह हँसने लगी।

"ऐ मूरख छोरी, तुझे मालूम है कि वो तेरे माँ-बाप का हत्यारा है?"–नशा में झूमते बिल्लू ने कहा।

"ऐं?"–गुलाब कुँअर चिहुँक उठी। "नहीं।"

"क्या बकता है"–एक बनजारिन ने जोर से उसे डपटा।

"मैं सच कहता हूँ गुलाब, उसने तेरे माँ-बाप को मार डाला।"–दो बुजुर्ग बनजारे उसे घसीट कर दूसरी ओर ले गये। वह जोर-जोर से बकता रहा।

"मैं सच कहता हूँ...।"–गुलाब रोने लगी। उसे संगी साथी चुप कराने लगे। जोर-जोर से शोर होने लगा। गुलाब को लेकर उसकी सहेलियाँ दूर चली आयीं। लगभग बारह साल की गुलाब कुँअर आँसू पोंछ कर मुखातिब हुई।

"बिल्लू दादा सही कह रहा था न! शहंशाह ने हमारे माई बापू को मारा पर क्यों?"

"मुझे क्या पता? मैं तो जानती भी नहीं।"–रज्जो ने कहा।

"मैं जानती हूँ, किसी ने मारकाट मचाई थी। किसी ने मुझे उठा कर सीने से लगाया था।"–गुलाब थी।

"उसने तुझे नैना की गोद में डाला था कि तू बनजारिन बन जा। गली-गली नाचती फिर।"–सरदारनी बनजारिन ने कहा। वह कमर से टेढ़ी थी। बूढ़ी थी पर थी बड़ी अक्खड़।

"अम्मा क्या बकती है।"–नैना पीछे से झपटती आयी।

"सच जितनी जल्दी जान जाये वह अच्छा है। कलेजे पर चोट तो ना लगेगी।"

"कौन सा सच अम्मा, एक राजा का दूसरे राजा से राजपाट के लिए झगड़ा होता है, तख्तोताज हथियाना चाहता है। उसी पर हियाव नहीं टिकता उसे बिना औरतों की बेइज्जती के, बच्चों की बदहाली के जी कहाँ भरता? यह सच जानने के लिए गुलाब कुँअर छोटी है।"

"इसकी उम्र न देख नैना, इसकी बिपदा देख, बिपदा अकलमन्द बना देती है। यह अब गुलाब कुँअर नहीं है, यह है गुलकी बनजारिन, समझी?"

"ऐसा न कहो माई, तेरे पाँव लागूँ।"–नैना कातर हो आयी। गुलाब पत्थर सा चेहरा बनाकर शून्य में ताकती रही। दोनों औरतें बकझक करती रहीं। दो दिन बाद एक दिन गुलाब ने नैना की आँखों में आँखें डालकर कहा–

"मइया, मुझे घूमर नाचना सिखाओ। मैं नाचूँगी। मैं तेरी बेटी हूँ।"

"तू क्यों नाचेगी? मेरी बेटी है तो मेरी मर्जी, तू नहीं नाचेगी।"–नैना ने कहा

"तुझसे अलग दीखना नहीं चाहती।"

"देख, मेरा अपने आप से कसम है कि तुझे नचवाऊँगी नहीं। मैं क्यों इस शहंशाह का हुक्म मानूँ? हमारे ऊपर किसी का राज नहीं, हम जब मर्जी दक्कन चले जायें। पच्छिम चले जावें, वे क्या कर लेंगे।"

"कहीं भी चले जायें अपने हुनर की खायेंगे न! तू मुझे सीखने दे। मेरा जी करता है।"–नैना के गले लग गयी गुलाब।

"मेरी इल्तिजा सुन, सीख ले पर सड़क पर नाचना कभी नहीं।"

"जिज्जी, इस गुलाब कुँअर को तू कहाँ से लाई थी मुझे नहीं बताया।"–देर से उनके पीछे खड़ा जीतू बोल उठा।

"आ बैठ, सुन इसे रायसेन से लाई। पूरनमल की लड़की है। और कुछ?"

"मुझसे क्यों लगन कर दिया? किसी गहलौत से...।"

"बड़ा सयाना है तू? तुझे पता है कौन है तू?"

"कौन हूँ जिज्जी?"

"तू मालवे के राजा का बेटा है।"–नैना घुटनों पर सिर टेककर रोने लगी। गुलाब कुँअर और जीतू ने उसे अँकवार में भर लिया। तीनों देर तक रोते रहे।

"यह तख्तोताज, यह सियासत बड़ी टुच्ची चीज है। इनसान इनसान का खून बहाता है और फिर खुद भी उसी की भेंट चढ़ जाता है। औरतों को जौहर करा देता है, लड़कों को या तो मार डालता है या हिजड़ा बना देता है। हमारे जैसे लोग छुपछुपा के उन्हें रख लेते हैं।"–नैना ने कहा।

"मुझे लगता है हम सबसे अच्छे हैं, है न जिज्जी?"–जीतू ने कहा।

"अच्छे बना दिये गये जीतू, हमारी आदत अच्छे बने रहने की बन गयी।"

"जिज्जी इस शहंशाह की बड़ी तारीफें होती हैं पर यह भी तो औरों जैसा ही है। मारकाट करता है। पराई बेटियों को नचवाने की पेशकश करता है। नयी बात तो की नहीं।"

"सियासत में भला है सुना, बाकी सब वैसा ही है। असली बात है कि शहंशाह कट्टर मुसलमान है, मुल्ला वगैरह की सुनता है, उनके फतवे पर ज्यादातर अमल करता है। सैयद रफीउद्दीन सफवी जो दरबारी मुल्ला है उसी ने पूरनमल को नेस्तनाबूद करने का फतवा दिया। शेरशाह ने फतवे के बाद यह

सब किया।"–नैना की समझाइश का जाने क्या असर हुआ?

"पूरनमल और उदय सिंह को किसने आज्ञा दी?"–जीतू का सवाल था।

"किसी पंडित ने दिया होगा, बेटा तू–समझ ले यह हवस है और कुछ नहीं यही हम साथ रहते हैं तो कहाँ एक दूसरे को मारते काटते हैं? हमें क्या चाहिए? धरती बिस्तर आसमान ओढ़ना। हमें ऐसे ही रहना है।"

यह तो हुआ एक वाकया जिसकी वजह से नये दो बनजारों को अपनी पुरानी पहचान मिली। वह पहचान जिसका अब कहीं कोई आधार नहीं था। जीतू और गुलाब एक दूसरे के नजदीक आ गये। गुलाब जीतू के घुँघराले बालों में उँगलियाँ फँसा कर कहती–जीतू बनजारा! जीतू खिलखिलाकर हँसता और गुलाब के गदबदे शरीर को आगोश में लेकर मुँह चूम लेता–'गुलकी बनजारिन' वह बोलने न देता। एक ओर दोनों दूध और चीनी की मानिन्द घुलमिल रहे थे दूसरी ओर नैना बनजारिन बरजती–

"जीतू, देख ज्यादा लाड़ न कर गुलाब का; अभी लगन नहीं हुआ तुम लोगों का, भद्द पिटवायेगा क्या?"–ज्यादा जोर से चिपटा लेता जीतू गुलाब को।

"तो कर दे न लगन, कौन सी दूर देस से बारात आनी है, अब कर डाल।"

"बरसात बाद कर दूँगी।"

"बरसात तक पहरे देती रहेगी?"–जीतू गुलाब को छोड़ नैना से चिपट जाता।

"हट छोड़ दइमारे!"–नकली गुस्सा करती नैना। जीतू जवान हो गया था। नैना जिज्जी से लिपटकर कुछ नहीं होता पर गुलाब को छूते ही सुरसुरी चढ़ जाती। सारे बदन में चींटियाँ चलने लगतीं, खून ठाठें मारने लगता, प्यास से गला सूख जाता। अजब सी कैफियत हो जाती। गुलाब से दूर रहा न जाता। दिन भर पत्थर तराशते, दीवार जमाते उसी की शक्ल घूमती रहती आँखों के सामने। क्या हो गया है इसे। पाँच साल से एक ही तम्बू में उसके साथ रह रहा है, चार साल से वह इसकी ही मँगेतर है। खाना-पीना, उठना-बैठना साथ होता रहा है। संवेदना की एक पतली सी डोर बीच में थी अचानक उसी दिन से कौन सा तूफान घर कर गया है जिस दिन दोनों के खानदानों की समझाइश हुई। नहीं खानदान पानदान ने कुछ न किया। अच्रानक लगा कि गुलाब जवान हो रही है और वह इसी की है। पहले उधर खयाल ही न गया था। गुलाब के आँसू पोंछते हाथ उसके कपोलों से चिपक गये थे, उसके लरजते ओठ मानो बुलावा दे रहे थे, तुम ही एक हो जो मेरे हो और कोई नहीं। सीने से लग गयी थी गुलाब उसे सुकून मिला और इसका रोम-रोम उसे अंगीकार करने को तड़प उठा।

"यार जीतू छिमा करना भाई मैंने उस दिन पीकर जाने क्या-क्या बक दिया।

बेचारी तेरी मंगेतर को तकलीफ दी।"—बिल्लू ने कहा, पत्थर का एक टुकड़ा उड़कर ननकू बनजारे के कन्धों पर गिरा।

"अबे बिल्लू, तू जब भी कुछ करेगा तो घायल करेगा साले। देखकर छाँट पत्थर, देख मेरा सर बच गया।"—ननकू ने कोसा, जीतू हँसने लगा। सभी बनजारे हँसने लगे।

"क्या हो रहा है? काम कर रहे हो कि करतब देख रहे हो? बड़ी हँसी हो रही है!"—लँगड़ा मुकद्दम बही खाता दबाये आ पहुँचा था, हफ्ते का हिसाब लेकर आया था। वह जानता था कि ये कमसिन छोकरे सबसे अच्छा और बढ़िया काम करते हैं।

"आओ आओ मियाँ, तुम्हारा ही इन्तजार था। इधर आओ क्या लौंडे लपाड़े के पास चले गये।"—बन्ते खाँ ने आवाज दी।

"क्या यार बन्ते खाँ, तुझ बुढ्ढे के पास बैठकर क्यों झींकूँ। देखो ये छोकरे कैसी हँसी में सराबोर हैं।" मुकद्दम ने चिढ़ाया।

"तेरे मुँह में तो बत्तीसी बरकरार है, तू तो घोड़े सा फलाँगता है।"

"अमाँ यार, तुम तो नाराज हो गये। चलो खाने का वक्त हो गया। आज मैंने तुम लोगों के लिए हलवा और चुपड़ी रोटियाँ सिंकवाई हैं, टिक्कड़ चना नहीं बनवाया है।"

"वाह, किस खुशी में मियाँ?"—बन्ते खाँ पास आ गया।

"खुशी में क्या कहूँ? मेरा तबादला हो गया है। शहंशाह ने कानूनन चार साल एक कारकुन को एक जगह रहने का फरमान निकाला है। मैं चार साल से यहाँ हूँ। अब दिल्ली जा रहा हूँ। वहाँ शेरगढ़ किले का काम चल रहा है।"

"अच्छा? तेरे लिए तो खुशी की बात है, इस बियाबान जंगल से दिल्ली जा रहा है।"—बन्ते खाँ ने कहा।

"अच्छा तो है लेकिन इस किले से इस जगह से मुहब्बत हो गयी थी तुम लोगों से ज्यादा हो गयी थी।"

"हमारा क्या चाचा, हमें कहो तो उधर ही आ जायेंगे। बनजारे हैं जा सकते हैं।"—ननकू हँसकर बोला।

"बिल्कुल बिल्कुल"—सारे नौजवानों ने शोर किया।

"आ जाना, जरूर आ जाना पर आ नहीं पाओगे। इस किले को बनते नहीं देखोगे?"—मुकद्दम ने कहा।

"हमें नहीं लगता कि इत्ता बड़ा किला इत्ती जल्दी बनकर तैयार हो जायेगा कि हम देख लेंगे।"

"हमारी अगली नस्लें देखेंगी।"

"चल, लगा अपना अँगूठा ले गिन ले टके फिर खाना खाना, देग आ गयी

देख।"—मुकद्दम ने बही-खाता और कजरौटी निकाली सबका अपना-अपना दुख अपनी-अपनी तकलीफें। मुकद्दम ने यहाँ अपना कुनबा फैला रखा था। टोडरमल की खैरख्वाही से कुछ गाँव मिल गये थे सो जाते भारी लग रहा था। टोडरमल से आरजू करेगा कि कम से कम जागीर तो रह जाय। बेटा पोता यहीं रह जायेगा। बनजारे गोल में बैठ गये सबों को चुपड़ी रोटियाँ और खुशबूदार हलवा खाने को मिले। मुकद्दम मियाँ के जयकारे से आसमान भर गया। टोडरमल गक्खर की ओर निकल गये थे। नये मुकद्दम को बही खाता समझा पुराने मुकद्दम टोडरमल का इन्तजार करने लगे। एक हफ्ता बीत गया उनका आना न हो सका। मुकद्दम ने ज्यादा समय बरबाद करना उचित न समझा, वह छोटे कद के घोड़े पर चढ़कर गक्खर पहुँच गया।

"हुजूर का इकबाल बुलन्द हो, दिल्ली जाने से पहले एक आरजू ले कर आया हूँ।"—मुकद्दम ने कहा।

"बेखौफ कहो भाई, तुम्हें तो खुश होना चाहिए, तुम बादशाह के प्यारे किले शेरगढ़ के मुकद्दम बन कर जा रहे हो। तुम्हारी तारीफ तुमसे पहले पहुँच गयी है।"—टोडरमल ने खुश होकर कहा।

"आपका रहमोकरम है मालिक, वरना इस नाचीज की क्या बिसात? एक मुकद्दम कर क्या सकता है हुजूर।"

"शहंशाह को मेहनती, ईमानदार इनसान पसन्द हैं यह तो तुम जानते हो? हो सकता है किसी दिन अपनी लगन और ईमानदारी के कारण तुम बादशाह की नजरों में आ जाओ और शिकदार बना दिये जाओ। यह सब शेरगढ़ में रह कर ही हो सकता है।"

"जहेकिस्मत मेरे आका, एक इल्तिजा है।"

"बताओ।"

"आपने पन्द्रह टका अशर्फी के माहवारी और एक जागीर खादिम को अता फरमाई थी।"

"हाँ, वहाँ शेरगढ़ में तीस टका अशर्फी मिलेगी।"

"मेरे बेटे और पोते खेत देखते हैं, भेड़ें और बकरियाँ पाल रखी हैं, सिन्ध तक तिजारत होती है। हम खटिक हैं हुजूर। हमने थोड़ा फारसी और हिन्दी पढ़ लिया था, पर वे तिजारती हैं। उन्हें यहीं रहने का बन्दोबस्त हो जाता।"

"क्यों तुम्हारी जागीर तो है। जागीर का पट्टा ठीक से पढ़ा नहीं? वह तुम्हें तुम्हारे खानदान तक के लिए है। हाँ बेचने का हक नहीं दिया गया है। तुम बिलाशक दिल्ली जाओ। तुम्हारे कुनबे यहाँ शौक से रहेंगे।"

"अन्नदाता, आप दिलदार हैं, खुदा आपको तरक्की बख्शे।"—कोर्निश बजाता हुआ चला गया। बड़ी खुशी से उसने दिल्ली का रुख किया घोड़े पर मुकद्दम

और पालकी में उसकी बूढ़ी बीवी। दो बाँदियाँ भी साथ थीं। अपने इलाके की ओर जा रहे थे।

* * *

नया मुकद्दम सन्ताराम था जो पंजाब का ही था। जोर जोर से बोलता, ठहाके लगाकर हँसता और गाना बजाना सुनना पसन्द करता। उसकी रातें बनजारों की टोलियों में कटतीं। खाना-पीना और नाच-गाना। काम में पक्का था लेकिन बेपर की खूब हाँकता। जंग में शामिल होने की झूठी कहानी कहकर बनजारों पर रोब गाँठता। नाच खत्म हो जाने के बाद बनजारिनों को बुलाकर नाम पूछता। धीरे-धीरे सबों को पहचानने लगा था। उनसे दोस्त बनकर बातें करता।

"अरी ओ कुकी तेरी नथ तो टेढ़ी है, आजा मैं सीधी कर दूँ।"

"हट।" कहकर कुकी शरमा जाती।

"देख बिल्लू यह तो शरमा गयी।"

"अरी रज्जो तेरे माथे पर बिच्छू है।"-अब जाहिर है रज्जो चीख उठती वह ताली पीट-पीट कर हँसता। एक दिन उसकी नजर गुलाब कुँअर पर पड़ी। उसने पूछा कि वो कौन है, नाचती नहीं, क्यों? गुंजा ने कहा-"उसे नाचना नहीं आता हुजूर।"

"है तो बड़ी सोनी, सिखा नाच।"

"नहीं सीखना चाहती हुजूर।"

"बुला तो मेरे पास मैं समझाऊँ।"-सहेलियाँ बुला लाई।

"तू क्यों नहीं नाचती कुड़िये?"-गुलाब चुप रही

"बड़ी सोनी है री तू, नाचेगी तो सुन्दर दीखेगी।"-फिर कहा। सन्तराम ने हाथ आगे बढ़ाकर उसका माथा छुआ। वह दूर हट गयी।

"उसे छोड़ दो मालिक। वो रोने लगेगी फिर बड़ी दिक्कत पेश आयेगी जल्दी चुप न होगी।"-कुकी ने समझाया।

"ऐसा क्या?"-ज्यादातर उनके आने और बनजारों से लागडाट की खबर शिकदार को हुई तो उन्होंने उसे डाँटा।

"बनजारों की बस्ती में उनके बुलावे पर जाते हैं। बड़े खतरनाक होते हैं वे। माथा खराब हुआ कि काट कर गाड़ देंगे। उनपर कोई कानून लागू भी नहीं होता। यहाँ से तम्बू उखाड़ेंगे फारस की खाड़ी में जाकर डाल लेंगे। बच के रहियेगा।"-सन्तराम सहम गया पर जाना नहीं छोड़ा। रोज न जाकर हफ्ते में एक दिन चला जाता। जुमा के दिन की छुट्टी के दिन चला जाता। सन्तराम का दिल कुकी पर आ गया था। वह उसकी लटों को सँवार रहा होता। उसे लहँगा खरीदवा देता। दूसरी छोकरियों को भी कुछ न कुछ देना पड़ता; नैना बनजारिन ने

देखा कि यह ठीक नहीं हो रहा है तो एक दिन उन्हें घेरकर बोली–"मुकद्दम हुजूर, इन छोरियों से दूर रहिये।"

"क्यों जिज्जी; मैं तो आप लोगों के साथ ही रहना चाहता हूँ। छड़ा ठहरा घर दूर है, क्यों बरजती हैं?"

"छोरियाँ और छोरे आग और फूस होते हैं, आग लगेगी तो सँभाल न पाओगे।"

"अरे नहीं जिज्जी।"–मुकद्दम ने कहा और नैना ने समझा।

"देख सन्तराम, अपने दिल को ज्यादा न बहका मुझे मालूम है कि तेरी माशूका रायकला को हाजी खाँ ने अपने हरम में रख लिया है। तेरा दिल बदला लेने को बेचैन है सो तू इस रोहतास खुर्द के किले का मामूली मुकद्दम बनकर इस फिराक में है कि भागे हुए बादशाह हुमायूँ के लिए मददगार बन सके।"

"कहाँ-कहाँ से खबरें इकट्ठा करती है जिज्जी, अपने आपको बड़ी खबरी समझती है पर यह नहीं जानती कि हाजी खाँ को मैं कैसे जानूँगा, मैं पंजाब का वह कन्नौज की तरफ का। मैं एक मामूली मुकद्दम वो मनसबदार, मसनदेआली का जीजा। बेपर की खूब उड़ा रही हो।"

"सँभल जा सन्तराम, हमारा क्या हम यहाँ से डेरा उठा लेंगे।"

"हम कौन से किसी जागीर से बँधे हैं, कोई कौल नहीं जब चाहें निकल लेंगे।"–नैना बनजारिन यही सब देखती रही है। इब्राहिम लोदी, बाबर बादशाह, हुमायूँ और शेरशाह की हुकूमत को देखती है। एक छोटी-सी जिनगानी, बनजारों की जिन्दगी, आँखें सब देख रही हैं, तारीख क्या पूरी कायनात गुजर गयी। इस जिद्दी चोट खाये पंजाबी हिन्दू से पार न पाया जा सकेगा। कई बार देखा है चार हजार फौज के सामने पाँच सौ पदाति सिर्फ तलवार लेकर लड़ मरे, दो हजार को मार कर अपनी जान से प्यारी औरतों बेटियों को जौहर की आग में झोंक कर, बनजारों की ऐसी ही बस्ती आग की लपटों और खून की नदियों को पार करती ठौर ठिकाना बदलती रही है। आग पानी और गरम रेतीली हवा से बचती-बचाती, गाती-बजाती करतब दिखाती रही है। नैना ने सरदार से राय विचार किया और एक रात खेमा उठा निकल गये अनजान सफर पर। रहे सन्तराम, शहंशाह हुमायूँ की अगवानी करे, रणथम्बौर जाकर हाजी खाँ के रनिवास में घुसकर रायकला को खींच लाये या टोडरमल के शमशीर की भेंट चढ़े, अपनी बला से। जिसे राजपाट का चाव हो, जिस टिटहरी को अपनी टाँगों पर इतना भरोसा हो कि वही आसमान थामे है जिसे कायनात के बादशाह की मंशा का पता हो वह जूझे, हमारा क्या हम घुमन्तू हैं, आजाद, पूरी तरह आजाद।

सन्तराम ने रोहतास खुर्द की चौड़ी दीवार पर खड़े होकर अपने दूरबीन से देखा वे सीधे उत्तर-पूरब की ओर न जाकर पूरब की ओर चले जा रहे हैं। हँसी

आ गयी इसे। इसने महीनों से यही तो कोशिश की थी कि कहीं ये शेरगढ़ के किले की ओर न चले जायें। टका कमाने की लत नौजवानों को लग गयी है, दिल्ली में लहँगे चूनर बनाने वालों की कमाई में इजाफा होगा। कहीं खुद सुलतान ने इनके करतब देख लिए तो तोहफों की भरमार हो जायेगी पर वह नगर बड़ा जालिम है, खूबसूरत बनजारिनों पर जुल्म ढायेगा। सुलतान बड़ा दानिशमन्द है फिर भी जानेगा तब तक देर हों जायेगी। जानकर भी क्या करेगा नगर सेठ की बहू को आदिल खाँ से बचा लेना और रायकला सरीखी रक्कासा को हाजी खाँ से बचाना दोनों में फर्क है। सुलतान भी नहीं बचा सकेगा। दिल्ली जो वहशी है, दिल्ली जो हजारों साल से गुरूर में मुब्तिला है जिसे किसी बाहरी लुटेरे जो या तो किजिलबाश हों या कट्टर सुन्नी हों, रोमन हों या युनानी, तुर्की हों या समरकन्द के, की किये की सजा भुगतकर भी सँभलने का ताव नहीं है ऐसी बेहिस दिल्ली से ये भोले बनजारे दूर ही रहें। सन्तराम ने रोंगटे खड़े करने वाले किस्से सुना सुनाकर उन्हें दिल्ली से दूर कर दिया। दूरबीन से देखता रहा जब तक उनका कारवाँ नजरों से ओझल न हो गया। शायद ये फिर रायसेन की ओर ही लौट रहे हैं। सन्तराम ने लम्बी साँस ली। एक ओर के मजदूर अभी गये। काम चलता ही रहेगा, मजदूर आ जायेंगे। इतना भर सही है कि शेरशाह ने बेगार की प्रथा बन्द कर दी है, मजदूर फिर भी आ जायेंगे।

* * *

जश्न और जंग से आफियत हुई नहीं कि शेरशाह को हज पर जाने वालों का खयाल आया। उसने फरमान निकालकर ऐलान करवाया कि हज पर जाने वाले सभी लोगों को हुकूमत की ओर से राह खर्च दिये जायेंगे। ये भी इन्तजामात किए कि बियाबानों में फौजी तैनात होंगे। समन्दर पर ऐसे फौजी जहाज फिरेंगे जो हज पर जानेवाले लोगों के लिए लुटेरों से रक्षा करेंगे। दिल्ली से निकलकर पंजाब, कन्नौज वगैरह जाकर अपने हाथों से हज के सफर पर जाने वालों को अशर्फियाँ दीं। उन्होंने जंग में मारे गये जवानों की विधवाओं को खेती की जमीनें, गाय, भैंसे, अशर्फियाँ अपनी जिन्दगी को सँवारने के लिए दीं। बच्चों के लिए पाठशालायें, मदरसे और अखाड़े खुलवाये। कन्नौज के एक गाँव से गुजर रहे थे तो देखा कि किसी घर से धुएँ की लकीर तक नहीं उठ रही है। अपनी सवारी रोकी और जायजा लेने लगे। कहीं हवा में आग जलने की, खाना पकाने की बू तक नहीं आयी। गायों के रँभाने की, बकरियों के मेमियाने की आवाज नहीं सुनी।

"यहाँ के शिकदार को बुलाओ।"–अपने एक कारकुन से कहा। शिकदार हाथ बाँध कर खड़ा हो गया।

"इस गाँव में आबादी नहीं है क्या? खेतों की हालत खस्ता क्यों है?"–खुद

सुलतान ने सवाल किया।

"यह पूरा इलाका मुगल बादशाह का खैरख्वाह रहा है शहंशाह। इसके सभी जवान उनके फौज के सिपाही थे जो आपकी तलवार के पाक धार की चपेट में आकर ऊपर चले गये।"

"उनकी औरतें और बच्चे कहाँ गये? क्या वे भी नहीं रहे?"

"नहीं मेरे आका, वे हैं।"–सर झुका लिया।

"इन्हें बुलाओ। जो आने लायक नहीं होंगे, बूढ़े हों या इज्जतदार खातूनें हों उन्हें हम जाकर मिलेंगे।"–शेरशाह ने अपने साथ चलने वाले रसोई में से सामान निकाल घर-घर पहुँचाया और टोपी उतार कर इल्तिजा की।

"रियाया किसी की दुश्मन नहीं होती, मुगल हो या पठान जवान अपने आका के लिए लड़ाई लड़ते हैं उनके बीवी बच्चे क्यों भुगतें, आप हमारी रियाया हैं, हम पर हक है आपका। खेती करते रहें। बच्चों को पाठशालाओं और मदरसों में भेजिये। अखाड़ों में भेजिये, ऐसे तो नहीं चलेगा।"–शेरशाह की बातें सुन गाँव के गाँव उसे दुआएँ देने लगे। शेरशाह ने फरमान जारी कर ताकीद की कि किसी गाँव में कोई भूखा न सोये। वह पाँचों वक्त की नमाज के बाद, कुरान की कुछ आयतें पढ़ने के बाद जब अल्लाह का शुक्रिया अदा करता था तो यह नहीं भूलता था कि हिन्दोस्तान की इस जमीन के पानी, फसल और रसीले फल खाने, ऐश मौज करने इसके पुरखे नहीं आये थे। आये थे जिन्दगी यहाँ गुजारने, अपनी नस्लों के बीज रोपने, इन्हें किसी हिन्दोस्तानी से कोई अदावत नहीं थी। शहंशाही की भूख तो नहीं थी पर या खुदा! तूने ही अपने पाक इरादे से तख्तोताज दे दिया, अब मेरे हाथों से कोई पाप न हो। मजलूमों की जितनी खिदमत कर सकूँ मुझसे करवा। जंग में कई ऐसे कारनामे हो जाते हैं जिसका मलाल ताजिन्दगी रहता है। शेरशाह बार-बार अल्लाहताला के हुजूर में सर पटकता और कहता कि मैं यह नहीं मानता कि–"इश्क और जंग में सब जायज है"। अगर ऐसा है तो क्यों मेरे दिल पर चाँद कुँअर और पूरनमल की बेटी का दर्द पत्थर की मानिन्द भारी है? क्यों जौहर करती जलती खातूनों की चिराँयध महक जीने नहीं देती? क्यों मैं जंग के मैदान में तलवार भाँजते हुए, रक्कासाओं के नाचते तलुओं को देखते हुए या बेगम कमानी के आगोश में भी उन्हें भूल नहीं पाता! कयामत के पहले आसमान की आग में जलने से पहले मैं हमेशा आग में घिरा हूँ।

ऐसे समय में अपने रुक्केवाली अँगूठी को गौर से देखता है जिसके नगीने पर खुद का लिखा शेर खुदवा रखा है–

"शाहअल्ला बाकी तुरा बाद दायम
बमा शेरशाह बिन हसन सूर कायम"

–सारे दुख भूलकर मुँह पर मुस्कान खेल जाती है। मजाकिया शेर कहने

का शौकीन था सुलतान। कन्नौज के वाकये से सीख लेकर शेरशाह ने घोड़ों का काफिला फौज सहित सूबों में घूमने की ठानी। बाबर बादशाह से हुमायूँ तक राजपाट मुगलों का था, खैरख्वाही उन्हीं की थी ऐसे में हमारे ओहदेदारों, फौजियों के सितम से कितने लोग बच रहे होंगे? इन्हें खुद अपनी आँखों से देखना चाहिए। जौनपुर से लेकर पूरे पुरबिये इलाके पर पहले से इनका दबदबा था। पन्द्रह सालों से अमीरी कर रहे थे लेकिन इधर कन्नौज, मालवा राजपुताना, बुंदेलखण्ड और रुहेलखण्ड इनके सीधे हुकूमत में नहीं था। एक-एक कर सुलतान उन सूबों में घूमने लगा। खेतिहरों की तकलीफ सुनने लगा। कच्छ की ओर उसने दो जहाजी बेड़ा हज यात्रियों के लिए खड़ा करवाया। लौटते हुए एक कच्चे झोपड़े के पास ठिठक गया।

"देखे तो उस बाँस की अलगनी पर जामुनी रंग का शीशा जड़ा कपड़ा टँगा है क्या यह अपने श्यामसुन्दर के झूल के लिए मुफीद रहेगा?"-अपने सिपहसालार से कहा। वह गया और कपड़ा लेकर आया। उसी तरह झोपड़े में रहने वाले कारीगर बाहर निकल आये। सबों ने उसे घेर लिया। अपने-अपने सामान सामने फैला दिये।

"बादशाह हुजूर, हमारे सामान भी देखो।"-बादशाह ने सबों की कारीगरी दुगुने-चौगुने दाम में खरीद ली। वहाँ के शिकादार से कहा कि इनके घर पक्के करवा दिये जायें। कुएँ खुदवाये जायें और एक ऐसा सराय बनाया जाये जहाँ बिक्री की दुकान हो। वहीं से फरमान निकाला कि पूरे हिन्दोस्तान के सरायों में एक दूकान भी हो। उस दुकान में उतने भर इलाके के लोग आयें और सामान बेच सकें। हाट लगाने की प्रथा को फिर से चालू करने की मुनादी की गयी। जामुनी रंग वाले झूल की मुँहमागी कीमत देना चाहता था। एक दस साल की बच्ची झोपड़े से निकलकर आयी पर उसने कीमत की बात नहीं की। शहंशाह ने खुद अशर्फियों से भरी थैली उस बच्ची के हाथों पर रखी और कहा-"तुम्हारी अम्मीजान परदे में हैं। कोई बात नहीं, तुम यह उन्हें दो और कहो कि अल्लाह उनकी उँगलियों का जादू बरकरार रखे, जाओ।"-वह बच्ची अन्दर गयी। बादशाह ने घोड़ा मोड़ा। थैली का खुला हुआ मुँह, झनझना कर लुढ़कते अशर्फी ठीकरे की मानिन्द, पूरी फौज हक्की बक्की। यह कौन है? उसकी ऐसी जुर्रत? सिपहसालार ने म्यान से तलवार निकाल ली। दो फौजी झोपड़े में घुसने लगे।

"रुक जाओ, अदब से पेश आओ। कोई औरत यूँ ही नहीं इतनी गैरतमन्द हो सकती है।"-अपना घोड़ा खड़ा कर उतर गया शेरशाह। फौजियों ने उसे घेर लिया।

"कमाल है, एक औरत से इतना डर? परे हटो।"-मुस्कुराया शेरशाह।

"मोहतरमा, क्या मैं जान सकता हूँ कि आपकी शान में क्या गुस्ताखी

हुई?"–शेरशाह ने ऊँची आवाज में कहा। चादर ओढ़े परदा किये एक मजलूम औरत बच्ची का हाथ पकड़ बाहर आयी।

"मैंने अपने दाम रख लिए एक अशर्फी बाकी तेरे ठीकरे फेंक दिये ले जा।"–गरज कर वह बोली। झोपड़े वालों ने शेरशाह के कदमों में सर झुकाकर कहा, "हुजूर शहंशाह, इसका दिमाग खराब है मुआफ करें। यह पगली है।"

"अबे डरपोक, मैं क्यों पगली होने लगी। ऐ तख्तनशीं बादशाह, ऐ अल्लाह के बन्दे, नजूमियों का भी नजूमी, मुल्लाओं से ज्यादा हदीस पढ़ने वाला, रोह की गमाल नदी का पत्थर तू क्या समझता है सबको खरीद लेगा? हम अपनी हुनर का खाते हैं। तुझसे कुछ न लेंगे। हम वीराने में बैठे हैं फिर भी चैन से न रहने देगा। ऐ मगरूर इनसान, सैकड़ों साल से हमला करते रहे हो, कभी अरब से आके कभी ईरान से आके कभी समरकन्द से आके कभी तुर्किस्तान से कभी मन्दिर तोड़ते कभी अपने ही लोगों की मस्जिदें ढहाते। किसी ऊपर वाले का डर नहीं। जाओ हमें यूँ ही रहने दो। यहाँ क्यों खड़े हो? जाओ या हमारा कत्ल कर दो।"–उस औरत की ऊँची आवाज से फौजी सकते में आ गये। शेरशाह ने घुटनों पर बैठकर दोनों हाथ आरजू की शक्ल में फैलाकर इल्तिजा की।

"मोहतरमा, हमें मुआफ करना। हम ऐसे ही हैं। आपकी तकलीफ जायज है, आपने सैकड़ों सालों से अपने मर्दों को खोया है, औरतों की जलालतें भोगी हैं, आपका गुस्सा करना बिल्कुल सही है। लेकिन हम क्या करें। खुदा ने हमें बनाया ही जंग के लिए है।"

"खुदा को मत घसीटो बीच में।"–वह औरत चीखी।

"आप हमें बख्श दें मोहतरमा, हम आपसे यह वादा नहीं कर सकते कि जंग नहीं करेंगे वह तो करेंगे लेकिन उसके बाद रियाया की हिफाजत भी करेंगे। आपके इलाके के लिए जो कुछ जरूरी होगा वह होगा। रास्ते पर जन्मे घासपात, पेड़-पौधे राहगीरों के कदमों तले आते ही हैं, रौंदे जाते ही हैं, आपका यह इलाका सरहदी है इसमें जंगजूओं का क्या कसूर?"–बहुतेरा समझाइश के बाद वह औरत अपनी बेटी को लेकर झोपड़े में घुस गयी और जोर-जोर से रोने लगी। शेरशाह ने वहाँ के शिकदार से कहा अशर्फियाँ उस औरत को जरूर दे दे जब उसका दिल रोकर हलका हो जाये और भारी दिल, पस्त कदमों से निकल गया। उस औरत की मजलूमी देख अपनी अम्मा सबा बेगम याद आने लगी। सुना था कि रोह से दादा हुजूर इब्राहिम सूर के साथ फटेहाल अम्मा अब्बा आये थे। दादी का इन्तकाल हो चुका था, चाचा वगैरह नहीं आये। कुछ कुनबे के लोग साथ आये थे। दादा हुजूर को काम और कुछ गाँव मिल गये थे, फटेहाली मिट गयी थी। फरीद का जन्म हुआ हसन सूर को रोहतास की जागीर मिल गयी। अम्मा के पास अच्छे कपड़े और जेवर आ गये थे। दो-दो बेटे हो गये थे पर

बाँदी ही सौतन बन गयी। अम्मा मजलूम की मजलूम ही रही। रेशमी कपड़ों के नीचे फटा हुआ चीथड़ा दिल, जेवरों के नीचे छलनी जज्बात फिर भी जीने की चाहत अपने दो मासूम बेटों के लिए। वैसी ही तो थी यह नेकदिल खातून। अपने बाप-भाई-शौहर का गम सूइयों में पिरोती हुई अपनी बेटी को पालती हुई। सोचता रहता है शहंशाह, लड़ाके ही क्यो फौजी से बादशाह बन जाते हैं। गुलाम लड़ाके ही तो इस्लाम का परचम लहराने आये थे, वे किजिलबाश थे तो क्या हुआ। अमन की जिन्दगी जीनेवाले, नाचने गाने, सीने पिरोने वाले, हुनरमन्द हाशिये पर रह जाते हैं। तारीख लिखनेवाले इनके साथ इन्साफ नहीं करते क्योंकि इनके पास फौज नहीं तो ताकत भी नहीं। किसी भी बादशाह, अमीर या फौजी को यह हक बिल्कुल नहीं है कि इन अल्लाह के बंदों के साथ बदसलूकी करे।

"हुजूर, शाम ढल गयी है हमारा पड़ाव आ गया है।"–सिपहसालार की आवाज से चौंक गये शेरशाह। इतनी देर से मैं क्या सोच रहा था? उतरे, वुजू किया और नमाज पढ़ने लगे। तमाम तम्बू गड़े हुए थे। शहंशाह के दस्तरखान बिछे। शाक भाजियों से तैयार किया यख्नी, पुलाव और खमीरी पराँठे परोसे गये। मीठा पुलाव और चने की बनी मिठाइयाँ बेहद पसन्द थीं बादशाह को। उनके साथ बैठे सिपहसालार और सेसर शिकदारों ने हिरन के मांस से बने कबाब और बकरे का मांस खाया। बादशाह के सामने इन्हें यह सब खाते अच्छा कतई नहीं लगता लेकिन स्वयं शेरशाह चाहते कि सब साथ खायें।

"देखो, तुम लोगों को मालूम है न कि मैंने बाबर बादशाह की दावत में क्या किया था? मुझे माहीचा खाने का बेहद शौक था। सुना था कि मुगल माहीचा यानी बक्रा मुसल्लम खाते हैं उस दिन देखा, कि रहा नहीं गया। काटने की छुरी नहीं देखी तो कमर से खंजर निकाल लिया।"–हो हो कर हँसने लगे बादशाह। सारे फौजी मुस्कुराने लगे।

"यार तुम लोग खुलकर हँसते नहीं। मैं सिर्फ जंग के मैदान में गुस्सा करता हूँ, कोई बेवजह किसी को परेशान करे तब गुस्सा आता है पर तुम लोग तो हरदम नाराज दीखते हो, जबड़े कसे-कसे दुख नहीं जाते?"

"हुजूरे आली की हँसी ठहाके से दिल बाग बाग रहता है, आपकी हँसी में ही हमारी हँसी शामिल है।"–एक फौजी ने कहा।

"मेरे हँसने से दिल बाग बाग जरूर हो सकता है पर मैं बेहिचक कह सकता हूँ कि जबड़ों की बन्दिशें खुलेंगी तभी जकड़न कम होगी।"–इसी बात पर सारे फौजी बेसाख्ता हँस पड़े। बाहर की ओर से मुहम्मद अतका अन्दर आये। वे हैरत में थे।

"आइये-आइये मुहम्मद अतका। किधर रह गये थे, खाना नहीं खाया?" –बादशाह ने पूछा।

"बैरम खाँ भी बचे हुए हैं हुजूर।"

"क्या कर रहे थे आप लोग? कोई तीतर वगैरह तो नहीं पकड़ लाये, उसे ही भून रहे थे क्या?"–सभी हँसने लगे।

"तीतर सीधे जंगल में पकड़ कर जंगल में ही भूनकर खाने का मजा ही कुछ और है। मैं रोहतास के जंगलों का काम देखता था उस समय चेरो और खरवार मेरे दोस्त थे, आज भी हैं। हम यह काम रोज करते। तो बतायें आपने इस उमर में क्या पकड़ा है?"

"शहंशाह हुजूर, हम शेरों से रूबरू थे, रूबाइयों के तीतर पकड़ रहे थे, शिकारी एक ही थे बैरम खाँ मैं अनाड़ी इधर उधर से लपक रहा था"–अतका खाँ ने कहा।

"भई, उन्हें बुलाइये तो हम भी सुनें।"–शहंशाह मजे लेने लगे। सिपहसालार सहित फौजी इस गुफ्तगू का शीन काफ़ ही ढूँढ़ते रहे। खाना खाकर अतका और बैरम खाँ के साथ शेरशाह की बैठक जमी। आधी रात तक शेरो-शायरी-नज्में रूबाइयातें इनका दिल बहलाती रहीं। शेरशाह के मजाहिया शेर मनसुखन सुनकर बैरम खाँ ने बड़ी तारीफ की।

"हुजूर, हुमायूँ बादशाह कहा करते हैं कि संजीदा नज्में कहना आसान है पर मजाहिया शेर कोई कहे, समझने वाले समझ लें मजाक को तो समझो वह बड़ा शायर है।"

"बैरम खाँ साहब आपकी इल्म की मैं बड़ी तारीफ करता हूँ, आपने मेरी तारीफ में मुगल बादशाह हुमायूँ का जिक्र किया यह जान मुझे लग रहा है मैं सही रास्ते पर हूँ। बादशाहे लाहौर हैं इसलिए नहीं, वे बेहद संजीदा पढ़े गुने इनसान हैं, बेहतरीन लेखक है इसलिए। मेरे पास अमन चैन होता तो मैं मजाहिया शायरी का चलन चलवा देता। उसे सिर्फ समधियाने की गाली के लिए न छोड़ता।"–अतका मुस्कुरा रहे थे, बैरम खाँ का चेहरा सख्त हो गया था। शेरशाह का एक-एक लफ्ज सच था पर वह नश्तर सा उतर गया था इसके दिल में–'बादशाहे लाहौर'। सुराग सारे इसकी फौज का लेकर बैरम खाँ निकलकर अपने अजीज हुमायूँ के पास चला जाना चाहता था। अतका उसका साथी था पर सारी बातें उससे भी नहीं करता। अतका एक भरोसेमन्द जाँबाज सिपाही किस्म का इनसान है, वह जहाँ कहीं भी रहेगा उसका खैरख्वाह रहेगा, किसी को धोखा देने की सोच भी नहीं सकता। लेकिन बैरम खाँ ऐसा नहीं है वह सिर्फ और सिर्फ मुगल सल्तनत का खैरख्वाह है उसके अलावे किसी की जीत नहीं देख सकता। बैरम खाँ भी अरबी-फारसी-उर्दू-हिन्दी सभी जुबान का जानकार था। संस्कृत भी सीख रखी थी, हिन्दोस्तान में सूबा दर सूबा घूम कर अनेक भाषायें न सिर्फ जान गया था, वह बोल भी लेता था। शेरशाह की निजी फौज और सूबों की फौजों का लेखा

जोखा रखना नामुमकिन था। लाखों की संख्या में घोड़े, हाथी, पदाति फौजी थे। जंगल पर दबदबा था सो तीर धनुष और गुलेल वाले फौजी थे, रियाया को रिझाने का गुर जानता था सो उन्हें बरगलाया नहीं जा सकता था। चन्द सुकून पसन्द अमीर अब भी मुगल बादशाह की शहंशाही को याद करते जरूर हैं पर वह कौम एक तो कम है दूसरे बेहद आलसी और अपनी खुद की रंगरलियों में मसरूफ है। जिन ओहदेदारों को मालगुजारी वसूलने, फौज खड़ी करने, रियाया से सीधा साथ पाने का रुक्का मुगलकाल में मिला था उन्हें शेरशाही फरमान जरा न भाता था। वे बन्दिशें बर्दाश्त करते कसमसा रहे थे लेकिन उनके हाथ बँधे थे। बैरम खाँ ने शम्शुद्दीन मुहम्मद अतका से बातचीत कर अन्दाजा लगा लिया कि सिर्फ लाहौर में बैठकर मुगल बादशाह हुमायूँ कुछ नहीं कर सकते।

"अतका साहब, अपने बादशाह के कौन-कौन दोस्त रह गये हैं?"

"मेरी समझ से सिन्ध के राजा और अपना काबुल, पंजाब का थोड़ा-सा हिस्सा, बस!"

"हूँ, मुल्तान पर तो कामरान ने कब्जा ऐसा कर लिया है कि उससे कोई उम्मीद ही नहीं है।"

"बैरम खाँ साहब आप कोशिश करेंगे तब मिर्जा कामरान को थोड़ी अक्ल आ सकती है।"

"बेजा इनसान है कामरान, निगाहें काम नहीं करतीं उसकी। यह नहीं देखता कि अफगानों में एका हो जाने के कारण शेर खाँ हारी हुई बाजी जीत जाता है, उसे सगे भाई से ही क्यों अदावत करनी है? पूरी फौज शक की निगाह से देखती है, बीस-पचीस साल से घुसपैठ करने वाले समरकन्द के बादशाह का रुतबा तो खासा है, तौर तरीका पहले से ही शाहाना है पर ये सियार की तरह एक-दूसरे पर आवाजें क्यों कसते रहे हैं? फौज के साथ-साथ रियाया की नजर भी बदलती है।"

"सब मालूम है पर एक ही रास्ता दिखलाई पड़ता है वह आप ही एक कोशिश कर देखिये। मिर्जा हिन्दाल कहीं सरहिन्द में घूम फिर रहे हैं कभी शेरशाह की नजर पड़ी तो हलाक हो जायेंगे। यह इनसान सभी ऊँची नस्ल का दुश्मन है यानी मुगल का। मुझे कहीं मिलेगा तो उसे मुल्तान की ओर धकेलूँगा।"

"तब आपको दोनों को समझाना होगा कि तख्त पाने के लिए साथ आना जरूरी है।"

"चाहे जो हो अतका, इस शेरशाह के रहते नामुमकिन है कभी मुगल झाँक नहीं पायेंगे।"—बैरम खाँ निराश था।

"काट आप पढ़े-लिखे लोगों को ही ढूँढ़ना होगा हुजूर।"

"अब मुझे यहाँ से निकल लेना चाहिए।"

"निकल लीजिए, सही वक्त है।"–इनकी बातचीत तुर्की जुबान में होती थी इसलिए कोई हिन्दोस्तानी फौजी समझ नहीं पाता था। लेकिन शेरशाह समझता था। वह टहलने निकला था, उसने आखिरी दो जुमले सुन लिए थे। तुरत सामने आकर पूछा–

"किधर निकलने की बात कर रहे थे?"

"शहंशाहे आली, समन्दर की ओर खड़े होकर ही हम तफरीह कर रहे थे, उसका रंग ठीक नहीं था। भूरापन बढ़ रहा था। ऐसे में तूफान आने के आसार दिखाई पड़ते हैं। तूफान कभी-कभी ऊँची लहरें लेकर आता है, हमें जल्दी ही यहाँ से निकल लेना चाहिए।"–बैरम खाँ बेसाख्ता बोल उठा। अतका उसकी इस अक्लमंदी की दाद मन ही मन दिये बिना रह न सका। शहंशाह ने शम्शुद्दीन अतका से कहा–"नौजवान, जाओ फौजियों को कह दो कि खेमे उखाड़ें और पूरब की ओर सीधे बढ़ें।" अतका ने खेमे उखड़वाने का हुक्म सुनाया जिसकी तामील होनी शुरू हो गयी।

"मियाँ बैरम खाँ आप तो मुगल बादशाह के खानखाना हैं न? हमारे भी खानखाना होंगे। मैं आप और मुहम्मद शम्शुद्दीन अतका को अपने साथ पाकर बेहद फख्र महसूस करता हूँ। मुगलों के बारे में अपनी राय बदलने पर मजबूर हुआ। मैं उन्हें आलसी, कामचोर और घमंडी आँकता। आप वह सब कुछ नहीं हैं। आप तो हमारी तरह हैं।"

"हुजूर की ज़र्रानवाजी। हम नाचीज़ क्या हैं?"–अतका ने कहा।

"हुजूर अम्मा के पेट से जन्मे सारे बच्चे एक से होते हैं, भोले, गैर मजहबी, सुच्चे खरे सोने। जन्म लेने के बाद उसे हम अपने जमीनी माहौल में ढाल लेते हैं। अपने मुताबिक मजहब देते हैं, जाति देते हैं, जगहों के नाम पर ईरानी, यूनानी, अफगानी या मुगल तकसीम करते हैं। जियादा कुछ कहा हो तो मुआफ करें।"–बैरम खाँ ने कोर्निश की। रात का समाँ था, शेरशाह का काफिला पूरब की ओर चला जा रहा था। आसमान में लाली छिटक रही थी, सुबह का सूरज अपने रथ पर सवार सफर पर निकलने ही वाला था। फजिर की नमाज का वक्त हो चला था। शहंशाह रुक गये। वुजू कर नमाज पढ़ने बैठे। नमाज अता कर उनका नियम था वे कुरान की आयतें पढ़ते। आयतें पढ़ लेने के बाद अल्लाहताला से अपने गुनाहों की माफी माँगते, उसी वक्त लोगों की शिकायतें सुनते उन्हें दान वगैरह देते। दान लेने वाले लोग उन्हें 'नौशेरखाँ' की उपाधि से नवाजते।

"कुछ लोग आगे निकल गये हैं क्या?"–शहंशाह ने देखा तीन-चार फौजी और बैरम खाँ नहीं हैं।

"निकल गये होंगे, अभी काफिला चलने का ऐलान नहीं हुआ, गलत किया है।"–सिपहसालार हैरत में थे।

"देख लो आगे निकले कि निकल ही गये क्यों अतका?"—शेरशाह ने हँसकर अतका से कहा। अतका घबड़ा गये।

"ऐसा कैसे हो सकता है हुजूरे आली?"

"मैं कहाँ कह रहा हूँ? वे हैं नहीं। अब यह सब सिपहसालार का सरदर्द है मेरा नहीं।"—काफिला आगे बढ़ता जा रहा था सिपहसालार ने दो फौजियों को आगे उन्हें रोकने को कहा, वे निकल गये। शम्शुद्दीन अतका ने आगे बढ़कर उन्हें रोकने के लिए पेशकश की तो शेरशाह ने रोक लिया।

"नहीं अतका, आप मेरे बाजू में रहेंगे किसी वक्त जरूरत पड़ी तो आप बाँह पकड़कर सँभाल लेंगे। है न!" अतका ने सर झुका लिए उनके मन में भी खटका हो चला था कि कहीं बैरम खाँ चार फौजियों को लेकर चम्पत तो नहीं हो गया? अजीब शातिर है वह इनसान, मुझसे कहा भी नहीं, मैं नाहक मारा जाऊँगा।

"आप सबों को मालूम है कि शम्शुद्दीन अतका साहब कौन हैं? नहीं तो जानिये बागी मुगल शहजादे मिर्जा कामरान के खास सिपाही थे। जब वे मुल्तान में बागी हो गये थे तो इन्होंने उसे बहुतेरा समझाया कामरान तो ठहरे मुगल वे क्यों सुनते एक अदने सिपाही की? अतका को अपनी सेवा से निकाल दिया। अतका भटकते हुए गंगा किनारे पहुँच गये जहाँ मुझसे हार कर मुगल बादशाह हाथी पर फिर मशक पर दरिया पार कर रहे थे। जहाँ किनारा था वह जगह बेहद ऊँची थी। बरसात का मौसम हारती फौज के शहंशाह तलवार तोप चलाना बखूबी आता था, न तो उन्हें तैरना आता न गीले बालू में दूह पकड़कर पार होना कि एक हाथ उनके बाजुओं तक गया उन्हें नदी से खींचकर जमीन पर खड़ा कर दिया। शहंशाह ने पूछा। "तुम कौन हो भाई?"

"मैं शम्शुद्दीन अतका, आपके भाई मिर्जा कामरान का खैरख्वाह।"

"तुमने मुझे क्यों बचाया, क्या कामरान के पास ले जाना चाहते हो?"—हुमायूँ ने पूछा था अब आगे का हाल अतका से पूछो। "बताओ अतका, वही सब जो मुझे कहा था।"—शेरशाह ने सपाट बयानी की अतका समझ रहा था कि बैरम खाँ भाग गया है, शेरशाह इस पर भी यकीन नहीं कर रहा है।

"बताओ अतका।"

"मैंने कहा हुजूरेआली, मैं आपके साथ रहने आया हूँ। मेरा यह घोड़ा ले लें और आगरे की ओर निकल जायें। मैं पैदल आता हूँ।"

"मैं आगरा जाऊँगा लेकिन न जाने हमारा हरम किस हालत में है? तुम पता करना।"—परेशान हाल हुमायूँ बादशाह चले गये। मैंने दरिया पार किया। जंग का ऐसा एकतरफा फतह कम ही देखा है। वहीं पता चला कि मुगल बेगमातें बड़ी इज्जत के साथ चुनार और रोहतास किले में रहने चली गयीं। मैं तभी तो हुजूर के दरबार में पेश हुआ, कदमबोसी थी, हुजूर को अपना किस्सा कह सुनाया

हुजूर ने मुझे अपनी फौज में जगह दी थी।"

"अतका, मैं तुम पर भरोसा करता हूँ। तुम नमकख्वार किस्म के आदमी हो। तभी तो अपने खासुलखास दोस्त टोडरमल खत्री के साथ तुम्हें हुमायूँ के दरबार में उसकी बेगमों के साथ भेज दिया। मैं यह चाहता था कि तुम चाहो तो अपने आका हुमायूँ के पास रह जाओ। लेकिन तुम लौट आये।"

"हुजूर, मुझे आपने वहीं रुकने का रुक्का नहीं दिया था। आपने मुझे टोडरमल साहब के साथ लौट आने को कहा था। मैं अभी आपका नौकर हूँ, वेतन पाता हूँ, जागीर पाई है नमकख्वार हूँ। आप हम पर यकीन कर सकते हैं।"

"लेकिन उस बेहद पढ़े-लिखे, शायर, अक्ल और जुमलों के जादूगर पर कभी यकीन नहीं कर सकते। तुम एक शमशीर बाज फौजी हो तुम्हारी तलवार इस पार या उस पार होती है। जिन्दगी बख्शती या मौत देती है पर अक्लमन्द कलमबाज की नज्मों में कौन से मुलम्मे नहीं होते, एक हरूफ के सीधे टेढ़े होने पर कायनात हिल जाती है। ये कलमबाज बड़े गहरे होते हैं।"–जोर से गरज कर फिर बोला शेरशाह–"सिपहसालार, देखो कहाँ गया वह खानखाना, उसके साथ तीन और फौजी हें, भागने न पावे।"–सिपहसालार को स्थिति की गम्भीरता अब समझ में आयी उसने पाँच-पाँच फौजियों की टुकड़ियों को तीन तरफ भेजा। शेरशाह ने समझाया–"सरहद की ओर से हम आ रहे हैं पर वह उधर नहीं गया है, जहाँ खड़े हैं उससे जान पड़ता है कि दक्खिन पच्छिम गुजरात की तरफ गया होगा। समन्दर की ओर।"

"आपने बजा फरमाया शहंशाहेआली।"–शम्सुद्दीन अतका का सर झुका था कुछ घुड़सवार डाक चौकी को चाक चौबन्द करने और गुजरात की ओर भेजने को चल पड़े।

* * *

बैरम खाँ से रहा नहीं गया अपने चार खास सिपाहियों के साथ निकल गया। बहुत दूर जाने के बाद देखा कि एक बूढ़ा इनसान बुझी आग कुरेद कर हाथ सेंक रहा था। इसने आव देखा न ताव उस इनसान से कहा कि उसे अपने कपड़े देगा। बैरम खाँ ने अपने फौजी कपड़े उसे पहना दिये और खुद उसके फटेहाल कपड़े पहन लिए। उसे सेंकने के लिए आग अच्छी तरह जला दी और खुदा हाफिज कह चल दिया। उसने इसे आशीष दिया, "भगवान तुम्हें तरक्की दे।"–फटेहाल बैरम खाँ छोटे कद का था, पूरा भिखारी दीखता था। अपने साथियों को भी कपड़े फाड़ लेने को कहा ताकि कोई पकड़ न सके। अपने घोड़े को अहमदाबाद पहुँचने से पहले बेच दिया। ये पाँचों दूरी बनाकर अलग-अलग चल रहे थे

क्योंकि अहमदाबाद तक खबर पहुँच चुकी थी। एहतियात बरतने के बाद भी चारों सिपाही पकड़े गये। पकड़े तो बैरम खाँ भी गये पर उन्होंने पगले भिखारी का अभिनय कर अपने आप को मुक्त करा लिया। अहमदाबाद से निकलने वाले एक गाड़ीवान ने इन्हें खाना खिलाया और अपनी गाड़ी पर जगह दे दी। कई महीनों तक भटकते बैरम खाँ को एक बनजारा टोली में जगह मिल गयी। उसी टोली के साथ लाहौर पहुँच गये।

* * *

हुमायूँ की तबीयत नासाज थी, इन दिनों खाना-पीना दुश्वार हो गया था। हकीमों ने फल के रस और शहद पानी पर रखा था। पेट पर गीली मिट्टी का लेप बाँध रखा था। वे आँखें बन्द कर पड़े थे। उनके पास उनकी अजीज बेगम खड़ी थीं। तभी बाहर से एक सिपाही आया और दरियाफ्त किया।

"हुजूर, बाहर एक निहायत फटेहाल भिखारी आया है, वह आपसे इसी वक्त मिलना चाहता है कहता है वह बैरम खाँ है।"-हुमायूँ ने आँखें खोल दीं।

"बैरम खाँ, उसे बुलाओ।"

"हुजूर वह कोई पागल भिखारी जान पड़ता है, बड़े-बड़े बिखरे बाल, फटेहाल।"

"या खुदा, वह पागल ही तो है जो मेरा यार है। ऐसे समय वही मेरी दिलजोई कर सकता है। बेगम, इस नामाकूल को समझाइये कि वह बैरम खाँ ही है मेरा आशिक जो पागल बना घूमता है, मैं हूँ उसका माशूक।"-हुमायूँ का उतावलापन देखने लायक था। उनकी इस हालत को देख, उनकी आवाज सुन अफरातफरी में बैरम खाँ घुस आये उनके पलँग के पास। बेगम ने देखा, परदा कर लिया। बैरम खाँ उसी हालत में हुमायूँ की कदमबोसी करने लगे हुमायूँ ने उन्हें सीने से लगा लिया। दोनों आँसुओं में डूब गये शिकवे शिकायत सारे बह गये। थोड़ी ही देर में नहाधोकर अपना लिबास पहना बैरम खाँ ने। हुमायूँ बैरम खाँ को देखकर मानो हिन्दोस्तान का तख्त पा गया। बैरम खाँ मिजाज और शेरो सुखन में उन्हें उलझाये रख रहा था शेरशाह के जीते जी वापसी मुमकिन नहीं दीख रही थी। वह बेहद चालाक और चौकन्ना सुलतान था। कान पर नहीं आँख पर भरोसा करता था। लगातार घोड़े पर रहता, लाम काफ से दूर रहता, हदीस और कुरान पर हद से ज्यादा यकीन करता। इस्लाम के सुन्नी पन्थ का कट्टर हिमायती था लेकिन हिन्दू, शिया या सिख किसी को परेशान नहीं करता था। जहाँ सूबा, राज जीतना हो उसके अलावे अदावत नहीं रखता था। जहीन और पढ़ा-लिखा इनसान होने के नाते कोई उसे बरगला नहीं सकता सब कुछ उसके खाते में था ऊपर से वह मुगल सल्तनत का दुश्मन परले दर्जे का था क्योंकि वह जानता था कि

अगर किसी से खतरा है तो वह है मुगल सल्तनत से। बैरम खाँ इस सच्चाई को हुमायूँ के सामने रख नहीं सकता था। हुमायूँ की दिमागी हालत अच्छी नहीं थी। अपने भाइयों और खैरख्वाहों की बगावत ने इनका दिलोदिमाग हिला कर रख दिया था। दोनों शाम को टहल रहे थे कि अचानक हुमायूँ ने पूछा–"आप कहाँ रहे खानखाना इतने दिनों? आपके हालात से जान पड़ता है कि यहाँ वहाँ भटकते रहे, कैसे रहे दोस्त? आप तो आगरा में थे?"–पलभर को बैरम खाँ ठिठक गये, क्या सच कह दूँ? फिर सोचा इससे किसी का भला नहीं होगा।

"आगरे से बाहर था शहंशाह, आपका खानखाना हूँ आपसे दूर कैसे रहता आप बंगाल से लौट रहे थे मैं आपकी अगवानी करने कन्नौज तक गया था। जब हादसा सुना तब आपके पीछे चला। मुल्तान के पास मिर्जा कामरान फौज लेकर डटा था, आपको याद होगा हुजूर कि हम उससे जंग करने लगे आप तनिक दक्खिन से निकलकर लाहौर आ गये।"

"अरे हाँ, आप ही तो कामरान को रोक कर खड़े थे मियाँ, फिर हिन्दोस्तान की तरफ क्यों गये?"

"हमें मालूम हुआ हुजूर कि बेगमातें पीछे छूट गयी हैं। तो हमने हिन्दोस्तान की ओर लौटना सही समझा। हुजूर हिन्दोस्तान में तो आप भी बैठे हैं, अभी भी।"–बैरम खाँ ने कोर्निश बजाते हुए हँसकर कहा।

"हाँ, हम लाहौर में हैं, हम हिन्दोस्तान में हैं। खानखाना, यह लाहौर ही तो हिन्दुस्तान है? हाँ, इसके अलावे कुछ नहीं ना आगरा ना दिल्ली यही है मेरा मुल्क जिसे मुझे अब्बा हुजूर फिरदौस मकानी बाबर ने मुझे दिया था। यही है।"–बच्चों की मानिन्द मचल उठे "सुना उस अफगान ने बेगमों को अपने किले में बाइज्जत रखा है। मैं उधर के जंगलों में भटकता रहा। अब आपके सामने हूँ।"

"मैं जानता था। एक पुराना फौजी आया था आपकी खबर लेकर कि आप अफगान फौज में भरती हो गये हैं। जल्दी ही आयेंगे। मैंने भरोसा नहीं किया उसपर। वह कैद में है।"

"शहंशाह, मैं बचते-बचाते भाग रहा था, बीच-बीच में फौजी लिबास भी पहन लेता था। उसने गलतबयानी नहीं की है उसे मुआफ कर दें।"

"अरे मेरे हमदम, आप आ गये यह मेरे लिए खुदा की नियामत है, मैं उसे जरूर रिहा करवा दूँगा।"–इतनी सियासी बातें काफी थीं। खानखाना ने हुमायूँ के निजी फौज के सिपहसालार से फौज का जायजा लिया, देखा घोड़े-हाथी और सिपाही अच्छी हालत में हैं। उन्होंने खुशी जाहिर की कि कम से कम शहंशाह की हिफाजत तो हो रही है। सिपहसालार से मालूम हुआ कि सिन्ध परगने के राजा बड़ी फौज लेकर इनकी सहायता को आना चाहते हैं, वे अभी तक आजाद हैं लेकिन सिन्ध का कान्त परगना शेरशाह के कब्जे में है खुद जलाल खाँ उस

परगने का सूबेदार है। सुनकर फिक्रमन्द हो गये बैरम खाँ।

"कामरान कहाँ है, मुल्तान में तो नहीं है?"–बैरम खाँ ने सवाल किया–"उनकी अजब दास्तान है। मुल्तान से फौज सजाकर काबुल की ओर चले उन्हें लगा कि इधर किसी की मजबूत हुकूमत नहीं है, जल्दी ही फतह कर लूँगा। पर वहाँ मुँह की खानी पड़ी। मुल्तान भी हाथ से गया, काबुल कहाँ फतह होता?"

"यह इनसान कितना बड़ा बेवकूफ है! अफगानों के सूबे में घुस गया। अरे वे ऐसे भी लड़ाके हैं और अभी तो पूरा हिन्दोस्तान उनका है। कामरान है कहाँ?"

"हमें नहीं मालूम। सुना कि ईरान भाग गये हैं वहीं फौज इकट्ठी कर रहे हैं।"

"हुँह, ईरान में फौज!"–बैरम खाँ सचमुच हुमायूँ के पास उनकी दिलजोई करते शेरो शायरी में मुब्तिला हो गये। वे अकेले थे, उनकी बेगम मेवात में अपने मायके में रह गयी थीं, कोई सूरत नहीं निकल रही थी कि वे लाहौर आतीं। बैरम खाँ यह सब सोच कर बेहद गमगीन हो जाते। शहंशाह की बेगमों में से भी कुछ खास बेगमों का अतापता नहीं था। जो उनके साथ थीं वे ही शेरशाह के किले में गयी थीं उन्हें ही शेरशाह ने पहुँचा दिया था। जो आगरे के किले में थीं वे अपने लोगों की ही साजिशों की शिकार हो गयी थीं। तीन साल तक शेरशाह के साथ भटकते हुए उन लोगों को ढूँढ़ न पाया। चाहता तो मेवात जाकर अपनी बीवी से मिल आता। ऐसा न किया। खानखाना अपने दिल को टटोलकर देख रहे थे कि क्या इसकी जिन्दगी में सबसे ज्यादा जरूरी जगह घेरता है, क्या यह सबसे पहले करना चाहता है? तो जान पड़ता है हुमायूँ बादशाह की फिक्र, न अपनी बीवी की न अपनी।

* * *

शेरशाह को मालूम हो गया था कि बैरम खाँ भाग गया है। उसने खुद शम्शुद्दीन अतका को बुलाकर कहा कि वो चाहे तो जा सकता है।

"शहंशाहे आलम, मैं एक सिपाही हूँ। नमकख्वार सिपाही, न किसी का दोस्त हूँ न दुश्मन। आपके साथ हूँ तो आपकी पूरी ईमानदारी से खिदमत करूँगा सिपाही से पहले इनसान हूँ इसीलिए डूबते हुमायूँ को हाथ पकड़कर बचाया था। आप अपने पास से हटा देंगे तब भी मैं कहीं फौज में ही रहूँगा। मुझ पर, मेरे ईमान पर यकीन न रहा हो तो सर हाजिर है हुजूर।"–अतका ने घुटनों के बल बैठ, अपनी पगड़ी उतारी और सर झुका लिया।

"उठो जवान, तुम पक्के फौजी हो। पर बैरम खाँ को क्या तकलीफ थी वह क्यों भागा?"

"बैरम खाँ साहब हुमायूँ बादशाह के जिगरी दोस्त हैं। उनकी जिल्लत उनकी परेशानी की खबरें सुन वे बेहद परेशान हो जाते थे। मैं उन्हें रात-रात भर नींद में करवटें बदलते देखता। हवा से बातें करते गमजदा रहते। हुजूर मुगलों में भी यह किस्सा फैला हुआ है कि हुमायूँ बादशाह और बैरम खाँ माशूक और आशिक हैं।"-शेरशाह हो होकर हँस पड़े। अतका उठकर खड़े हो गये। शेरशाह का यह अन्दाज उन्हें बेहद पसन्द था। क्या खुलकर ठहाके लगाते हैं एक मुगल शहंशाह हैं हँसते हुए भी मानो मोती खर्च होते हैं। इनका चेहरा खिल उठा।

"चलो मियाँ, मेरे दिल का बोझ कम कर दिया। अब मैं माशूक माशूका के बीच में क्यों आऊँ। एक बात जरूर है कि उनके साथ रहकर तुम भी शायराना हो गये हो।"-अतका ने सलाम किया। अतका शेरशाह का कायल हो गया था। यह इनसान रियाया के लिए कितना सोचता है यह जब तक जिन्दा रहेगा मुगल झाँक तक नहीं सकते। फौज इकट्ठी करने में इसका सानी नहीं है, रियाया खुशहाल है, दूरंदेशी के कितने काम करवा रहा है। इसके खिलाफ कोई कैसे जायेगा। जो कुछ गलतियाँ इसने अपनी शुरुआती जिन्दगी में कीं उससे सबक लेते हुए कैसे बदला है अपने आपको, यह तो कमाल का सुलतान है, न सिर्फ रियाया के दिलों में बल्कि सड़कों, खेतों, इमारतों, सरायों और मन्दिर-मस्जिदों में याद किया जायेगा बल्कि यह तारीख में सबसे ऊपर होगा।

"हुजूर शहंशाह, आपसे एक सवाल करने का दिल करता है। गुस्ताखी माफ करें तो पूछूँ?"-अताक ने बड़े अदब से कहा।

"पूछो मुगल, क्या पूछोगे? यह तो नहीं कि क्यों मैंने उन चार सौ मुगलों की जान बख्श दी जो अफगान बच्चों को भाले की नोक पर उठाये फिरते थे, जिनके दिलों में हमारे लिए रंजिश ही नहीं नफरत थी।"

"गुस्ताखी माफ हुजूर, आपने उन्हें माफ कर तारीख में एक मिसाल पेश की, मैं वह कतई पूछने की गलती नहीं करूँगा सुल्तान।"

"तारीख में क्या मिसाल शम्शुद्दीन अतका? यह तुम मुगल होने के नाते कह रहे हो। कितने सालों से मेरे साथ हो?"

"चार साल से हुजूर।"

"मैं जब बिरज में गया था उस अन्धे भगत की जानिब तब भी तुम थे मेरे साथ?"

"जी हाँ हुजूर।"

"तो याद करो उसने दूर से आती मेरे कदमों की आहट को कैसे पहचान लिया? उसने कहा अरे, सुलतान शेरशाह आ रहा है? कहो सुलतान कैसे आना हुआ मुहब्बत की इस पाक जमीन पर? ऐसा ही मतलब था उस बिरज के नूरेचश्म का, था न!"

"जी शहंशाह, जिन्हें आँखों से दिखाई नहीं देता उनके अन्दाज निराले होते हैं हुजूर।"

"बैठोगे कि खड़े रहोगे शेरशाह?" पूछा उसने। किसी जादुई तरीके से हम बैठ गये। उसने पूछा था–"शहंशाही सारी जमीन की मिली है न! इस जमीन के रक्बे में आये थे गुजारा करने, हो गये सुलतान! कब तक रहोगे? जब तक साँस है। तुम कहते हो न दुनिया को बनाने वाला उसे चलाने वाला एक है तो बताओ उस बनाने वाले ने जब मेघ बरसाये तो बिरज के सगरे खेत भीगे कि हिन्दू और मुसलमान को छाँट-छाँट कर भीगे? फूल खिले बसन्त में तो केवल पठानों या मुगलों के राजपाट में कि हिन्दुओं के राज में? यह तख्तोताज की हवस अपनी जगह रखो रियाया को गजहब के नाम पर क्यों सताओ। अब तो सुलतान हुए सुल्तानी करो शेरशाह।"

"हुजूर, फकीर नजूमी की बातें गैर दुनियावी ही तो होती हैं।"

"मेरे मुगल दोस्त, उसने एक और बात कही जिससे मैं बेचैन हूँ।"

"क्या हुजूर, आप तो रियाया मे भेद नहीं करते।"

"उसने कहा कि मैंने यकीन तोड़ा है।"

"कैसा यकीन हुजूर!"

"उसने तफसील नहीं की लेकिन कहा तुम जानते हो सुलतान कि तुमने यकीन तोड़ा है वह ऊपर दर्ज हो गया है, उसका खमियाजा तुम्हें भुगतना पड़ेगा तुम दोजख की आग में जलोगे; मैं जानता हूँ मैंने पूरनमल को जुबान दी थी कि किले से निकल आओ हम बातचीत कर मामला सुलझा लेंगे उसके पहले सय्यदानियों को सुपुर्द करो। उसने सय्यदानियों को सुपुर्द किया अपने बीवी बच्चों के साथ बाहर आया। हमने कोई बात नहीं की सीधा हमला कर दिया। पूरनमल जाँबाज था जम कर लड़ा। अपनी औरतों को जौहर करा दिया। हमने वादा तोड़ा।"

"हुजूर जंग में यह होता है।"

"चालाकियाँ होती हैं, घात होता है पर जुबान देकर पलटना!"

"उसे सजा तो मिलनी थी न शहंशाह।"–अतका दिलजोई कर रहा था।

"उस अन्धे बिरजवासी अल्लाह के बंदे ने कहा सच ही कि तू जमीन का आदमी है सुलतान, बन गया तो सुलतानी कर! मैंने उसके सामने सर झुकाया मियाँ।"

"भगत की बानी शहंशाह, सच्ची होती है पर सियासत की चाल अलहदा है। अपने दिल में रंजोगम रखेंगे तो कैसे चलेगा।"

"अतका, हम नाफरमानी नहीं करेंगे, हम जुबान पर कायम रहेंगे तो सामने वाला भी रहेगा क्या?"

"इनसान और वक्त की अलग-अलग चालें होती हैं।"

"लेकिन इस हिन्दोस्तान की अपनी चाल है। सैकड़ों साल से लुटते पिटते आये हैं फिर भी राजपूतों का तरीका वही है जिहाद के आगे कट जाते हैं जल मरते हैं जिद नहीं छोड़ते।"

"जी शहंशाह।"

"यही वजह है अलहदा किस्म के इनसानों को अपने जैसा बना लेते हैं। मैं चाहता था कि बिरदावन में लंगर के माकूल इन्तजामात करूँ, उस भगत कवि के लिए महल बनाऊँ उसने बरज दिया। तुमने देखा होगा सराय भर बना सका जिसके लिए मुझे कोई रोक नहीं सकता, वह हमारा हक है। हम अपने मुल्क में कहीं भी बना सकते हैं।"

"हुजूर का इकबाल बुलन्द रहेगा और अमन चैन कायम होगा, सारे शायर, फकीर भगत आपके कायल होंगे।"–अतका अपना दिल खोल रहा था। शेरशाह सोच रहा था उससे भी बड़ी बात कही थी उस सूफी शायर ने जब वे कन्नौज की फतह के बाद आराम फरमाने रुक गये थे। फतह हुआ था वह भी हुमायूँ जैसे ताकतवर मुगल बादशाह पर सो बेहद मौज में थे। गंगा गोमती का खुशगवार इलाका था। घोड़े के लिए दाना पानी, फौजियों के लिए अच्छा मुकाम। इधर की सरसब्ज खेतों की हवा रास आ गयी थी। आसमान के नीचे रहने की आदत थी। शेरशाह ने शहंशाह बाबर और हुमायूँ का जन्नत से होड़ लेता लासानी तम्बू कनात देख रखा था और देखा था उनका शाही अन्दाज। शहंशाह, शहंशाही तो करेंगे लेकिन यह अब भी फौजी अन्दाज में रहता। मियाँ खवास खाँ आ जुटे थे तभी तो हुमायूँ की फौज पर फतह पा सके थे। खवास खाँ ने तजवीज की–

"हुजूर, इस इलाके में अपना दबदबा कायम करने के लिए कुछ दिन रुका जाय। दरबार लगाया जाये, रियाया के लिए ऐलान किया जाये, हुकूमत पर पकड़ बनाने के लिए जरूरी है।"–दरबार सज गया था फरियादी आने लगे थे। तभी एक अजीबोगरीब फरियादी आया। सिपाही ने आकर कहा–"हुजूर एक फटेहाल इनसान जो यहाँ का सूफी शायर है आपसे फरियाद करना चाहता है।"

"सूफी शायर को, दुनियावी जिन्स तो नहीं चाहिए, बुलाओ सुनूँ क्या है?"–सामने से फटा सुत्थन, कपड़े और जूते पहने सर पर मखमली जरदोजी के काम वाली टोपी लगाये लँगड़ाता हुआ एक आँखों वाला इनसान आता दीखा। उसकी फटेहाली के ऊपर जरदोजी की टोपी देखकर हँसी आ गयी थी। अब भी हँसी आ गयी शेरशाह को। साथ चल रहे शम्शुद्दीन अतका ने गौर किया। शहंशाह को कोई अच्छा वाकया याद आया लगता है उसका जिक्र करूँ शायद मिजाजपुर्सी हो जाय।

"हुजूरे आली को कोई मजाकिया करामात याद आया होगा। ये नजूमी, फकीर और पंडत बड़े करामाती होते हैं।"–शेरशाह अब तक अपने आप में

खोया था।

"नहीं अतका, वह भी अजीब मामला था। अवध के एक अजीम शायर की शान में मुझसे गुस्ताखी हो गयी थी। हमारा दरबार सीधे आसमान के नीचे तम्बुओं में लगा था कि एक शायर आया। वह थोड़ा टेढ़ा चलता था, उसकी एक आँख नहीं थी चेहरे पर चेचक के गहरे दाग थे कपड़े फटे थे पर सर पर जरदोजी की मखमली टोपी पहन रखी थी, मैं हँस पड़ा।"

"फिर क्या हुआ शहंशाह, मामला तो हँसने का ही था।"

"उसे मेरा हँसना नागवार गुजरा, सही था वह। उसने कहा—बेहद सादगी से 'मोहि पर हससि कि कोहरहि।'

मानी तू मुझ पर हँस रहा है कि मुझे बनाने वाले कुम्हार पर?—मैं सकते में आ गया। मैंने इस सूफी शायर को बिना समझे बूझे बेइज्जत कर दिया। सचमुच कोई लूला-लँगड़ा या अन्धा है तो उसपर हँसने का हक उसका मजाक उड़ाने का हक इनसान को कौन देगा। उस शायर ने भोले अन्दाज में हँसकर कहा। मैं बेहद शर्मिन्दा हो गया। उठकर कोर्निश की उसकी और तख्त पर बैठाया।

"कोई बात नहीं शहंशाह, मुझे मालूम हुआ कि तुम गरीबनेवाज किस्म के सादे इनसान हो पढ़े-लिखे हो, काफिया, सिकन्दरनामा तो पढ़ा घोंटा ही है 'मसनवी' भी पढ़ा है, सो तुमसे मिलने चला आया।"

"मुझे मुआफ करें शायर और अपना नाम गाम और ठौर बतायें। मैं आपके रंगरूप पर नहीं हँसा। मेरी आदत खराब है, मैंने जितनी किताबें घोंट रखीं, शहंशाही हासिल कर ली पर हूँ वही अफगान, सुलेमान पहाड़ के नीचे के गमाल दरिया का रहवासी इब्राहिम सूर का नवासा। वही जो वादियों में मनमरजी चीखता-चिल्लाता, ठहाके लगाता था। ऐ सूफी शायर, तुझमें कोई बात है जो मैं तेरे सामने दिल खोलकर रख देना चाहता हूँ। अब बताओ क्या हुकुम है?"

"हुकुम नहीं सुलतान, तुमसे फरियाद है। हुकुम तो तुम सुनाओगे। उसका हक है तुमको। मुल्क के बादशाह हो रियाया को खुश रखो। सभी तुम्हारे अपने हैं। मेरी फरियाद दरकिनार करो। अगर मेरी अरजी सुनो तो कहूँ।"

"फरमाइये अजीम शायर।"

"बिरिछ एक लागी दुइ डारा
एकहि ते नाना परकारा
माता के रकत पिता के बिन्दू
अपने दुओ तुरक और हिन्दू"

—मैं तख्त से उठा और उनके गर्दो गुबार भरे कदमों को चूमने लगा। उसने उठाकर मुझे सीने से लगाने की भरपूर कोशिश की। कहा कि उठो मेरी कुव्वत नहीं कि मैं तुम्हें उठाकर सीने से लगा लूँ। मैंने बेहतरीन पोशाक और जूते उन्हें

दिये, पहनकर मुझे मुहब्बत भरी नजरों से देखा। मैंने फिर पूछा–

"आपने नाँव गाँव न बताया।

"जायस नगर मोर अस्थानू
नगरक नाँव आदि उदायानू"

–मलिक मुहम्मद जायसी हूँ। मेरे दादा हुजूर यहाँ आये थे फिर यहीं के होकर रह गये। अलाउद्दीन खिलजी ने उन्हें मलिक की पदवी दी थी, जागीर भी दिया था।"

"वह जागीर आपका रहेगा, साथ ही हजार बीघा जमीन अधिक देने की पेशकश करता हूँ।"

"किसलिए? मेरा जग से नाता है बस। कलम और कागज है यह अवध की जमीन है कुछ नहीं चाहिए सुलतान मैं सँभाल न पाउँगा। रमता जोगी हूँ। प्रेमरस में डूबा हुआ हूँ सो प्यार मुहब्बत का पैगाम बाँटता हूँ।"

"आपकी बात समझता हूँ। आपके सामने अपने आपको बहुत छोटा महसूस कर रहा हूँ। जिस हिन्दोस्तान के तख्तोताज को पाने के लिए, जिन हिन्दू और मुसलमानों पर हुकूमत करने के लिए खून का दरिया बहाया है हमने उसे आपने अपनी शायरी से फतह कर रखा है।"

"मुहब्बत के पैगाम को फतह नहीं कहते सुलतान!"

"आप कहीं तो रहते होंगे, आपका कुनबा...?"

"सुनो सुलतान, मेरे सात बेटे और बीवी सीली और गीली छत गिर जाने से खुदा को प्यारे हो गये, मैं कहीं महफिल में मस्त था तब से कहीं ठौर न रखा। यह दुनिया मेरा घर है। किसी अमीर के दरवाजे नहीं गया।"–बिल्कुल सादगी भरा अन्दाज। उठे और रुखसत हो गये, मैं देखता ही रह गया।

"हुजूरेआली उनकी तारीफ हमने सुन रखी है। बादशाह सलामत हुमायूँ के जानिब आने वाले शायर इनका जिक्र करते थे, वे कहा करते थे कि मालिक साहेब पहुँचे हुए सूफियाना शायर हैं।"

"मैं उस अजीम बेतकल्लुफ सूफी शायर को कालीन और कीमती घर देना चाह रहा था पर उसने कुछ न लिया। वहाँ के शिकदार को हुकुम दिया कि कम से कम उनके टूटे हुए घर की मरम्मत कर मजबूती से खड़ा तो कर दे। कर दिया होगा। सुना है उनका घूमना फिरना और लिखना जारी है। मैं सोचता हूँ मसनवी का जानकार मैं क्यों न मुहब्बत का कोई पैगाम लिख सका? अपनी सारी तालीम फरमान जारी करने में लगा दिया। किसी भी सुलतान को ज्यादा पढ़ना-लिखना नहीं चाहिए।"

"हुजूर आप गुस्ताखी माफ करें तो अर्ज करूँ?"

"बोलो शम्शुद्दीन मैं सुनना चाहता हूँ। तुम एक सच्चे साथी हो।"

"अल्लाह ने सबके लिए काम मुकर्रर कर दिया है। आप रोजा नमाज वाले सच्चे मुसलमान हैं यह आपसे ज्यादा कौन जानता है, दिल पर न लें।"

"मेरे लिए सुलतानी मुकर्रर की यह सच है पर शायरों के लिए हमें सही रास्ता दिखाने का काम जरूर मुकर्रर किया है। कहो तो कैसी तीखी पर जरूरी सीख दी है–माता के रकत पिता के बिन्दू, अपने दुओ तुरक औ हिन्दू। मेरे जेहन में उसके बोले हुए हरूफ लिखे गये वे आज भी ताजा हैं।"

"हुजूर ने रियाया में कोई भेद नहीं किया।"

"करना नहीं चाहता मैं पर कई बार गलती हो जाती है। जी चाहता है कि जायसी का मुहब्बत भरा पैगाम अपने अन्दर बैठा लूँ। पर जानते हो अतका उधर पूरी तरह से मुब्तिला ही नहीं हो पाता। फितरत तो जंगजू की है।"

"हुजूर, आराम का वक्त आ गया है। जिरह बख्तर खोलूँ?"–शेरशाह का कारवाँ रुक गया था। तम्बू कनातें तन गयी थीं। शम्शुद्दीन अतका ने सिपाहियों की मदद से सुलतान के भारी-भारी लिबास उतारे पलँग पर जाने के पहले नमाज, कुरान पढ़ना वगैरह रोजनामचा था। पढ़ा लिखा होना सुलतान के लिए जरूरी नहीं है। यह तो ज्यादा उलझा देता है। क्या करें क्या न करें के चक्कर में पड़ जाते हैं। सोचते-सोचते शेरशाह सो गया। चौकन्नेपन की नींद, जिसे कहते हैं कुत्ते की नींद सोना और कुत्ते की नींद जगना। सुलतान का कोई अपना नहीं होता। होता तो मिर्जा हिन्दाल और मिर्जा अस्करी कामरान सरीखे भाई हुमायूँ को दगा न देते। न उसकी जान के दुश्मन होते। उसका सबसे बड़ा दोस्त, साथी और अपना होता है अपनी खुद की ताकत। दिमाग में मलिक मुहम्मद जायसी चक्कर काट रहे थे। घर की मरम्मत के बाद जायस के लोगों ने उन्हें ला बिठाया गाँव में। गाँव में रह कर उन्होंने पद्मावत नाम की किताब पूरी की। पहले से उसके दोहे कवित्त पढ़कर सुनाया करते। दिन-रात पद्मावती के सौन्दर्य राजा रत्नसेन की कोशिश, नागमती का विरह और हीरामन तोता का कौशल इनकी जहन में रहता। राजा रत्नसेन जो चित्तौड़ के राणा थे उनकी पत्नी थी नागमती जो राजा से अतिशय प्रेम करती थी। रानी नागमती को खुद रतनसेन भी बेहद प्रेम करते थे। पर एक दिन सिंहल द्वीप की राजकुमारी पद्मावती का पालतू सुग्गा हीरामन राजा रत्नसेन के घर पहुँचा। हुआ यह कि किसी समय वह बोलने और गाने वाला तोता किसी बहेलिये के जाल में फँस गया। वह बहेलिया मुँहमाँगे इनाम के बदले वह तोता राजा को दे गया। हीरामन वाचाल तोता था। उसने राजकुमारी पद्मावती का रूप वर्णन राजा के सामने ऐसा किया कि उनके मन में प्रेम का ज्वार उठा और वे मुर्च्छित हो गये। मूर्च्छा दूर होने के बाद वे पद्मावती से विवाह करने की जुगत में लग गये। जायसी ने समन्दर पार के सिंहल की राजकुमारी का वरण किस प्रकार कर सके उसका बड़ा ही सटीक वर्णन किया है। रानी

बना कर अपने महल में चित्तौड़गढ़ ले तो आये पर सुलतान अलाउद्दीन खिलजी के कानों में उनका रूप वर्णन पड़ चुका था। राजा से अलाउद्दीन ने अपनी रानी की एक झलक दिखा देने की आरजू की। उसने दर्पण में पद्मावती को देखा। उसकी नीयत डोल गयी। उसने हासिल करना चाहा पद्मावती को। बड़ी मार काट मची, चित्तौड़गढ़ की रानियों सहित औरतों ने जौहर कर लिया। किला फतह करने के बाद अलाउद्दीन के हाथों सिर्फ राख आयी। उसने अपना सर पीट लिया। यह क्या हो गया। यह काव्य रहस्यमय प्रेम काव्य है जो ईरान के फारसी मसनवी की इश्किया दास्तान की तर्ज पर चलती जरूर है भारतीय प्रेम पद्धति के अनुसार लोकपक्ष को भी समेट लेती है। जीव ब्रह्म आत्मा का मिलन और बिछोह, सूफी मत के बराबर ठहरने वाले भाँति-भाँति के पंथ की चर्चा है। यहाँ तक कि गोरखनाथ का सम्प्रदाय सहजयान तक की बुद्ध की परिभाषा समावेशित है। पद्मावत में जो कुछ भी सारतत्व है वह आगे के महान कवियों का मार्गदर्शक है। अवधी के छंद बरवै और दोहे बेहद कोमल और ललित हैं। शेरशाह जैसे सुलतान ने अपने ओहदेदारों से कह रखा था कि कभी कोई इस अजीम सूफी शायर को किसी तरह की कोई मदद पहुँचाकर या बाधा पहुँचाकर परेशान न करे। उन्हें बहते पानी और सिहरती हवा की मानिन्द अपने ही रौ में चलने देना चाहिए शेरशाह का यह अलिखित फरमान था। शेरखान जानता था कि उस ऊँचे शायर को अगर ज्यादा छेड़ा जाये तो उसे तकलीफ ही पहुँचेगी। उसे अपने आप को समेटने के लिए मनमर्जी छोड़ दिया जाय।

* * *

बनजारों का दल चला गया। सन्तराम मजदूरों को जुटा नहीं रहा था। दीख ऐसे रहा था जैसे वह गाँव-गाँव जंगल-जंगल घूमकर मजदूर ढूँढ़ रहा है। घोड़े दौड़ाता कोड़े फटकारता गालियाँ बकता फिरता। शिकदार को कुछ पल्ले नहीं पड़ रहा था। पुराना बुजुर्ग मुकद्दम धीमी चाल में चलता, आतिशी शीशा ले हिसाब खँगालता लेकिन मजदूरों की कभी कमी न रही। इतने कामगार आ गये कि मजूरी कम करनी पड़ी तब भी टिडड्डीदल की तरह चले आते थे। उसने एक दिन आजिजी से पूछा मुकद्दम सन्तराम से "अबे, क्या कर दिया कि वे बनजारे भग लिए?"

"मैं क्या करूँगा मालिक, वे कहीं टिकते कहाँ हैं?"

"टिके तो थे इत्ते दिनों से।"

"मैं तो कहता हूँ कि मुकद्दम बुढ़ऊ ने उन्हें लोभ लालच दिया होगा कि शेरगढ़ का किला बन रहा है आ जइयो।"-भेद मानो खोल रहा हो।

"अबे तो उसके जाने के छः माह बाद क्यों जायेंगे, उसी दम जाते।"

"सो तो है हुजूर! नये लोग भी तो नहीं आ रहे।"

"तू जाता है गाँव-गाँव, जंगल-जंगल तो क्यों नहीं आते?"

"अब मैं तो उन्हें कहता ही हूँ, वे आते नहीं, खेती किए रहते हैं। हुजूर, सुलतान की सुलतानी में जोर जबर्दश्ती भी तो नहीं कर सकता। हुमायूँ बादशाह की हुकूमत होती तो...।"

"अबे चुप कर, हवा सरगोशियाँ करेंगी, अपने साथ मुझे भी तड़ीपार करायेगा क्या?"

"तड़ीपार में क्या रखा है हुजूर, वहाँ तो तख्ता है तख्त तो इधर है। मैं एक बात पूछूँ?"

"क्या पूछना है, पूछ।"

"अपने सुलतान के साहबजादे आदिल खाँ साहब इधर के सूबेदार हैं, कभी आते हैं क्या?"

"आये थे दो बार अब फिर कभी भी आ सकते हैं। बहरहाल, टोडरमल खत्री आनेवाले हैं।"

"अच्छा, वे कब आयेंगे, किसने कहा?"

"डाक आयी है। इसीलिए तो कह रहा हूँ। मजदूर ढूँढ़।"

"हुजूर, मजदूर कहाँ से लाऊँ?"

"जा मर!"—शिकदार बड़बड़ाता हुआ चला गया। सोचता गया कि क्या हो गया है मजदूरों को क्या फिर दाम बढ़ाने होंगे। अब वह कल खुद घोड़े का जीन कसेगा और जंगल की ओर जायेगा। इधर भील बहुतेरे हैं। वही आयेंगे। पत्थरों का काम उन्हें सिखाना पड़ेगा लेकिन वे सीख लेंगे तब काम अच्छा करेंगे। मन में विचार आया कि इनके कदम तेजी से अपने बासा की ओर उठने लगे। सन्तराम ने गौर किया। भील सरदार ने कहा कि वे तो बुलावे के लिए बैठे थे। डरते थे कि बिना बुलावे के जायेंगे तो भगा न दिये जायें। शिकदार भीलों की फौज लेकर आ गये। मुकद्दम सन्तराम की शामत आ गयी। अब उसे काम में मन लगाना पड़ेगा। शिकदार उसकी कामचोरी को समझता था, उसने उसे डपट कर कहा कि सही तरीके से सिखाकर काम लेना चाहिए। सन्तराम सरीखे लोगों की सचमुच शेरशाह के शासन में जरूरत नहीं थी लेकिन सन्तराम शेरशाह के लिए काम कहाँ करना चाहता था वह तो मुगलों का खैरख्वाह था। यहाँ तो सिरफ दिन काटने आया है।

* * *

नैना बनजारन का कारवाँ बुन्देलखण्ड आकर रुक गया। हाट बाजार मेला वगैरह में नाच गाकर करतब दिखाकर ये बड़ी खुशी से यहाँ रहते। नदी में जब बाढ़ आती है और लड़की पर जब जोबन चढ़ता है तब उसका उफान देखते बनता है। किसी के रोके नहीं रुकता किसी के ढके नहीं ढँकता। गुलाब कुँअर चाँद की कला सरीखी रूपवती होती अपनी उम्र से बड़ी दीखती। घूमर नाचती तो पैर मानो धरती पर न टिकते। नैना बनजारिन उसे मेले में न ले जाती पर अपने यहाँ सखियों सहेलियों में नाचते न थकती। जीतू उसे नजरों के घेरे में रखता उसे मालूम था कि बाहर से नैना बनजारिन गुलाब को बचा लेगी पर अन्दर के दुश्मनों से कैसे बचा सकेगी! गुलाब की आँखों से उसके अन्दाज से इसे राग का बोध होता। इसने अपने दिल की बात उसे कहने में कोताही भी नहीं की। इसने उसे समझा दिया कि बिल्लू ननकू जैसे छोकरों से ज्यादा बातचीत न करे।

"तुझे रज्जो गुंजा की तरह गाली गुफ्तार करना नहीं आता, न ही तू किसी की जोर-जबरदस्ती का जवाब दे सकती सो बच के रहा कर। वे एकदम हरामी हैं।"

"हाँ मुझे टोकते रोकते हैं पर मैं उनसे बात ही नहीं करती।"

"शाबाश"–उसे खींचकर सीने से लगा लेता।

"छोड़ो, गुंजा रज्जो आयेगी तो चिढ़ायेगी।"

"तो तू जिज्जी से कह कि हमारी शादी कर दे।"

"गुंजा और बिल्लो की तो होने दो, पूरनमासी की रात को है। मैं तो खूब नाचूँगी। हरा घाघरा बनाया है न वही पहनूँगी।"

"क्यों लाल वाला क्यों न पहनेगी?"

"वो मैं अपने लगन पर पहनूँगी।"

"यही तो मैं सुनना चाहता था,"–उसे और चिपटा लिया।

"छोड़, गुंजा के घर जाना है।"

"ना, नहीं जायेगी तू वहाँ साला बिल्लू होगा।"

"सौत है तेरा वो?"–छिटक कर भागी।

"देख जैसे मैं तेरे आगे पीछे डोलने के चक्कर में आज करतब दिखाने ना गया वैसे वो भी न गया है, उसके घर न जा।"

"नहीं, उसका दूसरे टोले की एक छोकरी से टाँका भिड़ा है, वह उसी के साथ मेला गया है। सुना है खूब करतब दिखाती है।"

"सच? मैं भी जाऊँगा तब तो उसके साथ।"

"देख जीतू, अब तू क्यों जायेगा?"

"देखूँगा, उसकी छोकरी कैसी है? कैसे करतब दिखाती है?"

"तुझे उससे क्या? तू नहीं जायेगा।"

"बड़ी जलन हो रही है, वाह री मेरी ठकुराइन।"–वह लपका गुलाब भी उसे मुँह चिढ़ाती। यह सब देख नैना बनजारिन का दिल भर आता। आहा, महलों में रहने वाले सिरकियों तम्बुओं में खुश हैं, क्या करता है ओ दुनिया बनाने वाले। कहाँ जनम देता है कहाँ फेंक देता है। इसी पूनो की रात जिस दिन रज्जो और गुंजा का लगन होना था उसी दिन इन दोनों का लगन कर देने का इरादा है नैना का। एक चौड़ी रंगीन सुतलियों वाली खाट बिनवा कर रख छोड़ी है, कपड़े तैयार हैं ही, जीतू के लिए चूनरवाली पगड़ी अंगरखा और सुत्थन गुलाब के लिए लाल घाघरा शीशों जड़ी कच्छ से लाई थी हरी ओढ़नी के साथ। माइरी, कित्ते बड़े शीशे टाँकती हैं कच्छी औरतें। कहाँ से लाती हैं? सुना है मोती तो अरब से तिजारती लाते हैं शीशे भी वे ही लाते होंगे। लगन कर देना चाहिए। यह गुलाब कुँअर अक्सर कहती–

"अम्मा, मैं शेरशाह से मिलना चाहती हूँ।"

"हाय हाय, क्यूँ री?"

"मैं उससे पूछना चाहती हूँ कि मुझे क्यों बचाया? क्यों सीने से लगाया और क्यों नचवाने को तुझे सौंप दिया?"

"पूछने की बात नहीं है बिटिया। ऐसा ही होता आया है। तेरी जिन्दगानी बची थी तू कैसे मरती वरना जौहर की आग में न जल गयी होती अपने हाथ में कुछ नहीं है। वह सब दुनिया बनाने वाले की करामात है।"

"तो दुनिया बनाने वाले से पूछूँगी कि क्यों ऐसी करामातें करता है? जब खून की नदियाँ ही बहानी हों तो क्यों की सृष्टि? जब राख ही कर देनी हो तो क्यों बोई फसलें? पूछँगी तो।"

"न तो तुझे दुनिया बनाने वाला मिलेगा न शेरशाह। और बिटिया, ना मिले वही अच्छा। बड़े लोग दूर ही रहें सो ठीक। वे अपनी जगह हम अपनी जगह। जा सो जा ज्यादा सोचना सेहत के लिए अच्छा नहीं। सारे बाल झड़ जायेंगे, चेहरे पर झाईं पड़ जायगी; मेरी फूल सी गुलाब मुरझा जायेगी जो न मैं चाहती न तेरा वो।"–भँवें चमकाकर नैना ने अपने नैन मटकाये।

"अरी अम्मा तू क्या किसी अफगान की औलाद है?"

"क्यों री?"

"तेरी आँखें वैसी ही नीली हैं और बाल काले।"

"क्या पता मेरी तो अम्मा ने मुझे इसी कारवाँ में जना। मैं तो हिन्दू हूँ। अफगान सारे मुसलमान हैं।"

"अच्छा? अफगान सारे मुसलमान क्यों हैं?"

"मुझे क्या मालूम? ईरान अरब से आये हैं शायद। जो वहाँ होंगे वे कभी

के हिन्दू होंगे, मुझे नहीं मालूम।"

"मैं समझ गयी, तू अफगान हिन्दू है।"

"चल हट, मजाक करती है।"

"अरे नहीं अम्मा, मजाक नहीं सच मैं तुम्हें समझाती हूँ।"

"मुझे नहीं समझना कुछ भी। हम बनजारे हैं वही रहेंगे। जिन्होंने अल्लाह का नाम लिया वे भी और काली माई और बाबा का नाम लेने वाले हम भी सब एक हैं, दरबदर, मजलूम।"

"नहीं, तुमने ही कहा था हम किसी के गुलाम नहीं तो क्या यह कम है। नहीं न?"

"देख तेरा लगन होगा तब ऐसे लाड़ जीतू से लड़ाना मेरी गरदन छोड़।"—नैना गुलाब का हाथ छुड़ाने की चेष्टा कर रही थी।

"यह शहंशाह दूसरों के कहने पर क्यों चलता है?"

"दूसरों के नहीं लेकिन जब कभी शक होता है तो मुल्लाओं से दरियाफ्त करता है।"

* * *

इधर बैरम खाँ फौज जुटाने की कवायद में लग गये। कोशिशें कामयाब होने लगी थीं। उन्होंने बड़ी होशियारी से किजिलबाशों को फौज में भर्ती होने के लिए मनाया। किजिलबाशों के सरदार मुश्किल से बैरम खाँ की बात पर हुमायूँ से मिलने आये। उनका अपना तर्क था। उन्होंने शक जाहिर किया था कि कोई सुन्नी बादशाह उनकी सेवा लेगा। अगर लेगा तो यकीन नहीं करेगा, यकीन जिसपर न हो वह क्यों शहंशाह के लिए खून बहाये अपना और अपनी कौम का। जो उन्हें काफिर कह कर बेइज्जत करता है, उन्हें मुसलमान ही नहीं मानता, जिन्हें लुटेरा कहता है उसके पास जाकर क्या होगा। बैरम खाँ ने एक-एक कर उनके सभी सवालों के जवाब दिये।

"आप हमें दे क्या सकते हैं खानखाना? हम पहले हैं जिन्होंने हिन्दोस्तान में हजरत मुहम्मद का पैगाम फैलाया। आप क्या जानें कि हमने जो जमीन तैयार की उसी के पीछे हुकूमतें आयीं। तो क्या? हम यहाँ की जमीनी हकीकत जितना जानतें समझते रहे कोई क्या जाने? यहाँ के बन्दे हमारे बन्दों के अपने रहे आप परायों सा पेश आते हैं। हिन्दोस्तान हजार पाँच सौ सालों की जमीन नहीं है कि इत्ती सी हुकूमत में आप अल्लाहताला से मुकाबला करने लग जायें।"—कहा था किजिलबाशों के सरगने ने।

"हम एक हैं सरदार, यहाँ हुकूमत की नहीं इज्जत बचाने की फिक्र है। हमारे शहंशाह बड़े भोले हैं। उन्हें खदेड़कर भगा दिया गया। अब यह जगह भी

उन्हीं की हुकूमत में है। यहाँ से या तो खदेड़ दिये जायेंगे या मार डाले जायेंगे। आप जंग में साथ देते तो हम फिर से पाँव जमा लेते।"–बड़ी आजिजी से कहा बैरम खाँ ने।" इन जान की परवा न करने वालों से ही यह फौज खड़ी होगी, ऐसा सोच रहे थे बैरम खाँ। आज वे चन्द सरदार शहंशाह हुमायूँ से मुलाकातें करना चाहते थे। शहंशाह से रूबरू होकर अपनी कुछ शर्त्तें रखना चाहते थे। उन शर्त्तों का एक ही मकसद था कि तख्तोताज पाने के बाद वे भूल न जायें इन्हें। भूलना तो बड़ी छोटी बात है कहीं फौज से खदेड़ न दें या फिर कत्लेआम न कर दें, नामोनिशान मिटाकर कर्बला न दुहरा दें।"

"ऐसा नहीं है मेरे भाई, मुझ पर यकीन कर हम तुझ पर शर्त्तिया यकीन रखेंगे।" बैरम खाँ की सिफारिश पर सारे आये थे हुमायूँ बादशाह से मुलाकात करने तीन दिन बीते, तीन हफ्ते बीते हुमायूँ अपने घर से न निकले। बैरम खाँ उन सरदारों को कितनी अलिफ लैला की कहानियाँ सुनाते, कितनी दावतें देते। सरदार भी ऊब गये थे।

"खानखाना, हमें जान पड़ता है कि शहंशाह हमसे मिलना ही नहीं चाहते। हम कोई गिरे पड़े इनसान नहीं हैं हमें जाने दें। अब खुद उन्हें हमारे ठिकाने पर आना पड़ेगा।"–उन्होंने कहा।

"पहले मेरी मुलाकात तो हो सरदार, हुजूरे आली नासाज हैं। जरा तबीयत सँभले।"

"कोई बात नहीं जी, हम आपकी मदद करना चाहते हैं क्योंकि वह अफगान हमें बेहद परेशान करता है।"

उनके चले जाने से बैरम खाँ खासे मायूस हुए। ये क्या कर रहे हैं शहंशाह। इन्हें मालूम है कि कोई सूबसूरत हसीना उनके हाथ लग गयी है। उसे लेकर रंगरलियों में मुब्तिला हैं। यही हाल रहा तो लाहौर और मुल्तान से भी भागना पड़ेगा। यह इलाका भी शेरशाह का ही है। शेरशाह अभी उस तरफ उलझा हुआ है, फुरसत पाकर कभी भी खदेड़ देगा। तब क्या करेंगे? फिर लौट जायेंगे तुर्किस्तान क्या? या अल्लाह, अपनी पिछली गलतियों से कोई सबक क्यों नहीं सीखते शहंशाह। शेरशाह कितना शातिर निकला कि खुद के गले पड़ी 'बला' को इनके खेमे में भेज दिया जिसके हुस्न के जादू में तीन महीने तक बन्द रहे थे। उसने मुल्क जीत लिया इन्होंने सिर्फ एक फाहशा औरत का दिल जीतने में अपना बेड़ा गर्क कर लिया। बैरम खाँ पशेमन था। मेवात की दो बहनें इन दोनों की बीवियाँ हैं। इस नाते बैरम खाँ मुगल बादशाह का साढ़ू भाई है, अजीज दोस्त तो है ही फिर भी क्या उनकी आँखों में उँगली डालकर उन्हें उनका सूरतेहाल बता सकता है? कभी नहीं। शहंशाह की नस्ल ही अलहदा होती है। वह एक खास इनसान है आम नहीं। जैसे शेरशाह रियाया की जुबान से कड़वी से कड़वी

सचाई सुन लेता है, उस पर गौर फरमाता है तब कोई सजा या इनाम अता फरमाता है वैसे हुमायूँ बादशाह से कभी नहीं नहीं कह पाते वजीरे आजम तक। सिर्फ हुक्म और हुक्म की तामील और कुछ नहीं। बैरम खाँ इस वक्त अपने आपको बेहद अकेला और मजबूर समझ रहे थे। ऐसे समय इन्हें अतका की याद आने लगी। इन दो सालों में बैरम खाँ ने पाया कि अतका बेहद संजीदा किस्म का इनसान है, सच्चा सिपाही है और नमकख्वार भी। जिसके पास रहेगा उसका भला सोचेगा। वह मेरे साथ आना चाहकर भी नहीं आया। पहला सबब था कि दोनों का आना शेरशाह को ज्यादा बेचैन कर देता। वह सारा काम छोड़कर हमला कर देता लाहौर के किले पर दूसरा सबब यह भी था कि शेरशाह उस पर भरोसा करने लगा था। किजिलबाशों का जत्था बहुत दिनों तक बलूचिस्तान की पहाड़ियों में चक्कर काटता रहा कि बैरम खाँ का बुलावा आये पर ऐसा हुआ नहीं। आपस में उन लोगों ने सलाह मशविरा किया और ईरान की खाड़ी की ओर निकल गये।

"बदजात बैरम खाँ हमसे खिलवाड़ कर रहा था। उसे इसकी भारी कीमत चुकानी पड़ेगी, उसने सोच क्या रखा है?"–सरदार ने गुस्से से कहा–"हम इस ताक में रहेंगे कि कभी वो हमारी चपेट में पड़े तब जान पड़ेगा कि हमारे वक्त की क्या कीमत है।" दूसरे सरदार ने कहा।

बैरम खाँ ने उड़ती-उड़ती खबर सुनी कि सरदार उससे बेहद नाराज है। सरदार की ही सिर्फ नाराजगी नहीं झेल रहा था बैरम खाँ, अपने अजीज दोस्त और तख्त से बेदखल शहंशाह हुमायूँ के फौज इकट्ठी करने की वजह से ढेर सारे दुश्मन बन गये थे इनके। कुछ लोग खालिस बेइज्जती की वजह से हुए थे क्योंकि हुमायूँ किसी से मिल कहाँ पाता! कितना फर्क था हुमायूँ और उसके अब्बा हुजूर बाबर बादशाह में सोचता बैरम खाँ। कई बार गढ़े में फँस गये हैं हुमायूँ। कमसिनी में ही एक तातार औरत से पाला पड़ गया। हुमायूँ की सारी अक्ल उसको पटाने में जाया होने लगी। अकीदतमंदी गुम हो गयी। वह तातार औरत इसके कब्जे में तब आयी जब इन्होंने उससे निकाह पढ़वाया। उसकी बेगम बन गयी। ढेर सारा माल असबाब, घोड़े, सोने और हीरे जवाहरात लेकर बलूचिस्तान पार कर पच्छिम की ओर निकल गयी। हुमायूँ के साथ आगरा आने को तैयार न हुई। शहंशाह बाबर खुश हुए कि वह खूँखार औरत हुमायूँ को छोड़कर चली गयी। लेकिन निकाह में तो बनी रही। कभी भी आँधी तूफान की तरह आ सकती है। बैरम खाँ सोचते हैं कि जब तक शहंशाह मजलूम है वह कभी नहीं आयेगी जैसे ही तख्तोताज मिल जायेगा वह आ धमकेगी। लेकिन वो दिन कब आयेगा? आसार तो बिल्कुल नजर नहीं आते। इनके भाइयों की दुश्मनी अलग रंग ला रही है। अफगान और पठान जो कबीले वाले हैं वे सारे एक हो

गये यह एक खानदाने तैमूरिया एक वालदैन की औलादें एक दूसरे के जानी दुश्मन हो गये। राजपाट रहेगा तब तो तख्त पर बैठोगे, एक दूसरे से लड़कर किसे क्या हासिल हुआ है? जन्नत आशियानी बादशाह बाबर ने पठानों की फूट का फायदा ही तो उठाया था।

क्या करें बैरम खाँ कुछ समझ नहीं पा रहा है। हाथ पर हाथ धरे बैठा है। हुमायूँ जब अपनी इश्क मिजाजी से महरूम होगा तभी बैरम खाँ नाम का शख्स याद आयेगा। तब किताबी बातें होंगी, शेरो सुखन होगा। यह भी इन्हें नहीं भाता। शेरो सुखन का वक्त तब होता है जब आप अपने सिंहासन पर पुरसुकून होकर बैठे हैं, अमन चैन है, रियाया अपने-अपने खेतों में बनिज तिजारतों में मसरूफ है तब शतरंज की बिसात पर हुक्का गुड़गुड़ाइये या शेरो सुखन में डूब जाइये अभी तो ये बेमानी है। बैरम खाँ हाथ मलते रह जाते हैं शहंशाह को इसी में बादशाहत झलक रही है कि वे एक खूबसूरत बाँदी के पेचोखम में मसरूफ हैं।

* * *

रोहतास दुर्ग के मजदूरों से काम लेने वाला मुकद्दम सन्तराम बेचैन था। उसने डाक से टोडरमल खत्री के पास खत भेजा था कि सन्तराम के बुजुर्ग पिता गिर गये हैं, उन्हें बिस्तर से उठाने बैठाने वाला कोई नहीं है सो वह फुरसत चाहता है। इसकी जगह किसी दूसरे मुकद्दम को बहाल किया जाये और इसे छुट्टी मिले। सन्तराम कोई काम अपने इलाके में ही चाहता था। टोडरमल ने इसकी व्यवस्था कर दी। रोहतासगढ़ किले की चारदीवारी ऊँची उठ गयी थी, अब वह जंगल से नजर आने लगा था। अन्दर का एक बड़ा तहखाना और दरबार भी बनकर तैयार हो गया था। मजबूत पत्थरों की दीवार। पश्चिम की ओर का खजाना यहीं गाड़ा जायेगा जिससे इधर के काम के लिए बार-बार रोहतास खुर्द जाने की जरूरत न पड़े।

रेगिस्तानी इलाके पार करते, हुकूमत के माकूल इन्तजामात देखते शेरशाह आगरे आये। आगरे के किले में बेगमातें और बेटियाँ थीं। बेटे सभी किसी न किसी तरह की तालीमें लेने के लिए अपने-अपने उस्तादों के साथ होते। शेरशाह के कठोर अनुशासन थे। सूबों से घूमते घामते आगरे पहुँचने वाले सुलतान ने मुल्ला फजीलत से जो इनके हरम की देखभाल भी करते से अक्सर हालचाल पूछा करते। पीढ़ियों का फर्क सदा से रहा है। नयी पीढ़ी की चाल-ढाल से पुरानी पीढ़ी हमेशा नाराज रहती। धार्मिक या मजहबी तहजीब के इनसान कट्टर होते हैं उन्हें नये ख़याल कभी नहीं भाते। शेरशाह के सुलतान बन जाने के बाद पूरब से पच्छिम आ जाने के बाद कई तहजीबों की बेटी बहू आ जाने के बाद रहनदारी में फर्क तो आया। मुल्ला फजीलत ने भरे दरबार में इनके घर की बेटियों के

खिलाफ जुमलेबाजी की। सुलतान को बड़ा गुस्सा आया। चूँकि मुल्ला फजीलत पर खासी जिम्मेदारी इन्होंने दे रखी थी सो गुस्से को पी गया। परन्तु परेशान होकर बोल उठा–"यह मुल्ला भी बड़ी फजीहत है।"–सारे दरबारी मुँह दबाकर हँसने लगे। उस दिन से उसका आमतौर पर नाम हो गया मुल्ला फजीहत। कई बार खुद सुलतान उन्हें मुल्ला फजीहत कहकर ही बुलाता।

गाँव से लेकर सूबे तक के इन्तजामात इतने चाक चौबन्द कर दिये गये कि आने वाली नस्लें भी उस पर अमल कर बेहतर हुकूमत कर सकें। शेरशाह ने एक जर्रे की हैसियत से उठकर अपने आपको पूरा का पूरा आफताब मुकर्रर कर लिया था। ऐसे पुरसुकून लम्हे में सैयद रफीउद्दीन जिसने भइया पूरनमल को खत्म करने का फतवा लिखकर दिया था उसने शेरशाह से कहा–

"मेरे पुरखे बड़ी-बड़ी किताबों के नामानिगार थे। वे मक्का मदीना में पढ़ाया करते थे। अपने पूरे खानदान में मैं ही एक अभागा इनसान हूँ जो धन के लालच में हिन्दोस्तान में भागा भागा फिरता हूँ। हे अजीम शहंशाह मेरी आरजू है कि आप मुझे अब रुखसत करें ताकि मैं अपनी जिन्दगी के आखिरी दिनों में अपने पुरखों की मानिन्द कुछ लिख-पढ़ सकूँ।

'मैं देख रहा हूँ कि वैसा आलिम नहीं हूँ
जैसे वे हो गये चन्द साल पहले
मैं न बन सका आज तक
बेफिजूल उल्टे हैं सफे किताबों के
अक्ल से वास्ता नहीं, नामकूल हूँ मैं' "

"आपका शेर मुझे निहायत बकवास जान पड़ा। मैं न तो इस अशआर की बुनावट का कायल हुआ न ही आपके जाने की पेशकश का। आप जाना चाहेंगे तो कोई नहीं रोक सकेगा लेकिन चाहता था कि जो थोड़े से किले फतह करने बाकी हैं उन्हें अंजाम दे लूँ। हज पर जाने वालों को जो किजिलबाश समन्दर किनारे लूट लेते हैं उनका खात्मा कर लूँ फिर तो सिर्फ तिजारत और हुकूमत होगी।"

"वह आप कर लेंगे।"

"मैं चाहता हूँ कि रोम तुर्की वगैरह आपको अपना दूत बनाकर भेजूँ जिससे मजहबी आमदरफ्त भी बना रहे और तिजारत भी हो।" किजिलबाशों को इधर से मैं खदेड़ूँगा उधर से खोंदगार यानी तुर्की के सुलतान खदेड़ेंगे। ऐसे में वे जरूर हाथ आयेंगे।"

"आपके ख़याल नेक हैं सुलतान। मैं आपकी खिदमत में हूँ। उमर हो गयी है तब भी थोड़ा इन्तजार करूँगा। जानता हूँ कि आप एक जहीन, पढ़े-लिखे इनसान हैं। क्या मेरी एक सलाह पर गौर फरमायेंगे?"

"क्यों नहीं? हमने आपको अपना सलाहकार ही तो बनाकर रखा है? आप

फतवा जारी कीजिए लेकिन पहले समझाइश कीजिए कि किसे किस किले को पहले और कौन से खास सबब से फतह हासिल करूँ?"

"मैं ऐसा कोई फतवा लिखने वाला नहीं सुलतान। आपके सियासी मामलों में कभी दखल न दूँगा। मजहबी मसाएल में बस जो कहें बिलाशक फतवा जारी कर दूँ।"

"तो फिर क्या कहना है, दिल खोल के कहिये।"

"आप दिल्ली के शहंशाह हैं यानी हिन्दोस्तान के, आज आपकी तूती बोलती है। आप अगर किसी से अपना मुकाबला समझते हैं तो वो है मुगल बादशाह। उनकी बादशाहत की आप खिल्ली उड़ाते रहे हैं। जैसा कहा वैसा साबित किया। लेकिन इज्जतदार शानदार बादशाह वह भी जहीन, सैकड़ों किताबों का पढ़ा-लिखा अरबी-फारसी और हिन्दी का जानकार बात-बात पर बेटी की गाली क्यों मुँह से निकालता है, क्यों सुलतान? यह आपको शोभा नहीं देता।"

"यह कोई गाली नहीं है, मैं अपने पुरबिये लहजे में बोलता हूँ," यह एक लफ्ज सा है, कहें कि तकिया कलाम।"-ठहाका लगाकर हँस पड़े शेरशाह।

"सुलतान, उस तकियाकलाम का अच्छा असर नहीं पड़ता। आपको शहंशाही कायदे को निभाना होगा। आपकी मिसाल दी जाती है। आपने अपने राजपाट में अमन चैन कायम कर रखा है। खेतिहर अपनी खेती कर रहे हैं बेखौफ, सिंचाई के सभी इन्तजामात कराये हैं। कुएँ बावड़ी, तालाब, नहर खुदवाये, सड़कें बनवाईं, दरख्त लगवाये, सरायें बनवाईं, मदरसे, पाठशाला गाँव-गाँव में शुरू करवाये। वक्फ की जमीनें अता फरमाईं, बाघ और बकरी एक घाट पर पानी पीते हैं, ऐसी मिसाल देखी न गयी। बहुत पहले ऐसा होता था, हजारों साल पहले कि लोग अपने घरों में साँकल न लगाते, जंगलों में भी चोर डाकुओं का डर नहीं था, वह वक्त आपने फिर बहाल कर दिया। लाख-लाख नेमतें आपने अवाम को दरपेश कीं, आप खिलअत, दान करने में सबसे आगे हैं। क्यों नहीं एक अदना सा लफ्ज छोड़ सकते हैं? जो सुलतान शिकार खाने का इतना शौकीन था वह अपने पक्के इरादे से सागपात पर जिन्दगी बसर करने लगा वह एक गाली जिसे उसने लफ्ज बना रखा है नहीं छोड़ सकता?"

"ऐ हुजूर, आपकी इस लम्बी तकरीर से मैं अपने आपको बावस्ता करता हूँ और बेलौस बोलने की आदत छोड़ने का आपके ही सामने ऐलान करता हूँ।"-शेरशाह ने संजीदा होकर कहा।

"आमीन''-सैयद रफीउद्दीन ने कहा।

सैयद रफीउद्दीन कहीं नहीं गये। वे शेरशाह के साथ ही रहे। उनको एक खूबसूरत लाल खेमा दिया गया था जिसमें जरदोजी के काम किए मखमली परदे लगे थे। खुद शहंशाह का खेमा ऊँट के रंग का था, सभी फौजियों के खेमे धूसर

नीले थे सो सैयद रफीउद्दीन का खेमा दूर से चमकता। उनके पलँग गद्देदार खूबसूरत थे। शेरशाह का दरबार वाला खेमा भी सादगी भरा था। वह तो सोने की बजाय खूबसूरत नक्काशी वाला हल्का तख्त लेकर चलता। उसे पूरी तरह याद है कि चौसा की लड़ाई में जब हुमायूँ हारकर, एक चमड़े के मशक के सहारे नदी पार कर भागा था तब अपनी बेगमातों के साथ सोने का तख्त छोड़कर भी भागा था। बेगमातों को जेवरातों सहित लाहौर भेज दिया था शेरशाह ने पर सोने का तख्त अपने पास रख लिया जो आज भी आगरे के किले में दरबार में रखा हुआ है। शेरशाह अपने आपको हारने वाला शहंशाह कतई नहीं मानता परन्तु यह सबक जरूर याद रखता है कि लड़ाई के वक्त सोने के तख्त और बेगमातों का खेमा साथ रखना गैर मुनासिब है। जंग की जगह हरम की ओर इनसान जहनी तौर पर बँट जाता है।

कभी-कभी दिल जरूर चाहता है कि जियारत के अलावे भी अगर बेगमें और बच्चे साथ होते तो मांडू की खूबसूरत वादियों को देखते। रणथम्भौर के रेगिस्तान को देखते, रोहतास के नये बनते किले को देखते जिसे अपने रोहतास खुर्द की तर्ज पर बनवा रहा है शेरशाह। बेगम कमानी बीवी उनकी बहुएँ, लाड मलका जरूर देखकर खुश होतीं लेकिन उन्हें कभी लाया न गया। कभी यूँ ही घूमने फिरने के लिहाज से उन्हें लाया जा सकता है; जरा अमन तो हो। अमन हो कैसे, इसकी खुद की हिन्दोस्तान को हिमालय से समन्दर तक फतह करने की हवस जो है। सत्तर पार का सुलतान दक्कन की ओर जायेगा तो अमन का सुफैद परचम कब लहरायेगा?

* * *

बुन्देलखण्ड के बियाबान में बनजारों के तम्बू लगे थे। उनके तम्बू वैसी ही जगहों पर लगते जहाँ साफ पानी के चश्मे होते, कुछ ताड़ खजूर पेड़ होते। उनके पत्तों के खासे इस्तमाल होते। चटाइयाँ, बर्त्तन और सिरकी बनाने को इनके पत्तों का काम पड़ता, ताड़ी पीने, ताड़ के फल खाने को मिलते "अम्मा, यहाँ किसकी पूजा करती है? कौन है तेरा देवता?"—पूछा था गुलाब ने। "अरी छोकरी, क्या पूछ रही है मैं भी न जानूँ।"—उलझ गयी नैना।

"तो शादी कैसे करवाती है?"

"यह लाल पीली गुरियों की माला पहनकर, नये कपड़े पहनकर नाच गाकर और क्या? न कोई पंडत आते न मुल्ले।"

"फिर क्यों हिन्दू मुसलमान बने हो?"

"यह भी नहीं पता बिट्टो रानी, क्यों हम हिन्दू हैं क्यों बन्ते खाँ मुसलमान।

शायद हम हे भगवान कहते हैं वे या अल्लाह कहते हैं। यह एक लफ्ज है। और तो कुछ न दीखे। दोनों खँजड़ी बजाकर एक ही गाना गाते, एक ही लय पर नाचते एक ही करतब करते। पर ठहर, मरने पर हम जलाये जाते हैं वे कब्बर किये जाते हैं।"

"वे जलाये क्यों नहीं जाते अम्मा?"

"कहते हैं कि उनके अल्लाह कयामत के दिन उनके हिसाब करेंगे। अपने अपने पाप की गिनती के मुताबिक वहीं जलेंगे।"

"हाय राम, जलेंगे जरूर, है न!"

"मैं क्या जानूँ? ये सारी सुनी-सुनाई बातें हैं। तू बहुत सोचती है। खेलने खाने के दिन हैं। तेरी शादी होगी, फिर बाल गोपाल गोद में होंगे मेरा घर गुलज़ार होगा।"—नैना बनजारिन की खुद की कोख सूनी रही। दूसरों को जड़ी बूटी बाँटने बेचने वाली नैना अपना इलाज न कर सकी। बाँझ होकर भी पूतों वाली है क्योंकि इसका दिल नरम है, जिगरा बड़ा है। इसकी बस्ती और दूसरे बनजारों की बस्ती के सारे लोग इसकी तारीफ करते। सबों के नये जन्मे बच्चों की देखरेख करती। जच्चों को हल्दी मुसब्बर खिलाती मानो सारे इसके अपने हों। कई बार मेलों में, नगरों में एक साथ कई टोली बनजारों की जुटती। सभी नैना को उसकी दिलदारी के लिए ही पहचानते नहीं तो बिल्लू रज्जो की अम्मा को कोई क्यों नहीं जानता। वह बेधड़क किसी के सामने जा खड़ी होती खुशी में भी गमी में भी; तभी तो शेरशाह ने इसी की गोद में गुलाब कुँअर को डाल दिया था?

"जिज्जी, सुना है इधर से आदिल खाँ का कारवाँ गुजरने वाला है। अगर वह हमारे पास पड़ाव डालता है तो आप गुलाब को तम्बू से बाहर न जाने देना।"—जीतू हाँफता हुआ आया और कहने लगा।

"अच्छा? वह इधर कहाँ आयेगा? रणथम्भौर की तरफ है।"

"संभल जा रहा है। लड़ाके हैं, लड़ने जा रहे होंगे। बस।"

"गुलाब क्या सारी छोकरियाँ तम्बू में रहेंगी। वह संभल जंग के लिए जा रहा है तो खेमा गाड़कर नहीं रहेगा। तुरत चला जायेगा पर डरने का क्या है? सुलतान के फौजी किसी छोकरी को जबरन उठा नहीं सकते। यह सब शेरशाह को बिल्कुल पसन्द नहीं है।"

"अब तुम उसकी नेकनीयती की दलील देना बन्द करो। बड़ा नेक है तो हमारे और गुलाब के साथ ऐसा क्यों किया?"

"सो तो है लल्ला लेकिन...।"

"आदिल खाँ की आदतों के बारे में कहा जाता है कि वह खूबसूरत कमसिन औरतों की ताक में रहता है, समझी?"

"जाने दे दइमारे को। मैंने कहा न कोई पानी लाने भी न बाहर झाँकेगी मैं

कह के आती हूँ।"–नैना उठकर चली दूसरे तम्बू में। गुलाब वहीं खड़ी सब सुन रही थी। उसका मुँह सूख गया।

"तू क्यों अपना खून जलाती है? मैं हूँ न तेरी रखवाली के लिए। काट दूँगा उस हाथ को जो तेरी ओर बढ़ेगा।"

"उत्ती बड़ी फौज के आगे तू क्या कर पायेगा? मैं बाहर बिल्कुल न निकलूँगी। तू ही पानी भर लाना।"

"सब कर दूँगा। क्या कहा? फौज? मैं कुछ को मार कर मरूँगा, तू जौहर करेगी।"

"इत्ता न सोच जीतू, कुछ न होगा। उनकी नजरें किलों पर होती हैं।"

"तू गलत सोचती है, बनजारिनों को भी उठा ले जाते हैं, अपने हरम या रनिवास में रख लेते हैं। हवस की आग में वे झोंक देते हैं। उन्हें खूबसूरत औरत चाहिए और कुछ नहीं।"

"तू मुझे डरा रहा है जीतू, कहे देती हूँ अभी खुदकुशी कर लूँगी।"–जीतू ने हाथ बढ़ाकर उसे पकड़ लिया। अपनी बाँहों में ले सीने से लगा लिया। गुलाब सुबकने लगी। जीतू थपकने लगा।

* * *

कई दिनों की रंगरेलियों के बाद हुमायूँ अपनी किताबों के बीच आ बैठता। बैरम खाँ उसके रवैये से बेहद मायूस हो गया था सो इस बार वह दूर ही रहा। लेकिन हुमायूँ उससे दूर नहीं रह सकता था। उसने उसे याद किया। बैरम खाँ मुँह सुजाये आ गया। हुमायूँ ने कई दिनों तक उससे न मिल पाने के लिए माफी माँगी।

"हमारे आका, आप कई दिनों से नहीं कई महीनों से मुझसे नहीं मिले हैं। आप क्या यह सच कहते हैं कि मैं जब हिन्दोस्तान में था तब आपको बहुत याद आता था? मुझे तो बिल्कुल नहीं लगता।"

"कसो तंज मुझ पर मेरे दोस्त। अच्छा बताओ खबास खाँ से मिले क्या? कैसा है वह शख्स?"–बात पलटने की गरज से पूछा हुमायूँ ने।

"हाँ मिला था, क्यों नहीं मिलूँगा। वह शेरशाह के सिपहसालार हैं और उनके सबसे नजदीकी। मैं उन्हीं की सिफारिश पर शेरशाह के पास पहुँचा।"

"ओहो, बड़ा दिलदार इनसान है।"

"आप कैसे जानते हैं उसकी दिलदारी?"

"अरे तुम लोग पीछे छूट गये थे खवास खाँ आगरे से निकलने के बाद मेरा पीछा कर रहा था। कोंदवाल नदी के किनारे पहुँच चुका था तब मैंने शेरशाह के खबरी कामरान को बुलवाया और पूछा कि तुमने मुझसे कहा था शेर खाँ मुझसे दोस्ती करना चाहता है तो फिर खदेड़ क्यों रहा है? उसने कहा आप किस

बलबूते पर अब शेरशाह से बराबरी के हाथ मिलायेंगे? सुना बैरम खाँ? उसने ऐसा कहा।"–हुमायूँ ने अचरज से कहा।

"इसमें अचरज की क्या बात है मेरे आका, आपसे भी जब उसने दोस्ती का हाथ बढ़ाया था तो सिर्फ इसीलिए नहीं मिलाया कि आप दिल्ली–आगरा के तख्त पर बैठे थे।"

"हूँ, सो तो है!"

"फिर खवास खाँ ने क्या किया?"

"हम लाहौर से भी निकल गये, खुशाब में डेरा डाला वहाँ खबास खाँ ने भी आकर अपना लाव–लश्कर जमा दिया। हमारे पास खाने का सामान खत्म हो गया था। हमने अपना एक जिम्मेदार आदमी उसके पास भेजा और उससे खाना माँगा। उसने दो भेड़ें, दो मन मेवे, एक मन घी भेजा। पर खाना कैसे बने?"

"फिर क्या हुआ हुजूर?"

"मैंने खबर भेजी कि चावल या आटा भेजोगे तब तो खाना पकेगा? मुझ पर रहम करो थोड़े शहद भी भेजो। उसने अनाज के साथ दो मन शहद भेजे साथ ही और दो भेड़ें भी भेजीं। उसके बाद वह लौट गया। हम पलटकर अपने लाहौर किले में आ गये।"

"खबास खाँ अपने साथ साल भर का सामान लेकर चलता है। घोड़े हाथी और पैदल फौजियों को कहा हुआ रहता है कि वे अपने साथ भेड़ें लेकर चलें। खच्चर वगैरह पर लादकर अनाज, घी और शहद लिए चलता है। ऐसे अकलमन्द सिपहसालारों के बल पर शेरशाह तख्तोताज पर काबिज हुआ है।"

"शेरशाह खुद भी ऐसा ही है। जहाँ पड़ाव डालता है वहाँ के पूरे इलाके को खाना खिलाता है। वह इनसान काफी जकात बाँटता है।"

"सुना है निहायत कंजूस है।"

"अपने लिए कंजूस है। खुद ज्यादा नहीं खाता। मांस तो खाता ही नहीं। पर बाँटता है। सरायों में मुफ्त खाना बाँटता है लेकिन दाल और रोटी। हिन्दुओं के लिए आटा, घी, दाल, गुड़ और जलावन रखता है।"–बैरम खाँ की इन बातों से हुमायूँ उदास हो गया। इस इनसान को यह सब सूझी इसे क्यों नहीं सूझी! इसने भी तो वैसी किताबें पढ़ रखी हैं जिनमें हिन्दू राजाओं का जिन्दगीनामा लिखा है कि वे सराय बनवाते थे, फलदार पेड़ लगवाते थे। अवाम का दिल जीतने का यह अच्छा इन्तजाम है। एक बार मेरे हाथ में फिर आगरे का तख्त आ जाये फिर मैं इससे भी बढ़कर जकात बाँटूँगा।

* * *

जमीन जो अपने कब्जे में आ गयी थी उन्हें घूम फिर कर शहंशाह कुछ दिनों में आगरा आ गये थे। दिल्ली में शेरगढ़ का किला बन रहा था। इनके दिल में आया कि क्यों न सादगी से दरिया के रास्ते सूबे घूमे जायें। इरादा नेक था। नाव पर चढ़कर आगरे से चला तो कालपी के निकट हमीरपुर परगने में नदी में एक ब्राह्मण स्नान कर सूर्य को अर्घ्य दे रहा था। शेरशाह ने अपने बेहद तेज चलने वाले नाव को रोक लिया। रसद वगैरह से लदी कई नावें थीं। नावों के हिलकोले से दरियाव में लहरें उठतीं। ब्राह्मण का ध्यान भंग होता। जब ब्राह्मण जल प्रदान कर निकला तब शहंशाह ने जो साधारण वेश में था उसने वहाँ के जागीरदार के रवैये के बारे में पूछा।

"आप लोगों के कैसे हैं जागीरदार पंडित? आपका ख़याल तो रखते हैं?"

"अरे नहीं भइया, पंडितों का ख़याल रखकर क्या होगा? वे फौज का ख्याल रखते हैं जो जंग में काम आयें, हम किस काम के हैं।"–कहकर ब्राह्मण चला गया। शेरशाह को एक सच्चाई से रू-ब-रू कर गया फौजी-फौज में हैं सो वेतन लेंगे, किसान खेत में अन्न उपजायेंगे, पाठशाला में कितने गुरुजी रहेंगे। जो खालिस पंडित हैं सचमुच वे अपनी जिन्दगी की गाड़ी कैसे चलायेंगे। उन्होंने अपने वजीर से कहा–"पंडित यह नहीं जानता था कि वह किससे बात कर रहा है, पर जिस दिन उसे मालूम होगा कैसा लगेगा कि खुद सुलतान उसके सामने खड़ा था, उसकी तकलीफ सुनी और कुछ न दिया।"

"सही है शहंशाह, साथ ही यह भी सही है कि वह आज नहीं तो कल जान जायेगा कि शहंशाह की सवारी गुजरी थी।"

"उसे बुलाओ"–शेरशाह ने कहा। ब्राह्मण बुलाया गया।

"ऐ पंडित जी, मैं सुल्तानेहिंद यह गाँव तुम्हें सौंपता हूँ। इसकी आमदनी आज से तुम्हारी हुई। यह लो रुक्का।"–पंडित हैरतजदा। उसे कुछ सूझ न पड़ा। उसने हाथ जोड़कर प्रणाम किया और आशीर्वाद दिया "आप अमर रहें शहंशाह।"–शहंशाह ने पाँच सौ अशर्फियाँ उसे खर्च करने को दीं। गाँव-गाँव में मुनादी पिटवा दी कि पंडितों को अपने-अपने जागीरदार के पास जाकर अपना हक लेना चाहिए। जागीरदारों को ताकीद की गयी कि उनके लिए मामूल इन्तजामात किये जायें। पंडितों ने प्रसन्न होकर कहा–"जब संसार में कोई नहीं रहता तो अच्छा है शुभ स्मृति रहे।"

* * *

बैरम खाँ से हुमायूँ अब हिन्दोस्तान की हुकूमत का पूरा हाल जानना चाहता था। चार वर्ष बैरम खाँ ने शेरशाह के राज्य में गुजारे हैं। बैरम खाँ ने हुमायूँ से कहा भी कि शेरशाह के पास ऐसे-ऐसे हुकूमत के तरीके हैं कि वह सौ साल तक राज कर सकता है।

"यह कैसे कहते हो बैरम खाँ!"-हुमायूँ ने पूछा था।

"हुकूमत को नीचे से ऊपर की ओर ले गया है, मुकद्दम शिकदार, बड़ा शिकदार अमीन, तहसीलदार, जागीरदार वजीर सूबेदार। वे सब उसकी आँखों के सामने हैं। आँखों के सामने उनका हिसाब किताब भी रहता है। किसानों के लिए उनसे पूछ कर मालगुजारी लगाता है।"

"पूछने का क्या मतलब?"

"कुछ किसानों ने जरीब के हिसाब से मालगुजारी देना चाहा कुछ ने गल्ले जितने आये हों उस हिसाब से दिया जाये ऐसा कबूला। अपने मुकद्दम और शिकदारों से मशविरा कर शेरशाह ने किसानों से इकरारनामा लिखवा लेने को कहा और खुशी-खुशी उन्हें हुकुम दे दिया। रबी की फसल में रबी वसूल करते हैं, खरीफ के समय खरीफ, बदले में नहर, रहट वगैरह का इन्तजाम सूबे की ओर से होता है।"

"इतनी बड़ी हुकूमत में क्या ठीक से चलता है काम?"

"ऐ हुजूर, शेरशाह की नजर बड़ी तेज है। उसने झाड़ूदार से लेकर शिकदार तक का वेतन तय कर रखा है, तीन-तीन साल पर उन्हें एक जगह से दूसरी जगह पर तबादला करने का फरमान जारी किया है। घूसखोरी और बेईमानी बर्दाश्त नहीं करता है। किसानों को वह पूरी छूट देता है उनसे जरीबाना मुहासिलाना वसूल करना गुनाह मानता है। अब आप बताइये मैं गलत कह रहा हूँ?"

"इतने छोटे तबके से आया है शेर खाँ कि यह सब कर पाता है।"

"गुस्ताखी माफ करें हुजूर तो मैं अर्ज करूँ! आपने उसके घोड़े के दागने की आदत पर मजाक किया था कि घोड़े के तिजारती का पोता है, आदत छूटी, नहीं। लेकिन उस दागने के सबब उसकी फौज में टंच और मजबूत घोड़े हैं। जितने हैं उतने की गिनती सचमुच है। आज उसी के बल पर हुकूमत कर रहा है। बड़ा तो तख्त पाकर होता है मेरे आका।"

"मैं समझने की कोशिश कर रहा हूँ। तुम्हारे कहने का मतलब है कि कभी भी हुकूमत ओहदेदारों के भरोसे नहीं छोड़ना चाहिए।"

"जी हुजूर, सूबों को कई छोटे-छोटे परगनों में बाँटकर माहवारी तय करके सीधे अपने हाथों में शेरशाह ने ले लिया है। सूबेदार से ज्यादा आजाद किसान हैं।"-हुमायूँ के सामने एक नयी दुनिया खुलती नजर आ रही थी। तलवार और

तोप के बल पर तख्त पा लेना ही सबकुछ नहीं है सब कुछ तो कायदे से हुकूमत चलाना है। अवाम को खुश रखना जरूरी है। यह सच है कि सबसे जियादह अवाम खेती करती है या खेती के इर्दगिर्द घूमती है। खेतिहर मजदूर और किसान अगर खुश न रहे तो कैसे चलेगी हुकूमत। कायल हो गया उस अफगानी सुलतान का, कितनी अक्ल है या खुदा। पंडितों को अपनी ओर करने की कवायद शुरू कर दी है। सरकश राजपूतों, गहलौतों को सबक सिखाया है पर शातिराना हरकत तो देखिये कि एक तरफ खेतिहरों से सीधा रिश्ता रखता है कि पंडितों से रखता है। उसे मालूम है कि किसे नेस्तानाबूद करना है कौन उसको ललकार सकता है कौन सिर्फ दुआ का हाथ उठा सकता है। आलिमों और काजियों पर इनायत करता है ऐसा बैरम खाँ कहता है।

"क्यों मियाँ सुना है कि आगरा किला के काजी को फजीहत के नाम से पुकारता है फिर क्या इज्जत बख्शता है यार!"

"उस काजी फजीलत को तो आप भी अच्छी तरह जानते हैं हमारे जहाँपनाह वह फजीहत ही तो है, अपना दबदबा हरम में बनाये रखने को दीवाना है। काजी मीर सरवर उस वक्त शेरशाह के जानिब आया जब वह नमाज पढ़कर तखत पर बैठा था। उसके साथ एक नौजवान था। शेरशाह ने पूछा कि क्यों काजी यह आपका कोई रिश्तेदार है कि इसे यहाँ लाये? उस काजी ने कहा हुजूर यह अभी काफिया पढ़ रहा है, बड़ा जहीन है। शेरशाह खुद काफिया का बेहतरीन जानकार है सो उसने उससे पूछा बताओ नौजवान 'उम्र' बदलने वाली संज्ञा है या न बदलने वाली। उसने जवाब दिया ना बदलने वाली। शेरशाह ने पूछा कैसे? उस नौजवान ने तफसील से रेशा-रेशा करके समझाया। शेरशाह खुश हुआ उसने तुरन्त पाँच सौ बीघे जमीन और पाँच सौ रुपया उसे दे दिया। फिर उसने उस नौजवान से पूछा-ऐ नौजवान क्या तुम अपनी अक्ल के लायक इनाम पा चुके? उसने कहा-ऐ शाहों के शाह शेरशाह, मैंने अपनी अक्ल के बराबर धन पाया पर बादशाही इनायत के बराबर नहीं मिला। शेरशाह ने फिर पाँच सौ बीघा जमीन और पाँच सौ रुपयों का तोहफा उसे दिया। तत्काल फरमान जारी कर उसके हाथ में थमा दिया। उस वक्त शेरशाह ने रूई भरी शेरवानी पहन रखी थी, सर्दी का वक्त था, आगरे का जाड़ा ठहरा। उस नौजवान ने कोर्निश बजाते हुए कहा-हुजूरे आली आपकी यह पोशाक आप पर खूब फब रही है। शेरशाह ने उसके लिए उसी तरह की शेरवानी मँगवा कर दे दी। काजी की आँखों में आँसू आ गये।"

"ऐ मेरे दोस्त, मेरे खानखाना तुम जो कुछ तफसील से कह गये वह मुझे यह सोचने पर मजबूर कर रहा है कि क्यों न मैं उस शातिर लोमड़ी को भी मात देने वाले शेरशाह की शागिर्दी करने लगूँ। कुछ न कुछ चालाकियाँ सीख ही लूँगा।"-बैरम खाँ हँसने लगा। यही आग इन्हें हिन्दोस्तान की हुकूमत सिखायेगी।

खानेखाना मैं क्या हूँ? जब न बादशाह न फौज झूठा खानखाना। शेरशाह के जीते जी तो कभी फतह हो ही नहीं सकती, उसके बाद भी हुकूमत इतनी मजबूत बनाकर रखी है कि जल्दी हाथ नहीं आने को है। अवाम, सूबेदार सभी अफगानों के खैरख्वाह हो गये मुगलों की दाल गलने वाली नहीं। लेकिन अल्लाह कब किसे जमीन का मालिक बनाता है सब वही जानता है। अभी तो अँधेरा ही अँधेरा है।

* * *

"इन बातों में हम भूल गये कि फिरदौस मकानी शहंशाह बाबर की मजार शरीफ पर चादर चढ़ाने जाना है।"

"हाँ दोस्त, कैसे भूल गया? फिरदौस मकानी की चादर तैयार है; मजार शरीफ जाने को हम बेताब हैं। लाजवर्द और जमरूद जैसे कीमती पत्थरों को तराश कर एक हाथी बनाया है जिसके ऊपर सोने के नगीना जड़े हौदे बनवाये हैं बेगमों ने, वह हाथी फिरदौस मकानी के मजारशरीफ के पास खड़ा किया जायेगा। चादर पर लाल और मोती जड़े हैं।"

"सुना है बारिश की कमी की वजह से बागे बाबर सूख रहा है। कोई नया इन्तजाम करें या ऐसे पेड़ लगवायें जिन्हें ज्यादा पानी की जरूरत न हो। आखिर मुगलों के पहले बादशाह हैं जो खानदाने तैमूरिया का बीज रोपने आये हिन्दोस्तान। यार बैरम खाँ यह जगह क्या पहली नहीं है जहाँ हमारे हिन्दोस्तान में पैर जमे? यह वही जगह है इसीलिए फिरदौस मकानी ने कयामत तक यहीं आराम फरमाने की जुगत लगाई।"

"आप बिल्कुल बजा फरमाते हैं हुजूर। मुहम्मद गोरी और गजनी के आने तक ये सारे सनातनी, वैदिक हिन्दू थे। मुसलमानों की हुकूमत ने इन्हें इस्लाम कबूल करने पर मजबूर किया। जिन्हें नहीं अच्छा लगा वे पूरब की ओर बढ़ गये। बड़ी-बड़ी किताबों से जानकारी मिली है कि इनके अन्दर बहुत सारे मजबूत दावेदार देवता हैं। सबों को अलग-अलग महकमे बाँटे गये हैं। किसी को आग का तो किसी को पानी का, किसी को अनाज का तो किसी को बारिश का। जानवरों के देवता, दवाओं के देवता बेशुमार देवियाँ। देवताओं में जाहिर है अपनी बड़प्पन को लेकर झंझट होता था। इन्हीं में से गौतम बुद्ध निकले जिनके मन में था कि भगवान एक हैं। आदि देव सूरज, महादेव, विष्णु और ब्रह्मा सबसे ऊपर हैं परमपिता हैं। जगदम्बा माता है। इन्होंने काम के अनुसार जाति बाँट रखी है।"

"इनके इस बिखराव का फायदा इस्लाम को मिला बैरम खाँ, ऐसा है न!"

"है तो।"

"उसी समय आदिगुरु शंकर ने आकर इनको एक किया। समझा दिया कि सब एक हैं। परमेश्वर एक जगदम्बा एक उसी के कई रूप। सनातन में एका हो गया। क्या कहते हो बैरम?"

"आपका कहना सही है, मैं सहमत हूँ। धर्म की चटाई पर बैठे सभी एक दिखाई देते थे परन्तु छोटे-छोटे राज्यों का राजा अपने आपको देवता ही समझने लगा था। वरना गजनी और गोरी बाइसवें दफे भी निराश होकर लौट जाते।"

"सब ठीक है बैरम खाँ, लेकिन हम मुगलों ने हिन्दोस्तान को अपना मुल्क माना है। हम यहाँ से कहीं नहीं जायेंगे। हमने राजाओं को ललकारने के अलावे कुछ तो नहीं किया है। हमने हिन्दोस्तान की सरहद को छोड़ा तो नहीं है।"

"हमें पता है शहंशाह। यह यदि अल्लाह को मंजूर होगा तो आप रहेंगे। मैं दिन-रात हिसाब जोड़ता हूँ। नजूमियों ने कहा था अब्बा हुजूर को आपके कि जाओ हिन्दोस्तान। यह आपके लिए है। पर कब? माशा अल्लाह वक्त आयेगा।"

"अब अभी मजार शरीफ जाने की तैयारी करो। देखना कहीं वह अफगान न आ धमके, पोशीदा रहकर जाना पड़ेगा।"

"हुजूर, वह अफगान अभी अपनी सरहद दक्कन तक दुरुस्त करेगा, आपसे उसे अभी डर नहीं है। हाँ आपका भाई हिन्दाल और कामरान जरूर कोई चाल चलेगा।"

"उसका माकूल जवाब देंगे। पर क्या वह ऐसा मजार शरीफ पर जियारत के वक्त करेगा? बैरम खाँ क्या वह सच्चा मुगल नहीं रह गया है? अपने अब्बा हुजूर की कब्र पर गुनाह करे यह कुफ्र है।"-हुमायूँ बेहद दुखी थे।

"हुजूर, अब्बा हुजूर से क्यों नहीं मुहब्बत है उन्हें आपको मालूम है अव्वल तो वे मुगल बेगम की औलाद नहीं हैं। दूसरे आपसे उम्र में छोटे हैं। आपकी तरह पढ़ा-लिखा भी नहीं, अक्ल कहाँ?"

"मूरख भी तो नहीं हैं।"

"उन्हें यह बेहद सालता है कि बादशाह सलामत ने आपकी बीमारी के समय आपके रोग-बलाय अपने ऊपर ले लिये। आप चंगे हो गये और वे बीमार होकर फिरदौस मकानी हो गये।"

"अल्लाह की नेमत, बैरम खाँ अब्बा हुजूर ने यह अच्छा नहीं किया उनके सरमाये के बगैर मैं क्या हूँ? मैं निहायत उल्लू, तोता या रट्टू काकातुआ! मैं हुकूमत बरकरार न रख सका अब्बा की खून बहायी धरती पर मैं टिक न सका। लानत है मुझ पर मैंने फिरदौस मकानी की इज्जत पर बट्टा लगाया। औलाद सुर्खरू वो होता है जो उनका रकबा बढ़ाये न कि घटाये।"

"गमजदा हैं शहंशाह अभी दिमाग को दूसरी ओर मोड़ लें। चलें हम मसनवी पर बातें करें। आपको शायद गुमान भी नहीं है कि वहाँ जायस कस्बे का एक

मुसलमान शायर मसनवी की तर्ज पर अवधी यानी हिन्दी ही जानिये, में एक बेइन्तहा खूबसूरत किताब लिख रहा है।"

"अच्छा किस बारे में? मसनवी तो इश्क की गहराइयों की कहन है बैरम खाँ।"

"हाँ हुजूर!"

"उसे अवधी जैसी गँवार जुबान में क्यों लिख रहा है?"

"आप तो संसकीरत के पंडितों की तरह बोल रहे हैं हुजूर। दिल से निकली इश्क की दास्तान है, जो चार अशआर सुन लेता है वह मुरीद हो जाता है उसका।"

"क्या मसला है, यानी किसके इर्द-गिर्द घूमता है बैरम खाँ?

"चित्तौड़गढ़ का राजा रतनसेन और उसकी बीवी नागमती उसकी माशूका बीवी जो सिंहलद्वीप की है उसकी इश्किया दास्तान है।"

"किसने लिखा है?"

"अजीम शायर मलिक मुहम्मद जायसी ने।"

"मसनवी के वजन का कहते हो क्यों, क्या है उस इश्किया दास्ताँ में? तमाम लैला-मजनूँ भरे हैं।"

"राजा रत्नसेन की रानी पद्मावती बेहद सूबसूरत थीं उनकी कहानी फैली हुई थी, अलाउद्दीन खिलजी के दिल में आया वह उसे एक नजर देखे, राजा बड़े मनुहार के बाद तैयार हुआ जल दर्पण में अक्स दिखाने को। अक्स क्या देखा सुलतान होश खो बैठा। रानी के लिए जंग का ऐलान कर दिया। पद्मिनी, नागमती वगैरह रानियाँ, बाँदियाँ, बेटियाँ सबों ने जौहर कर लिया। अलाउद्दीन मारकाट मचाकर जंग जीतकर जब रनिवास आये तो उनकी मुट्ठी में राख ही राख थी। वे बेहद शर्मिन्दा और मायूस हुए।" अब हुमायूँ का सर झुक गया था। वह आँसू भरकर बैरम खाँ की ओर देखने लगा।

"ऐसा करना गलत था, जब राजा ने यकीन कर रानी का अक्स दिखा दिया तब अमानत में खयानत का बेजा इस्तेमाल किया अलाउद्दीन ने लेकिन यहाँ के राजपूत भी अजब आनबान और शान के होते हैं। या खुदा, इन पर हुकूमत करना कच्ची मिट्टी के बर्त्तन को बरतना है, ये बिल्लौरी सुराही की मानिन्द कभी भी चिनक उठते हैं।"

"हुजूर इज्जतदार रहवासी हैं ये। जंगलों में रहने वाली कबाइली जाति ज्यादा आन वाली है, वे जौहर नहीं करते वे तीरों से छेद देते हैं। उनका ठिकाना मिलता तक नहीं।"

"क्या कहते हो खानखाना, यह शेरशाह क्या है? वैसा ही कबायली; उससे पार पाना क्या आसान है?"

"मैं कहाँ का खानेखाना मेरे आका? कहाँ की फौज और कौन फौजी?"–चुटकी ली खानखाना बैरम खाँ ने।

"मैं कहाँ का शहंशाह हूँ। बहरहाल मैं जहाँ का शहंशाह हूँ उसी के फौज के खानखाना हो मेरे यार। अब फौज इकट्ठी करने में साथ दूँगा। सारे मैल धुल गये, सारे शिकवे भुला दिये, सारी बेचैनी हरम में छोड़ आया हूँ। मैं मजार शरीफ जाकर कसमें खाऊँगा, उनसे वादा करूँगा कि अब्बा हुजूर यह यहाँ वहाँ भटकने वाला आपका वली अहद, एक दिन जीतेगा आपका राज जो था, जिन्दा जैसे भी रहूँ मरूँगा शहंशाहे–हिन्दोस्तान बनकर। आपने इसी जमीन को अपनी जाती जमीन तक्सीम की है, मैं सिकन्दर, गोरी गजनी की तरह मुँह फेरकर न जाऊँगा। आपसे वादा है पूरा करूँगा।"

"वाह शहंशाह, यही सुनना मेरा मकसद था। माफ करेंगे मैंने आप पर बेहद तंज कसे। दिल पर न लें यही मेरी आरजू है।"–बैरम खाँ खुश था।

"बैरम खाँ, मजारशरीफ कूच करने की तैयारी कर लीजिए।"

"कर रहा हूँ खामोशी से लेकिन पूरी तैयारी के साथ हमें रास्ता तय करना चाहिए।"

"दुश्मनों का खौफ मुझे बेहद सता रहा है?"

"दुश्मन अभी नहीं आयेंगे।"

"बैरम खाँ जिसके खुद के सौतेले और अपने भाई दुश्मन हों जिसकी सरकश बेगमे मेवात बीवी दुश्मन हो जाये और वो यहीं हेरात में डेरा जमाये बैठी हो, उसका कहना क्या?"

"हम उनसे निबट लेंगे।"

"किसी भी तरह बेगम न जाने।"

"नहीं जानेगी।"

"वह हवा में सूँघती है।"

"हम चकमा देंगे।"

"देकर देखिये।"–बन्द पालकियों में चढ़कर बारह–पन्द्रह की गिनती में तीन रास्तों से मजार शरीफ पहुँचे। बड़ी शाइस्तगी से चादर चढ़ाई। हाथी को छोटे जंगली बेल की गोंद से चिपकाया जिसके चारों ओर गोल चिकने लाल सुफैद पत्थर चिपकाये, दो शहतूत के पौध लगा दिये। ये पौधे न तो बड़े दरख्त बनते हैं न छोटे रहते हैं। होते हैं हरे भरे छतनार, पत्ती पत्ती फल निकालते हैं। पकने पर धरती की ओर बेआवाज गिराते हैं। बच्चे और बूढ़े सभी इसका लुत्फ लेते हैं, खटामिट्ठा फल। थोड़ी दूर हटकर एक खिरनी का दरख्त रोप दिया। गाँव के लोग जियारत को आये थे, वे नात और कव्वाली गा रहे थे। शाही चौके से हलवा और पूड़ी बँट रहा था। सारे कारिन्दे बैरम खाँ को सेठ कहकर पुकार रहे

थे। वे तिजारती बाना धरे हुए थे। हुमायूँ ने बार-बार अपना वादा दुहराया और बाबर बादशाह के मजार के बोसे लिए।

"ऐ मेरे जनमदाता, ऐ मेरे परवरदिगार तू ही मुझमें कुव्वत बख्श कि तेरे नाम का मकान हिन्दोस्तान के चप्पे-चप्पे में चस्पाँ करूँ। ऐ मेरे फिरदौस मकानी अब्बा हुजूर मैं इसलिए न याद किया जाऊँ कि मुझे जिन्दा रखने के लिए बहादुर बादशाह ने अपनी जान दे दी। बल्कि इसलिए याद किया जाना चाहता हूँ कि पुरखों का मनचाहा मुल्क जीतकर उनके जानिब पेश किया। मैं जानता हूँ अपने चारों बेटों में तू ही है जिसने मुझे सबसे ज्यादा काबिल समझा तूने तख्त दिया मैंने गँवा दिया। मेरे भाइयों ने मेरे साथ बड़ी एहसानफरामोशी की, मैं चाहता हूँ उन्हें मनाऊँ। वे मान जायेंगे मेरे अब्बा। आपकी बीज हैं। मैं उन्हें माफ कर दूँगा जो सूबा चाहेंगे वह सब उन्हें दे दूँगा। मेरी असली दुश्मन तो वो बेहिस औरत मेवाती बेगम है, उससे कैसे पार पाऊँ नहीं सूझ रहा है। मुझे, मेरे गुनाहों को माफ कर ऐ बड़े दिल वाला शहंशाह।" पूरा कुनबा हाथ उठाकर दुआ माँग रहा था–साथ ही बोला–आमीन। जैसे आये थे वैसे ही चले गये हुमायूँ, पर दिल पुरसुकून था। एक नया जज्वा पैदा हुआ दिल में। कुछ कसमें खाईं कुछ वादे किये। लौटने के वक्त पहले पड़ाव पर अपने पलँग पर लेटे हुमायूँ पैरों की मालिश करवा रहे थे। आराम-कुर्सी पर बैरम खाँ अधलेटे से बैठे थे हुमायूँ उनको देख रहे थे। कुछ सुनना चाहते थे ऐसा दिखाई दे रहा था।

"पहली कसम तो खायें मेरे आका कि दिल का दरवाजा एहतियात से बन्द कर दें। उन्हें दरवाजे के अन्दर आराम से सोने दें। क्योंकि दिल ही है जो किसी गुदाज रुख का गुलाम हो जाता है। दिल को सुरंग बनाने का बड़ा शौक है। वह सुरंग बना कर पूरी शख्सियत को खींच लेता है फिर बाहर आने में जिन्दगी निकाल देता है। इनसान किसी काम का नहीं रहता।"

"यार मैं तुम्हारी आँखों में साफ-साफ देखना चाहता हूँ तुम क्यों तिरछी किये बैठे हो? ओठों में जुम्बिश देकर नसीहत दोगे तो असरकारी होगा क्या? इरादा क्या है बरखुरदार।"–दोनों ने जो कुछ कहना सुनना था वह सुन लिया और बेसाख्ता हँस पड़े।

"एक शिकदार आया उसने हौले से कोर्निश करने के बाद फुसफुसाइट के अन्दाज में कहा–एक शानदार खातून का शाही डेरा गुजरा है। मजार शरीफ की ओर। चाँदनी रात में उनके ऊँचे डंडे और झंडे साफ दिखाई दे रहे हैं।"

"अच्छा, बहुत खूब। मजार शरीफ है लोग जियारत करेंगे, उर्स करेंगे। करना भी चाहिए।"

"हुजूर वो काफिला मेवाती बेगम साहिबा का था।"

"तुम लोगों से कुछ पूछा?"

"पूछा था हम उनकी बोली नहीं जानते ऐसा बताया हम रोहरी में बोलते रहे। वे आगे बढ़ गये।"

"हमारा डेरा भी सादा है कोई अन्दाजा नहीं लगा पायेगा।"

"चलो ठीक है।"–वह चला गया। हुमायूँ ने इशारा किया कि क्या है यह? अपने खास सिपाही को भेजा बैरम खाँ ने। वह एक पहर भी न बीता कि लौट आया सचमुच वह मुगल सिपाही हुमायूँ का था। रात रहते ही ये लौट पड़े वह भी रास्ता बदलकर।

"बैरम खाँ, हम अपने को बड़े शातिर समझते हैं तो ठीक है पर वे कम नहीं है किसी से भी। औरतें बदकारी पर उतर आती हैं तो उन्हें रोकना आसान नहीं है। वो सियासत समझना नहीं चाहतीं। बड़े बेटे को वली अहद बनाया जाता है, उन्हें हुकूमत करने के लिए ही तो तैयार किया जाता है। यह धरम ईमान जिसे हजरत मुहम्मद साहब ने हमारे अन्दर कूट-कूट कर भरा उसको जो बरतते हैं अपने आप पर ही यकीन नहीं रखते। मार काट अपनों के बीच करते-करते बेदर्द हो जाते हैं। आपकी बेगम उन्हीं की बहन हैं न वो तो दिन रात तस्बीह फेरती रहती हैं। यह कैसा इन्साफ खुदा का कि दो बहनें बिल्कुल दो तरह की। एक निहायत सीधी दूसरी खूँखार। या खुदा।"

"हुजूर, तकलीफ में हम दोनों हैं। ये सीधी बेगम तस्बीह लेकर बैठी रहती हैं। दस्तरखान बिछा कि नहीं, खाना क्या बना, सोना हुआ चैन से न, नहाने के पानी में गुलाब और जूही की पंखुड़ियाँ डाली गयीं कि नहीं, अगर नहीं डाली गयीं तो खानखाना का वुजू कैसे होगा वे खायेंगे क्या? बस बीवी का और भी कोई काम है वह नहीं जानती।"–हँसते है बैरम खाँ "अमाँ यार हमें क्या पड़ी थी–उस मेवाती सरदार की दो जहीन बेटियों की जिन्हें वह तोहफे में लाया था? ऐसे आफत जान तोहफे कभी न लेने चाहिए।"–हुमायूँ ने आजिजी से कहा। "वो मरदूद शेरशाह, तोहफों को खासा नापतोल कर लेता है। अब याद करें, चुनारगढ़ का साथ, सारा खजाना उसे मिला मय लाड मलका के जो बाँझ औरत थी। फतेह मलका का खजाना रख उसे खेत और खोरिस दिया, सरपरस्ती का हाथ दिया शादी नहीं की। है बड़ा चालाक।"

"बदजात ने मुझ बदबख्त के पास उस बला बानू को भेज दिया।"

"और आप उलझ गये। अरे जाल को काट फेंकना था न!"

"कैसे काटता रेशमी जाल को और मेरे पास कोई तेज धार वाली चीज नहीं थी।"

"कैसे नहीं थी हुजूर–मुँह में दाँत और उँगलियों में नाखून तो थे ही।"

"अब यह एक शायर नहीं सिपहसालार बोल रहा है। नाखून तो उसके कठोर अनार सरीखे जोबन पर गुलाबी लकीरें खींचने को थीं और दाँत के बिना क्या

सिर्फ साँसों के टकराने से लुत्फ की गहराई मिलती? कुछ और सोचो शायर!"

"यहाँ सिपहसालार ही सोचेगा हुजूर शायर नहीं जो लचकीली लाजवाब नागों सरीखी जहरमोहरों को आबेजमजम जानकर पी डाले। जंग जीतना है तो अल्लाह की उन नेमतों को भूल जाइये फूलभरी शाखों पर बैठी कोयल की बानी न सुनिये। सुनिये शेर की दहाड़ और सोचिये कि इससे कैसे पार पाया जाये। बाबा के मजार पर जाकर यही तो माँगा था कि ऐ बाबा, अपने जैसा जाँबाज बना। अपनी जिन्दगी तो दिया मुझे अपनी ऊँचाई क्यों नहीं दीं। ऐ बाबा, तूने मुझे एक अमीर, हराभरा मुल्क दिया, पानी से भरी नदियाँ दी, यकीनयाफ्ता इनसान दिये, फलों के बाग, बेशुमार जंगल, क्या नहीं दिये पर मैं कैसा हारा हुआ इनसान साबित हुआ ऐ मौला अब भी बाजुओं में दम है, दिल में आरजू है, नियामत बख्श।" बैरम खाँ सर झुकाकर सुन रहा था। सर उठाकर बोला–

"अभी ही डेरा उठा लो, वरना...।"

"उठाते हैं, रात चाँदनी है कोई बात नहीं।"–वे निकल गये अपने अमी के किले में।

लाहौर पहुँचकर जकात बाँटना शुरू किया। घी चुपड़ी रोटियाँ, हलवे और मेवों से भरी मिठाइयाँ। कपड़े, कम्बल और टके। मन ही मन शर्माते हुए कि आगरे के किले में इसका चौगुना आठ गुना बाँटा जाता था फिरदौस मकानी के मिलाद में। इन दिनों शहंशाह हुमायूँ पाँचों वक्त के नमाज अदा करने में कोई कोताही नहीं करते। पूरे जोशोखरोश से रोजा रखते। पक्के मुसलमान की तरह फकीरी अपना लिया था। अब बादशाही का ज्वार उतरने लगा था। उनके दोस्त बैरम खाँ को यह बदलाव देखकर भला लगा था। अब्बा हुजूर ने तश्तरी में परोसकर मुल्क दे दिया था अब अपने ही बाजुओं के बल पर हासिल करना पड़ेगा।

"सिन्ध के राजा अपने मुल्क जाना चाहते हैं शहंशाह क्या कहते हैं?"–बैरम खाँ ने लाहौर पहुँचकर पूछा।

"उन्हें बुलाइये खानखाना।"–सिन्ध के राजा हाजिर हुए।

"महाराजा साहब, आपके पास कितने फौजी हैं?"

"हुजूर, मेरे पास दस हजार घोड़े, पाँच सौ हाथी, पाँच हजार तीरन्दाज, तलवार बाज हैं। तोपें आपके पास हैं। हमारे और आपके पास जो कुछ है उससे शेरशाह का बाल भी बाँका न होगा। बैरम खाँ साहब की पेशकश ठीक है।"

"कैसी पेशकश खानखाना?"

"आपको बताया था न, कि किजिलबाश बड़े जाँबाज होते हैं। फौज में वे जमकर लड़ेंगे।"

"आप ईरान गये थे मदद माँगने उनका क्या हुआ?"

"ईरानियों ने तवज्जों नहीं दी। उन्होंने कहा हमारे खाते से किजिलबाशों से

रिश्ता बनाइये हमारी इज्जत भी बचेगी।"

"क्या मतलब? हमने समझा नहीं।"

"तंज कस रहे थे। किजिलबाश को वे अपने यहाँ के बाशिन्दे नहीं मानते। वे कहते हैं उन्हें बिना वजह बताये घेर कर मार डालो, जहाँ वे मारे जायेंगे वही कर्बला हो जायेगा।"

"यह सब सुनकर शहंशाही करने का दिल नहीं चाहता खानखाना।"

"आप हो जाइये दरवेश पर तारीख आपको माफ नहीं करेगी। आपकी किस्मत में लिखा है तख्तोताज। वह भी हिन्दोस्तान का।"

"इस तरह? शेरशाह के पास लाखों की फौज है, कई सूबे हैं जहाँ से फौजें आयेंगी, मेरे पास क्या है?"

"जब उसने आपको शिकस्त दी थी तब उसके पास कोई फौज नहीं थी। मेरी समझ में बीस हजार होगी पर अपनी अक्ल का इस्तेमाल कर आपको झाँसा दे सका। ऐसा खेल रचा कि आपको जान पड़ा वह बेहद ताकतवर है। आप मात खा गये।"

"तुम कहते हो कि कभी वह भी मात खा सकता है।"

"हाँ यही कहता हूँ। हिम्मत रखिये आप फतहयाब होंगे। खानदाने तैमूरिया फतह का परचम लहरायेगी।"

"शाइस्तगी से फौज इकट्ठी करो वरना चारों ओर उसके खुफिया फैले हैं। रोहतास किला बनाने के बहाने खवास खाँ तक चक्कर काटता रहता है। सड़कों पर डाक चलती हैं।"

"उसी की डाक के हिसाब से उसे ही मात दे सकते हैं। जैसे उसने मालदेव को खत से बरगलाया था वैसे हम भी उसे बरगला सकते हैं हुजूर!"

"ऐसा नहीं कर सकते। शेरशाह के जीते जी नहीं। वह बाज लिए चलता है जो योजन भर देखता है खुद गिद्ध की आँखें रखता है जो सौ योजन देखती हैं। कोई और उपाय सोचो।"

"फौज जमा करें सब।"

"वह भी चुपचाप।"

"हाँ इसी जंगल, इन्हीं किजिलबाशों को सिखा मिलाकर फौज तैयार किया जा सकता है।"

"लुटेरों पर भरोसा न करो खानखाना।"

"ये लुटेरे पठानों और अफगानों से बेहद नफरत करते हैं।"

"ऐसा क्यों?"

"मानो इन्हें ही शिया भाइयों को नेस्तनाबूद करने का ठेका दे रखा है अपने आपको सबसे बड़ा सूफी समझते हैं।"

"बड़ी-बड़ी तकरीरों पर न जाओ। किजिलबाशों को आदर से बुलाओ और प्यार से तालीम दो। अफगानों से नफरत करते हैं तो उसका सही मौके पर फायदा लो।"

"कोली और भील भी हमारी फौज में आ सकते हैं सिर्फ मकसद छुपाना होता है।"

"कैसे छुपाया जायेगा।"

"उन्हें तीर तलवार में महारत हासिल करवाने में हम अपने आपको उनके हवाले दे डालेंगे। कहेंगे कि हमें सिखाओ। मजबूत और नायाब तीर-धनुष उन्हें मुहय्या करवायेंगे। वे जाँबाज होते हैं। ज्यादा दिनों तक हमारा खाकर वे नमक का कर्ज उतारने के लिए खुद जुट जा सकते हैं।"

"ऐसा हुआ तो इस खुरासान में बैठकर मुझे फिर एक बार रोशनी नजर आयी। तुम इस मसाएल पर गौर करो और जल्दी से जल्दी फौज खड़ी करो।"

"फौज खड़ी करने में 5 साल भी लग जा सकते हैं।"

"तारीख में 5-10 साल का क्या वजूद है यार!"

* * *

दिल्ली के महल में चौकन्नी नींद सोया शेरशाह चौंककर उठ गया। चारों ओर नजरें घुमाईं। कमानी बीवी जग कर बैठ गयी।

"क्या हुआ मेरे सरताज रात अभी बाकी है किसी ने आवाज भी नहीं दी, नौबत नहीं बजी है। आराम फर्माइये।"—कमानी बीवी ने आहिस्ता कहा शेरशाह को। वे अधलेटे से हो गये। फिर उठकर पानी पिया। चहलकदमी करते रहे, बेगम की बाजू में बैठ गये।

"बेगम, मैंने आज अभी उस अन्धे नजूमी शायर को सपने में देखा है। उसी नौजवान शायर को जिसे बिन्दराबन में मिलने गया था।"

"आपने बताया था कि नौजवान है पर है बड़ा पहुँचा हुआ।"

"हाँ वही।"

"क्या देखा ख्वाब में मेरे आका?"

"वह बैठा खड़ताल बजाकर भजन गा रहा है। मैं जूते उतार शमशीर जमीन पर रख उसके सामने खड़ा हुआ कि कहा बैठ जाओ सुलतान, बड़े बेचैन हो। अपनी अक्ल का इस्तेमाल सिर्फ जंग के लिए करोगे? कलम नहीं चलाओगे? तो कूची ही चला लो। दरबदर तो होना ही है। मैंने पूछा—क्यों महाराज दरबदर क्यों होना है। उसने ऊपर आसमान की ओर उँगलियाँ तान दीं कि दर तो वो है हम यहाँ भटक ही तो रहे हैं। मैं जाने कहाँ से आकर यहाँ पड़ा हूँ। तू कहीं

और से पत्ते की तरहा उड़ता आ गिरा है। मैंने पूछा कहाँ से आये हुजूर? उसने कहा कहीं से तो आया रे, हजारों साल से दरबदर होता चला आया है इनसान जैसे जंगल में आग लगी है। वो देख वो देख भागे चले आ रहे हैं अब पच्छिम से पूरब, उत्तर से दक्खिन एक शोर सा बरपा, मैं उठ बैठा। बीवी, क्या कहते हैं नजूमी?"

"आप एक बार आँखें मूँद लो, फिर से सो जाओ। फजिर की नमाज में खासी देर है। नाहक बेचैन हो। बेचैनी का सबब दिन-रात की भागदौड़ है। पैर हाथ से ज्यादा भागता है दिमाग आपका। उसे सुकून देने की टुक कोशिश तो करो।"-कन्धों से पकड़कर गावतकिये पर सर टिका दिया बेगम ने। अनमने से लुढ़क गये शेरशाह। नींद हावी होने लगी, दिल में वे ही सारी बातें थीं। दरबदर तो सभी हैं। सन्तों नजूमियों के ख़यालात से यह दुनिया फानी है। जाने क्यों ये इस कोशिश में रहते हैं कि दुनिया से कब रूखसत हुआ जाये, इस इरादे से रहते हैं कि जहाँ वे बैठे हैं वह निहायत पराया है। जिसके दिल में दुनिया के लिए इतना परायापन हो वह क्यों पाने के तिलिस्म में उलझेगा? उसे क्यों चाहिए गाँव-शहर-सूबा और मुल्क? उसे क्यों चाहिए जमीनी रक्बा। नहीं चाहिए तो क्यों हो तकरार क्यों सजाई जाये फौज और क्यों जीती जाये जंग। किसलिये बनाया मुल्क? मुल्क का इतना बड़ा इलाका कैसे क्या चलेगा? कौन करेगा इसकी फिक्र। कितनी सड़कें बनेंगी। खेत आबाद होंगे। खेतों में रहटें कैसे चलेंगी। नदियाँ सूखेंगी, पहाड़ टूटेंगे, धरती फटेगी तब कैसे इनसान, जानवर और दरख़्तों की आबादी को बचायेंगे। वे सिर्फ ऊपर आसमान देखते हैं नीचे धरती पर मैं शेरशाह, हसन सूर का बेटा फरीद समझता है सुलेमान पर्वत के नीचे बहती साफ शफ्फाक पानी वाली गमाल नदी के सूख जाने के कारण दरबदर हो गया। ऐसे ही कभी और, जब सुलेमान पर्वत ने अपना वजूद गमाल नदी में ताका, उसका अक्स तक गुम हो गया उसी दिन अपनी हामिला बेगम को छोड़कर रुस्तम घोड़ा दौड़ाता हुआ हिन्दूकुश पार कर गया था-खाने को ज्वार के आटे और शहद लाने। बड़े-बड़े झुरमुटों वाले दरख़्त सूख गये थे, सालहासाल से फूल नहीं पंखुड़ी नहीं ऐसे मंजर में चिड़िया, भौंरे और शहद की मक्खियाँ तक सरहद पार कर गयी थीं। सख़्त जान कुछ औरतें हामिला थीं पत्थर और धरती की कोख से निकालकर कंद खाकर मजबूत बेटों को जन्म दिया था। जमीन ऐसी सरकश निकली कि उसे कितना भी सताओ उसने कोख सूनी न की तो आसमान के बादशाह भी शर्मा गये, बेपनाह बारिश हुई। गमाल उपला गयी, दरख़्त हरे हो गये, काफल फले, अंगूर की बेलें हरी हो गयीं तमाम मेवे भर गये, गायें रंभाती बछड़ों के साथ सोहराब को दूध पिलाने लगीं। पूरी की पूरी जमात हट्टी कट्टी जवान हो गयी। रुस्तम भूल गया सब कुछ वह पेट की खातिर अपनी बाजुओं का बल

बेच आया। उसी गमाल नदी का बेटा हसन सूरने अपने बेटे फरीद खाँ को मर्द सोन दरियाव की खुरखुरी बालू पर बेचारा सा छोड़ दिया था। नजरें उसकी तेज थीं, अपने घेरे में रख अकलियत का पाठ पढ़ाया। दरबदर तो रहा। शेरशाह ने खुद पहले चेरू राजा को फिर हुमायूँ को किला बदर किया है। क्या ये सारे किले उसे महफूज रखेंगे? शेरशाह ने तमाम किताबें पढ़ रखी हैं। किस किताब का कौन सम्राट, कौन सुलतान दिल्ली, आगरा या कि पाटलिपुत्र की गद्दी पर बैठा है? इतना कुछ सोचते विचारते नौबत की आवाज कानों में पड़ने तक बन्द आँखों के अन्दर चलने वाले खुले सपने आते रहे।

नमाज के वक्त भी शेरशाह के दिलोदिमाग में अल्लामियाँ की इबादत के अलावे सोहराब का सर गोद में लिए रुस्तम नजर आते कभी लाल मखमली पलँग पर साँसें गिनती अम्मीजान नजर आतीं। यह क्या नजारा दिखा रहा है ऐ मेरे मालिक? तू जो कुछ कहने का इशारा कर रहा है क्या मैं समझ पा रहा हूँ?

नमाज पढ़ने और कुरान का हदीस बाँच वह उठा और घोड़े की जीन कसने की ताईद की। हुक्म तामील की गयी। वजीर ने आकर पूछा कि किस ओर रुख करेंगी कुमुक? कितने दिनों के लिए और क्या रहेगा इरादा?

"हम जायस जाना चाहते हैं, मलिक मुहम्मद साहब के हुजूर में। फौज नहीं जायेगी। हसन साहेब साथ रहेंगे। हसन साहेब सुलतान मुहम्मद के दरबार के इनसान हैं, उन दिनों से आज तक मेरा साथ देते रहे हैं। काफिया और मसनवी के खासे जानकार हैं। हम शायर बन्दे के हुजूर में जा रहे हैं, हमें फौज की क्या जरूरत?"

"सही फरमाया गया शहंशाह, बन्दे का फर्ज बनता है कि आपको बिना फौज की निगहबानी के बिल्कुल न छोड़े। कुछ तो जरूरियात के मुताबिक जायेगा ही।"

"यार तुम तो मुझे कैदी बना रहे हो, मैं अपने इलाके में जा रहा हूँ जहाँ अमन चैन है, किसी सूबेदार के नहीं शायर के हुजूर में जा रहा हूँ गर इतना ही जरूरी समझते हो तो आगे और पीछे आध कोस की दूरी बना कर फौज चले। हम दो ही काफी हैं।"–वैसा ही हुआ सिपहसालार के हुकुम से फौज आधे कोस की दूरी बना कर चल रही थी। शेरशाह और हसन अली घोड़े पर सैर की तरह चल रहे थे। वसन्त ऋतु थी, सरसों के पीले, राई के सफेद फूल और अलसी के बैंजनी फूल धरती को सतरंगा बना रहे थे। आम के मंजर की खुशबू फिजाँ में तैर रही थी। मटर और चने के खेत अपने गुलाबी बैंजनी और सफेद फूल झाड़कर दानों से भरे फलियाँ निकाल इतरा-इतरा कर हवा में झूल रहे थे। बेहद छोटी-छोटी गौरैया और फुदकी उनकी बेहद नाजुक शाखों पर अठखेलियाँ कर रही थीं। कोयल की कूक ढलती जवानी वाले शहंशाह के दिल में हूक पैदा

कर रही थी। दिन-रात फतहयाब होने की जुगत वाले सुलतान के दिल में हूक भी उठती है। उम्र ढल गयी दिल का एक कोना जवान है। मुहब्बत के धागे में गुँथी रची मसनवी के सफे पलटे अरसा बीत गया; वो अजीम शायर आज एक दर्दनाक दास्ताँ लिख रहा है इश्क की। पर क्या मेरी दास्ताँ वह जानता है? मेरे इश्क का क्या हुआ जो पैदा होते ही वक्त के हाथों मसला गया। क्या मंशा थी अल्लाह की, इस नाचीज की उन पेचीदगी भरी इश्किया गलियों से खींचकर जंग के मैदान में खड़ी कर देने की? मेरा दिल जो सोने के तारों से मढ़ा ही जा रहा था उसे जला कर राख कर दिया। जंग के मैदान में उसकी जरूरत ही क्या थी? अगली टुकड़ी फौज की आगे निकल गयी। दो घने आम के पेड़ मंजरों से भरे थे। भँवरे गुंजार कर रहे थे, कोयलिया कूक रही थी। खुशबूदार छाँव में शेरशाह अपने साथी हसन अली के साथ रुक गये। साथ-साथ दौड़ता साईस रुक गया, सुराही से पानी निकालकर पीने को दिया। दोपहर के नमाज का समय हो गया था, वुजू कर दोनों ने नमाज अता किया फिर पानी पीया पीछे वाले फौजी ठुमक-ठुमक नजदीक आ गये थे। कुछ लोग एक रहट के पास खड़े थे, रहट रोक कर लोटे में भर कर फौजियों को पानी पिलाने लगे। फौजी अपने दोनों हाथों की अँजुरी बनाकर पानी पी रहे थे। पानी पीकर वे तृप्त हुए फिर एक चाँटा किसान को रसीद कर दिया, उसे अपनी गलती का अन्दाजा तक न लगाने वाले किसान को गालियाँ दीं, सुलतान बिजली की तेजी से उस ओर बढ़े। हसन अली जो सुलतान से उम्र में बड़े थे देखते रह गये।

"तुमने इस किसान को क्यों मारा?"-कड़क कर पूछा सुलतान ने।

"माई बाप यह जल्दी से पानी नहीं पिला रहा था आपकी सवारी आगे निकल गयी थी।"

"तुमने इसे पानी देने में आनाकानी क्यों की?" किसान से पूछा।

"हुजूर घूमता रहट जब आकर रुका तभी तो हम पानी देते। सो दिया अन्नदाता।"-सुलतान ने कटार निकाली और फौजी के कान में चीरा लगा दिया खून टपकने लगा।

"सुना तुमने, देखा? हमारे किसानों के काम में खलल डालते देखना तो दूर, सुना भी तो कड़े से कड़ा अंजाम भुगतने को तैयार रहना। कौन से जंग पर जा रहे थे; तफरीह पर जाने वाली प्यास इतनी जानलेवा नहीं होती कि किसी अन्नदाता को चाँटा जड़ा जाये।" फिर किसान से मुखातिब होकर कहा-"उसकी ओर से माफी माँगता हूँ।"-किसान पैरों पर लहालोट हो गया। फौजी घोड़े से उतर रास पकड़े चलता रहे।

"आम की छाँव भली, मंजरों की खुशबू बेहद भली, मीठी और रसीली, भौंरों के झुंड थे ही देखा लाल चींटियों की फौज भी दरख्त पर चली जा रही

है उसमें से किसी जाँनशीं मेहरबाँ ने मलमल के कुरते में अपना डेरा तो नहीं जमा लिया, उसका काटा बेचैन कर देता है, हमारे सुलतान ताब न सह सके और घोड़ा दौड़ाने लगे। मैं सोचता ही रह गया मेरे हुजूर कि वह नजारा देखा जो सदियों याद रखा जायेगा।"

"आप भी मजाक करने लगे हसन मियाँ, मैं ऐसे वाकयात सह नहीं पाता देखा था न कि वह ऊँट वाला फौजी उदयपुर के पास कैसे खेतों से चने नोच-नोच कर खा रहा था? मैंने उसे भी माकूल सजा दी थी। पूरे रास्ते ऊँट की पेट पर उलटा लटका कर लाया था। किसानों के अनाज मुफ्त का खाकर डकार जाना भूल गया होगा।"

* * *

जायस पहुँचकर देखा एक टुटही चौकी पर बिना चादर बालिश्त के मियाँ मलिक मुहम्मद बैठे तरन्नुम में अशआर कह रहे थे, गज़लें गाये चले जा रहे थे और लोग बाग सभी इन्द्रियों एवं रोमरन्ध्रों से पी रहे थे। किसी को भान न हुआ कि कुछ लोग आकर चुपचाप खड़े हो गये हैं। खुद मलिक मुहम्मद साहेब की निगाहे इनायत पड़ी और वे दोनों हाथ फैलाकर उतर गये चौकी से।

"जहे किस्मत नूरे सबा मेरे घर पधारे हैं। पधारो जी।"–शहंशाह और शायर एक दूसरे के गले मिले। आये नायब, चोबदार गाँव के मुकद्दम मिल कर तुरत तख्त पर गावतकिये गद्दे लगाकर सुलतान को तशरीफ रखने कहा। सुलतान ने मलिक साहेब को पहले बैठाया। गाँव भर की स्त्रियाँ जुट गयीं। भाँति-भाँति के व्यंजन बनाने लगीं। सुलतान पद्मावत सुनने पधारे हैं। मशालें जली थीं ठौर-ठौर-शायर पद्मावती के सौन्दर्य का वर्णन डूबकर कर रहे थे, पद्मावती का तोता जाने कैसे पिंजड़े से उड़ गया और एक तिजारती के हाथों पड़कर चित्तौड़गढ़ आ पहुँचा। राजा रत्नसेन के शयन कक्ष की रौनक बना। गा गाकर पद्मावती का सौन्दर्य वर्णन सुनाने लगा–

रवि ससि नखत दिपहि ओहि जोती
रतन पदारथ मानिक मोती–
कैसे थे उसके केश–बैनी छोरि झार जो बारा
सरग पतार होई अँधियारा

राजा रत्नसेन सारा वर्णन सुन बेहोश होकर गिर पड़ा। पद्मावत में आगे वर्णन है कि वह तोता पद्मावती के पास सिंहलद्वीप गया रत्नसेन की कथा सुन वह प्यार से दीवानी हो गयी। सिंहलद्वीप तक की कठिन यात्रा और पद्मावती का विवाह। प्रेम की पराकाष्ठा का समाधान किन्तु इधर रत्नसेन की पटरानी नागमती के अपार विरह का वर्णन जायसी अत्यन्त करुण छन्दों में करते हैं। दिन-महीने-साल बीत

गये उनके प्रियतम न आये। बारहमासा की देसी शैली में विरह गाती इत-उत फिरती रानी नागमती सबसे बड़ी प्रेम पुजारिन प्रेम भिखारिन हो गयीं।

पिउ सों कहेउ संदेसड़ा
हे भौंरा हे काग
सोधनि विरहे जरि मुई
तेहि क' धुआँ हम लाग
कातिक सरद चन्द उजियारी
जग सीतल हौं विरहै जारी
चौदह करा चाँद परगासा
जनहु जरै सब धरति अकासा
तन मन सेज करै अगिदाहू
सब कहं चन्द भएउ मोहि राहू
चहु खंडलगै अँधियारा
जौं घर नाही कंत पियारा
अबहू निठुर आउ एहिबारा
परब देबारी होइ संसारा

गाँव के लोग जायसी के गायन में साथ देते। जायसी की करुणा दसियों कंठ से निकल कर धारोधार बह रही थी।

फागु करहि सब चाँचर जोरी
मोहि तन लाइ दीन्ह जस होरी

सुलतान अपनी सुलतानी भूल गया प्रेम की सँकरी गली में भटकने लगा। उन्होंने अनुभव किया कि परिवार से महरूम शायर बेहद गमजदा है अपने अन्दर की सारी पीड़ा नागमती की पीड़ा में उँडेल देता है।

गिरि समुद्र, ससि मेघ रवि
सहि न सकहि वह आग
मुहमद सती सराहिये/जरै जो अस पिउलाग।

पूरा गाँव रो रोकर नागमती का विरह गा रहा था। सुलतान के गले में रुदन अटका था। अलाउद्दीन खिलजी की हवस के आगे जली पद्मावती और नागमती की राख का मर्म–

लीन्ह उठाइ छार एक मूठी
दीन्ह उड़ाई पिरथिवी झूठी

और फिर भारी कदमों से चित्तौड़ से लौटना पूरे माहौल को गुम कर गया। शेरशाह उस वक्त एक फकीर था जो मलिक मुहम्मद थे वह शेरशाह था। उस एक आँख वाले चेचकरू सूफी शायर के चेहरे से नूर बरस रहा था जिसे अपनी

नजरों की अँजुरी बना छक कर पी रहे थे सुलतान।

"सुल्तान जीमौ हमाय टिक्कड़"—गाँव वालों ने घी में डूबे टिक्कड़ साग और हलवे परोसे थे, शहंशाह ने ऐसा स्वाद बरसों बाद पाया था। अवाम खुश कि जो हमारा पालनकर्त्ता है उसे हमने खिलाया। रात भर सत्संग कर फजिर की नमाज मलिक मुहम्मद के साथ पढ़ विदा ली—भरे दिल से। गाँव की सलामती की दुआ देते गये और पूरे गाँव वालों को सौगातें भेजने का मन ही मन में संकल्प कर लिया। करुणामय दिल लेकर जा रहा था परन्तु आकंठ भरा हुआ। यह कैसा इश्क है पेंच दर पेंच, अलाउद्दीन के हाथ सिर्फ राख आयी और इस बदनसीब फरीद की हाथों में भी राख ही तो आयी। उसने तो चीख-चीखकर कहा था—"मैं तुमसे मुहब्बत करती हूँ ओ जंगली जानवर, पर तुमने मेरी दुनिया उजाड़ दी। मेरे जन्मदाता बाप के जज्बात नहीं समझे। लानत है मुझ पर मेरी मुहब्बत को राख हो जाना चाहिए अब राख आँखों में भर कर रखो, जलते रहो ताजिन्दगी।"—जल रहा हूँ मैं ओ मेरी चाँद कुँअर जल रहा हूँ। ओह। इस लाजवाब शायर ने आँसुओं की स्याही में कलम डुबो कर लिखा है। मैं बेहद खुशनसीब हूँ कि ऐसे समय पैदा हुआ जब मलिक मुहम्मद मौजूद हैं, मैंने इनकी जुबान से बाकायदा सामने बैठ कर सबकुछ सुना। काश! मेरे मन की करने देते। मैं चन्दन की लकड़ी का महल बनाता और उसमें मखमल के गद्दे पर फूलों की सेज बिछाता इस मुलायम एहसास वाले शायर के लिए। खुद अपने खुरदुरे हाथों से इनकी सेवा करता। पर ये तो अल्लाह के नेक बंदे हैं, इन्हें यह सब कहाँ गवारा है। हमारे साथ दस्तरखान बिछाते इन्हें कहाँ अच्छा लगता है, ये तो खेतों की मेंड़ पर किसी बेसहारा मजूर के साथ महुए-बाजरे की आधी रोटी बाँट कर खाते हैं। कोढ़ी भिखारी के साथ पत्तल साझा करते हैं। खुदा इन्हें रहमत बख्शे।

* * *

शहंशाह के लौट जाने के बाद पूरे गाँव वाले कभी अपने गाँव को देखते कभी अपने आपको निहारते। मलिक मुहम्मद अपने रोजनामचा के पालन में लगे थे। नमाज पढ़ना, बकरी को चारा खिलाना, उसे खोल देना, उसके बथान को साफ करना फिर दूध निकालना। बकरियों को खिला पिलाकर दूध निकालते और लोटा भर एक साँस में पी जाते। यह उनका रोज का नियम था। बाकी दूध बकरियों के थनों में रहने देते उनके छौनों के लिए।

"अमाँ चचा, गाय का दूध ले लो मुझसे, बकरी का पीते हो, उसमें कुछ है?"—मुँह बोला पड़ोसी आदम कहता।

"क्यों कुछ है नहीं तो अपने छौने कैसे पालती है मोटे-मोटे जिन्हें ले जाकर तुम जिबह करते हो?"

"लाहौलविलाकूवत, अभी तो दूध की बात हो रही है। अम्मा को हकीम ने जोड़ों के दर्द की एक दवा दी है बकरी के दूध से पीने को। मैं चाहता हूँ कि सेर भर दूध की अदला-बदली हो जाये।"

"तो ऐसा न कहो, लगे पहेलियाँ बुझाने। अमाँ यार हमें अमीर खुसरो समझ लिया है कि पहेलियाँ बुझाने को कहो। ले जाना दूध तमाम बकरियाँ दुधारू हैं। मुझे गाय के दूध की अभी कोई जरूरत नहीं है।"

"जैसा कहो चचा।"

"अम्मा से कहना मैं मिलने आऊँगा।"

"बाट जोहती रहती है अइयो जरूर।"

छन्द गाते वक्त फिर सुलतान याद आ गये। कैसा जहीन इनसान है। यह मुकम्मल इनसान है, मैं इसे फरिश्ता कह कर छोटा कर दूँगा। एक इनसान के अन्दर जो नफरत-मुहब्बत का जज्बात होता है वह है। सुलतान बनने के जुनून के सबब जितने छक्के पंजे किये, जितनी लड़ाइयाँ लड़ीं वह सब सल्तनत पाने की इनसानी भूख थी। अपनी पहली मुहब्बत को खोना उसके बाप का सर कलम करना सभी गैर इरादतन हुए। लेकिन घाव इतना गहरा हुआ कि आज तक रिसता है। इसने सब कुछ तो पा लिया। क्या चाहिए था इसे? तख्तोताज, सो मिल गया। रियाया के लिए तारीख में अमर होने के लिए अपने सख्त कदम उठाये हैं वह परचम हजारों साल लहराता रहेगा। पर अब इसके करने की कोई गुंजाइश ही नहीं है। शायद जो करना था कर चुका, बाकी, फिर कभी। जाते-जाते कह गया।

"हुजूर शायर, आपकी किताब 'पद्मावत' पूरी हो गयी इस मानी में कि आपने इसे लिख लिया। पर हुजूर मेरा एक मशवरा मानिये कि इसे दो कातिबों से अपने सामने लिखवा लीजिए। एक मुझे मिल जाये तो...।"

"बजा फरमाया लेकिन मेरी कुछ शर्तें हैं।"

"बतायें, हम मानने को तैयार हैं।"

"कातिब खुशखत हो, वह मेरे तरीके से लिखता चले यानी मैं हर वक्त यहाँ बैठा नहीं रहता, भटकू इनसान हूँ।"

"वही होगा हुजूर! मेरी अपनी ओर से दरख्वास्त है कि आप पद गाते जायेंगे और कातिब लिखते जायेंगे। एक साथ दो किताबें तैयार हो जायेंगी। अगर मैं खुशखत होता तो आपका कातिब बनने को तैयार था। मेरी पेशकश पर गौर फरमायें हुजूर।"

"शमशीर उठाने के अभ्यासी हो गये हो, किताबत नहीं साधी। शर्तें गर मंजूर हैं तो भेजो चला चली की उमर है–

'मुहमद जीवन जल भरन
रहंट घरी के रीति

छरी जो आयी ज्यों भरी
ढरी जनम गा बीत' "

कहने-सुनने की बात थी दो खुशखत कातिब मलिक मुहम्मद के साथ सायें की तरह लगे रहे। गाँव के रसिक जन-जीनजात मगन मन सुनते; 'पद्मावत' की दो प्रतियाँ तैयार हो गयीं।

* * *

जाते वक्त जो उछाह था वह संजीदगी में बदल गया था। शेरशाह के दिल पर मुट्ठी भर राख तारी थी। किसी एक खूबसूरत औरत को तन-मन से हासिल कर लेना किसी सल्तनत के हासिल करने से कम नहीं जानता है शेरशाह लेकिन जबरन तन पर कब्जा करना तो बेमानी है। बड़े-बड़े हरम बनाकर शहंशाह अपने आपको ताकतवर समझता है। जितना बड़ा हरम उतना बड़ा शहंशाह, जितनी नायाब हसीनाएँ उतना नामी गिरामी हरम। किसी ने आकर सुना दिया कि तेरे हरम से ज्यादा नायाब हीरा फलाँ रनिवास में है तो चले फतह करने। दिलों को फतह करने की बजाय छीनने में यकीन रखने वालों के हाथ राख ही तो आती है। चन्दा ने तो दिल भी दे दिया था पर उसके अब्बा ने बीच में ही खेल खत्म कर दिया।

जायस से निकलकर अचानक रोहतास खुर्द जाने का दिल करने लगा। क्या करे जाये क्या? सिपहसालार को रंज होगा कि बिना कुमुक लिए गढ़ी पर जा रहा हूँ। कन्धे पर बैठे बाज को तलहथी पर लेकर उड़ाया, दिल में था कि यह बाज मियाँ जिस ओर पर फैलाकर उड़ेंगे उसी ओर बढ़ जाऊँगा। बाज पहले तो बेहद ऊँचा सीधा आसमान की ओर उड़ चला। शेरशाह को हँसी आ गयी। यह दीवाना हो गया है क्या? आसमान में उड़ जाऊँ? यह सूफी शायर को सुन-सुनकर सूफी हो गया। बाज झपटता हुआ आकर कन्धे पर बैठ गया क्या करता है यह पंछी।

"अमाँ यार मैंने तुझे रास्ता तय करने भेजा था कुलांचे भरने नहीं।" बाज आगरे की ओर उड़ चला। शहंशाह ने रुख मोड़ लिया। दिल में एक बार रोहतास गढ़ जाने की मंशा बाकी रही। हुमायूँ का भरा पूरा किताब घर उसके सामने था। कई खच्चरों पर लादकर ले गया था वह फिर भी बेशुमार किताबें थीं। एक बार शेरशाह बैठ जाना चाहता था। कुछ सफे पलटने का लालच जागा। उसने झाड़न उठाया कि किताब घर के कारकुन पहुँच गये-"हुजूर खता मुआफ करें, हमने कल शाम पूरी तरह से झाड़कर दरवाजे बन्द किये थे।"

"सब साफ है, करीने से लगा है। मैं यूँ ही देख रहा था।"-शाही तख्त पर बैठ गये सुलतान। किताबनवीस ने दो-तीन किताबें सामने रख दीं।

"हुजूर, ये बाबरनामा है। इसमें कत्थे और मुलैठी के अर्क से अक्स खींचे गये हैं। एक जो बादशाह हुमायूँ ने किताबत की थी वह उनके पास है उसमें अक्स सोने के पानी से लिखा गया था। जिल्द पर बीदरी की कारीगरी थी।"–शेरशाह ने एहतियात से पन्ने पलटे, आधे सफे पर लहराती बेलें मानो अंगूर की हों गौर से देखने पर कहीं किसी हसीना का अक्स कहीं अँगूठियों और कड़ों से सजे बलखाते हाथ में प्याली। एक लय में बने सारे अक्स। हरूफ भी उतने ही खूबसूरत। कातिब ने अपना सारा हुनर उँड़ेल दिया था। एक–एक कर कई किताबें पलटीं फिर धीरे–धीरे लौट आये। हम इन चीजों से कितने दूर हो गये हैं। जंग में मुब्तिला इनसान इल्म को छोड़ बैठता है। मेरी तरह का नाचीज जंगी अपने हुनर पर यकीन दिलाने के लिए लगातार लड़ता रहता है। सूबे पर सूबे जीतता है, मुल्क जीतता है। किताबें गयीं तेलहंडे में। जाने कौन सा गम इन्हें खाये जा रहा है, रानी पद्मिनी और नागमती का नाहक जौहर कर लेना कि अलाउद्दीन खिलजी के हाथ सिर्फ राख लगना। अलाउद्दीन को खुद आग लगाने का बड़ा शौक था रिसालों की दुनिया, अकलियत के हरूफों को आग लगाये चलते थे, जिसे सैकड़ों हजारों सालों से लिखा गया उसका एक लम्हे में खात्मा कर दिया। हजारहाँ साल इनकी बदकारी भूली न जा सकेगी। अपने आप पर भी शर्म आने लगती ऐसे वक्त इसने भी कितने किले, किलों के साथ मन्दिर नेस्तनाबूद किये उनमें भी तो चीजें होंगी। तुगलक के किले को बिना तोड़े शेरगढ़ का उठान हो रहा है। फिरोजशाह भी क्या ही कायदे के इनसान थे, कहाँ से अशोक का खूबसूरत, चमकीला लाट लाकर महफूज किया है। मुझे जान पड़ता है शहंशाहों का फर्ज बनता है कि आबाद करे बर्बाद न करे। लेकिन अपने गुस्से का क्या करे, कोई अगर ललकारता है तो कैसे चुप रहे। दिमाग गरम हो जाता है, हुकूमत पर बन आये तो क्या करे सुलतान।

"आपको आराम की जरूरत है मेरे सरताज"–कमानी बीवी तेल फुलेल ले उनके घने बालों में उँगलियाँ चलाती कहतीं।

"आराम ही तो कर रहा हूँ। आदिल खाँ और जलाल खाँ अपना सूबा सँभाले हैं। निजाम मियाँ और उनके लाड़ले सल्तनत की रखवाली कर ही रहे हैं, मैं कहाँ कुछ कर रहा हूँ।" अपने आपको दिलासा देते शेरशाह।

* * *

जलाल खाँ सूबा बंग में थे कि बीवी फतेह मलका का पैगाम आया आप सबसे नजदीक हैं तुरत आइये आपकी अम्माँ मुसीबत में है। जलाल खत पढ़कर बेहद घबड़ा गया। बीवी फतेह मलका इतनी तो कमजोर औरत नहीं कि किसी छोटी–मोटी

मुसीबत में याद करें। उन्होंने घोड़े पर तुरत जीन कसा और चल पड़े बिहार की ओर। बिहार जाकर उन्हें पता चला कि मियाँ सिकन्दर खाँ लोदी का इन्तकाल हो गया है। वे दफना दिये गये लेकिन फतेह मलका इस खबर को पोशीदा रखना चाहती है। उनकी कई बीवियाँ हैं लेकिन बीवी मेहर सुलतान से जो बेटा है उसे ही तख्त पर बिठाना चाहती है। अमीरी का जो पद उनके पास था उस पर ओहदेदार काबिज थे फिर भी फतेह मलका के शहंशाह से नजदीकी ताल्लुकात के चलते डरते हैं। अब वे मारकाट मचा सकते हैं। मेहर सुलतान डरी हुई है। वह तो कहती है दुनियावी पचड़ों से मुझे निजात दो मैं जियारत पर जाऊँगी। बेटे जलाल, एक तू ही है जो ऐसे मौके पर याद आये। मैं सुलतान से पहले तुमसे मशविरा करना चाहती थी, मेरी बेटी नवासे और मुझे बचा ले। जलाल खाँ ने देखा बीवी फतेह मलका के सारे गुरूर फानी हो चुके थे। वे एक मामूली माँ बनी हुई थीं। विलाप कर रही थीं कि एक नेक बन्दे का पैगाम न लेकर अपने शाही खानदान के घमंड में अपनी इकलौती बेटी की जिन्दगी तबाह कर दी।

"ऐ अम्माँ, यह तो होता ही है। हम ठहरे जंगजू हमारी बेगमें कब बेफिक्र रहती हैं, मेहर बी को समझाओ। अगली खेप पर ख़याल करे।"

"मैं किस मुँह से समझाऊँ? तुम ही कुछ करो, उसे जिन्दगी की ओर लौटाओ।"

"मैं कोशिश करता हूँ पर अरसे से मुझसे बातचीत भी नहीं करती है। दिल्ली में भी कोशिश की थी वह तो हालचाल भी नहीं पूछने देती थी।"–सुनकर फतेह बीवी ने सर पीट लिया। जलाल खाँ सीधा मेहर सुलतान के जानिब गया। इसे देखते ही वह अपने तख्त से उठ खड़ी हुई। संजीदगी से मुस्कुराई। सीधे-सीधे बाल उसके कन्धों पर फैले थे। कुछ पेशानी पर पसीने में चिपक गये थे। बड़ी-बड़ी बरौनियों वाली खूबसूरत आँखें रेत सी सूखी थीं, चारों ओर राख सी पुती थी। गोया काली मिट्टी वाले खेत के बीच छोटा-सा मर्मरी टुकड़ा हो। पत्थर सा चेहरा बुत सा मानो। कोई हलचल नहीं।

"बीवी, बुरा होने को बुरा ही कहा जाता है, तुम आओ कोठरी से निकलो। चलें सहन की हवा में बैठें कुछ बातें करें।"

"जी नहीं करता।"

"मैं कहता हूँ थोड़ी देर के लिए चलो इल्तिजा करता हूँ।" जलाल को लगा उसके पास कोई जुमला नहीं बचा कि मेहर सुलतान से बात कर पाये वह। लेकिन हौले-हौले मेहर पूरबी सहन की ओर बढ़ी। खुली वादियों से खुशबूदार हवा का झोंका आया, इसके तनमन को झकझोर गया। बाल उड़ने लगे, दुपट्टे जगह छोड़ने लगे। सर खुल गया। मेहर सँभालने में मुब्तिला हो गयी। उसने चोर नजरों से जलाल को देखा जलाल ने सीधी नजरों से देखते हुए कहा–

"मेहर सबा को नहीं मालूम कि कौन मायूस है, किसकी दुनिया लुट गयी और किसकी बस गयी, वह तो यों ही खुशबू लुटाती है जिससे गमजदा के गम में इजाफा होता है, खुश होने वाले खुश होते हैं।"

"मियाँ जलाल, मैं तय नहीं कर पा रही हूँ कि मैं खुश हूँ कि नाराज।"

"मैं समझा नहीं।"

"जलाल, मैं अपने शौहर से इस पूरी दुनिया की सबसे ज्यादा दहशतज़दा औरत थी।"

"हाँ उनकी उम्र तुमसे थोड़ी ज्यादा थी।"

"उससे कुछ नहीं होता। वह नशे में चूर होता और जब मेरे पास आता तो बाज के पंजों में दबे चूजे सी मेरी हालत होती। मुझे नोंचने खसोटने के अलावे उसने कुछ न किया। कभी सीधे मीठे दो बोल झूठे मुँह भी न कहा। मैं एक के बाद एक हामिला होती गयी उसके दो बच्चों की अम्माँ बन गयी। उसे उन बच्चों से भी कोई लेना-देना न था। वहाँ उसे लूटने वाली चालाक औरतों की फौज थी पर यहाँ हमारी बेहद होशियार अम्मीजान जो उसकी फूफी थीं बुलाकर रखतीं तीमारदारी करने को इलाज करने को। उसकी मुझसे कभी दोस्ती तक न हुई। उसने आखिरी दम तक होश में मुझे पहचाना तक नहीं।"–जलाल ने देखा ऐसे खौफनाक बयान देती मेहर सुलतान के चेहरे पर शिकन तक नहीं थी, आँखों में आँसू के एक कतरे की बात तो कोसों दूर। या खुदा, इस बेहद नर्म मिजाज नाजुक इश्किया हसीना को क्या हो गया। अपने साथ गुजरे मंजर के ऐसे बयानात दे रही थी मानो वह किसी और के साथ गुजरा हो। दर्द की इन्तहा हो गयी। बीवी फतेह मलका चाहती हैं कि बेटे की अमीरी में ताजपोशी की जाये और मेहर सुलतान सूबे की बागडोर अपने हाथों में ले। उनकी आँखों में अब तक पट्टी बँधी है। यह मेहर सुलतान के इख्तियार में है कहाँ? उन्हें तो मुहब्बत की दरकार थी जो न मिली। उन्हें सीप में एहतियात से बन्द मोती की मानिन्द रखा जाता तो चमक बरकरार रहती। मैं ऐसा कोई मशविरा अब नहीं दूँगा कि इस नन्ही सी जान पर भारी पड़े। इसके बच्चे अभी छोटे हैं। मैं आजाद नहीं हूँ मशविरा देने को क्योंकि शहंशाह खुद इनके सरपरस्त हैं। फिर भी अपनी ओर से मेहर सुलतान का दिल तो जान लूँ।

"ऐ बीवी, जो गुजरा तुम पर वह दुश्मनों पर भी न गुजरे पर अब तो जो होना था हो चुका। सिकन्दर साहेब रहे नहीं, तुमने अपने बारे में क्या सोचा है?"

"जलाल, तुम जानते हो मैं अपनी अम्मीजान के अरमान पूरे नहीं कर सकती मैं तन्हा रहना चाहती हूँ। मैं रोजे नमाज में मसरूफ रहना चाहती हूँ, मैं कुरान शरीफ और हदीस बाँचना चाहती हूँ, सियासत से मेरा कोई लेना-देना नहीं।"

"बीवी, नेक ख़यालात हैं तुम्हारे। आम बेवा का यही उसूल होता है पर यहाँ

तुम्हारे बेटे के हक का सवाल है।"

"मैं बेवकूफ नहीं हूँ जलाल, लेकिन तुम्हें इल्म भी है कि सल्तनत का खून जिनकी रगों में बहता है वे कितने बेरहम हैं? वे मेरे बेटे को एक दिन भी तख्त पर न बैठने देंगे उसे मार डालेंगे। बेकार की जिद है अम्मीजान की।"

"यह मसला वैसे भी अम्मीजान के हाथ का नहीं है, शहंशाह से मशविरा करना होगा। मैंने उन्हें खत लिख दिया है। डाक पहुँच गयी होगी उनका सन्देशा आता होगा। अभी किसी को उसका अतालिक बनाना होगा। तुम्हारी नजर में कोई है?"

"तुम ही हो। अम्मीजान की नजर में भी तुम ही हो। जलाल, इसका मानी यह नहीं कि मैं भी तुम्हारे साथ अपने आपको जोड़ लूँ।"

"मैंने ऐसी आरजू कब की मेहर बी?"–हँसा जलाल। लेकिन इस एक बात ने उसे सब कुछ समझा दिया। मेहर एक दिन भी उस बदतर इनसान की बीवी न बन पाई, शरीके हयात सिर्फ निकाह पढ़ लेने से नहीं हुआ जाता। सो यह एक दिन भी जलाल को भूल नहीं पाई। आज जलाल को सामने पाकर अपने दिली जज्बात से जंग कर रही है। उस जंग में बीवी मेहर सुलतान तन्हा है। जलाल का दिलोदिमाग उसे अपनाने को तैयार बैठा है। यह वह वक्त नहीं जब जवानी के जोश में बेकरार था। तब इन दोनों ने एक-दूसरे को रूहानी और जिस्मी तौर पर हासिल कर लिया था। जलाल को मेहर के जिस्म की तपिश गाहे बगाहे परेशान करती। आहिस्ता-आहिस्ता सियासत और जंग की मसरूफियत में सब कुछ गायब हो गया था। अब नौजवानी का बेहिस जोश नहीं है लेकिन अपनी महबूबा के लिए जाँनिछावर करने का जज्बा है।

"तुम बिल्कुल ऐसे नहीं हो मैं जानती हूँ जलाल।"

"देखो मेहर, अब्बाजान शहंशाह का फरमान आने दो तब तक तुम सोग में हो शाइस्तगी से अपना वक्त काटो। सूफियों-नजूमियों की सेवा में पहले भी रहती थी क्या नया है?"–मेहर सुलतान को हवा अच्छी लगने लगी, दिल में तसल्ली हुई।

* * *

उधर डाक पढ़ते ही शेरशाह चौकन्ने हो गये। एकबारगी उस मगरूर औरत फतेह मलका पर गुस्सा आ गया। लोदी खानदान का घमंड लेके बैठी थीं उस नशेड़ी गँजेड़ी के हाथ बेटी को सौंप दिया। लेकिन उसके अमीरी इन्तजामात करने होंगे। अभी तुरत पूरब की ओर जाने की सूरत नजर नहीं आती। बुन्देलखंड की तरफ सब कुछ ठीक नहीं है। खबर आयी है कि रीवा का राजा भी सर उठा रहा है

और भील राजा नरसिंहदेव को कालिंजर किलेवाले राजा ने पनाह दे रखी है। उसकी ओर तवज्जो देना ज्यादा जरूरी है। जलाल खाँ को बीवी फतेह मलका ने बुलवाया है। मुझे तो यह नहीं समझ में आता कि यह बेगम चाहती क्या है, मैं उसके नखरे बर्दाश्त करता हूँ मेरी औलाद क्यों करे? जिन दिनों पैगाम गया था तब अपना शाही खानदान सूझा था अब मेरे बच्चे को उलझा रही हैं। इसी उलझाव में शेरशाह को रोशनी की किरन नजर आयी। अभी तुरत जलाल खाँ को सिकन्दर की जागीर का रुक्का लिखकर भेज दिया जाये। लौटती डाक से शहंशाह ने जलाल खाँ के नाम से रुक्का लिखकर भेज दिया। मियाँ सिकन्दर का इन्तकाल हो गया मैं मसरूफ हूँ वक्त मिलते ही आऊँगा। एक खत लाड मलका को लिखा कि वे फतेह मलका के पास जायें मातमपुर्सी के अलावे माकूल मशविरा भी दें। सबसे ज्यादा जरूरत है मेहर सुलतान को सँभालने की। लाड मलका मुहब्बत की जुबान बोलेंगी तो मेहर के दिल को सुकून मिलेगा। उस नन्ही सी जान पर बड़ी आफत आन पड़ी है। जलाल मियाँ को भी अपनी सरपरस्ती दें लाड मलका, यही लिखा। मसरूफियत में नहीं टोकती कमानी बीवी लेकिन बेचैन देखती हैं तो इनका कलेजा कटने लगता है। सुबह का नाश्ता करके जो गये शहंशाह सो दरबारे खास में जमे हैं। नमाज और दोपहर का खाना सब उधर ही हुआ। रात बीते आये हैं बेहद बेचैन हैं?

"मेरे सरताज, सब खैरियत तो है? क्या कोई बेजा मसला आन पड़ा है? मैं आपके किसी मशविरे लायक तो हूँ नहीं...।"–उनके कपड़े अपने हाथों से उतारती दूसरे कपड़े पकड़ाती कमानी बीवी ने संजीदगी से कहा।

"नहीं बेगम, आप मेरी बड़ी फिक्र अपने सर पर लिए फिरती हैं। हरम को सँभालती हैं, तमाम बेटियाँ बहुएँ नाती नवासे आप ही तो सँभालती हैं, आप ही हैं जो काजी फजीहत तक को झेल लेती हैं, आप न होतीं तो मैं कुछ न होता। बड़ी भूख लगी है चलिये आपने दस्तरखान बिछा रखा है कुछ खा लें।"–बेगम को हल्का हुआ देख मुस्कुराये शहंशाह। खाना खाकर पलँग पर लेटे तब कहा–

"एक बुरी खबर है जिसका इलहाम तो पहले से था ही।"

"हाय अल्लाह, क्या खबर कैसी बुरी खबर?"–बेगम उतावली हो गयीं

"सिकन्दर मियाँ का इन्तकाल हो गया बेगम।"

"अपनी मेहर सुलतान का शौहर? कैसे? मैं भी क्या पूछने लगी, वह इनसान तो भारी भंगेड़ी गजेड़ी था, मरना ही था। जाने क्या देख बीवी फतेह मलका ने बेटी की तकदीर का सौदा किया।"

"खानदान और जागीरदारी देखकर। लोदी खानदान का रुतबा है न! आज भी वो चाहती हैं कि उनका नवासा तख्त पर बैठे। यूँ ही दुश्मनों की कमी नहीं है फिर फौज खड़ी हो जायेगी। मैंने जलाल के नाम से रुक्का लिख भेजा है।

लाड मलका चली जायेंगी बिहार।"

"आप नहीं जायेंगे?"

"जाऊँगा बेगम। अभी दूसरी जरूरियातें हैं। उनसे उबरकर जाऊँगा। उनका बीवी का मकबरा भी सुना है तैयार हो गया है वह भी देखना था।"

"मुझे तो यह मकबरा का तरीका बिल्कुल पसन्द नहीं।"–मुँह फेर कर लेट गयी। शेरशाह भी सोचते विचारते सो गये। कम से कम आँखें तो बन्द कर लीं। नींद में भी मासूम मेहर सुलतान की छब दीखती रही। इनके तख्तनशीनी पर आयी मेहर नाजुक फूलों की शाख सी लचकती दीखी। जलाल का उसके आगे-पीछे मँडराना याद आया। उनके शादीशुदा होने पर भी जलाल उनसे बातचीत करना चाहते थे। जलाल ने लिखा है कि मेहर बीवी की बेरुखी दुनियावी मामलातों से इस कदर बढ़ गयी है कि वे जियारत पर जाना चाहती है। क्यों न हो उस मासूम ने इत्ती सी उम्र में क्या-क्या न देखा। उसकी अम्मीजान की फितरत अजीबोगरीब है अपनी जिद के आगे कुछ सूझता ही नहीं। जलाल ने लिखा है कि यूँ तो वह बेहद टूटी हुई हैं फिर भी अपने नवासे की जागीरदारी की आस लगाये बैठी हैं। शेरशाह आँखें बन्द कर सोच रहा है बीवी फतेह मलका की जागीर भी तो उनके नवासे की ही होगी। वह पले-बढ़े, पढ़ाई-लिखाई में जुटे-जंग के लिए तैयार हो तभी तो जवान होकर हुकूमत में हाथ बँटायेगा। जिन्दगी की जंग के लिए भी तो तैयारी करनी पड़ती है यह तो जागीर बरकरार रखने की जंग है। फतेह मलका को समझाना पड़ेगा। वक्त आने पर सब होगा। यह जमीन किसी की बपौती नहीं है, जबतक तलवार नहीं चलाता उसके पास नहीं आती। यूँ ही मिल जाये तो टिकती नहीं। शेरशाह को मालूमात है कि सिकन्दर महान सिर्फ जंग जीतने आया था हिन्दोस्तान, उसे न तो अपने मजहब को फैलाने की मंशा थी न हुकूमत करने की कितने सुलतान आये और हुकूमत करके चले गये। जितने दिनों का दाना पानी है उतना ही तो रहेगा पर रहेगा अपने तलवार के बल पर ही।

* * *

जलाल खाँ के पास खत पहुँचा साथ ही लाड मलका की सवारी भी पहुँची। फतेह मलका को खत का मजमून भाया तो नहीं पर उनके पास कोई चारा भी नहीं था। जलाल खाँ सिकन्दर खाँ के इन्तकाल और मट्टी का पैगाम लेकर उनकी जागीर में पहुँचे साथ ही फरमान पढ़कर सुनाया कि अब वे इस जागीर के मालिक हैं तब तक जब तक सिकन्दर खाँ के बेटे बालिग नहीं हो जाते। जलाल खाँ के पास एक बड़ी फौज थी जिसके डर से कोई चूँ करने की हिम्मत नहीं जुटा सका।

लाड मलका ने पहले फतेह मलका से बात-मुलाकात की। उनके सामने मातमपुर्सी तो की ही उनसे यह भी कहा–"ऐ मेरी बड़ी बहन फतेह मलका, मैं जानती हूँ कि आप एक शाही खानदान से ताल्लुक रखती हैं और मैं एक रक्कासा हूँ। रक्कासा बनने के पहले मैं किस शाही खानदान की रही होऊँगी यह नहीं जानती। लेकिन ताज खाँ साहब का दिल मुझ पर आ गया था, मैं उनकी बीवी बनकर अपने आप को खुशनसीब समझ रही थी जबकि उनकी और मेरी उम्र में बड़ा फासला था। मैं उनसे बेइन्तहा मुहब्बत करने लगी जो जोत की तरह आज भी मेरे दिल में है। लेकिन उनका साथ ज्यादा दिन न रहा। ऊपर वाले की मर्जी।"

"लाडो, मैं एक मगरूर बददिमाग औरत थी लेकिन वक्त ने मुझे बदल डाला है। किससे कहूँ? मिट्टी को कहाँ साहस है कि वह कहे कुम्हार से तू मुझे रूँधता है कुछ बनाता है और फिर तोड़ देता है वक्त की मार तो है ही पर शहंशाह के तरीके से ज्यादा गमजदा हूँ।"

"ऐ बीवी फतेह मलका माफ करना–

हर साल पत्थरों से हीरे नहीं पैदा होते
दुनिया में कभी जंग होता है तो कभी अमन
किसी का जलवा ज्यादा दिन नहीं रहता
कभी परवान चढ़ता है तो कभी नीचे गिरता है।

ऐसा नजूमियों का कहना है आप जानती हैं। लेकिन आप यह भी जानती हैं कि बादशाह कितने जहीन हैं, ईमानदार भी हैं। उन्होंने जो सोचा होगा वह भले के लिए ही होगा।"

"लाड बी, सबका अपना-अपना ख़याल है। मैं भी हमेशा उन्हें अपना खैरख्वाह ही जानती थी। बादशाहत पाने के बाद बदल से नहीं गये हैं? क्या आप चुनारगढ़ में पड़ी-पड़ी खुश हैं? मलिकाये हिन्दोस्तान कमानी बीवी है आप क्यों नहीं? आप रक्कासा थीं और कमानी बीवी रोह अफगान हैं यही न! मैंने भी अपना सबकुछ उन्हें दे दिया था, दिली आरजू थी कि वे अपनी शरीकेहयात बना लेते। पर मौका ही नहीं दिया, न पेशकश की। बिहार का परगना देकर बैठाल दिया। जहीन तो हैं पर खतरनाक, छोटे लोग छोटे ही रहते हैं।"–फतेह मलका का यह सब कहना लाड मलका को बिल्कुल न भाया। उन्होंने भी विचारा कि आज इस खातून को ठीक से जवाब देना चाहिए।

"ऐ बीवी, मैं रक्कासा न भी होती तो भी वो मुझे मलिकाये हिन्दोस्तान की पदवी नहीं देते। उनकी पहली बीवी और वारिस की अम्माँ के साथ यह बेईमानी होती। चुनार में मैं अपनी वजह से रहती हूँ। चुनारगढ़ की किलेदार हूँ, जागीरदार भी, हमारे शौहर की कब्र है जिस पर दीया जलाना फर्ज समझती हूँ।"

“आप शेरशाह की शरीकेहयात हैं अब, भूलिये मत।”

“याद है, लेकिन आज मैं कोठे पर बैठी रक्कासा होती और जागीरदारों से लेकर फौजियों तक की दिलजोई कर रही होती। ताज खाँ साहब भी मुझे खोरिस देकर रखैल बना सकते थे लेकिन उन्होंने बाकायदा निकाह पढ़वाया और हरम में बेगम का, मलका का दर्जा दिया वे मेरे लिए खुदा के बाद पहला दर्जा रखते हैं। रही बात शेर खाँ साहेब की तो उन्होंने मुझे सरपरस्ती दी। मेरा उनसे कोई जिस्मानी ताल्लुकात नहीं है। हम एक अच्छे दोस्त हैं बस।”

“मैं जलती रही हूँ कि आप ही हैं जिन्होंने शेर खाँ को बाँध रखा है, आपको वे तमाम लटके-झटके भी आते हैं, आप बला की खूबसूरत हैं और कमसिन भी हैं आपने ही दूदा से शेरखाँ की शादी नहीं होने दी आपने ही मेरे खिलाफ भड़काया होगा। आप कहती हैं कि आपका कोई जिस्मानी ताल्लुकात है ही नहीं?”–हैरत से उनकी आँखें फटी की फटी रह गयीं।

“ऐ बीवी, शहंशाह ने आज तक मेरे ग़ज़ल नहीं सुने आज तक नाच नहीं देखे शायद आज तक मेरी खूबसूरती जिसका जिक्र होता है, की ओर भी उनकी निगाहे इनायत न हुई। मैं चाहती तो थी कि उन्हें मेरी आरजू हो। मैं अपनी ओर से उन्हें ना कहती, तब कितना अच्छा होता। पर हो न सका।”–वह मुस्कुराई।

“क्या है यह आदमी?”

“यह इनसान नहीं फरिश्ता है बीवी। आपसे निकाह पढ़वाकर आपका दर्जा नीचे नहीं करना चाहते थे। आपकी इज्जत के लिए वे मर मिटना अब भी पसन्द करते हैं। जलाल खाँ से आपकी बेटी मेहर सुलतान का इश्क उन्हें मालूम हुआ तो तुरत उन्होंने आपके पास पैगाम खुद दिया। आपने अपने खानदान को तरजीह दी। उन्होंने मुझसे कहा कि मैं चाहता था कि दो मुहब्बत में मुबितला दिल दूर न हों पर क्या करूँ, बीवी फतेह मलका को अख्तियार है अपनी बेटी की जहाँ चाहे शादी करें।”

“मैंने अपनी बेटी के साथ बड़ी नाइंसाफी की लाडो, अब क्या करूँ? उसकी नजरों से अपनी नजरें नहीं मिला पाती। सिकन्दर खाँ ने उसे कभी सुकून से जीने न दिया। वहशियाना तरीके से उससे पेश आते मैंने अपनी आँखों से देखा है, मेहर ने कभी कुछ न कहा। मैंने उसके साथ बहुत बुरा किया।”–लाडो मलका ने उन्हें दिलासा देने की कोशिश की। मगरूर बीवी फतेह मलका आज पहली बार आँसू बहा कर रो रही थी। लाड मलका ने समझा कि आज शायद फतेह बीवी का दिल हल्का होगा। जो एक गुरूर का सख्त परदा था वह टूटकर बिखर गया। अभी वह चुपचाप उनकी पीठ सहलाने लगी क्योंकि वह जानती थी कि जो दिल वियोग की आग से जल रहा है उस पर चन्दन का लेप कोई असर नहीं करेगा। अपने शौहर का इन्तकाल, अपनी बेटी की बरबादी, शेरशाह

के लिए दिल में नफरत और आज बेवा बेटी की सूरत आँखों में बेवजह बसा रखी थी जिसे आँसुओं के सैलाब से बाहर निकाल रही है, बीवी फतेह मलका के सारे गम धुल जायेंगे तब एक नयी जिन्दगी की शुरुआत होगी जब जागो तभी सबेरा होता है।

"ऐ बीवी, शाम के नमाज का वक्त हो गया है, चलो कब्र पर फातिहा भी पढ़ आयें।"–लाडो मलका ने कहा। फतेह मलका और लाडो मलका वुजू कर कब्र की ओर निकल गयी। वहाँ देखा कि मेहर सुलतान दीया जलाकर बैठी है, वह फातिहा पढ़ रही थी। बीवी फतेह मलिका ने लाडो की ओर देखा।

"आज पहली बार मैं इसे यहाँ देख रही हूँ। मट्टी के बाद शायद आज ही आयी है।"–फतेह मलका ने कहा।

"दिल का दर्द कम हुआ होगा। हौलदिली रही होगी। यह तो खुद बड़ी नेकदिल है, मजहबी भी है।"–लाडो ने कहा।

"ऐसा ही जान पड़ता है। मैं समझती रही कि इसे अपनी या अपने बच्चों की फिक्र नहीं है लेकिन ऐसा नहीं दीखता। जरूर इसे शहंशाह की तजवीज के मालुमात हो गये होंगे तभी यह इतनी पुरसुकून है।"

"अल्लाह करे।"–दोनों कब्र के पास पहुँचकर फातिहा पढ़ने लगीं। हौले-हौले लौट आयीं। मेहर सुलतान ने वहीं बैठकर तस्बीह फेरनी शुरू की। एक बाँदी वहाँ खड़ी थी।

"इसे छेड़ती नहीं मैं, भड़क उठती है। इसका भड़कना भी अजीब होता है, यह चुपचाप उठकर चली जाती है। कई-कई दिनों तक बात नहीं करती है।"

"देखिये, मैं आज नहीं कल इससे बात करूँगी। किसी के मुतल्लिक नहीं, यूँ ही मौसम की, मछलियों और परिन्दों की बातें। यह सब इसे बेहद पसन्द है। देखूँ दिल खोलती है या नहीं। मैं अपनी ओर से कोई कोशिश नहीं करने वाली।"–लाड मलका ने फतेह बीवी से साफ-साफ कहा।

"आप उसमें माहिर हैं लाडो। आपकी बेपर की बातों से ही वह शायद दिल खोलकर रख दे।"–लम्बी साँस खींचकर कहा बीवी फतेह मलका ने।

"क्या कहती हैं फतेह मलका 'बेपर की बातें!' यह बातचीत करना नहीं जानती कैसे-कैसे हरूफ निकालती है जुबान से शायद जो कुछ ख़यालात में न हों वह भी बोल जाती है। बड़ी मासूम है।"

दूसरे दिन अल्लसुबह मेहर सुलतान तालाब के किनारे मिली कबूतरों के हुजूम को दाना खिलाती हुई। लाडो को वहाँ आया देख बड़े खुलूस से मिलीं।

"देखिये लाडो चची, ये कबूतर कैसी चाल चल रहे हैं जैसे इन्हें दाना खाने की कोई जल्दी नहीं है।"

"अरी बिटिया, ये इतमीनान में हैं कि न दाना कम होगा न बाँटने वाली के

हाथ थकेंगे। लेकिन देखो वो ताज वाले कबूतर कैसी मसरूफियत दिखा रहे हैं। दाना के सिवा उन्हें कुछ नहीं दीखता।"

"ये ताज वाले और घुँघराले बालों वाले कबूतर बहुत दूर से आते हैं, बाकी थोड़े भूरे और सलेटी रंग वाले इसी तालाब के जलमहल के हैं।"

"अब वजह पकड़ में आ गयी। तालाब वाले कबूतर अपने मेहमानों को पहले चुगने देना चाहते हैं, फिर तो अपना घर अपनी बाँटनहार।"–दोनों हँसने लगीं। मेहर सुलतान को कबूतरों की फितरत पर बातें करना अच्छा लगा। धीरे-धीरे दोनों में बातचीत हुई। दो दिन रहकर लाडो चली गयीं। मेहर सुलतान से वादा लेती गयीं चालीसवें के बाद दो-चार दिनों के लिए चुनारगढ़ आयें और कुछ सुकून के लम्हे इनके साथ गुजारें, फतेह मलका से भी गुजारिश की कि वे भी आयें। फतेह मलका ने उन्हें यह कह कर रुखसत किया कि मौका लगा तो जरूर आना पसन्द करेगी।

चुनारगढ़ पहुँचकर लम्बा खत जिसमें बिहार में फतेह मलका और मेहर सुलतान से हुई बातचीत की तफसील को लिखकर सुलतान को भेजा। शेरशाह ने खत को गौर से पढ़ा फिर लौटती डाक से खत लिखा कि उसे बिल्कुल फुरसत नहीं है लेकिन यदि जरा सा भी वक्त निकाल सकें लाडो मलका तो जरूर आयें। लेकिन आयें पालकी में, रास्ते के अच्छे इन्तजामात करती हुई। चल चुकें तो खत लिखें। चिट्ठी को लाडो ने फरमान माना और आने की खबर कर दी। उसकी तबियत थकी-थकी सी थी फिर भी पालकी में बैठ गयी। सारे पड़ाव पर शाही इन्तजामात थे। लाडो को जरा भी तकलीफ न हुई बल्कि शहंशाह पर बेहद प्यार आया। लाडो के पहुँचते ही कमानी बीवी ने देखा कि उनके चेहरे पर पीलापन तारी है, पैरों में सूजन है। उन्होंने तुरत हकीम साहब को बुलाकर इलाज शुरू करवाया। हकीम साहब का कहना था कि इन्हें पीलिया हो गया है। इलाज के साथ-साथ परहेज जरूरी है। लाडो को तमाम परहेजी खाना अपने हाथों से खिलातीं कमानी बीवी बच्चों की तरह। कड़वी तीखी दवाई खिलातीं। शहंशाह को यह सब देखकर मजा आता।

"क्या आप लोगों ने कोई जिन्नात साध रखे हैं कि मुझे इलाज के लिए बुलवा लिया? किसी जरूरी मशविरे की जरूरत थी क्या सुलतान?"–लाडो ने आजिजी में कहा।

"जरूरी मशविरा तो है, लेकिन अल्लाह मेहरबान है, आपको बुलाना जरूरी था न लाडो बीवी।"–शेरशाह ने कहा।

"हाँ तो अब तो कहिये, मियाँ हकीम ने कह दिया न कि चार आना बीमारी बाकी है।"

"मशविरा था मेहर सुलतान के बारे में।"

"अन्दाजा मुझे है, फरमाइये हुजूर।"

"कमसिन, नादान और मासूम है मेहर, आप उसका दिल जानकर मुझे बताइये कि क्या वह अब भी जलाल खाँ से निकाह करने की मंशा रखती हैं? अगर ऐसा है तो मैं जलाल से बातें करूँगा।"–शेरशाह ने कहा।

"शहंशाह यह मसला शमशीर भाँजने जैसा नहीं है। आपकी मंशा पाक है पर बोल कैसे रहे हैं जैसे मुगल बादशाह से सन्धि की पेशकश कर रहे हैं।"

"मैं ठहरा रोह का पत्थर दिल पठान, मुझे क्या मालूम कैसे बातें करूँ अब आपने मेरी मंशा तो जान ली?"

"आपका क्या ख़याल है आपा?"–कमानी बीवी से पूछा लाडो ने।

"जलाल मियाँ अब भी मेहर की मुहब्बत की गिरफ्त में हैं। उनकी अपनी बेगम माजू से खूब बनती है, बेटी को भी वे बेहद प्यार करते हैं पर मेहर से शादी को अब भी तैयार हो जायेंगे। नेक ख़याल हैं।"–कमानी बीवी की बातों से जाला साफ हो गया। लाडो मलका की आँखों से शरीर से पीलिया का निशान हट गया था। दवायें लेकर वे चुनारगढ़ लौट आयीं।

चालीस दिनों के अन्दर अपनी अम्मीजान के बदले रुख के कारण मेहर सुलतान उनसे सीधे मुँह बात करने लगी। अब माँ बेटी में दुराव कम हो गया। यह बदलाव महसूस कर फतेह मलका मन ही मन लाडो को दुआयें बरसातीं। चालीसवें पर सिकन्दर खाँ की जागीर में जो रिश्तेदार थे उन्हें बिहार बुलाया गया। बीवी फतेह मलका के तो एक ही रिश्तेदार थे, उन्होंने उसे अपने घर ही बुलाया और चालीसवें के बाद कौल दिया कि मकबरा यहीं बनेगा कुछ भी बंग नहीं जायेगा। सब कुछ समेटने के बाद दोनों अम्मा बिटिया लाड मलका के पास चुनारगढ़ गयीं। लाड मलका दवायें खा रही थी परहेज भी कर रही थी फिर भी कमजोरी तारी था। मेहर सुलतान उनकी तीमारदारी में लग गयी। ऐसे ही वक्त उसने बात चलाई।

"ऐ बिटिया, उस लँगड़े आसमान की वजह से तुम्हारे दिन बेहद बुरे रहे। मैं यह नहीं कहती कि अब जो हादसा गुजरा है वह तुम्हारे लिए अच्छा है लेकिन इतना कहूँगी कि सब भुलाकर तुम नयी जिन्दगी शुरू करो।"

"सुनने में अच्छा लगता है लेकिन वक्त का बीच से गुजर जाना सारे जख्म भर देना नहीं है। मैं किस लायक हूँ?"

"क्या तुम्हारे दिल में जलाल खाँ के लिए मुहब्बत है? मैं जानती हूँ कि मुहब्बत दिल के किसी न किसी कोने में जिन्दा रहती है।"

"आपने अपने सवाल के जवाब खुद दे दिये चचीजान।"–मेहर सुलतान ने अपनी नजरें झुका लीं।

"ऐसा है तो जलाल खाँ से निकाह पढ़वा लो।"

"उनके बारे में भी तो सोचिये। उन्होंने शादी की है, बच्चे हैं।"

"तुमने भी शादी की बच्चे हैं। तुम्हारे बच्चों की निगहबानी उसी के हाथों में दी गयी है। तुम हाँ कहो तो बात चलाऊँ, वह बाहिफाजत तुम्हारी जिन्दगी की कश्ती पार लगायेगा।"

"बिलाशक पार लगायेगा लेकिन उसका दिल करे तभी। आप अम्मीजान से दरियाफ्त कर लीजिये, मुझे कोई उज्र नहीं।" लाडो दिल ही दिल में खुश हुई। एक बात तो हुई अब बीवी फतेह मलका से हामी भरवा लें। क्योंकि वह चाहे कितनी भी बदल गयी हों उनका भरोसा नहीं। वह फतेह मलका से बात करने गयीं–

"क्या इस छोटी सी कमसिन बिटिया की जिन्दगी राख होने दोगी आपा? कुछ सोचा है कैसे काटेगी वक्त?"

"हर वक्त सोचती हूँ पर क्या करूँ कोई अक्ल काम नहीं करती।"

"मैं बताऊँ इसका निकाह दोबारा...।"

"बच्चों की जागीर कौन देखेगा?"

"इसका शौहर देखेगा।"

"सुलतान की क्या मर्जी होगी?"

"सुलतान का बेटा ही अगर शौहर हो जाये तो?"

"मैं कितनी बदबख्त हूँ यह तुम्हें नहीं मालूम बीवी, जलाल के बारे में अगर कह रही हो तो सुलतान कभी नहीं मानेंगे। मैंने उनकी बात नहीं मानी थी।"

"आप सुलतान को अच्छी तरह जानती हैं फिर भी ऐसा कहती हैं। उनके बीच का बुरा वक्त गुजर गया है।"

"जलाल से सुलतान से तुम्हीं बात करना।"

"सुलतान और कमानी बीवी जलाल खाँ को समझायेंगे यह उनका काम है। मैं खुद उन दोनों से सलाह करके ही यह सब कह रही हूँ आपा।"

"तुमने मेरे दिल को सुकून से भर दिया लाडो। अल्लाह तुम्हें लम्बी उम्र बख्शे।" उसने उसकी पेशानी को चूम लिया। लाडो मलका अपने अन्दर की कमजोरी को अपनी हौलदिली को दवायें खाने के बावजूद महसूस कर रही थी। हकीम साहेब जो रोज इनकी नब्ज देखने आते उनकी पेशानी की गहराती लकीरों को देखकर समझ रही थी कि अल्लाह ने इसे वक्त कम दिये हैं। लाडो मलका ने सुलतान के पास खत लिख भेजा जिसमें बीवी फतेह मलका और मेहर सुलतान से हुई गुफ्तगू को तफसील से बताया। शहंशाह और कमानी बीवी चुनारगढ़ आ पहुँचे। जलाल मियाँ को बुलवा भेजा उनकी बीवी माजू बेगम को सारी बातें समझा दी गयीं। माजू को पहले से सब कुछ पता था। उसे पहले से अन्देशा था कि मेहर के बेवा हो जाने और बंग की जागीखारी सँभालने की तजवीज से और

क्या-क्या निकलने वाला है। न तो उसे कोई इख्तियार है न रिवाज। वह एक शहजादे की बेगम है। उनके हरम होना कोई अचरज की बात नहीं। हरम इनके भी हैं, हाँ बेगम खास एक ही है। माजू बेगम जानती है कि वह खास तो रहेगी पर पुरानी मुहब्बत का दर्जा ऊपर ही रहेगा। निकाह चुनारगढ़ में पढ़वाया गया। एक-एक कर रुखसत हुए—सुलतान, कमानी बीवी, माजू बेगम, मेहर सुलतान और जमाल खाँ। सबों के चेहरों पर फिक्र की लकीर थी। लाडो का पीला चेहरा चाहे कितनी भी खुशी से चमक रहा हो उनकी हालत छुपा नहीं पा रहा था। कमानी बीवी ने कहा भी—

"लाडो बी, मेरे साथ आगरे चलो मैं तुम्हारी पूरी तीमारदारी में लग जाऊँगी। तुम बिल्कुल सुर्ख न हो जाओ तो मेरा नाम बदल देना।"

"आपा, आपके हुक्म की बाँदी हूँ लेकिन मेरा दिल नहीं करता। मैं सारा आखिरी वक्त इस किले की हदबन्दी में गुजारना चाहती हूँ।"

"मेरा कलेजा हलक में आ रहा है, ऐसी बातें न करो।"

"यह इश्क हकीकी है आपा जो अल्लाह मियाँ ने मुकर्रर कर रखा है।"

"फिर भी लाडो तुम परहेज से रहो, दवा खाती रहो इंशाअल्लाह घोड़े पर चढ़कर आगरे आओगी।"

"आऊँगी, जरूर आऊँगी, आपकी दुआ से।"—काफिला चला गया, लाड मलका परकोटे पर चढ़ी देर तक निहारती रही। हौले-हौले चलकर अपने पलँग पर लेटी सो मय्यत ही उठी। मट्टी के लिए जलाल खाँ अपने पूरे कुनबे के साथ आये, बीवी फतेह मलका आयी। शहंशाह बेहद गमगीन थे पर दूर रणथम्बौर में थे नहीं आये। वहीं उनकी रूह के सुकून के लिए फातेहा अदा किया।

लाड मलका ने शहंशाह बनने की जुगत में सबसे पहला तोहफा दिया था। घोड़े घुड़सवार, फौज और बेशुमार दौलत। आगे बहुत कुछ मिला लेकिन लाड मलका ही वो शख्स थी जिसने शेर खाँ को लुटेरे की पदवी से निजात दिलाई। वो ही थी जिसने इसे दूसरा किला बख्शा। जिन्दगी भर लाड मलका इसे न सिर्फ माकूल मशविरा देती रही बल्कि मुश्किलें आसान करने के लिए कन्धों से कन्धा मिलाकर जंग की तैयारी में साथ दिया। शेर खाँ को ऐसे वक्त में ऐसा लगता जैसे इसे शेरशाह बनाने वाली की जहाँ से रुखसती ने इनके जिस्म से जान ही निकाल दी है। जाते-जाते भी उसने अपना फर्ज अदा किया, बीवी फतेह मलका के दिल में शेरशाह की इज्जत का बीज डाला। मेहर के गम को समझकर उसे नयी जिन्दगी दी। एक बिना पहचान की रक्कासा किसी भी खानदानी शाही घराने की खातून से ज्यादा गैरतमन्द, अक्लमन्द और हुनरमन्द थी। ताकयामत मैं उसका शुक्रगुजार रहूँगा। शेरशाह ने अपना सबसे प्यारा दोस्त खो दिया था।

कमानी बीवी ने आते वक्त जान लिया था कि लाडो के दिन गिनती के रह

गये हैं। वह आगरा लाकर उसकी तीमारदारी करना चाहती थी लेकिन जब लाडो खुद अपना आखिरी वक्त चुनारगढ़ में बिताना चाहती थी तो कमानी बीवी क्या करती? अल्लाह उस जैसी नेक खातून की रूह को सुकून बख्शे।

वो अपनी सी थी, बीवी फतेह मलका का दिल बेहद बुझ गया था। उसे तो जुम्मा-जुम्मा चन्द दिन हुए ही थे कि रुखसत हो ली लाडो। वह एक बार फिर अकेली हो गयी। सचमुच यह सब उस ऊपरवाले की ही कारगुजारी है। उस दिन वो सफेद कपड़ों वाली, मुंड साध्वी यही कह रही थी कि मगरूरियत अल्लाह का सबसे बड़ा चबैना है। वह उसे ही खत्म करता है माना कि मैंने अपनी ढलती उम्र तक मगरूरियत बरकरार रखी लेकिन अब तो छोड़ दिया फिर मेरी आखिरी खुशी भी छीन ली। मुझे क्यों यहाँ रखा? बीवी फतेह मलका का पूरा दिन मकबरे की देख-रेख में गुजरता। क्या इनकी तकदीर है बनाने चली थीं बीवी का मकबरा अब बना रही हैं सिकन्दर खाँ का मकबरा। तीन माह गुजरे होंगे कि बीवी फतेह मलका ने बिस्तर पकड़ लिया। जलाल खाँ और मेहर सुलतान के आते-आते उन्होंने दम तोड़ दिया। बँदियों और जागीर के ओहदेदारों ने बताया कि इधर बुझी-बुझी सी रहती थीं, खाने-पीने पर बिल्कुल तवज्जो न देती थीं लेकिन यूँ चली जायेंगी इसका इल्म न था। बीवी फतेह मलका की उम्र खासी हो चली थी सो उनका जाना अचरज की बात न थी। यही था कि मेहर सुलतान को और शहंशाह को यह झटका दुहरा लगा। शेरशाह अब भी न आ सके, उनका रेगिस्तानी सफर तो खत्म हो गया था पर बार-बार उन्हें नरसिंहदेव बुन्देल की सरकशी की खबरें आतीं। उन्होंने विचारा कि बुन्देलखण्ड की ओर निकल लूँ। पहले उसे सबक सिखा लूँ फिर आगे की सोची जायेगी। ऐसे समय में बीवी फतेह मलका के इन्तकाल की खबर आयी। वे सन्न रह गये। एक के बाद एक दोनों खातूनों का इनकी जिन्दगी से जाना क्या इशारा कर रहा है? क्या बोरिया बिस्तर समेटने का वक्त आ गया?

हुमायूँ से लोहा लेने का माद्दा बीवी फतेह मलका के तीन सौ मन सोने के सिक्के के बल पर ही तो पाया था शेरशाह ने। बेहतरीन घोड़े खरीदे गये, हथियार और तोप खरीदे गये। फौजी बहाल किये गये। मुगल बादशाह के टक्कर की फौज तैयार करने में इन दोनों अमीर खातूनों ने अपना खजाना उँड़ेल दिया था। बीवी को इनकी सरपरस्ती चाहिए थी। बीवी फतेह मलका इनकी हम उम्र थीं, एक बेटी की अम्माँ थीं, उनका दिल था कि वे निकाह पढ़वा लें लेकिन अगर उन्हें इन पर बिना निकाह के यकीन था कि उन्होंने अपना खजाना हवाले कर दिया फिर जरूरत क्या थी? शेरशाह बीवी का हक नहीं देता तो क्या लाड मलका की तरह वो दोस्त बनकर रहतीं? ऐसी फितरत नहीं थी फतेह मलका की। शेरशाह ने बिहार की जागीर और सालाना खर्चे देने शुरू कर दिये थे। फतेह मलका

को ठीक ही लग रहा था, शेरशाह को कभी इल्म भी न हुआ कि फतेह मलका उनसे शादी करना चाहती थीं जिन्दगी के आखिरी दिनों में लाड मलका से दिल की गिरहें खोली थीं फतेह मलका ने लेकिन लाड मलका ने शेरशाह को नहीं बताया। वह बताती भी कैसे? वक्त की रफ्तार इतनी तेज हो गयी कि देखते ही देखते सब खत्म हो गया।

बीवी के मकबरे की मालकिन ने जिन्दगी अपनी शर्तों पर जीने की कोशिश की अब अपने बनाये घर में सुकूनबख्श नींद में सोई हैं। लाड मलका भी अपने हमदम ताज खाँ के बाजू में पुरसूकून लेटी हैं। यह सब वक्त वक्त की बात है। जिस चुनार किले को हथियाने के लिए मुगल पठान सुलतान फौजें खड़ी कर हलचल मचाये रहते थे वहाँ अमन चैन है। एक सूखा पत्ता हवा में उड़कर इधर-उधर जाता है तो आवाजें होती हैं। इसे कहते हैं मौत का सन्नाटा। कभी जिस नौबत खाने में ढोल ताशे और शहनाइयाँ गूँजती थीं वहाँ हवा की सरगोशियाँ सिहर-सिहर कर गुजरती हैं। कटेली चम्पा, मोतीगुच्छा और रात की रानी उसी तरह खिलती है, मचलती है जमीन पर गिर जाती है, उसका कोई पुरसाहाल नहीं। उसकी बेहोश करने वाली महक फिजाँ में फैलती तो है अलबत्ता कोई मजे लेने वाला नहीं था। करीने से लगाये दरख्त, पौधे, बेलें बेतरतीबी से फैल रही हैं। पत्ते झड़कर अम्बार लग गये, जो इधर-उधर उड़ रहे हैं। शेरशाह ने जलाल खाँ से कहा उनके आने तक चुनारगढ़ की रक्षा के लिए फौज तैनात करे। एक बार खुद देख आये। जलाल खाँ लाडो मलका के कब्र के मौके पर थे अब चालीसवें पर भी गये। बीवी फतेह मलका के कब्र के वक्त भी वे ही रहे। बिहार का पूरा भार उनके ऊपर आ गया। अब तक काफी बड़े हिस्से को जो बेहद आबाद था जलाल खाँ देखते। रोहतास का पूरा परगना खवासपुर टाँडा नासिर खाँ सूरी देख रहे थे। शेरशाह के दिल में बेचैनी जरूर थी, परगनों और सूबों के लिए वे बेफिक्र थे।

रेगिस्तान के इलाके इनको बार-बार उलझा रहे थे। अब बुन्देलखंड उलझा रहा है। वे नरसिंहदेव बुन्देला के सूबे की ओर बढ़ रहे थे। वे चाहते थे कि बिना किसी खून खराबे के नरसिंहदेव मातहती के तहत मालगुजारी वसूल कर भेज दे। रियाया के लिए वही कानून अख्तियार करे जिसका फरमान गया है। शेरशाह ने सुना कि वह न तो खेती और सिंचाई का कोई इन्तजाम कर रहा है न सड़कें बनानी शुरू की हैं, न सराय बनवाये हैं न डाक के इन्तजामात किये हैं। खवास खाँ ने खबर भेजी कि यह सरासर हुक्मउदूली है जिसे बर्दाश्त करना नामुमकिन सा लगता है। अगर इस राजा को इसकी कारस्तानियों को नजरअन्दाज कर दिया जायेगा तो बाकी के राजा भी सरकशी पर उतर आयेंगे जो सल्तनत के हक में ठीक नहीं है।

शेरशाह का काफिला बुन्देला इलाके में पहुँच चुका था। देखने पर जान पड़ा कि जंगल तो किसी तरह से थोड़े हरे भरे हैं खेतों में कहीं फसल नहीं है। बड़े-बड़े पत्थरों के बीच से बहती दरिया का कहीं नहर बनाने में इस्तेमाल नहीं किया गया है। बस्तियाँ उजाड़ थीं, शहर की ओर थोड़ी रौनक थी। शहर और देहात के बीच पानी के सोते के पास शेरशाह का डेरा लगा। वह गाँव के लोगों से मिलकर बातें करना चाहता था कि सूरतेहाल क्या हैं उनके? चाँदनी रात थी जर्रा-जर्रा चाँद की रोशनी से नहाया हुआ था। सोते के किनारे शेरशाह खड़ा था। छोटे-बड़े पत्थरों को नहलाती, बूँदें उड़ाती, शोर करती पानी की कहीं पतली कहीं चौड़ी धारा जाने किधर को जा रही थी। पानी पर चाँदनी चाँदी के पिघले सोने का भरम देती थी। शेरशाह का दिल खुद के जाती गम से बेहद उदास था वरना ऐसे खूबसूरत मंजर उसे खुश कर दिया करते थे। एक ही मंजर एक ही इनसान को अलग-अलग वक्त में अलग-अलग एहसास से भर देता है। शीशे से दमकते पानी पर अपना सीधा तना शरीर और थोड़े झुके हुए कन्धे देखकर अपने आप पर हँसी आ गयी यही वह शेरशाह है जो नन्हा फरीद हुआ करता था जिसकी चाल देखकर फिरदौस मकानी शहंशाह मुगलों के सरताज बाबर ने कहा था-"इस नौजवान पर नजर रखो इसकी चाल में इसके तने कन्धों में और इसकी पेशानी की लकीरों में खास कुछ है।"-आज वे ही कन्धे झुक रहे हैं। जिन्दगी में इतना मायूस कभी नहीं था शेरशाह। वह शहंशाह के तौर पर भी अब बेवजह डरा कर जंग नहीं करना चाहता है। अब वह सिर्फ मुल्क की रहनुमाई करना चाहता है। वह जानता है और मानता है कि काबुल कान्धार से लेकर, सुलेमान पहाड़ से लेकर गमाल नदी से बंगाल के समन्दर तक हिन्दोस्तान उसका मुल्क है। अपने मुल्क को हरा भरा देखना चाहता है, अपने किसानों को फौजियों को अवाम को खुश देखना चाहता है। वह चाहता है कि जब भी अवाम के हाथ उठें तो हथियार के साथ नहीं, दुआओं के लिए उठें। यह नरसिंह बुन्देला क्यों नहीं समझता है, क्यों नहीं वह अवाम का भला चाहता है?

अपने माथे को झटकता है शेरशाह, क्या सोचने लगा। इन खूबसूरत वादियों में कुछ लम्हा अपने आपके लिए तो दे। पर अपने पास अब क्या है। मलिक मुहम्मद साहेब के बन्द याद आ गये-

नहि पावस ओहि देसरा
नहिं हेवंत बसन्त
ना कोकिल ना पपीहरा
जेहि सुनि आपै कंत

अपना आपा फिर-फिर क्यों सताने लगा शेरशाह को क्या उन दो बेगमों का जाना इसे आज एहसास करा रहा है कि उससे मुहब्बत के जज्बात थे दिल के

किसी कोने में? इतनी मौतें अपने हाथों दी हैं, इतने नौजवानों को ख्वाजासरा बना डालने का फरमान जुबानी जारी किया, कितनी औरतों को बनजारों को दे दिया लेकिन इन दो मलकाओं के इन्तकाल के बाद यह क्यों बेचैन है? लाड मलका से निकाह के कुछ दिनों बाद ही नसीर खाँ का इन्तकाल हो गया था उसकी बेवा गुसाईं ने लाड मलका से इल्तिजा की थी कि अगर शेर खाँ उससे निकाह पढ़वाते हैं तो अपनी सारी पूँजी दूँगी वरना मेरे मातहत ही मुझे लूट लेंगे। धन इकट्ठा करने का जुनून और फौज इकट्ठी करने की जरूरत के मुताबिक शेर खाँ ने लाड मलका के कहने के मुताबिक वैसा ही किया। गुसाईं बेगम चुनार के किले में रहने लगी शेर खाँ के शेरशाह बनने तक जिन्दा भी नहीं रही। वह आज इतने दिनों बाद याद आ रही है जिसका चेहरा तक ठीक से नहीं देखा था। इस दरिया किनारे खड़ा शेरशाह सोचता है कि तारीख इसे किस शक्ल में याद रखेगी? एक ऐसा तख्तोताज का दीवाना जिसने बेवा, बेसहारा औरतों के बल पर फौजें खड़ी कीं। निकाह के नाम पर तिजारत किया। लानत है मुझ पर।

रात गहरा गयी थी। अपने-अपने डेरे में सारे फौजी आराम फरमा रहे थे। बनजारों की बस्ती में कोई जश्न चल रहा था। नाच गाने की आवाजें आ रही थीं, ढोल डफ बज रहे थे। पहरेदार फौजी से पूछने पर जान पड़ा कि बस्ती में शादी है क्योंकि शादी के गाने गाये जा रहे हैं। शेरशाह गाना सुनते-सुनते सो गया। दूसरे दिन भी डाक नहीं आयी। तीसरे दिन खत आया कि नरसिंह देव बुन्देला भाग गया है। सुनने में आया है कि वह कालिंजर के राजा के किले में शरण लेकर बैठा है।

अगर यह खबर सच है तब कालिंजर के राजा के यहाँ खत लिखो कि सुलतान का हुक्म है नरसिंह देव बुन्देला को तुरत सुपुर्द कर दे वह हमारा मातहत है। खत का कोई जवाब नहीं आया। तीन-चार खत भेजे गये तब सुलतान ने कहा कालिंजर के राजा से हमारा कोई बैर नहीं है। उनको चाहिए कि फौरन नरसिंह देव बुन्देला को हमारे हवाले करें वरना वे भी गुनहगार माने जायेंगे। शहंशाह को नाराज न करें वरना भुगतना पड़ेगा। इसका भी कोई जवाब नहीं आया। शहंशाह ने खत ले जाने वाले डाक-मुंशी को दरियाफ्त किया।

"तुम जो खत पहुँचाते हो वह राजा साहेब कालिंजर के हाथों में ठीक-ठीक पहुँचता है?"—शेरशाह का दिल हमला करने से बचना चाहता था। उसका एक कारण इन दिनों उसकी अलहदा किस्म की दिली कैफियत थी दूसरा सबब था आते वक्त आगरे में बैठे इनके उस्ताद ने कहा कि अभी अच्छा वक्त नहीं है। जब वक्त अच्छा न हो तो हमलावर नहीं हुआ जाता।

"हुजूर, हमने उनके सहन में पहुँचकर उनके हाथों में खत दिया। उन्होंने खत पढ़ा। फिर...।"

"फिर क्या? कुछ कहा?"

"नहीं जहाँपनाह, वे पहले से ही नाच देख रहे थे, खत पढ़ने के बाद भी नजरें रक्कासा के कदमों पर जमाये रखीं। दोपहर से रात हो गयी। एक से बढ़कर एक गाने और नाचने वाले अपना हुनर दिखा रहे थे। आखिर में जो रक्कासा आयी उतनी खूबसूरती तो न देखी न सुनी। पूरे दरबार की आँखें फटी की फटी रह गयीं। माईबाप वह हूर तो आगरा-दिल्ली दरबार की जीनत होनी चाहिए।"

"खामोश, जितना सवाल किया जाये उतना ही जवाब दो।"-शेरशाह कड़क कर बोला।

"जान बख्श दें मेरे मालिक, राजा कालिंजर और उनके दोस्त राजाओं ने खूब नशा किया था। किलेदार ने आकर मुझसे कहा-तुम अब जा सकते हो राजा साहेब जवाब देने की हालत में नहीं हैं। मैं क्या करता चला आया।" उसने सर झुका लिया।

"तुम जा सकते हो।"-शहंशाह ने कहा। शेख खलील और मुहम्मद निजामुद्दीन जैसे जहीन लोग जो सिर्फ कुराने पाक और हदीस की चर्चायें करने को शेरशाह के साथ रहते सब कुछ सुन रहे थे। उन्होंने अपना मशविरा दिया-

"ऐ शहंशाह, आपने हमें अपने जंगी मामलातों में दखल देने को साथ नहीं रखा है लेकिन हम आपकी दिली हालत से वाकिफ हैं। ऐसे वक्त में उस बुन्देल राजा और कालिंजर का किलेदार राजा जो सरासर हुक्म उदूली कर रहा है को सबक सिखाना आपका फर्ज है। आपने खुद अपने बाजुओं के बल पर यह मुल्क अपने मजबूत हाथों में लिया है। आपने रियाया के भले के लिए बहुत काम किये हैं। सभी आपकी वाहवाही कर रहे हैं। आपने दोनों कौमों के बीच कोई फर्क नहीं माना। जंग तो लड़ते रहे कभी मुगलों से, कभी किजिलबाशों से, कभी हिन्दुओं से लेकिन आपका आज जंग में जाना जरूरी है, नहीं तो दबदबा खत्म हो जायेगा, दूसरे राजा और सूबेदार भी सर उठाने लगेंगे। आपने अपने पठानों को जो एक किया उनके दिल में भी शक पैदा हो जायेगा। यह मुल्क जो आपका है उसे आपने सिर्फ अपने लिए नहीं फतेह किया है आपके वारिसों के लिए भी है। आज ये बागी किलेदार जंग से ही कब्जे में आयेंगे इस वास्ते तुरत कुछ करें मेरे शहंशाह!"-शेरशाह के दिल में भी अब गुस्से की आग सुलगने लगी। बहुत हो गया। जो राजा हुकूमत करने के काबिल न हो उसे हटा देना ही चाहिए। एक तलवार के नीचे मुल्क की हुकूमत चलनी चाहिए न कि रक्कासाओं के कदमों पर, शराब के नशे में झूमने वाले बदबख्त जागीरदारों किलेदारों के झूमते सर के बल पर। सिपहसालार को बुलाया-"कालिंजर कूच करने की तैयारी करो। सबसे पहले कालिंजर किले के पास घेरकर मिट्टी का किला, सरकूब और मचान बनाओ। चप्पे-चप्पे में निगरानी करो कि किले में घुसने का कोई पोशीदा रास्ता

है या नहीं। जितना बड़ा किला होता है उतना ही बड़ा राज होता है, कहीं न कहीं से दो-चार सुरंगें निकली होती हैं। किले के अन्दर कई मन्दिर हैं, मन्दिर को न छेड़ना लेकिन खजाने की खबर जरूर लेना। कहा जाता है कि पूरे इलाके के जागीरदार अपना खजाना कालिंजर के किले में ही रखते हैं। उसी के बल पर इनको इतना गुरूर है।"

"जी जहाँपनाह, हम हुक्म की तामील करेंगे।"-सिपहसालार और दरिया खाँ सरवानी ने फौजियों के उस दस्ते की पड़ताल की जो सरकूब और मिट्टी के किले तैयार करता। इस फौज के साथ कुछ ऐसे कारीगर थे लेकिन कुछ कारीगर मँगवाने के लिए दिल्ली डाक भेजी गयी। इलाके भर के गरीब मजदूर और बनजारे मिट्टी के किले और मचान बनाने के काम में जुट गये। सैकड़ों मजदूर लगे थे। शेरशाह के फौजी तरीके थे कि जहाँ वे खाई खोदते, मिट्टी के किले मचान बनाते वहाँ के मजदूरों को बेहतरीन खाना खिलाते। खाना एक साथ लंगर में बनता। मीठे चावल और घी में पके हलुए बनाये जाते। मजदूरों पर एक दिन में दो लाख रुपया खर्च आता। थोड़े दिन दरिया किनारे बिताकर शेरशाह कालिंजर की ओर बढ़ गये। कालिंजर का राजा बगावत पर उतरने का मन बना चुका था। उसने रसद पानी का पूरा इन्तजाम कर रखा था। उसे अपने पुख्ता किले पर पूरा भरोसा था। रास्तों का पता था जो यकीन से उसके अलावे दूसरा कोई नहीं जान सकता था क्योंकि लम्बे-लम्बे सुरंग जो सीमा पार कर महोबा की और मालवे की ओर निकलते थे जानने का सवाल ही नहीं था। उन रास्तों से अलबत्ता रसद नहीं आ सकता था लेकिन निकला तो जा सकता था। राजा को गुप्त रोशनदानों से देखकर पता चल चुका था कि हजारों की तादाद में मजदूर साकूब लगा रहे हैं मचान बना रहे हैं, मिट्टी का किला तैयार कर रहे हैं लेकिन यह नहीं मालूम कर सका कि वे किले की नींव को खोदकर अन्दर जाने का रास्ता भी ढूँढ़ रहे हैं। धीरे-धीरे टहलते घूमते शेरशाह खुद भी कालिंजर की सरजमीं पर आ पहुँचा। पहुँचते ही मुआयना किया कि काम कैसा चल रहा है? यह देखकर उसका दिल सुकून से भर गया कि खुद खवास खाँ पहुँच चुके हैं। खवास खाँ जैसा दानिशमन्द, दरियादिल अमीर जो फौज के साथ-साथ मजदूर और अवाम को भी खुश रख सके और कोई नहीं हो सकता। शेरशाह कालिंजर में डेरा डालकर बैठे थे खलील और मुहम्मद निजामुद्दीन से अल्लाहताला की नियामतों पर बातचीत करते वक्त गुजारते। कभी-कभी उनके दिल में आता कि वे खुद कुछ लिखें। शेरशाह कुछ न कुछ जुमले और मजेदार चुटकुले सुनाया करते। वे शेर भी मजाकिया किस्म के कहते। उत्साह का वक्त था।

"रोहतासगढ़ किला मेरा पहला फतहयाब कदम था कालिंजर फतह कर मैं यह इलाका जीत जाऊँगा। दक्कन की ओर उसके बाद जाने की सोचूँगा।"-अब

फिर इसके दिल में जंग ने जगह बना ली थी। अब न वह गमजदा था न नाकाम मुहब्बत के शिकंजे में था अब एक जंगजू पठान था जो अस्सी की उम्र पर पहुँचने वाला तो था लेकिन किसी भी नौजवान को शिकस्त दे सकता था।

* * *

हुमायूँ को खबर मिल चुकी थी कि शेरशाह कालिंजर किले को फतह करने की जिद ठान कर बैठा है। कई महीनों से घेरा डालकर बैठा है। उसने बैरम खाँ से कहा कि फौज को अब मजबूत करें और तैयार रखें शेरशाह का पूरा दिमाग अभी कालिंजर पर है हम काबुल, कान्धार और पंजाब, सिन्ध तो अपने शमशीर के नीचे कर ही सकते हैं।

"फौज की तादाद बढ़ रही है हुजूरे आली लेकिन कामरान और हिन्दाल बातचीत के लिए घास ही नहीं डाल रहे हैं। उनको समझाने की हमारी कोई तरकीब कामयाब नहीं हो रही है।"

"मिर्जा हिन्दाल और कामरान से कहो कि वे पहले फतहयाब तो हों मैं हिन्द का तख्तोताज उन्हें दे दूँगा। मेरे दिल में आग जल रही है कि मैं फिरदौस मकानी मुगल बादशाह की बादशाहत कायम न रख सका, उस रुहेले पठान से शिकस्त खा गया। उसे मैं धूल में लोटता देखना चाहता हूँ। मेरे दोस्त बैरम खाँ, उसे समझाओ।"–हुमायूँ ने अपना दिल उँड़ेल कर रख दिया। उनकी तकलीफ की इन्तहा देख, बैरम खाँ ने दोस्ती का फर्ज अदा किया।

"हुजूरे आली, तकलीफ के वक्त अल्लाह के बन्दों को याद करें। दिल को बेइन्तिहा सुकून मिलेगा। शेरशाह की उम्र तो देखिये वह अस्सी पहुँचने जा रहा है। उसकी जिन्दगी के कितने दिन बचे हैं? उसके वारिस उसकी तरह न तो जहीन हैं न मेहनती। पठानों का एका रह पायगा क्या? आप हड़बड़ी में कोई गड़बड़ी न करें। ज्यादा उतावलापन ठीक नहीं।"

"क्या करूँ बैरम खाँ, ऐसा जान पड़ता है नजर बन्द हूँ।"

"देखिये आप जज्बाती तूफान में न फँसें। आपके भाई आपकी तरह मुगल या किसी इज्जतदार बेगम की औलादें नहीं हैं उनमें ऐसा कुछ नहीं है कि आप उनसे हाथ मिलाकर भीख माँगें। वे हैं भी नहीं किसी लायक।"

"मुगल ही तो हैं, वालिद मुगल हैं न!"

"उनकी बात छोड़िये। फौजें इकट्ठी हो रही हैं। शेरशाह जो सुलैमान की तरह ऊँचे सोने के तख्त पर बैठा है एक दिन चींटी की मानिन्द अपनी कब्र में पहुँचेगा। मकड़ी की तरह अपनी ख्वाहिशों का जाल बुन रहा है फिर तो दुनिया के किसी कोने में दो गज जमीन ही नसीब होगी। शहंशाह, चाहे जितना बड़ा,

फैला हुआ मजबूत खूबसूरत मकबरा क्यों न बना लें अपने लिए उसमें दो गज जमीन ही मयस्सर है।"

"बैरम खाँ शेरशाह के बहाने तुम मुझे डरा रहे हो दोस्त!"

"नहीं मेरे आका, आप अभी जवान हैं। आप जहीन हैं आपको मालूम है कि यह दुनिया एक ख्वाब है और आपकी देखने की उम्र बाकी है। आप खिज्र की तरह उम्र का प्याला पीकर सिकन्दर की तरह जहाँपनाह हो सकते हैं, आपका बड़प्पन जहनियत अकलियत कोहकाफ तक पहुँचे यह सच साबित हो; मेरी दिली ख्वाहिश है।"

"कहते हो मैं ख्वाब देख सकता हूँ तो देखने दो न!"

"वही तो हम कर रहे हैं, फौज इकट्‌ठी कर रहे हैं। शुक्र मनाइये कि आप आगरे का खजाना लेकर लाहौर पहुँच सके नहीं तो आज जो मुकम्मल इन्तजामात हैं वह कैसे मुमकिन होता?"

"मुझे हैरत है कि शातिर शेरशाह को खजाने की जानकारी क्यों नहीं हुई? अगर हुई तो उसने मेरा पीछा क्यों न किया?"

"मेरे आका, उन्हें अगर पहले जानकारी न हो तो न हो, आगरे के किले में जाने के बाद तो जरूर पता चल गया होगा। जो इनसान मुल्तान तक आपका पीछा कर सकता है वह लाहौर तक क्यों नहीं करता? जाहिर है वह बादशाहत की कद्र करता है। आपको खजाना ले जाने दिया। पहले जब उसे जरूरत थी तब की उनकी कारगुजारियाँ याद करें।"

"हाँ बैरम खाँ हाँ! उसने मुझे तो कंगाल नहीं बनाया लेकिन अपने आपको इतने धन से लैस कर लिया लूटकर कि फौजें इकट्‌ठी कर गया। आज तो पूरा हिन्द उसके कब्जे में है।"

"वह अक्सर मुझसे पूछने की तर्ज पर तंज कसता था कि ओ बैरम खाँ, तुम कैसे खानखाना हो मुगल बादशाह के, उसे समझाते नहीं किताबें तैयार करवाने, उसे लिखवाने और खरीदने में जितना रुपया खर्च करता है उतना फौज रख में क्यों नहीं करता? एक और बात वह कहा करते हैं कि किताबों की फौज रख कर क्या होगा? किताबें तो पढ़कर जहनियत में रखने की हैं। जो तुम्हारे दिमाग में हैं वही तुम्हारा है वरना दीमक और तिलचट्‌टों, चूहों और कीड़ों का लजीज खाना है।"

"अपनी-अपनी अक्ल! वह हमसे कम पढ़ा-लिखा नहीं है लेकिन सरताजे हिन्द की पदवी पाने के ख्वाब ने उसे फौज इकट्‌ठी करने का फलसफा दिया। पढ़ा-लिखा बेवकूफ कहीं का!"–हुमायूँ सर तान कर बोले।

"तख्त के लिए फौज ही चाहिए किताबें नहीं। शमशीर की चमक चाहिए, फतह की हुनर चाहिए, अवाम की नब्ज हाथ में चाहिए।"

"तुम ठीक कहते हो, मैं अब फौज इकट्ठी करूँगा, फौजी की तरह रहूँगा। और सुनो, अवाम की सोचूँगा। तुमने कहा कि उसने सड़कें बनवाई हैं, सरायें बनवाई हैं। सरायें कच्ची हैं, मैं उन्हें पक्की कराऊँगा। देखना अवाम मुझे उससे ज्यादा याद करेगी।"–बैरम खाँ का दिल भर आया उसने एक जुनूनी फौजी शेरशाह को परखा था दूसरा जुनूनी किताबी हुमायूँ को भुगत रहा है। लगातार डेढ़ साल की मशक्कत के बाद यह इनसान फौज और रियाया के बारे में सोच रहा है। बैरम खाँ जानता है कि शेरशाह के बाद उसका वारिस उसकी तरह का जहनियत वाला नहीं है। कई वारिस हैं, हो सकता है ज्यादा दिन शहंशाहे हिन्द का खिताब न बचा पायें फिर तो हुमायूँ ही बादशाह होंगे। मुगल सल्तनत का आफताब फिर चमकेगा। हुमायूँ की फितरत बदलनी होगी। बैरम खाँ ने जी जान लगा दिया। बेगमों से भरा था हरम बेटियों का जनम तो हुआ था अब बेगम हमीदुन्निसा हामिला थीं। लाहौर के किले में तरह-तरह की साजिशें इस बुरे वक्त में भी चल रही थीं। बेगम और बादशाह के अलावे किसी को नहीं मालूम था कि क्या बात है। बादशाह हुमायूँ ने बैरम खाँ को असली डर बताया।

"बैरम खाँ तुम मेरे सगे से बढ़कर हो। बेगम हामिला हैं यह अभी किसी को नहीं मालूम, मैं उन्हें कहीं दूर रखना चाहता हूँ तुम माकूल जगह बताओ, मेरी अपनी वजह से हरम की औरतें इन्हें जीने न देंगी।"–बैरम खाँ को जाती खुशी हुई।

"हुजूर...राजा साहेब के पास पोशीदा तरीके से बेगम को हम पहुँचाने का कौल लेते हैं। वे आपके खैरख्वाह तो हैं, उसके अलावे क्षत्रिय लोग मेहमानों का पूरा ख़याल रखते हैं।"

"कैसे होगा यह सब?"

"वह मुझ पर छोड़ दीजिए।"–बैरम खाँ ने बनजारे का भेष धरकर बेगम को भी बनजारिन के कपड़े पहनाये। अपने खैरख्वाह बनजारों के साथ मिलकर राजा साहब के रनिवास में बेगम को पहुँचा आये जहाँ वे गुप्त रूप से, इज्जत के साथ, रानियों की देखरेख में खैरियत से थीं। हुमायूँ के पास लौटकर बैरम खाँ आ गये थे।

"मेरा दिल कहता है मेरी इस खास बेगम के पेट से मेरा वारिस पैदा होगा। होगा न! तुम्हारा दिल क्या कहता है बैरम खाँ?"–हुमायूँ ने हसरत में डूबकर कहा।

"वही जो आपका दिल कहता है हुजूरे आली, जिस दिन वारिस पैदा होगा आपके अन्दर शहंशाहेहिन्द बनने की, अपना तख्तोताज वापस पाने की आरजू जुनून की शक्ल अख्तियार कर लेगी। आप सब कुछ छोड़कर जंग की तैयारी में जुट जायेंगे। किताबें सजी रहेंगी, हुमायूँ नामा लिखना रुका रहेगा। रहना भी जरूरी है हुजूर आप क्या शिकस्त की कहानी लिखेंगे? नहीं फतह की कहानी होगी।"–बैरम खाँ ने दिलासा दिया।

"बैरम खाँ अगर मैं कामयाब न हो सका तो इस हुमायूँ नामा को जला डालना सचमुच मैं अपनी शिकस्त की दास्तान दुनिया के सामने न रखूँगा।"

"हुजूर, किसके लिए कौन सी सरजमीं अल्लाताला ने मुकर्रर कर रखी है कौन जानता है? ऐसा न होता तो समरकन्द से अब्बाहुजूर फिरदौस मकानी का हिन्द आना कोई इत्तफाक ही होता।"

"इत्तफाक नहीं होते सब उस कारसाज का करिश्मा है।"—हुमायूँ हाथ उठा कर दुआ माँगने लगे।

* * *

कालिंजर किले के पास महीनों से रह रहे फौजी ने अपने लिए मिट्टी के घर जो बना लिए थे वे बेहद सख्त थे। जल्दी ही पत्थरों और मिट्टियों के मेल से शहंशाह के लिए एक महल किले के पास ही चिन दिये गये। पलंग वगैरह गद्दे तोशक चादरें गावतकिये सजा दिये गये थे। शेरशाह दिन भर जाकर अपने फौजियों की हौसलाअफजाई करते रात को एक बार मुआयना करते फिर सो जाते। मुश्किल से एकाध पहर सोते। दिन में बेचैनी थी। बेगम कमानी बीवी महल में रहने आ गयी थीं। उनसे आगरे के किले में बैठा न गया। जलाल खाँ आकर जा चुके थे। दोनों भाइयों ने भरपूर फौज जमा कर रखी थी कि जरूरत पर भेजेंगे। दिन भर कमानी बीवी अल्लाहताला से दुआ करतीं कि शेरशाह की जिन्दगी बची रहे। उसे मौलाना अली बेग का कहा कभी नहीं भूलता कि अच्छा समय नहीं चल रहा है अभी शहंशाह को जंग में अपने आपको झोंकना नहीं चाहिए। सरकूब को देखती तो घबड़ा जाती। किले के कंगूरे तक पहुँच चुका था। कंगूरे तक पहुँच कर शेरशाह और खबास खाँ ने किले के अन्दर का नजारा देख लिया। किले के अन्दर मुर्दनी सी छाई थी। दुकानें सजी थीं पर खरीदार इक्के-दुक्के नजर आ रहे थे। सहमा-सहमा सा माहौल था। कुछ दुकानदारों की नजर सरकूब पर चढ़े, मुआयना करते शेरशाह और उनके ओहदेदारों पर पड़ी उन्होंने झटपट अपनी कुंडियाँ चढ़ा लीं। किले के अन्दर कुएँ, बावड़ी और तालाब थे पानी से भरे हुए। शेरशाह ने जान लिया कि यही कारण है लोग इतमीनान से किले में हैं। दूरबीन से देखने पर यह पता चला कि एक सूखा दरिया भी है। हिसाब जोड़कर देखा तो लगा सात महीने से कालिंजर किले के पास गाँव सा बसा कर बैठी है शाही फौज। दुकानें सज गयी हैं आढ़तिये आ बसे हैं, नट-नटिनी और बनजारों की बस्तियाँ डेरा लगा कर बैठ गयी हैं। बरसात खत्म होते न होते कालिंजर आये थे आज बैशाख लग गया। इन्तजामात हो जाने के बाद शेरशाह ने फिर एक खत लिखा राजा को कि तुम नरसिंह बुन्देला को मेरे हवाले कर दो मैं तुम्हारे किले को छोड़कर लौट जाऊँगा। लेकिन वह खत भी नक्कारखाने में तूती की आवाज

साबित हुआ। राजा वैसे ही दुबका रहा। उसने न नरसिह देव बुन्देला को भेजा न खुद खत का कोई जवाब लिखा।

घेरे और सरकूबों को देखकर, फौज की तैयारी देखकर, शहंशाह का महल बनता देख सुनकर राजा समझ चुका था कि वह पूरी तरह घिर चुका है। उसने सुरंग के उपयोग की कोशिश की लेकिन जो टाँडा के जंगल की ओर निकलता था वह भी खतरे से खाली न था दूसरा मालवे की ओर निकलता था वह खतरनाक था ही क्योंकि फर्द में एक बड़ी पहाड़ी के नीचे निकास था। अपनी बेवकूफी और जश्न के शौक ने राजा को कहीं का न छोड़ा। अन्दर बैठे ज्योतिषी और पंडित ने राजा से बार-बार कहा कि काल की बड़ी टेढ़ी चाल है, ग्रहों की स्थिति इस स्थान के सर्वनाश की ओर इशारा करती है। स्थान छोड़कर निकल जाइये। लेकिन राजा ने किले में बैठी समस्त प्रजा को अन्त तक डटे रहने की एक प्रकार से सजा सुना दी।

शेरशाह ने किले के दरवाजे की ओर तोप का मुँह कर दिया। दीवार को खोदते हुए नींव तक पहुँच गये। नींव गहराई तक पत्थरों का था जिसे मोटे-मोटे लकड़ी के खम्भों ने थाम रखा था। शेरशाह ने बारूद के ढेर लगवाये और हाथ से फेंकने लायक पात्र में भर-भर कर किले की ऊपरी छत, दीवार और खिड़कियों पर फेंकने को कहा। सिपाहियों ने वैसा ही किया दीवारें टूटने लगीं। दीवारों के टूटने से इनका उत्साह बढ़ा। इन्होंने तोप और उस बारूद भरे गोलों की बरसात शुरू कर दी। किला बुरी तरह टूट-टूट कर गिरने लगा। किला मजबूत पत्थरों की विशाल और पुरानी इमारत थी। फिर भी टूटकर गिरने में कई दिन लगे। क्या है यह अजीब किला जो अब तक कई दिनों के बारूदी धक्के से भी नहीं टूटा। शेरशाह हैरत में था। उसने सुबह की नमाज पढ़ी और शेख खलील दानिशमन्द, मुल्ला निजाम और दरिया खाँ सरवानी के साथ खड़े होकर किले के अन्दर बारूदी गोला फेंकने का हुकुम दिया। उधर नींव के अन्दर पत्थरों के नीचे के लकड़ी के कुन्दों को फौजियों ने काट्कर निकाल दिया जिससे किले के अन्दर जाने का रास्ता निकल आया। राजा के सैनिक जो किले के ऊपर से तीर बरसा रहे थे वे नीचे उतर आये और तलवार से शाही फौज का मुकाबला करने लगे। बुन्देले और कालिंजर के सिपाही अपनी सारी ताकत लगाकर लड़ रहे थे। इन्होंने भी अपनी जान हथेली पर रख ली थी।

इस अत्यन्त मजबूत और ऊँचे किले को देख कर शेरशाह को अजमेर की दरगाह और किला याद आया। उसने शेख खलील दानिशमन्द से कहा–"मैं जब राजा मालदेव को शिकस्त देकर लौट रहा था तो समझ में आया कि अल्लाह मियाँ मुझ पर मेहरबान है क्योंकि उस लड़ाई के बारे में यह आज भी कहता हूँ कि उसदिन मैं एक मुट्ठी बाजरे के बदले दिल्ली की सल्तनत खोने जा रहा था।"

"जी हाँ शहंशाह, आप ऐसा अक्सर कहा करते हैं पर क्यों?"

"अपने अमीरों को मालदेव का पीछा करने को छोड़कर मैं ख्वाजा मोइन चिश्ती की दरगाह पर जियारत के लिए अजमेर चला गया। जियारत के बाद मैं किला देखने गया। उसके पहले खानकाह के फकीरों को दान दिया। किले पर पानी की बेहद कमी थी। हमारे लिए या वहाँ रहने वालों के लिए कहीं दूर से मटकों में भरकर पानी लाया जाता। मैंने सोचा क्यों न किले के ऊपर हाफिज जमाल लाया जाये।"

"यह तो हुजूरेआली ने यहाँ आने से पहले किया था न!"–सरवानी ने पूछा–"जी हाँ दरिया खाँ साहब। वह बनावटी दरिया या यूँ कहें चश्मा होगा। मैंने उसे सर चश्मा कहा है। मेरे रहते पूरा न हो सका तो आदिल खाँ को वह काम सौंप कर इधर आ गया।"

"अच्छा किया शहंशाह, रेगिस्तान से पानी निकालना और उसे ऊपर किले में ले जाना जल्दीबाजी में नहीं हो सकता। आदिल खाँ काबिल हैं वे इसको पूरा करेंगे जरूर।"

"उस रेगिस्तान का हमें इल्म नहीं था। मैंने जिन्दगी भर दरियाव, जंगलात और पहाड़ों में जंग की है, कई बार ऐसा लगा जैसे जंग हार रहा हूँ। रेगिस्तानी इलाके को जीतकर दिल्ली की तख्त तो नहीं गँवा रहा हूँ? यह बाजरा लेकर दिल्ली देने वाला लग रहा था। पर खुदा खैर करे।"

"खुदा आपके साथ है शहंशाहेआली।" शेख खलील ने कहा।

"शेख साहब, रात मैंने अजीबोगरीब ख्वाब देखा।"

"क्या देखा हुजूरेआली?"

"देखा कि मेरे परचम पर जो बाज बैठा है वह उड़ गया, परचम खाली उड़ रहा था।"

"हुजूर आलीजाह, आपका ख्वाब भी आपकी मानिन्द खास होता है अब बाज है उड़ ही जायेगा। फिर आकर बैठ जायेगा।"–सरवानी ने कहा, सभी हँस पड़े। शेरशाह को हँसी नहीं आयी क्योंकि उनके कन्धों पर बैठा रहने वाला बाज सचमुच कहीं उड़ गया था।

"यह कमबख्त बाज कहाँ गया?"–उन्होंने आगे पीछे देखते हुए कहा, तब उनके साथ खड़े लोगों ने गौर फरमाया।

"इस गोले बारूद के शोर से डरकर कहीं भाग गया होगा। पंछी ठहरा उसका दिल होता कितना बड़ा है?"–मुल्ला निजाम ने फरमाया।

"गोले बारूद के बीच उसने हमारा साथ निभाया है आज क्या हुआ?"–शेरशाह ने कहा और इधर-उधर देखने लगे।

"शहंशाह, कुछ भी हो सकता है, बेहद गरमी है पानी की तलाश में निकल

गया होगा।"—मुल्ला निजाम ने कहा।

"उसका पानी डेरे पर है।"—शहंशाह ने उदास होकर कहा।

"वहीं गया होगा आलीजाह, उड़कर ही तो जायेगा।"—शेख खलील ने कहा जाने क्यों शेरशाह का दिल धड़क रहा था। किसके लिए? क्या उस बाज के लिए? बाज तो खुद पंछियों को चबेना बनाता है उसे कौन मार डालेगा? उसकी उम्र इनसानी उम्र से कई गुना ज्यादा होती है, वह तेज होता है। पर आज, अभी उसके बिना सब कुछ खाली लग रहा है। कन्धों के भार कम हो गये हैं? तलहथी की लकीरें धुँधली हो गयी हैं। वह बेबस है।

* * *

इधर पूरे जोशोखरोश से नैना बनजारिन ने जीतू और गुलाब कुँअर की शादी की; खूब जशन रहा। डेरा उठाकर ये कालिंजर की ओर आये। बनजारों को काम मिल गया था। फौजी जमावड़ा देख गुलाब कुँअर ने पूछा था—

"यह क्या हो रहा है अम्माँ?"

"शहंशाह की फौज कालिंजर किले को घेर कर खड़ी है बिटिया। एक बार फिर तबाही का मंजर देखने को मिलेगा; हे माँ काली कब तक ये मारकाट चलती रहेगी? कब तक धरती नदियाँ और पत्थरों को लाल देखना बदा है। तेरी प्यास क्यों नहीं बुझती माँ? कैसी माँ है तू।"—नैना बनजारिन ने सर पर हाथ मारकर कहा।

"माँ काली को क्यों कोसती है, कोसना है तो शहंशाह को कोस। मैं तो चली उससे मिलने।"

"अरी पगली, तू कहाँ जायेगी? रनभूम में?"

"हाँ, जहाँ वो मिलेगा वहाँ जाऊँगी। यहाँ आ गयी तो मिलूँगी जरूर।"

"तुझे मिलने कौन देगा?"

"मैं मिल लूँगी। सुना है शहंशाह का डेरा है। वहाँ चली जाऊँगी।"

"हे भगवान, नाहक ही आये इस बंजर कालिंजर में।"

* * *

तेज धूप आँखों को धुँधला कर रही थी। बारूद का गोला फेंकने वाला परेशान था। एक गोला दो दिखाई देता था। सूरज की तेज रोशनी के आगे बुद्धि काम नहीं करती। आँखों के अलावे अक्ल पर भी परछाईं पड़ जाती है। बारूद के ढेर के पास खड़े होकर खुद शहंशाह ने भरकर कुछ गोले बरसा कर दिखलाये। चारों ओर चीख पुकार और तबाही का मंजर था।

गुलाब कुँअर अपनी सहेली गुंजा के साथ गोटेदार चूनर मलिकाये हिन्द को

बेचने या नजर करने उनके डेरे में पहुँच गयीं। बाहर खड़े सिपाहियों ने रोकने की कोशिश की। उनकी खूबसूरती पर फिदा होकर एक सिपाही ने दूसरे को सलाह दी कि इन्हें जाने दिया जाये, मलिका को इनका हुनर पसन्द आ जाये और वो इनसे कुछ सामान खरीद लें तो गरीब का पेट भर जायेगा-क्यों रोका जाये। गुलाबे कुँअर और गुंजा कमानी बीवी के जानिब बैठकर अपना हुनर दिखाने लगीं। शीशे की नक्काशी वाली ओढ़नी, लहँगा और चोलियाँ दिखाकर उन्हें खुश करने लगीं। मलिका ने पोतियों और बहुओं के लिए कुछ पसन्द कर लिए।

"ऐ मलिकाये हिन्दोस्तान, आप क्या हमारे गाने सुनेंगी?"–गुंजा ने पूछा–"हाँ-हाँ क्यों नहीं सुनूँगी? सुनाओ।"–कमानी बीवी ने हँसकर कहा वे गाने लगीं। दोहे से शुरुआत की–

मुहमद जीवन जल भरन
रहंट घरी के रीत
घरी जो आयी ज्यों भरी
ढरी जनम गा बीत

अब गीत हाथ उठाकर सुर में गाने लगी गुंजा–

हिया काटि वह जबहिं कुहूकि
परे आँसू होइ होई लूकी

गुलाब कुँअर ने आगे गाया–

चंहु खंड छिटकी परी आगी
धरती जरत गगन कंह लागी।

तभी जोरदार शोर का सैलाब उमड़ा–"हटो-हटो शहंशाह को पलँग पर लिटाओ। हकीम साहब, तुरत इलाज शुरू करिये।"–पालकी पर झुलसे शेरशाह को लेकर खुद खवास खाँ आये। उनके सारे कपड़े पसीने से यूँ सराबोर थे मानो किसी चश्मे से सीधे निकल कर आये हों। उनके बाल बिखरे थे और पेशानी पर चिपके थे। हकीम लेप लगाते हुए थर-थर काँप रहा था। शेरशाह ने आँखें खोलीं, वह लम्बी साँस खींच कर भर्राये गले से कराह कर कहने की कोशिश कर रहा था–खवास खाँ से–"जाओ फतहयाब होकर आओ–अल्लाह मेहरबान हो...।"–खवास खाँ की आँखों में आँसू था फिर भी उसने जार से पागलों की तरह कहा–"हुक्म की तामील होगी शहंशाह यह बन्दा आपको फतह का पैगाम देगा"–कोर्निश बजाते हुए निकल गाया। बेगम बेपरदा होकर बदहवास पलँग की पाटी पकड़कर बैठी थी।

"हकीम साहब, लेप लगाते जाइये कुछ तो ठंडा लग रहा है। मेरे दोनों बेटों को पोतों को पैगाम भेजो मैं उन्हें आखिरी लम्हे पर अपने सामने देखना चाहता हूँ।"–शेरशाह ने कहा।

"यह आपका आखिरी लम्हा नहीं है मेरे आका!"–बेगम ने कहा और वहीं

नमाज पढ़ने बैठ गयीं।

"शहंशाह आपने कभी हारना न सीखा है जिन्दगी की जंग में भी फतहयाब होंगे।"–एक अमीर ने दुआ का हाथ ऊपर उठाते हुए कहा।

"जिन्दगी तो उस देने वाली की है वो जब चाहेगा जैसे चाहेगा बुला लेगा। मेरे लिए दिल में रंज न रखो बस खबर भेजो कि उस कालिंजर के राजा को जिन्दा पकड़ो।"

"वही होगा हुजूर! आपके हुक्म की तामील हो रही है।"

* * *

"ये क्या हो रहा है, कौन था पालकी में? बेगम क्यों चीखती हुई दौड़ पड़ी।"–गुलाब कुँअर ने गुंजा की ओर देखा।

"मेरी समझ में नहीं आया।"

"ऐ दीवानियो, वहाँ कालिंजर के किले पर बारूद के गोले बरसाये जा रहे थे, एक गोला दीवारों से टकरा कर बारूद के ढेर पर गिर पड़ा। वहाँ शहंशाहे आली और उनके अमीर उमरा खड़े थे। बारूद के भड़क उठने से आग जल उठी। उसी में कुछ जख्म आ गया।"–एक अधेड़ बाँदी ने कहा। "अल्लाह खैर करे।"

"शहंशाह थे पालकी में?"–गुलाब ने पूछा।

"हाँ-हाँ वही तो थे। उन्हीं के लिए हकीम साहब ने केले के उतने पत्ते मँगवा कर पलँग पर बिछवाये। पत्तों पर आलीजाह को लिटाकर हकीमी लेप लगा रहे हैं।"

"हैं? क्या हम शहंशाह को देख सकती हैं?"

"अरी दीवानियो, कत्तई नहीं। अपने-अपने गुसाईं से अरदास करो कि वे शहंशाह को जल्दी ठीक कर दें।"–बाँदी ने आँखें बन्द कर लीं। तस्बीह फेरती हुई मन ही मन कुछ बुदबुदा रही थी। गुलाब और गुंजा ने एक दूसरे की तरफ देखा और शहंशाह की कोठरी की तरफ बढ़ गयीं। शहंशाह ने दोपहर का नमाज इशारे से अता किया था। शाम की नमाज का वक्त था।

"मेरे दिल में दो आरजू बाकी रह गयीं।"

"क्या जहाँपनाह?"–अमीर और हकीम उनके पास आकर सुनने लगे। उनकी आवाज बैठती जा रही थी। हकीम समझ रहे थे कि आखिरी वक्त आ गया है।

"हज करने जाने वालों के लिए समन्दर में हिन्द से काबा के बीच जहाजी बेड़ा लगवाना चाहता था। उन्हें रास्ते में खरीद-फरोख्त में आसानी होती। बीमारों का इलाज हो जाता। दूसरा लाहौर का किला और शहर नेस्तनाबूद कर धूल में मिला देता जिसमें मुगल बैठकर हिन्दोस्तान के आका बनने का ख्वाब बुनते हैं।"–अमीर और हकीम सकते में आ गये। साँझ की नमाज शहंशाह ने इशारों में पढ़ी आँखें

दरवाजे पर लगी थीं कि तीर की तरह गुलाब कुँअर कमरे में घुस गयी–"मुझे पहचाना ओ छलिये शहंशाह।"–शहंशाह के फौजी उसे पकड़ कर बाहर ले चले। इशारों से उन्हें रोका, कहा–"बोलने दो।"

"मैं वही बच्ची हूँ जिसे तूने रायसीन के किले में सीने से लगाया था मैं तेरे सीने से लगकर बेहद सुकून में थी। मैं नहीं जानती थी कि तू कौन है बस इतना जाना था कि तू मेरा सगा है तेरा यह चौड़ा सीना मेरा आरामगाह है। मेरी धड़कनें तेरी धड़कनों से मिल रही थीं। मुझे अपने आपसे खींचकर अलग कर बनजारिन को देते तेरा रोंआ खड़ा न हुआ। ऐ बादशाह, मैं तेरे लिए सालहा रोई कि तू मेरा सगा कहाँ गया। पर तेरे सीने में धड़कन न तो तब थी न अब है ऐ मुझसे छल करने वाले।"–शेरशाह उसे देखता रहा, एक मुस्कान खेल गयी चेहरे पर। मुखड़ा स्निग्ध भाव से भर गया। फौजियों ने उसे बाहर कर दिया–क्या अनाप शनाप बकती है पागल दीवानी छोकरी।

"किले पर फतह हो गया हुजूर, राजा अपने सत्तर साथियों के साथ रहम की भीख माँग रहा है।"–खवास खाँ बदहवास दौड़े आये। उनकी पेशानी पर अब बल नहीं थे फतह की खुशी थी। शहंशाह ने बड़े गौर से उन्हें देखा। इस बहादुर सिपहसालार के रहते सूर सल्तनत को कोई हिला नहीं सकता। इनको अल्लाहताला लम्बी उम्र बख्शे। मेरे रुखसत होने का वक्त आ गया है। शहंशाह बुदबुदाने लगे–"खवास खाँ, सोनार गाँव से सिन्ध तक जो सड़क बनी है उसके ऐन किनारे पठानों अफगानों की बस्तियाँ बसाना। अल्लाह बड़ा कारसाज है फतेहयाब किया और बुला लिया..." आँखें मुंद गयीं शहंशाह की। अल्लाह की राह पर चल पड़े, धड़कनें रात ठंडी हो जाने पर रुकीं। पत्थरों के शहर में लू के थपेड़े कम हो गये थे गोद में सूरज की तरह उगा था सबा बेगम के, चाँद की तरह ढल गया कमानी बीवी की जानिब। बाहर पागलों की तरह नाचकर गा रही थीं गुलाब कुँअर और गुंजा–

बूँदहि समुद्र समान यह अचरज कासो कहैं
जो हेरा सो हेरान, मुहमद आपुहि आप मह।

❑❑